Marie Force
Bis du mich liebst

AF214697

 Montlake

Das Buch

Dass sich Dee Giordino bei der Hochzeit ihrer Lieblingscousine auf eine Nacht mit dem attraktiven Herzchirurgen Wyatt eingelassen hat, war eine absolute Ausnahme, denn sie träumt vom großen Glück. Doch ist es wirklich nur ein harmloses Abenteuer gewesen, wenn man jeden Tag aneinander denkt und sich schreibt?

Als Wyatt wieder nach Miami kommt, machen sie dort weiter, wo sie aufgehört haben. Dabei gibt es gute Gründe, genau das nicht zu tun. Zu hoch ist der Preis, und Wyatt hatte doch eigentlich längst für sich entschieden, dass er den Gefühlen keine Chance geben wird. Bis Dee ihm zeigt, dass die Liebe ein Geschenk ist, das man wertschätzen sollte – vor allem dann, wenn einem nicht viel Zeit bleibt.

Die Autorin

Marie Force ist die Autorin von über 80 zeitgenössischen Liebesromanen, von denen etliche sich auf den Bestsellerlisten der New York Times, der USA Today und des Wall Street Journal platziert haben. In deutscher Sprache sind bisher die erfolgreichen Reihen »Gansett Island«, »Quantum« und »Neuengland« erschienen.

Marie Force wurde in Rhode Island geboren, wo sie auch heute wieder mit ihrem Mann und ihren Hunden lebt.

Marie Force

Bis du mich liebst

MIAMI NIGHTS

Roman

Aus dem Amerikanischen
von Lotta Fabian

 Montlake

Die amerikanische Ausgabe erschien 2021 unter dem Titel
»How Much I Love« bei HTJB, Inc., Portsmouth, Rhode Island.

Deutsche Erstveröffentlichung bei
Montlake, Amazon Media EU S.à r.l.
38, avenue John F. Kennedy, L-1855 Luxembourg
September 2021
Copyright © der Originalausgabe 2021
By HTJB, Inc
All rights reserved.
Copyright © der deutschsprachigen Ausgabe 2021
By Lotta Fabian

Die Übersetzung dieses Buches wurde durch Amazon Crossing ermöglicht.

Umschlaggestaltung: bürosüd⁰ München, www.buerosued.de
Umschlagmotiv: © NicoElNino / Shutterstock; © Christin Lola /
Shutterstock; © Wirestock Creators / Shutterstock
Lektorat: Birte Lilienthal, Ute-Christine Geiler, Agentur Libelli GmbH
Gedruckt durch:
Amazon Distribution GmbH, Amazonstraße 1, 04347 Leipzig /
Canon Deutschland Business Services GmbH, Ferdinand-Jühlke-Str. 7,
99095 Erfurt /
CPI books GmbH, Birkstraße 10, 25917 Leck

ISBN 978-2-49670-747-2

www.montlake.de

KAPITEL 1

Dee

Kann man sich eigentlich verstecken, wenn alle wissen, wo man ist? Ich frage für eine Freundin. Na ja, das stimmt nicht, wie uns allen nur allzu bewusst ist. Ich frage das für mich selbst, denn ich sitze in einer Klemme, für die ganz allein ich verantwortlich bin. Anders lässt es sich nicht ausdrücken. Ich hatte bei der Hochzeit meiner Cousine Vergeltungssex mit einem der Trauzeugen, und jetzt schickt er mir seit Monaten täglich kurze Textnachrichten, auf die ich mit mehr Vorfreude warte, als ich wegen eines One-Night-Stands empfinden sollte.

Und jetzt kommt Wyatt zu einem Vorstellungsgespräch nach Miami und möchte mich dringend wiedersehen. Das kann man getrost ablegen unter »Dinge, die ich nicht eingeplant hatte, als ich beschlossen habe, mit einem Mann ins Bett zu gehen, der nicht hier lebt«. In der Zwischenzeit bombardiert mich mein Ex – der Grund für den Vergeltungssex, von dem er allerdings nichts weiß – mit Nachrichten und bettelt um eine Chance, alles wiedergutzumachen.

So weit alles klar?

Nur falls da Fragen offen sind, so bin ich eigentlich nicht. Ich bin niemand, der von einem Mann zum anderen flattert, und ich hab auch keinen Sex mit Männern, mit denen ich nicht in einer Beziehung bin. Echt nicht. Natürlich verurteile ich Frauen nicht, die so was tun. Genau genommen habe ich sie früher sogar darum beneidet, dass sie einfach so von einem Typen zum andern weiterziehen und jede Menge Spaß haben können, ohne sich den Stress mit einem »Freund« antun zu müssen.

Ich hatte einen Freund, und früher mal, bevor er den Verstand verloren und eine andere geheiratet hat, habe ich immer gedacht, dass Marcus eines Tages mein Ehemann sein würde. Aber irgendwie war er dann plötzlich mit einer Frau verheiratet, die wir jetzt bloß noch »die Schlampe« nennen.

Und richtig schade ist, dass er es nicht mal für nötig erachtet hat, vor seiner Hochzeit mit mir Schluss zu machen.

Details.

Ich hab das absolut nicht kommen sehen, und es hat mich umgehauen. Marcus hat tatsächlich eine andere geheiratet. Meine Schwester, meine Cousine und ich haben keine Ahnung, ob seine Frau das Schimpfwort verdient, mit dem wir sie bezeichnen, doch wen kümmert das? Sie hat *meinen* Marcus geheiratet, und daher wird sie für uns immer nur »die Schlampe« sein.

Nachdem ich das mit der Heirat gehört hatte, habe ich mir ziemlich lange selbst die Schuld daran gegeben. Ich war es schließlich gewesen, die sich, als wir mit dem College fertig waren, so verzweifelt dagegen gewehrt hat, nach Miami zurückzuziehen. Er hat gute Miene zum bösen Spiel gemacht. Aber sechs Monate nachdem er New York den Rücken gekehrt hatte, hat er gesagt, wir sollten mit anderen ausgehen können. Daher haben wir das ein paar Jahre lang so gehandhabt, wobei ich nicht wirklich mit vielen ausgegangen bin.

Vor ungefähr anderthalb Jahren hat er sich dann bei mir gemeldet und mir erzählt, ihm sei klar geworden, dass es ein Riesenfehler gewesen sei, sich von mir zu trennen, und ob wir es nicht noch einmal versuchen könnten. Da ich in der Zwischenzeit niemanden getroffen hatte, den ich mehr geliebt hätte als ihn, war ich einverstanden, hab allerdings niemandem was von unserer Versöhnung erzählt – außer meinem Cousin, mit dem ich mir die Wohnung in New York geteilt habe und der daher der Einzige in meinem Leben war, der davon wusste, dass wir wieder zusammen waren.

Marcus ist alle zwei Monate nach New York geflogen, hat sich Mühe gegeben, jeden Tag mit mir zu sprechen, und hat genau die richtigen Dinge gesagt, nämlich dass er mich dabei unterstützen wolle, meine Träume zu verwirklichen, und mich genug liebe, um zu warten, bis ich so weit wäre, nach Miami zurückzukommen.

Als er dann aus heiterem Himmel eine andere geheiratet hat, habe ich mich ehrlich gefragt, ob er das Geschwafel von »mich unterstützen« und »auf mich warten« vielleicht von irgendwelchen Postkarten mit Lebensweisheiten aus dem Ständer im Supermarkt hatte.

Mein Handy vibriert, als eine Textnachricht eintrifft. Ich bin so unvorsichtig, hinzuschauen, und sehe, dass es wieder Marcus ist, der mich anfleht, ihn doch bitte anzurufen.

Hab ich schon erwähnt, dass die Schlampe ihn verlassen hat und er allen Leuten erzählt, dass es der größte Fehler seines Lebens war, mit mir Schluss zu machen? Von dieser Entwicklung habe ich zwei Tage vor Carmens Hochzeit erfahren, die inzwischen fünf Monate her ist.

Daher auch der Vergeltungssex mit einem der Trauzeugen ihres Mannes, einem unglaublich sexy Arzt aus Phoenix, der meine Welt gründlich auf den Kopf gestellt hat.

Ich war wirklich sauer, als meine Schwester Maria und meine Cousine Carmen mir behutsam beigebracht haben, dass Marcus offenbar alles bereut, was mich betrifft, und auch, wie unsere Beziehung geendet hat. Oh, und natürlich beteuert er, dass er mich immer noch liebt und auch nie aufgehört hat, mich zu lieben. Selbst da hab ich ihnen gegenüber nicht erwähnt, dass wir uns gerade versöhnt hatten und dass wir, soweit es mich betraf, zusammen waren, als er eine andere geheiratet hat.

Du hast geheiratet, hätte ich ihn angeschrien, wenn ich irgendeinen der zahllosen Anrufe angenommen hätte, mit denen er mich in den letzten paar Wochen und Monaten bombardiert hat. *Was gibt es dazu noch zu sagen?* Ich weiß, ich sollte ihn einfach blockieren. Das habe ich aber irgendwie noch nicht geschafft. Und jetzt bitte keine Vorwürfe.

Es tut ihm leid. Ja, meinetwegen. Wie bald nach seiner Hochzeit hat er begonnen, zu bereuen, dass er mich nach sechs Jahren mit Unterbrechungen einfach absolviert hat, ohne auch nur ein Wort darüber fallen zu lassen, dass er unzufrieden war? Er hat mich über den erstaunlichen Miami-New-York-Flurfunk erfahren lassen, dass *mein Freund geheiratet hat*, und zwar *eine andere*!

Es sollte also ziemlich nachvollziehbar sein, dass ich es wirklich nicht besonders eilig damit habe, dafür zu sorgen, dass er sich besser fühlt, indem ich ihn anrufe und mit ihm darüber rede. Der kann mich mal. Hat er auch bloß einen Gedanken an mich verschwendet, als er sie geheiratet hat? Als er mit ihr Sex hatte? Als es ihn nicht interessiert hat, durch wen ich von seiner Heirat erfahre?

Und da wundert man sich, dass ich mich in meinem neuen Apartment verkrieche … Vor ein paar Monaten habe ich die Wohnung über der Garage meiner Tante und meines Onkels geerbt, in der vorher meine Schwester Maria gelebt hat, die jetzt mit ihrem Verlobten zusammengezogen ist. Sie hat den totalen Hauptgewinn gezogen: Austin ist großartig und hat zudem auch noch eine bezaubernde kleine Tochter namens Everly. Maria hat der Kleinen durch eine Knochenmarkspende das Leben gerettet.

Maria hat Austin ein Jahr nach der Transplantation getroffen, als sie das endlich durften. Sie haben sich Hals über Kopf ineinander verliebt, und zwar zunächst nur über E-Mails und Textnachrichten. Austin ist Profi-Baseballspieler und in der nächsten Saison bei den Miami Marlins unter Vertrag. Er hat einen schlechteren Deal akzeptiert, als er bei einem anderen Club hätte kriegen können, damit er hier bei Maria sein kann.

Das ist mal ein Mann, der echte Opfer für die Frau bringt, die er liebt, und ich gönne den beiden ihr Glück von ganzem Herzen. Sie sind schlicht wunderbar zusammen, und Everly ist einfach zuckersüß. Maria hat das große Los gezogen, und ich bin eine blöde Kuh, weil ich neidisch darauf bin, dass meine Schwester und meine Cousine ihr Lebensglück gefunden haben, während ich mich hier verkrieche und hoffe, dass die Welt da draußen einfach verschwindet und mich in Ruhe lässt.

Aber da meine Mutter mit Brustkrebs kämpft und ich nach Miami zurückgekehrt bin, um bei ihrer Versorgung zu helfen, kann ich mich natürlich nicht allzu lange verstecken. Nur weil meine Brüder Nico und Milo heute damit an der Reihe sind, meinen Eltern das Abendessen zu bringen, kann ich mich hier überhaupt noch ein bisschen verbarrikadieren.

Ich schaue planlos Fernsehen und versuche, nicht darüber nachzudenken, was ich wegen Marcus' Textnachrichten-Bombardement unternehmen soll, oder über Wyatt, den One-Night-Stand, der versucht, eine zweite Nacht abzustauben, oder die Krankheit meiner Mutter oder irgendetwas anderes, als wer von den Traumhaus-Profis die aktuelle Challenge gewinnen wird.

Ich brauche einen richtigen Job, schließlich kann ich nicht ewig im Familienrestaurant kellnern. Momentan lebe ich in einem Apartment, das meiner Tante und meinem Onkel gehört, während ich für eine andere Tante und einen anderen Onkel arbeite. So habe ich mir mein Leben mit achtundzwanzig ganz bestimmt nicht vorgestellt. Ich muss nach New York und mein Zeug aus der Wohnung meines Cousins Domenic holen. Ich muss mein Leben zurück auf die Spur bringen. So sieht's aus.

Mein Handy meldet sich erneut, und ich schwöre bei allen Heiligen, ich bin ganz dicht davor, Marcus zu blockieren. Doch diesmal ist er es gar nicht.

> Es ist echt komisch, dass ich nicht aufhören kann, daran zu denken, wie viel Spaß ich bei der Hochzeit meines Freundes hatte. Ich hätte nie damit gerechnet, die süßeste, sexyste Brautjungfer in der Geschichte süßer, sexy Brautjungfern kennenzulernen.

Himmel, es ist von Wyatt, dem ersten One-Night-Stand meines Lebens. Wenigstens war es als One-Night-Stand gedacht, aber offensichtlich hat er andere Ideen.

> Ich komme am Wochenende nach Miami und übernachte vor meinem Vorstellungsgespräch im Miami-Dade am Montag bei Jason und Carmen. Besteht vielleicht die Möglichkeit, dass wir uns über den Weg laufen, während ich in der Stadt bin?

Ich krieg die Krise, während ich seine Nachricht erst einmal und dann ein weiteres Mal lese. Warum habe ich ihm eigentlich überhaupt meine Handynummer gegeben? Ach ja, richtig, weil ich mich geweigert habe, mit ihm zusammen die Hochzeit zu verlassen. Also haben wir Telefonnummern ausgetauscht, damit wir Kontakt halten und ich mich später in sein Hotel schleichen konnte.

»Argh«, sage ich zu den Wänden meiner Wohnung. »Wieso muss das sein? Warum können mich nicht einfach alle in Ruhe lassen?« Ich bin gern allein. Wenn ich allein bin, kann mir niemand wehtun, von dem ich dachte, ich würde mein Leben mit ihm verbringen, bloß um dann rauszufinden, dass er sich ein Leben mit mir überhaupt nicht vorstellen konnte.

Ich möchte mich nie wieder in eine Lage bringen, in der so etwas passieren kann. Indem ich für mich bleibe, kann ich so ein Drama vermeiden – und solchen Schmerz. Ja, ich kann erkennen, dass meine Schwester und meine Cousine tolle Männer gefunden haben, die sie unfassbar glücklich machen, und das macht wiederum mich total glücklich. Sie verdienen beide alles Glück der Welt. Carmen ist nach dem Tod ihres ersten Ehemanns durch die Hölle gegangen. Tony war Polizist und ist im Dienst erschossen worden, als er und Carmen erst vierundzwanzig waren. Sie hat lange gebraucht, um darüber hinwegzukommen und der Liebe in Gestalt von Jason eine zweite Chance zu geben.

Und Maria ... Ihr Ex hat sie betrogen, während sie zusammengewohnt haben, was ihr Leben völlig auf den Kopf gestellt hat. Dann hat sie Austin kennengelernt, der anfangs noch in Baltimore gelebt hat, und sie haben das Unmögliche vollbracht und über eine so große Entfernung hinweg zusammengefunden, bis seine Baseballsaison schließlich zu Ende war und er für die spielfreie Zeit nach Miami übergesiedelt ist.

Für Maria und Carmen hat es also funktioniert. Aber ich gebe mich nicht der Illusion hin, dass das auch für mich so sein wird. Meine Illusionen sind zerbrochen, als Marcus einfach eine andere geheiratet hat. So einen Verrat steckt man nicht so leicht weg, zumal er nicht mal den Anstand hatte, mich vorher darüber zu informieren, dass es zwischen uns aus war.

Anfangs habe ich meinen Cousin Domenic ausgelacht, als der mir ganz behutsam beizubringen versucht hat, dass er gehört habe, Marcus hätte geheiratet. Wie sollte das auch sein? »Marcus ist *mein* Freund«, habe ich erwidert. »Er würde nicht einfach eine andere heiraten.« Ich habe Domenic beschuldigt,

11

völlig aus der Luft gegriffene Gerüchte zu verbreiten. Ich habe ihm erzählt, ich hätte Marcus noch vor einem Monat getroffen und da sei alles in Ordnung gewesen. Es war schlicht ausgeschlossen, dass er geheiratet hatte.

Doch es hat gestimmt. Und als mir aufgegangen ist, dass das »Gerücht« tatsächlich die Wahrheit war, war das der schlimmste Augenblick in meinem Leben ... bis ich ein paar Tage später das Baby verloren habe. Das war noch schlimmer als das, was Marcus getan hatte. Nach der Fehlgeburt habe ich mich in meinem Zimmer in der Wohnung, die Dom und ich uns in der Stadt geteilt haben, verschanzt und mich geweigert, rauszukommen, außer um das Badezimmer zu benutzen.

Domenic hat gedroht, meine Eltern anzurufen, was mich schließlich dazu bewogen hat, wieder zu essen und ins Land der Lebenden zurückzukehren. Trotzdem war ich im letzten Jahr bloß ein blasser Abklatsch der lebensfrohen jungen Frau, die ich früher war. Seither wandle ich mehr wie ein Zombie umher, während ich versuche, nicht zu sehr an den Mann zu denken, den ich so geliebt habe, der jetzt nur leider mit einer anderen zusammenlebt ... und mit ihr schläft.

Natürlich habe ich sie gegoogelt und rausgefunden, dass die Schlampe eine atemberaubende Blondine mit großem Busen ist. Warum kann sie nicht irgendein hässliches Entlein sein? Dann könnte ich wenigstens damit leben, dass seine Heirat einen Abstieg für ihn bedeutet hat. Aber rein äußerlich hat er sich allem Anschein nach verbessert, und das tut mir zusätzlich weh. Er hat mich für eine Fremde abserviert, die hübscher ist als ich, nicht zu vergessen, dass ihr Busen doppelt so groß ist wie meiner.

Verdammt, warum befasse ich mich schon wieder mit all dem Mist? Was soll das bringen?

Bevor ich mir diese Fragen beantworten kann, klingelt das Telefon, und es ist Marcus' Schwester Bianca. Ich nehme den

Anruf nicht an. Mit ihr möchte ich genauso wenig reden wie mit ihm.

Eine Minute später schickt mir Bianca eine Textnachricht. Bitte geh ran. Es ist ein Notfall.

Himmel noch mal. Warum können mich die Leute nicht einfach in Ruhe lassen?

Das Handy klingelt dreimal, dann gebe ich nach.

»Dee?« Bianca klingt verzweifelt. »Ich habe Marcus' Handy genommen, um dich zu erreichen, doch du reagierst nicht. Er … Er ist im Krankenhaus, Dee. Ich hab ihn heute Morgen bewusstlos aufgefunden, und jetzt ist er auf der Intensivstation.«

Das Herz rutscht mir in den Magen. Ich möchte nicht mit ihm reden, ich wünsche ihm aber auch nicht, dass er krank ist. »Was hat er denn?«

»Das wissen sie nicht. Man vermutet, er hat vielleicht was genommen …«

»Was willst du damit sagen?«

»Ich weiß es nicht, Dee! Ich weiß es einfach nicht. Es geht ihm total schlecht. Kannst du herkommen?«

Es hat eine Zeit gegeben, in der der Gedanke, dass er krank sein oder Hilfe brauchen könnte, dafür gesorgt hätte, dass ich alles stehen und liegen gelassen hätte und so schnell wie möglich zu ihm geeilt wäre. Doch diese Zeiten sind vorbei. »Tut mir leid. Das kann ich nicht.«

»Dee! Er könnte sterben!«

Ich kämpfe mit den Tränen, aber ich meistere den emotionalen Feuersturm, entschlossen, mein Wohl im Auge zu behalten, obwohl alles in mir mich drängt, zu ihm zu fahren. »Es tut mir leid. Ich werde für ihn beten, allerdings werde ich nicht persönlich hinkommen. Ich kann das nicht.«

Die Leitung ist tot.

Bevor ich darüber nachdenken kann, dass Bianca einfach aufgelegt hat, klopft es an meiner Tür.

»Mach auf, Delores.« So nennt mich meine Schwester nur, wenn es ihr bitterernst ist … oder sie Streit sucht.

Ich rapple mich vom Sofa hoch, schließe die Tür auf, und Maria stürmt an mir vorbei in die Wohnung, als sei das ihr Zuhause. Dabei räumt ihr der Umstand, dass sie vor mir hier gewohnt hat, keinerlei Sonderrechte ein.

»Was zur Hölle, Dee? Mommy hat mich heute bei der Arbeit angerufen, um zu fragen, warum sie dich seit Tagen nicht zu Gesicht bekommen hat, und ich habe ihr antworten müssen, dass ich keine Ahnung habe, du aber eigentlich damit dran wärst, ihnen diese Woche das Abendessen zu bringen.«

»Das hat Nico übernommen. Wir haben die Wochen getauscht.« Ich kehre zu meinem Platz auf dem Sofa zurück, das früher mal Maria gehört hat, bis sie in Austins Villa eingezogen ist. Ich habe auch ihr Bett geerbt, ihren Schrank und die Kommode, den Fernseher und den Couchtisch.

»Danach bin ich beim Restaurant vorbeigefahren, doch da hat man mir gesagt, du würdest heute Abend gar nicht arbeiten. Was ist denn eigentlich mit dir los?«

»Nichts, es ist Sofias Wochenende. Wir wechseln uns ab, wie du genau weißt.«

»Ich muss dich nur anschauen und sehe auf den ersten Blick, dass irgendwas nicht stimmt. Du benimmst dich immer so, wenn alles den Bach runtergeht.«

»Was tue ich denn?«

Maria setzt sich neben mich auf das Sofa. »Du verkriechst dich.«

Ich starre den riesigen Diamantring an ihrer linken Hand an. Ich fühle mich furchtbar, weil ich neidisch bin auf das, was sie mit Austin hat – einen unglaublich attraktiven Mann, eine niedliche kleine Tochter, ein schönes Haus und einen atemberaubenden Verlobungsring. Sie ist der beste Mensch, den ich kenne, und verdient alles Gute, was das Leben ihr beschert. »Ich verkriech mich nicht.«

Mein Handy vibriert, als eine neue Textnachricht eintrifft. Ich hab fast Angst, hinzuschauen. Sie kommt von Marcus' Nummer, ist aber von Bianca. Ich kann nicht glauben, wie selbstsüchtig du bist.

Ich soll selbstsüchtig sein? Das ist ja wohl lächerlich. Ich hätte sie fragen sollen, wie lange er schon im Krankenhaus ist, damit ich wüsste, wann er mir das letzte Mal selbst geschrieben hat. Irgendwie werden sie mir die Schuld dafür in die Schuhe schieben. Ich hab nicht auf seine Textnachrichten reagiert, daher hat er etwas Dummes und Dramatisches getan. Hat er das gemacht, um meine Aufmerksamkeit zu erregen?

Beinahe hätte ich vergessen, dass Maria noch da ist. Ich sehe zu ihr und wünschte, ich könnte das alles für mich behalten. Doch so funktioniert das in meiner Familie nicht, was einer der Gründe dafür ist, dass ich so erpicht darauf war, nach der Schule nach New York zu gehen.

»Marcus ist im Krankenhaus.«

»Warum?«

»Das weiß ich nicht. Bianca meint, er hätte irgendwas genommen, was er nicht hätte nehmen sollen, und sie versucht, mir Schuldgefühle einzureden, damit ich zum Krankenhaus fahre. Er hat mir dauernd Textnachrichten geschickt, die ich aber ignoriert habe, daher ist das jetzt vermutlich alles meine Schuld.«

»Hat sie das gesagt?«

»Sie hat gesagt, es sei selbstsüchtig von mir, nicht hinzukommen.«

»So ein Quatsch. Du schuldest ihm überhaupt nichts.«

»Du und ich wissen das, aber sie sieht das anders. Wenn er stirbt, werde ich der Sündenbock sein.«

»Lass sie. Du weißt, was er dir angetan hat.«

Und dabei kennt Maria nicht mal die Hälfte der Geschichte. Niemand tut das. Als ich zu weinen beginne, rückt sie näher zu mir und legt die Arme um mich. Ich bin wütend, weil es nach all dieser Zeit nicht mehr so wehtun sollte.

»Es tut mir leid, Dee. Er ist ein Blödmann, wenn er sich so aufführt – und sie ist auch nicht besser.«

»Da ist noch mehr passiert, was ich dir bisher nicht erzählt habe.« Ich wische mir die Tränen ab. Vielleicht hilft es mir, wenn ich es laut ausspreche.

»Sag es mir«, verlangt sie und schenkt mir ihre ungeteilte Aufmerksamkeit.

Mir wird klar, dass es eine Weile her ist, dass ich die das letzte Mal hatte. Bei ihrem anstrengenden Job als Krankenschwester in der Sozialklinik und ihrem neuen Leben mit Austin und Everly kriege ich sie kaum noch zu Gesicht.

»Ungefähr ein halbes Jahr bevor Marcus geheiratet hat, sind er und ich wieder zusammengekommen – wenigstens habe ich das geglaubt.«

»Was? Ihr wart zusammen, als er geheiratet hat? Soll das ein Scherz sein?«

Ich schüttle den Kopf. Ich wünschte, das wäre es. »Wir haben es nicht an die große Glocke gehängt, weil wir erst unsere Probleme lösen wollten. Ich hatte ihn vier Wochen vorher das letzte Mal getroffen, und ich dachte, wir würden uns am nächsten Wochenende wiedersehen.«

Sie starrt mich ungläubig an. »Das ist unfassbar.«

»Ich hab an einem Freitag rausgefunden, dass er geheiratet hat. Und am folgenden Montag hatte ich dann eine Fehlgeburt.«

KAPITEL 2

Dee

Jetzt weiß es außer mir noch jemand, allerdings bin ich mir nicht sicher, wie ich mich dabei fühle, über etwas, das seit mehr als einem Jahr eine offene Wunde ist, mit meiner Schwester zu reden.

»O Gott, Dee«, ruft Maria, und ihre Augen füllen sich mit Tränen. »Warum hast du mich damals nicht angerufen? Ich wäre doch sofort gekommen!«

»Ich wollte nicht, dass irgendjemand davon weiß. Und ich wollte auf keinen Fall, dass *er* es erfährt.«

»Er hat nichts von der Schwangerschaft geahnt?«

Ich schüttle den Kopf. »Ich wollte es ihm bei unserem nächsten Treffen erzählen, was ja am nächsten Wochenende hätte sein sollen. Aber dann … Dann ist alles so schlimm geworden. Er hat geheiratet, und ich hab das Baby verloren. Beides innerhalb von vier Tagen.«

»Warte mal … War das in der Woche letzten Winter, als du dich plötzlich gar nicht mehr gerührt hast und alle Dom angerufen haben, um herauszufinden, was zur Hölle mit dir los war?«

Ich nicke, während ich mir die Tränen abwische. »Ich habe behauptet, ich hätte eine schlimme Grippe.«

»Ja! Genau das hat er uns gesagt. Dass du die Grippe hättest. Warum hast du mir nichts davon erzählt? Du weißt, ich wäre zu dir gekommen. Und Carmen auch.«

»Ich konnte einfach nicht. Ich war ... Es war so furchtbar, Maria. So absolut furchtbar. Und als ich zu Carmens Hochzeit hergeflogen bin und ihr mir erklärt habt, dass er überall rumerzählt, er wolle mich zurück ...«

»Das hat den ganzen Schmerz wieder hochkochen lassen.«

»Ja. Und er schickt mir die ganze Zeit irgendwelche Nachrichten. Ich hab schon mit dem Gedanken gespielt, seine Nummer zu blockieren, und dann hat Bianca angerufen, um mir mitzuteilen, dass er im Krankenhaus ist.«

»Genau das hättest du machen sollen. Er hatte kein Recht, dir das anzutun. Nicht das geringste.«

»Er behauptet, er bereue, was er getan hat, und dass er es vermasselt habe und mich nicht habe verletzen wollen.«

»Er wollte dich nicht verletzen? Was zur Hölle hat er gedacht, wie das für dich sein würde, wenn er eine andere heiratet?«

»Vor allem, da ich nicht die geringste Ahnung davon hatte, dass er in unserer Beziehung irgendwie unglücklich war. Als er das letzte Mal in New York war, hatten wir eine wunderschöne Zeit zusammen. Wir sind nach Coney Island rausgefahren und haben uns eine Show angeschaut und ...« Ein Schluchzen steigt in mir auf. »Alles war wunderbar. Ich habe ihn gebeten, mir noch sechs weitere Monate in New York zu lassen, ehe ich heimkomme, und er hatte überhaupt kein Problem damit. Ich verstehe nicht, was passiert ist, Maria. Dabei möchte ich das so dringend. Wirklich.«

»Was würde das denn ändern?«

»Ich weiß nicht. Vielleicht nichts. Ich kann mir nur einfach nicht erklären, wie wir von diesem großartigen gemeinsamen Wochenende zu dem Punkt gelangen konnten, an dem er plötzlich eine andere heiratet. Nachdem ich die Fehlgeburt hatte, hat mich meine Frauenärztin gefragt, ob es jemanden gäbe, den sie für mich anrufen könnte, wie beispielsweise den Vater des Babys, und da bin ich mit der ganzen hässlichen Geschichte rausgeplatzt. Das hat dann dazu geführt, dass sie mich auf Geschlechtskrankheiten getestet hat, was die finale Demütigung war.«

»Himmel, Dee.«

»Es war alles negativ, aber trotzdem … Es war so schrecklich.«

»Ich finde es furchtbar, dass du das alles ganz allein durchmachen musstest.«

»Es gab nichts, was du hättest tun können.« Wenn ich an jene unsäglichen vier Tage zurückdenke, ist der Schmerz ganz frisch, als wäre es gerade erst passiert und nicht vor mehr als einem Jahr. »Ich bin seither völlig durch den Wind, und als ich zu Carmens Hochzeit da war und ihr mir erzählt habt, was er gesagt hat …« Ich schüttle den Kopf, denke an die Unterhaltung in der Luxuslimousine, mit der wir zu Carmens Junggesellinnenabschied gefahren sind. »Ich konnte es nicht glauben.«

»Bianca zufolge hat er es aufrichtig bereut.«

»Das ist mir völlig gleichgültig! Wo war diese Reue, als er geheiratet hat? Ich hab in dem ganzen Jahr kein einziges Wort von ihm gehört, bis ihr mir das von Bianca mitgeteilt habt. Was schulde ich ihm?«

»Nichts«, erwidert Maria entschieden. »Du schuldest ihm überhaupt nichts.«

»Seit dem Wochenende von Carmens Hochzeit weiß ich nicht mehr ein noch aus.«

»War das dasselbe Wochenende, an dem wir herausgefunden haben, dass Mommy krank ist?«

»Genau.« Bei unserer Mutter wurde im Oktober Brustkrebs in Stadium drei festgestellt, und sie hatte im Januar eine beidseitige Mastektomie mit anschließender Rekonstruktion. Jetzt unterzieht sie sich einer Chemotherapie, und wir vier Kinder und unsere weitverzweigte Familie kümmern uns um sie und meinen

Vater. Ich war zur Hochzeit zu Hause in Miami und bin seither nicht wieder nach New York zurückgekehrt.

Maria streicht mir das Haar aus dem Gesicht. »Ich hab eine Idee.«

»Was?«

»Bleib ein paar Tage bei uns. Gönn dir einen Miniurlaub, schwimm im Pool, spiel mit Everly, trink mit mir Wein. Zusammen bringen wir dich durch diese schlimme Zeit.«

»Ausgerechnet jetzt, mitten in deinem Happy End, willst du bestimmt nicht mein trübseliges Gesicht sehen.«

»Ach, sei still. Ich lade dich ein. Ich möchte, dass du bei uns bist. Du kriegst ein schönes Gästezimmer mit eigenem Bad und kannst dich verkriechen, wann immer du deine Ruhe haben willst. Aber ich ertrage den Gedanken nicht, dass du hier traurig und einsam Trübsal bläst. Komm schon. Das wird Spaß machen.«

Ich bin ernsthaft in Versuchung. Marias neues Zuhause ist einfach umwerfend, das größte Haus, in dem je einer von uns gewohnt hat, und da ich vor Dienstag nicht wieder arbeiten muss, habe ich ohnehin nichts Besseres zu tun. »Bist du sicher, dass es euch nicht stört? Ich kann gerade nicht wirklich mit unterhaltsamer Gesellschaft aufwarten.«

»Ich bin mir sicher. Bitte komm.«

»Und was ist mit Austin? Er hat ganz bestimmt Besseres zu tun, als sich zu Beginn seiner ersten Saison mit seiner zukünftigen Schwägerin herumzuschlagen, die den Trauerkloß gibt.«

»Er hat nichts dagegen. Das verspreche ich dir. Er hat dich ins Herz geschlossen. Das weißt du doch.«

Ich stütze den Kopf in die Hände, damit sie nicht sieht, wie sehr mich ihr freundliches Angebot rührt. Ich bin so allein gewesen mit meinen Gefühlen wegen Marcus, dem, was er angerichtet hat, und dem Verlust des Babys, dass es eine unglaubliche Erleichterung ist, dass sie jetzt die ganze Geschichte kennt.

Sie legt einen Arm um mich. »Es wird alles gut, Dee.«

»Bist du sicher, dass ich nicht zu ihm ins Krankenhaus soll?«

»Absolut. Ich rufe Bianca an und sag ihr, sie soll dich in Ruhe lassen.«

»Das musst du nicht.«

»Ich weiß, doch ich mache es trotzdem. Geh und pack deine Sachen, und dann fahren wir zu mir nach Hause. Wir bestellen mexikanisches Essen und trinken Margaritas. Du wirst sehen, das wird ein Riesenspaß.«

Wieder vibriert mein Handy von einer weiteren Textnachricht, und bevor ich einen Blick aufs Display werfen kann, hat Maria es sich geschnappt, vermutlich mehr als bereit, Marcus' Familie in Bezug auf mich die Meinung zu geigen.

»Äh, wer ist Wyatt?«

Ich reiße ihr das Telefon aus der Hand, will unbedingt lesen, was er geschrieben hat. »Nur ein Freund.« Ich nehme es mit ins Schlafzimmer und schaue sofort nach.

Ich hoffe, bei dir ist alles in Ordnung. Schreib mir, dass du noch irgendwo da draußen bist. Hallo? Dee? Bitte kommen.

Ich lächle über die alberne Nachricht und antworte ihm: Am Leben und alles in bester Ordnung. Auch wenn das nicht stimmt.

Geh mit mir aus, wenn ich am Wochenende in Miami bin. Sag Ja. Bitte? Ich kann einfach nicht aufhören, an dich zu denken.

Ich bin ganz bestimmt nicht in der Verfassung, seine Einladung auch nur in Erwägung zu ziehen, aber ich muss feststellen, dass ich mich daran klammere wie an einen Rettungsring. Er kann einfach nicht aufhören, an mich zu denken. Wenn ich ehrlich sein soll, geht es mir umgekehrt genauso, und vielleicht ist eine Nacht mit einem Mann, der dafür sorgt, dass ich mich gut fühle, genau das, was ich brauche.

Ich schreibe ihm, bevor ich es mir ausreden kann. Ja.

Seine Erwiderung ist sofort da: Morgen Abend?

Okay.

Wo soll ich dich abholen?

Wir treffen uns um halb acht auf dem Parkplatz vom Giordino's. Dann sehen wir weiter.

Super, bis dann. Kann es kaum erwarten.

Ich auch nicht. Ein sexy Typ, der für mich schwärmt, ist genau das, was mein zerbrechliches Ego im Moment braucht. Vielleicht würde eine weitere heiße Nacht in Wyatts Bett nicht schaden. Ich hab Tage gebraucht, um mich von der ersten zu erholen. Ich hatte Muskelkater und war wund an Stellen, von denen ich das vorher gar nicht kannte, was mir noch was vor Augen geführt hat: Marcus war nicht besonders gut zwischen den Laken. Er hat sich jedenfalls nie so um meine Bedürfnisse gekümmert wie Wyatt, der Empfindungen in mir wachgerufen hat, von denen ich nicht geahnt hatte, dass ich sie haben könnte, und ich bin nach der Hochzeit wochenlang in einem Zustand leichter Benommenheit herumgelaufen.

Und dann hat er begonnen, mir Textnachrichten zu schicken, und damit etwas fortgesetzt, das eigentlich längst zu Ende hätte sein sollen. Als ich ein paar Sachen für den Besuch bei meiner Schwester einpacke, nehme ich auch das sexy schwarze Kleid und ein paar unerhört hohe High Heels mit, die ich ursprünglich für die Hochzeit gekauft hatte, dann aber doch nicht getragen hab.

Mein Leben ist im Moment eine einzige Katastrophe, aber Wyatt kann es gar nicht erwarten, mich morgen Abend wiederzusehen. Das sorgt dafür, dass ich mich tausend Mal besser fühle als vorhin, bevor ich mich einverstanden erklärt habe, mit ihm auszugehen. Nicht dass ich mir große Hoffnungen auf mehr mache. Das mit ihm ist einfach ein Abenteuer, nichts weiter.

Ich höre Maria nebenan mit jemandem telefonieren. »Sie schuldet ihm verdammt noch mal gar nichts, Bianca. Er hat eine andere geheiratet, nachdem er jahrelang mit ihr zusammen war, und hat nicht mal den Anstand besessen, es ihr selbst zu sagen. Er hat zugelassen, dass sie es von anderen Leuten erfährt. Es tut uns leid, dass er im Krankenhaus ist, doch du musst aufhören, Dee Schuldgefühle einzureden, sonst kriegen wir beide ein Riesenproblem miteinander.«

Ui. Man sollte sich besser nicht mit meiner großen Schwester anlegen.

Gott sei Dank kümmert sie sich darum. Ich ertrage den Gedanken nicht, dass Marcus' Familie glaubt, was ihm passiert ist, hätte etwas mit mir zu tun. Schließlich habe ich ihn von ganzem Herzen geliebt, das er dann aber ohne einen Blick zurück gebrochen hat. Erst als seine Ehe den Bach runtergegangen ist, bin ich auf einmal wieder ins Spiel gekommen. Zur Hölle damit. Zur Hölle mit ihm.

Ich jedenfalls schaue jetzt nach vorn.

Wyatt

Ich bin ein Mistkerl. Es gibt kein anderes Wort, um jemanden zu beschreiben, der sich in meiner Lage befindet und mehr von einer Frau will, die eigentlich bloß ein One-Night-Stand sein sollte. Wenn diese eine Nacht nur nicht so unglaublich wunderbar gewesen wäre, wäre ich inzwischen längst darüber hinweg.

Doch Erinnerungen an die super Zeit, die ich mit Dee verbracht habe, verfolgen mich den ganzen Tag und bis in den Schlaf. Morgens wache ich auf und bin hart und bereit, und mir wird klar, dass ich wieder einmal von meiner sexy Brautjungfer geträumt habe. Es kommt nicht von ungefähr, dass ich übers Wochenende nach Miami fliege, nachdem ich von meinem Freund Dr. Jason Northrup gehört habe, dass das Krankenhaus, in dem er arbeitet, eine offene Stelle in der Herz-Thorax-Chirurgie hat.

Vor Jasons Hochzeit habe ich eine berufliche Veränderung nie auch nur in Erwägung gezogen, aber jetzt ist das offenbar alles, woran ich denken kann, wenn ich nicht gerade die erotischste Nacht aller Zeiten erneut durchlebe.

Der Flieger von Phoenix nach Miami landet zehn Minuten früher als geplant und rollt zum Gate. Ich hab das Flugzeug-WiFi benutzt, um mit Dee Pläne zu machen, und seit sie Ja gesagt hat, fühle ich mich wie im siebten Himmel.

Was mich wieder zu dem Gedanken zurückbringt, dass ich ein Mistkerl bin, weil ich eine weitere Nacht mit ihr will. Ich hab meine Gründe, weshalb ich mich mit den Frauen, mit denen ich mich verabrede oder ins Bett gehe, nie auf was Ernstes einlasse, und gewöhnlich halte ich mich bei so was streng an meine eigenen Regeln. Doch bei Dee ist alles anders. Sie ist klug, witzig, wunderschön und höllisch sexy, und das Beste daran ist, dass sie sich dessen überhaupt nicht bewusst ist. Ich fand es toll, wie sie mit ihrer Schwester, ihren Brüdern, ihren Cousins und Cousinen gefeiert hat, aus nächster Nähe ihre enge Beziehung zu sehen.

Sie hat etwas so erfrischend Unschuldiges, was mir besonders aufgefallen ist, als sie mir gestanden hat, dass das mit mir ihr erster One-Night-Stand überhaupt war. Wie süß ist das? Ich hatte mehr One-Night-Stands, als ich zählen kann, und mehr will ich auch gar nicht. Es wäre einfach nicht fair, jemanden in mein Leben mit reinzuziehen. Das weiß ich, trotzdem bin ich überglücklich, dass Dee eingewilligt hat, sich morgen Abend mit mir zu treffen.

Ich bin eindeutig ein Mistkerl.

Mir kommt ein weiterer Gedanke, und ich bin mir nicht sicher, ob ich das mit ihr abklären soll oder nicht, aber hey, jeder Vorwand, mit ihr zu reden, soll mir recht sein.

Stört es dich, wenn Jason und Carmen wissen, dass wir morgen zusammen ausgehen?

Sie antwortet erst, als ich schon im Taxi zu Jasons Wohnung sitze. In meiner Familie ist es total schwierig, irgendetwas geheim zu halten, daher ist es okay, wenn sie es wissen. Mir wäre es allerdings lieber, sie würden nicht erfahren, dass wir bereits zusammen waren, wenn es dir nichts ausmacht.

Kein Problem. Das verstehe ich. Wäre es vielleicht möglich, dass wir im Giordino's essen? Das ist die andere Sache, an die ich seit der Hochzeit die ganze Zeit denken muss.

Sicher, das kann ich arrangieren.

Prima, dann habe ich ja noch was, worauf ich mich freuen kann. Bin gerade in Miami gelandet. Kann es gar nicht erwarten, dass dieses großartige Wochenende beginnt.

Wann ist dein Vorstellungsgespräch?

Am Montagvormittag. Hast du heute Abend schon was vor?

Ich bin bei Maria und Austin zu Hause.

Ich werde rausfinden, was J & C für heute geplant haben, vielleicht sehen wir uns ja nachher noch. Das wäre toll.

Sie antwortet mit einem Daumen-hoch.

Ich hoffe, das heißt, sie möchte mich so dringend treffen wie ich sie. Was hat sie an sich, dass ich mich fühle wie ein Teenager in den Klauen der ersten großen Liebe? Vielleicht liegt es daran, dass ich nie so was wie die erste große Liebe erlebt habe, als ich ein Teenager war, weil ich zu der Zeit krank war und kaum das Krankenhaus oder mein Zuhause verlassen konnte. Mit Dee hole ich das jetzt alles nach.

Ich schicke Jason eine Textnachricht, um ihn vorzuwarnen, dass ich im Taxi nach Brickell bin und gleich bei ihm sein werde. Irgendwie wünsche ich mir inzwischen, ich hätte mir ein Hotelzimmer genommen, da ich morgen Abend das Date mit Dee habe, doch Jay würde einen Anfall kriegen, wenn ich nicht bei ihm übernachten würde. Er ist ganz begeistert davon, dass ich mich für eine Stelle in dem Krankenhaus beworben habe, in dem er und seine Frau arbeiten.

Jay antwortet sofort. Freu mich schon, dich hierzuhaben!

Ich habe ihn beim Medizinstudium an der Duke kennengelernt. Für den Unibesuch hab ich das erste Mal woanders als zu Hause gewohnt, und wenn wir nicht lernen mussten, war ich damals ein bisschen wild. Jay hat es seinerzeit auf sich genommen, ein Auge auf mich zu haben und dafür zu sorgen, dass ich nichts Dummes oder Gefährliches tat. Ich werde nie das Gefühl von Freiheit vergessen, das ich damals genossen habe, den Spaß, das Lachen, die Clique, die harte Arbeit. Das waren die tollsten Jahre meines Lebens, und Jay ist einer der besten Freunde, die ich je hatte.

Als er mich zu seiner Hochzeit eingeladen und mich gebeten hat, einer seiner Trauzeugen zu sein, hab ich mich geehrt gefühlt. Nach allem, was ihm wegen seiner durchgeknallten ehemaligen Geliebten in New York widerfahren ist, war ich überglücklich, dass er jemanden in Miami gefunden hatte. Und nachdem ich Carmen kennengelernt hatte, habe ich mich sogar noch mehr für ihn gefreut. Sie ist einfach großartig, und ihre Familie auch. Und ihr Restaurant … Meine Güte. Da gibt es das beste Essen, das ich je in meinem ganzen Leben vorgesetzt bekommen hab. Und morgen werde ich wieder dort sein.

Beinahe hätte ich vergessen, dass ich zu einem Vorstellungsgespräch hier bin. Aber der Job verblasst im Vergleich mit den mannigfaltigen anderen Attraktionen von Miami. Ich öffne die Datei mit dem einen Foto, das ich von Dee habe, einem Schnappschuss von der Hochzeit, den der offizielle Fotograf aufgenommen hat. Jay hat mir das Bild geschickt, obwohl er gar nicht wusste, was zwischen mir und Dee nach der Hochzeit passiert ist. In der Zwischenzeit habe ich es mir unzählige Male angeschaut.

In dem Kleid war sie so unglaublich sexy, und ich habe sie gewollt, sobald ich sie das erste Mal in der Hochzeitsprozession erspäht habe. Als sie meinen Arm ergriffen hat, um den Gang hinunterzuschreiten, nachdem das Brautpaar »Ja« gesagt hatte, hat es mich bei ihrer Berührung wie ein Stromschlag durchzuckt, und der Wunsch, sie besser kennenzulernen, war alles, was mich beschäftigt hat. Wir hatten eine unglaublich tolle Zeit an dem Tag, haben getanzt, geredet und gelacht.

Mein Handy vibriert, und diesmal ist es eine Nachricht von meiner Mutter. Hab gesehen, du bist gelandet. Hoffe, alles ist in Ordnung.

Um Himmels willen. Irgendwann bringt sie mich damit noch um. Ich weiß, dass sie sich dauernd Sorgen macht, und ich verstehe auch, warum, doch manchmal ist es einfach zu viel. Ich bin vierunddreißig und Chirurg, und meine Mutter wacht über mich wie damals, als ich ein todkranker Teenager war. Ich will mir gar nicht vorstellen, was ist, wenn sie hört, dass ich mit dem Gedanken spiele, nach Miami umzuziehen. Sie wird völlig durchdrehen und vermutlich mitkommen wollen. Sie würde bei mir wohnen, wenn ich ihr das erlauben würde. Das wird auf keinen Fall passieren.

Hast du an deine Medikamente gedacht?

Ja, Mutter. Entspann dich. Alles ist gut.

Ich möchte ihr antworten, dass ich Arzt bin und sehr genau weiß, was mir droht, wenn ich meine Medikamente vergessen sollte. Aber darauf verzichte ich. Sie ist mit mir durch die Hölle gegangen und mir selbst während der schlimmsten Zeit nicht von der Seite gewichen. Ich werde nie irgendwas anderes als »Danke« zu ihr sagen, auch wenn sie mich mit ihrer Sorge noch in den Alkoholismus treibt.

Sie behauptet immer, dass ich es eines Tages verstehen werde, wenn ich selbst Kinder habe, doch das wird nicht passieren. Ich werde keine Kinder in die Welt setzen, wo ich doch damit rechnen muss, nicht für sie da sein zu können, während sie aufwachsen. Bei dem Gedanken, dass sie mich auf eine dramatische, traumatisierende Art und Weise verlieren würden, schaudert mir. Das ist natürlich nichts, was ich meinen Eltern erzählen würde. Wobei das ohnehin immer eine Gratwanderung ist.

»Hey«, meint der Fahrer. »Wir sind da.«

Mir wird bewusst, dass ich völlig in Gedanken war und gar nicht mitgekriegt habe, dass wir angehalten haben. »Prima, danke.« Ich schnappe mir meine Reisetasche vom Sitz neben mir und steige aus. Auf dem Bürgersteig bleibe ich stehen und schicke Jay eine Textnachricht. Bin da. Wie komme ich jetzt rein?

Bin schon auf dem Weg nach unten.

Ich warte vor der Eingangstür und kann durch die Glasscheibe verfolgen, wie Jay aus dem Aufzug tritt und von einem Ohr zum anderen grinst. Er hat Basketballshorts an und ein ärmelloses Shirt, sodass er auf den ersten Blick überhaupt nicht wie ein Weltklasse-Neurochirurg aussieht. Nachdem er mich kurz umarmt hat, nimmt er mir die Reisetasche ab, bevor wir zum Aufzug gehen.

Ich möchte ihm sagen, dass er meine Tasche nicht tragen muss, aber alte Gewohnheiten legt man nur schwer wieder ab.

»Ich bin froh, dass du hier bist, Kumpel«, begrüßt mich Jay. »Ich hab gleich an dich gedacht, als ich gehört habe, dass eine Stelle in der Herz-Thorax-Chirurgie am Miami-Dade frei wird. Ich hab Carmen erklärt, dass ich dich unbedingt herholen muss, und zwar unverzüglich.«

»Danke, dass du mir Bescheid gegeben hast.«

»Natürlich habe ich das, schließlich bist du der Beste der Besten, und ich fände es genial, wenn wir dich in unserem Team hätten.«

»Na ja, *du* vielleicht schon, aber Carmen ändert ihre Meinung womöglich noch, wenn wir in alte Gewohnheiten verfallen.«

»Ha! Sie weiß, dass ich inzwischen restlos domestiziert bin.«

Wir verlassen den Fahrstuhl im siebten Stock, und er geht voraus zu seiner Wohnungstür, die einen Spaltbreit offen steht.

»Carmen, Wyatt ist da!«

Jasons hübsche Frau umarmt mich herzlich. »Schön, dass du hier bist.« Mit dem dunklen Haar und den dunklen Augen, der olivfarbenen Haut und einem an genau den richtigen Stellen gerundeten Körper sieht sie Dee unfassbar ähnlich, allerdings ist Dee größer, wenn auch nicht so groß wie ihre Schwester Maria.

»Geht mir genauso. Und danke, dass ich dieses Wochenende auf eurem Sofa schlafen darf.«

»Wir freuen uns immer, wenn du uns besuchst. Möchtest du was trinken?«

»Ich hab was von dem Zitronenzeug besorgt, das du so magst«, verkündet Jay. »Das hole ich dir mal.«

»Wir haben auch was Stärkeres«, wirft Carmen ein.

»Danke, aber ich trinke nicht.«

»Oh. Okay. Tut mir leid.«

»Das muss es nicht.« Ich trinke nicht, ich rauche nicht, ich esse kein rotes Fleisch, ich meide Kaffee und alles andere, was in meinem heiklen Gesundheitszustand schädlich für mich sein könnte. Das einzig Gute ist, dass ich keine Gelegenheit hatte, an Alkohol Geschmack zu finden, bevor das auf die Liste der für mich verbotenen Substanzen gesetzt wurde.

Jay gießt mir was ein, reicht seiner Frau ein Glas Wein und mixt sich selbst einen Cocktail. Wir nehmen unsere Drinks mit nach draußen auf die Dachterrasse mit einer atemberaubenden Aussicht auf die Biscayne Bay. Die Frühlingsluft ist warm und noch nicht so drückend wie im Sommer, meint Jason.

Carmen geht rein und kommt mit einem Teller kalter Schnittchen wieder raus, die wir drei uns schmecken lassen, während wir reden. Ich halte mich an dem Käse schadlos, den Crackern und dem Obst und überlasse ihnen die Salami.

»Wie waren die Flitterwochen?«, erkundige ich mich, obwohl ich bereits weiß, dass sie ihre Hochzeitsreise auf die Turks- und Caicos-Inseln genossen haben, denn schließlich bin ich auch auf Facebook mit ihnen befreundet.

»Es war furchtbar«, antwortet Jason und lächelt seiner Frau zu. »Wir haben es gehasst.«

»Der schlimmste Urlaub meines Lebens«, fügt Carmen hinzu. »So schrecklich, dass wir schon Pläne schmieden, zu unserem ersten Hochzeitstag wieder hinzufliegen.«

»Du musst da auch mal hin«, sagt Jay. »Es ist einfach umwerfend.«

»Das glaube ich sofort«, erwidere ich, obwohl ich schon eine Menge anderer Dinge auf meiner Liste von Sachen habe, die ich unbedingt machen will, bevor ich den Löffel abgebe. Und ja, so eine Liste habe ich wirklich. Das hätte jeder, dessen Lebenserwartung so erbärmlich ist wie meine. Ich möchte den Kontinent durchqueren. Ich möchte nach Paris. Ich möchte einen

Monat in Italien leben und von Norden nach Süden fahren, um so viel wie möglich davon zu sehen. Ich möchte jeweils einen Monat in London und in Dublin verbringen, ich möchte nach Australien und Neuseeland. Ich möchte ein Buch über meinen Weg vom Herzpatienten zum Herzchirurgen schreiben. Ich bin mir sehr wohl bewusst, dass ich vielleicht nichts davon schaffe, aber ich habe eine solche Liste.

Auf Carmens Handy geht eine Textnachricht ein. »Maria fragt, was wir heute Abend vorhaben und ob wir vielleicht Lust haben, auf einen Drink und einen Imbiss rüberzukommen.«

»Ich wäre dabei, wenn du einverstanden bist, Wyatt. Du erinnerst dich vielleicht noch von der Hochzeit daran, dass Carmens Cousine Maria mit Austin Jacobs zusammenlebt, dem Pitcher, der kürzlich bei den Marlins unterschrieben hat. Ihr Haus ist einfach irre.«

»Irrer als das hier?« Ich deute auf die atemberaubende Aussicht.

»Entschieden«, bekräftigt Jay.

Natürlich will ich. Dee ist dort. Doch ich versuche, cool zu bleiben. »Gern. Wonach immer euch der Sinn steht, ich bin dabei. Ich muss nur rasch unter die Dusche.«

»Ich besorg dir ein paar Handtücher«, erklärt Carmen.

Dreißig Minuten später sind wir mit Carmens Auto unterwegs zu Austins und Marias Villa. Ich bin schon ziemlich neugierig auf dieses »irre« Haus, aber am meisten freue ich mich darauf, endlich Dee wiederzusehen. Ich spiele mit dem Gedanken, ihr eine Nachricht zu schreiben, dass wir unterwegs sind, wobei ich vermute, dass sie es längst weiß.

Ich wünschte, ich wüsste, was sie wirklich davon hält, mich erneut zu treffen – ob sie sich auch so freut wie ich –, und dann fühle ich mich wie ein absoluter Idiot, weil ich derart aus dem Häuschen bin. Ich rufe mir wieder die Regeln ins Gedächtnis, die ich für mein Leben aufgestellt habe. Es gibt keinen Grund für mich, einen anderen Menschen mit mir in den Abgrund der

Verzweiflung zu reißen, wenn ich abtrete – und ich werde abtreten, und zwar wahrscheinlich eher früher als später. Das ist einfach so.

»Ach, Mist«, ruft Carmen, als sie etwas auf ihrem Handy liest, während Jay fährt.

»Was ist los?«

»Maria hat mir geschrieben. Dees Ex Marcus ist im Krankenhaus. Sie glauben, es könnte ein Selbstmordversuch gewesen sein.«

Ich setze mich aufrechter hin, bin sofort interessiert daran, mehr über Dee zu erfahren.

»Ist das nicht der Typ, der eine andere geheiratet hat?«, fragt Jay.

»Ja, und er ist wirklich der einzige Mann, mit dem sie je was hatte. Sie waren jahrelang zusammen – immer mal wieder mit Unterbrechungen.«

Und er hat eine andere geheiratet? Was zur Hölle? Ich will mehr wissen. Ich will *alles* wissen, doch ich beiße mir auf die Zunge, und zwar fest, damit ich Carmen nicht mit Fragen bombardiere. Gott sei Dank ist Jay ebenfalls neugierig.

»Ich habe nie die ganze Geschichte gehört, nur dass ihr kürzlich erfahren habt, dass seine Ehe mit der Frau gescheitert ist und er Dee zurückhaben will.«

Hölle, nein. Ausgeschlossen, dass er sie zurückkriegt. *Ganz ruhig, Cowboy. Denk an deine Regeln, okay? Zur Hölle mit den Regeln.*

»Ja, Maria und ich haben es Dee am Abend von dem Junggesellinnenabschied beigebracht. Er ist offenbar rumgerannt und hat allen Leuten erzählt, dass er sie zurückwill. Wir haben gewartet, bis wir es ihr persönlich sagen konnten. Es hat sie völlig unvorbereitet getroffen, um es mal vorsichtig zu formulieren.«

Interessant. Also hat sie zwei Tage vor der Hochzeit von Carmen und Jason erfahren, dass ihr Ex sie zurückhaben will.

Mein Magen verdreht sich bei dieser Nachricht, als mir bewusst wird, dass unser One-Night-Stand vielleicht Vergeltungssex war. Der Gedanke gefällt mir überhaupt nicht. Hat sie mich benutzt, um ihm eins auszuwischen? So enttäuschend das auch sein mag, es ergibt dennoch einen gewissen Sinn, schließlich war ich ihr erster One-Night-Stand überhaupt.

Carmen tippt mit fliegenden Fingern. »Mari sagt, dass Marcus' Schwester versucht hat, Dee dazu zu bringen, ins Krankenhaus zu kommen, aber sie weigert sich.«

So ist es recht, mein Mädchen.

Brr! Immer schön langsam mit den jungen Pferden, sie ist nicht »dein Mädchen«. Du hattest Sex mit ihr, der von ihrer Seite aus vermutlich Vergeltungssex war.

Wie auch immer, es war der beste Sex, den ich je hatte, und ich möchte mehr davon und von ihr – egal ob aus Rache oder sonst wie.

»Sie versuchen ernsthaft, ihr Schuldgefühle einzureden. Gott sei Dank sagt Mari ihr immer wieder, dass das jeglicher Grundlage entbehrt. Marcus hat vor etwas mehr als einem Jahr aus heiterem Himmel eine andere geheiratet, und Mari behauptet jetzt, dass Dee und Marcus zu der Zeit eigentlich dabei waren, einen Neuanfang zu machen, wovon ich gar nichts wusste. Und dann, nachdem er Dee in New York besucht hatte, hat er ein paar Wochen später einfach eine andere geheiratet. Er wusste, dass sie vorhatte, nach weiteren sechs Monaten zurück nach Miami zu ziehen, und konnte es kaum erwarten. Ich weiß noch, wie sehr Dee am Boden zerstört war, nachdem sie das mit der Hochzeit erfahren hatte. Es war furchtbar für uns, hier sein zu müssen, während sie so gelitten hat und gleichzeitig so weit weg war.«

Mein Herz schmerzt für sie, und ich überlege, wie lange sie wohl zusammen waren.

»Wie lange ging ihre Beziehung schon?«, erkundigt sich Jay.

Am liebsten würde ich ihm einen Kuss dafür geben, dass er diese Frage gestellt hat.

»Sechs Jahre lang immer mal wieder. Nach dem College in New York wollte sie dortbleiben, er aber nicht. Er wollte zurück nach Miami. Er war auf der Highschool mit unserem Cousin Domenic befreundet. So haben er und Dee einander überhaupt kennengelernt. Wie auch immer, ungefähr ein halbes Jahr hat das irgendwie funktioniert, bevor sie beschlossen haben, es zu lassen, weil es bei der großen Entfernung nicht gut geklappt hat. Doch dem zufolge, was Mari mir schreibt, waren sie schon ein paar Monate wieder zusammen, als er geheiratet hat. Himmel, das macht es noch viel schlimmer, als es ohnehin schon war.«

»Stimmt, das ist schrecklich«, meint Jay.

Da bin ich absolut seiner Meinung. Carmen wird nie wissen, wie dankbar ich für diese Erkenntnisse zu Dee bin oder wie sehr sie mir dabei helfen, diese Frau besser zu verstehen, die mich so völlig in ihren Bann gezogen hat.

»Und als er dann ›die Schlampe‹ geheiratet hat, wie wir sie nennen, hat er zugelassen, dass Dee das über die Gerüchteküche erfährt, was einfach nur furchtbar war.«

»Ist die Frau denn eine Schlampe?«, will Jay wissen.

Wieder würde ich mich am liebsten bei ihm bedanken. Es ist fast so, als wären unsere Gehirne irgendwie eins geworden.

»Keine Ahnung. Wir haben sie nie getroffen. Wir nennen sie einfach so, weil sie Dees Freund geheiratet hat.«

»Um fair zu bleiben, er war es, der verbandelt war, nicht sie«, erklärt Jay.

»Oh, das wissen wir, das ändert nur nichts. Für uns ist sie die Schlampe.«

Ich liebe diese Leute und ihren Zusammenhalt untereinander. Es ist erfrischend, eine Familie zu erleben, deren Mitglieder alles füreinander tun würden. Nicht dass das in meiner Familie anders wäre, aber wir sind keine so verschworene Gemeinschaft wie die

Giordinos. Die Schuld daran gebe ich den vielen Jahren, die ich im Krankenhaus verbracht habe, während mein Bruder und meine Schwester eine irgendwie einigermaßen normale Kindheit hatten – so normal eine Kindheit denn sein kann, wenn der Bruder immer wieder an der Schwelle des Todes steht.

Ein sterbenskrankes Kind neigt dazu, die gesamte Familie zu vereinnahmen, sodass die Eltern ihre Aufmerksamkeit fast ausschließlich auf das eine kranke Kind richten, und die fehlt den anderen. Mein Bruder hatte schließlich Drogenprobleme, die er allerdings inzwischen überwunden hat, und meine Schwester hatte als Teenager eine ungewollte Schwangerschaft, was meine Eltern ebenso wenig wissen wie das mit der Abtreibung.

Wir fahren durch einen netten Teil von Miami, in dem jede Menge Palmen stehen und Blumen blühen und üppige Grünanlagen die Straßen zieren, ganz anders als in der Wüstenlandschaft von Phoenix. Gewöhnlich würde ich mich für die Umgebung interessieren, doch alles, woran ich denken kann, sind Dee und das, was ihr Ex ihr zugemutet hat. Was er ihr weiterhin zumutet.

»Warum glauben sie, dass es sich um einen Selbstmordversuch handelt?«, fragt Jay.

»Ich vermute, sie haben in seinem Blut irgendeine Substanz gefunden.«

Das nennt man Gift-Screening, und das war vermutlich das Erste, was sie in der Notaufnahme bei ihm gemacht haben.

»Wird er es überleben?«, erkundigt sich Jay.

»Scheint so. Ich habe meiner Freundin Angela eine Nachricht geschickt, da sie eng mit Marcus' Schwester befreundet ist. Angela sagt, dass er wach ist und ansprechbar, aber nichts Erhellendes dazu von sich gibt, was passiert ist oder warum. Angela meint weiter, sie denken, es war, weil er versucht hat, mit Dee zu sprechen, sie ihn jedoch ignoriert hat.«

Gut von ihr. Ich bin unangemessen stolz auf sie, weil sie sich nicht einschüchtern lässt, obwohl mir gleichzeitig klar ist, dass ich auf keinen Fall mit ihr flirten sollte, oder wie auch immer man das nennen will, was ich tue. Sie hat schon genug Herzschmerz erlebt. Das Letzte, was sie braucht, ist mehr davon – und bei mir ist ein gebrochenes Herz sozusagen unvermeidlich.

Ganz buchstäblich.

Ich sinke in meinem Sitz zurück, enttäuscht, weil ich genau weiß, dass ich das Richtige tun und sie in Ruhe lassen sollte, bevor es hässlich wird. Nach der Hochzeit hatten wir eine tolle Nacht. Es war wirklich und wahrhaftig die beste Nacht meines Lebens. Wie ich mich gefühlt habe, als ich mit Dee zusammen war, ist nicht leicht zu toppen. Eigentlich sollte ich Jay dafür danken, dass er das Vorstellungsgespräch im Miami-Dade eingefädelt hat, ihm dann aber sagen, dass ich doch lieber meinen Job in Phoenix behalten möchte.

Dee ist besser dran, wenn ich irgendwo anders bin, weit genug von ihr entfernt, dass ich ihr nicht das Herz brechen kann. Der Gedanke an diese notwendigen Schritte ist niederschmetternd. Es ist sehr lange her, dass mich irgendetwas mehr fasziniert hat, als mir vorzustellen, Zeit mit Dee zu verbringen. Vor vielen Jahren, als ich noch krank war, hatte ich mal eine Freundin. Wir waren zwölf und haben uns im Krankenhaus kennengelernt. Sie hatte das gleiche Herzleiden wie ich, nur dass sie es am Ende nicht geschafft hat und gestorben ist. Ich habe lange um sie getrauert, während ich selbst um mein Leben gekämpft habe. Ich frage mich oft, warum sie sterben musste und nicht ich. Allerdings lebe ich gewissermaßen mit einer Zeitbombe, weswegen mir schmerzhaft bewusst ist, dass meine Zeit auf Erden kurz bemessen und jede Minute kostbar ist.

Später hatte ich auf dem College und dann an der Uni so viel zu tun und musste so viel aufholen, was ich als Teenager verpasst hatte, dass ich den Teil mit den Beziehungen übersprungen habe.

Ich hatte es mehr mit Touch-and-Go, wobei die Betonung auf dem »Touch« liegt, dicht gefolgt von dem »Go«. So hätte es auch bei Dee sein sollen, aber jetzt bin ich hier, zurück in Miami, und hab demnächst ein Vorstellungsgespräch. Alles wegen eines One-Night-Stands, der mich einfach umgehauen hat.

Apropos Umhauen, Austins Haus ist wirklich so toll, wie Jay behauptet hat, und ich kann es gar nicht erwarten, es von innen zu sehen. Ich folge Carmen und Jason, versuche ganz cool zu wirken, obwohl ich das überhaupt nicht bin. Anscheinend sind sie oft hier, kennen sich aus und wissen, wo die Bewohner sich gewöhnlich aufhalten.

»Hey.« Austin Jacobs begrüßt sie und umarmt Jason kurz.

Ich hab ihn schon bei der Hochzeit kennengelernt, bin aber trotzdem ungemein beeindruckt davon, in der Gegenwart eines Cy-Young-Award-Gewinners zu sein.

»Du erinnerst dich von der Hochzeit her noch an meinen Freund Wyatt, oder?« Jason deutet auf mich.

»Klar. Schön, dich wiederzusehen, Wyatt.«

Ich schüttle ihm die Hand. »Gleichfalls. Meinen Glückwunsch zum Abschluss bei den Marlins.«

»Danke. Es ist gut, dass das jetzt geklärt ist.«

Ich habe darüber gelesen, dass er einen Vertrag über achtzig Millionen für vier Jahre unterschrieben hat, damit er bei Maria in Miami bleiben kann, obwohl er bei anderen Teams viel mehr hätte verdienen können. Ich muss ihm zugutehalten, dass er seine Prioritäten richtig setzt, schließlich hätten die meisten Leute dem Geld den Vorzug gegeben.

Ein kleines Mädchen kommt in das riesige Wohnzimmer gerannt, barfuß und mit nassen Haaren. Sie hat ein pinkfarbenes Nachthemd an, und ihr Gesicht ist rosig überhaucht. »Dada! Will nicht Bett!«

Austin hebt sie hoch und küsst sie auf die Wange. »Du willst nie ins Bett, Krümelchen. Wenn's nach dir ginge, würdest du nie schlafen.«

»Nicht schlafen.«

»O doch, schlafen.« Austin wendet sich mir zu. »Wyatt, ich glaube, du hast meine Tochter Everly schon auf der Hochzeit kennengelernt. Ev, das ist Onkel Jasons Freund Wyatt.«

Als ich ihr mit den Fingern zuwinke, lächelt Everly schüchtern und drückt ihr Gesicht an die Brust ihres Vaters.

Maria betritt das Wohnzimmer mit Carmen und Dee im Schlepptau. Marias Shirt ist nass, vermutlich weil sie Everlys Bad beaufsichtigt hat. Mein Blick wird wie magisch von Dee angezogen, und das Erste, was mir auffällt, ist, wie blass sie ist und wie müde sie wirkt. Ist der Grund, dass ihr Ex ihr nachstellt und sogar einen Selbstmordversuch vortäuscht, um sie zurückzubekommen?

Über Selbstmord mache ich keine Witze. Ich habe in meiner Laufbahn als Arzt zu viel erlebt, als dass so was für mich irgendetwas anderes als tragisch sein könnte. Eben im Auto habe ich allerdings genug über ihren Ex gehört, um es nicht von vornherein auszuschließen, dass das alles nur gespielt war, ein verzweifelter Schrei nach Aufmerksamkeit. Ich möchte ihr sagen, dass sie stark bleiben soll, aber wenn ich das täte, müsste ich zugeben, dass ich über ihn und über das, was er ihr angetan hat, Bescheid weiß.

Mir wäre es lieber, sie würde mir das selbst erzählen.

Warte mal, was soll das? Vor nicht mal fünf Minuten hast du doch den Entschluss gefasst, einen Rückzieher zu machen, weil sie schon genug Herzschmerz hatte.

Tja, das war eben, und das hier ist jetzt. Dee ist mit mir im gleichen Zimmer, und ich brauche jedes bisschen Willenskraft, das ich aufbringen kann, um nicht zu ihr zu laufen, meine Arme um sie zu legen und ihr zu versichern, dass sie nicht den geringsten Grund hat, sich wegen dem schuldig zu fühlen, was ihr Ex getan hat. Ich zwinge mich, still zu stehen, auch als ihr

Blick meinem begegnet und ich mich fühle, als bekäme ich eine Defibrillatorbehandlung. Und ja, ich weiß, wie sich das anfühlt, und das hier ist genau so – wie ein Schock fürs gesamte System.

»Freut mich, dich zu sehen, Wyatt«, erklärt Maria.

»Danke, gleichfalls. Hi, Dee.«

»Hi, Wyatt.«

»Drinks«, verkündet Austin. »Wir brauchen Drinks.«

»Darum kümmere ich mich, während du unsere Kleine hier ins Bett steckst«, bestimmt Maria und gibt Everly einen Kuss.

Das kleine Mädchen hat den Kopf an die Schulter ihres Vaters gelehnt, eine Pose, die sie vermutlich oft einnimmt. Everly scheint eine völlig gesunde Drei- oder Vierjährige zu sein, was für ihren Dad und alle, die sie lieben, eine Riesenerleichterung sein muss, nach allem, was sie durchgemacht hat. Ich finde es klasse, dass Maria Austin kennengelernt hat, weil sie mit ihrer Knochenmarkspende Everly das Leben gerettet hat. Was für eine wunderschöne Geschichte.

Nachdem Austin mit Everly in Richtung Kinderzimmer verschwunden ist, flüstert Maria Dee etwas zu, während sie mich anschaut.

Dee zuckt als Antwort auf die Bemerkung ihrer Schwester die Achseln. »Vielleicht. Vielleicht auch nicht.«

Die Schwestern wechseln einen langen Blick, bevor Maria sich um die Drinks kümmern geht. Damit bewaffnet begeben wir uns nach draußen auf eine riesige Terrasse mit einem eingezäunten Pool und einem Whirlpool, umgeben von Palmen, blühenden Büschen und Topfpflanzen, alles versehen mit einer dezenten Beleuchtung. Einfach großartig, und dazu liegt das Grundstück auch noch direkt am Intracoastal Waterway.

»Ihr wohnt hier wunderschön«, sage ich zu Maria, als sie Chips, Salsa und Guacamole vor uns auf den Tisch stellt.

»Ich wünschte, ich könnte das Lob dafür einheimsen, aber es war schon so, als Austin es gekauft hat.«

Dass der Pool eingezäunt ist, freut mich besonders. Ich denke oft an den kleinen Jungen, der in einem Pool auf einem Privatgrundstück ertrunken ist. Er wurde während meines Dienstes in der Notaufnahme eingeliefert, und wir haben uns solche Mühe gegeben, sein Leben zu retten – leider vergebens. Die Verzweiflung seiner Eltern werde ich nie vergessen.

»Wo bist du gerade in Gedanken, Wyatt?«, fragt Jay, und mir wird bewusst, dass aller Augen auf mir ruhen.

»Ach, ich hab nur an Zäune um Pools gedacht und wie klug es ist, einen zu haben, wenn ein Kind im Haus ist.«

»Das war für uns nicht verhandelbar«, erklärt Maria.

»Ich musste an ein Kind denken, das bei einem meiner Notdienste ins Krankenhaus eingeliefert wurde und das wir nicht retten konnten. Solche Fälle verfolgen einen noch lange.«

»Hatte ich auch einmal«, meint Jay und runzelt die Stirn. »Ein zweijähriges Mädchen. Schrecklich.«

»Das hört man hier leider viel zu oft«, meint Maria.

»In Phoenix genauso.« Wenn Dee mich anschaut, fühle ich mich wie ein Fünftklässler, der darauf hofft, beim Flaschendrehen gleich das Mädchen küssen zu dürfen, das er so gern mag. Ja, ernsthaft. Ich bin total in sie verschossen. Sie trägt ein schwarzes schulterfreies Shirt, enge Jeans, die ihre herrliche Figur perfekt umschließen, und Wedges, die ihre korallenrot lackierten Zehennägel betonen.

Ihre schimmernden dunklen Locken fallen ihr auf die Schultern, und ihre braunen Augen sind von dichten, langen Wimpern gesäumt. Ich erinnere mich noch, wie ich während der Hochzeit dachte, dass ihre Augen einfach atemberaubend sind, doch heute Abend lese ich in ihnen Traurigkeit und Stress. Vermutlich wegen ihrem Ex und wegen der Schuldgefühle, die an ihr nagen, selbst wenn sie nichts dafür kann.

Am liebsten würde ich ihr all das sagen, aber ich füge mich ihrem Wunsch, unsere Geheimnisse vor den anderen zu wahren.

Bei der Hochzeit war sie meine Tischdame, und mehr war da nicht, zumindest ganz am Anfang.

Wir reden darüber, mexikanisches Essen zu bestellen, und als Carmen und Jason mit Maria den Raum verlassen, um was aus der Küche zu holen und ins Bad zu gehen, nutze ich den unbeobachteten Moment mit Dee. »Ich bin so froh, dich wiederzusehen.«

»Freut mich umgekehrt auch«, antwortet sie mit einem schüchternen Lächeln.

Nach der Hochzeit war sie nicht schüchtern. Kein bisschen. Ist es ihr peinlich? Ich hoffe doch nicht.

»Alles in Ordnung? Du bist so still.«

»Ich hatte einen schwierigen Tag.«

»Das tut mir leid.« Ich möchte ihr sagen, dass ich weiß, was passiert ist, aber noch mehr wünsche ich mir, dass sie es mir selbst erzählt. »Kann ich irgendwie helfen?«

»Nein, trotzdem danke der Nachfrage.«

»Hast du Lust, später noch was zu unternehmen?«

»Ich … äh, ich weiß nicht, ob das möglich ist. Ich übernachte hier.«

Ich schaue sie mit hochgezogenen Brauen an. »Ist irgendwann Sperrstunde?«

»Nein«, antwortet sie lächelnd.

»Dann hol mich nachher bei Jason ab. Wir machen eine kleine Tour.«

Sie blickt zum Fenster, durch das sie die anderen drinnen bei Maria stehen sehen kann.

»Riskier was.« Ich grinse albern und hoffe, sie findet das charmant oder niedlich oder vielleicht sogar beides. »Komm schon.«

»Schreib mir, wenn ihr bei ihnen zu Hause seid.«

Kaum hat sie das gesagt, tauchen Maria und Austin mit einem Mobiltelefon bewaffnet bei uns auf. Dee kriegt es als Erste, damit sie sich aussuchen kann, was sie vom Restaurant haben möchte. »Die Enchiladas sind einfach göttlich.«

»Okay«, melde ich mich, während Dee noch das Smartphone in der Hand hält. »Kannst du für mich Hähnchen-Enchiladas hinzufügen?«

»Ja.« Sie bestellt für uns beide und gibt das Handy dann ihrer Schwester zurück.

»Was hast du genommen?«, frage ich sie.

»Das Gleiche. Die Enchiladas sind wirklich unvergleichlich.«

»Alles, was ich in Miami bisher gekostet habe, war das.«

Ihr Gesicht wird dunkelrot, und ... *Oh, Mist.* Mir wird klar, dass sie glaubt, damit meine ich sie. Na ja, stimmt ja auch. Aber das habe ich nicht gemeint, als ich das gesagt habe. Ich fange an zu lachen und kann einfach nicht aufhören, sosehr ich mich auch bemühe.

Und bevor ich michs versehe, lacht sie ebenfalls, und alle schauen uns beide an, als wären wir übergeschnappt. Vielleicht sind wir das ja sogar. Alles, was ich weiß, ist, dass ich gern mit ihr zusammen bin und mehr von ihr möchte.

KAPITEL 3

Dee

Ich fass es nicht, dass er das tatsächlich gesagt hat! Er lacht so heftig, dass er kaum noch Luft bekommt, und das ist so ansteckend, dass ich mich auch nicht mehr beherrschen kann. Seine Bemerkung hat die Spannung gebrochen, die sich in mir aufgebaut hat, seit ich erfahren hab, dass Marcus im Krankenhaus ist.

»Äh … Haben wir was verpasst?«, will Carmen wissen, und ihr Blick zuckt von mir zu ihm und dann wieder zurück zu mir.

»Wiederhol das ja nicht«, warne ich Wyatt.

Er wischt sich die Tränen aus dem Gesicht und bedenkt mich mit einem breiten Grinsen. Wie kann ein einzelner Mann so unfassbar atemberaubend sein? Er erinnert mich an Patrick Dempsey auf der Höhe seiner McDreamy-Traumhaftigkeit, hat dunkles, welliges Haar, blaue Augen und ein Lächeln, das sein ganzes Gesicht aufstrahlen lässt. Und offenbar eine komplett verdorbene Fantasie. Wobei ich das ja irgendwie schon wusste …

Ich kann nicht glauben, dass ich mit diesem Mann geschlafen habe, wilden Dschungelsex mit ihm hatte – sogar drei Mal –, und niemand ahnt was davon. Es passt so gar nicht zu mir, das vor Maria und Carmen geheim zu halten, doch aus irgendeinem Grund hat es sich nie ergeben, es ihnen zu erzählen. Jetzt ist er zurück und will nachher mit mir ausgehen, und ich treffe mich morgen Abend mit ihm, und es ist einfach ausgeschlossen, dass ich das – was auch immer es ist – länger vor ihnen verbergen kann.

Wir wurden von Müttern und Großmüttern großgezogen, die wahre Expertinnen darin sind, Unwilligen Informationen zu entlocken. Jede von uns kann mit der Unbeirrtheit und Hartnäckigkeit eines Bluthundes eine Sensationsmeldung erschnüffeln, und danach zu urteilen, wie die beiden uns ansehen, während wir über unseren Insiderwitz lachen, haben sie definitiv Witterung aufgenommen. Maria hat mich bereits gefragt, ob er der Wyatt ist, der mir vorhin die Textnachricht geschickt hat.

Es würde mich auch nicht stören, wenn sie es wüssten, aber aus irgendeinem Grund möchte ich ihn noch eine Weile länger für mich allein haben. Ich versuche, nicht zu sehr auf ihn zu achten, während wir uns die göttlichen Enchiladas schmecken lassen, die Austin uns spendiert hat. Dazu trinken wir Margaritas. Ich nehme nur einen, weil ich nachher ja noch fahren will.

Wyatt bleibt bei Mineralwasser, so wie er es auch bei der Hochzeit getan hat. Ich bin nicht sicher, warum er keinen Alkohol trinkt, und wir haben damals nicht darüber gesprochen, jetzt wundert es mich allerdings.

Mein Handy vibriert. Es ist eine Textnachricht von Bianca: Er ist bei Bewusstsein. Nicht dass es dich interessieren würde.

Ich bin erleichtert, dass Marcus wach ist und hoffentlich auch wieder ganz gesund wird, daher antworte ich ihr: Natürlich interessiert es mich, wie es ihm geht, aber ich fahre nicht zum Krankenhaus, und ich werde ihn nicht besuchen. Wenn du ihn dazu bringen kannst, das zu begreifen, würdest du ihm helfen.

»Alles in Ordnung?«, fragt Maria.

»Marcus ist aufgewacht.«

»Das ist gut.«

»Ich hab Bianca geschrieben, sie soll ihm bitte klarmachen, dass ich ihn nicht besuchen komme. Das muss er endlich begreifen.«

»Gut. Das ist auf jeden Fall richtig.«

Ich kann spüren, wie Wyatt mich beobachtet, sich vermutlich fragt, worüber wir reden. »Ein Freund von mir ist im Krankenhaus.«

»Das tut mir leid.«

»Kann sein, dass wir darüber gesprochen haben, als wir hergefahren sind«, erklärt Carmen. »Wyatt weiß, was los ist.«

»Ah, okay, dann bist du darüber im Bilde, dass er mein Ex ist und dass er zu einem Selbstmordversuch gegriffen hat, um meine Aufmerksamkeit zu erregen.«

»Ja, und das ist schrecklich.«

»Hat man dir auch erzählt, dass er eine andere geheiratet hat, obwohl er eigentlich mit mir zusammen war?«

»Es ist nicht ausgeschlossen, dass das erwähnt wurde.«

Also kennt er meine ganze traurige Geschichte. Na toll.

»Er ist eindeutig ein Idiot.«

Wie er das sagt, ganz zu schweigen davon, wie er mich dabei ansieht, bedeutet mir unglaublich viel. »Danke.«

»Er ist der größte Idiot überhaupt«, bekräftigt Maria. »Er hatte Dee. Was zur Hölle hat er sich bloß dabei gedacht, diese Schlampe zu heiraten?«

»Es tut mir ehrlich leid, dass dir das passiert ist, Dee«, erklärt Austin. »Für ihn ist das allerdings definitiv ein Abstieg.«

Ich habe meinen zukünftigen Schwager bereits geliebt, aber jetzt tue ich das noch mehr. »Danke. Doch das ist längst Vergangenheit. Ich bedaure, dass es ihm schlecht geht, nur ist es eben nicht meine Schuld. Er hat seine Wahl getroffen.«

»Bloß leider die falsche«, betont Carmen. »Er hatte unglaubliches Glück, dass du ihm überhaupt jemals deine Aufmerksamkeit geschenkt hast.«

»Ihr seid echt gut für mein angeschlagenes Ego.«

»Dein Ego hat keinen Grund, angeschlagen zu sein«, verkündet Wyatt.

Genauso gut hätte er sagen können, dass wir bereits miteinander geschlafen haben.

Maria und Carmen ahnen definitiv was.

»Wie lange willst du hierbleiben, Wyatt?«, erkundigt sich Maria.

»Dieses Mal nur bis Montagabend. Ich hab am Vormittag ein Vorstellungsgespräch im Miami-Dade.«

»Was für ein Arzt bist du eigentlich?«, will Austin wissen.

»Herz-Thorax-Chirurg.«

»Ich weiß nicht mal, was das heißt«, bemerkt Austin lachend.

Wyatt zuckt die Achseln. »Ich krieg dafür keinen Fastball auf die Reihe.«

Ich liebe es, dass er tiefstapelt und Austin ein Kompliment macht. Das bringt ihm weitere Pluspunkte bei mir ein, nicht dass er die nötig hätte. Er ist punktemäßig ja schon am Anschlag.

»Mein Spezialgebiet als Chirurg sind Herz und Lunge sowie andere Organe im Brustraum«, erklärt Wyatt.

»Okay, ich glaube, mein Gehirn ist gerade explodiert«, meint Austin.

»Das wiederum fällt in Jasons Zuständigkeitsbereich«, entgegnet Wyatt mit einem Grinsen.

Er ist einfach wunderbar lustig, so intelligent und sexyer, als irgendein Mann das Recht hat zu sein. Je mehr Zeit ich mit ihm verbringe, desto mehr mag ich ihn. Und ich habe ihn bereits vor heute Abend wirklich gerngehabt.

»Also hast du vor, nach Miami umzuziehen?«, will Maria wissen.

»Ursprünglich nicht, aber nachdem ich zur Hochzeit hier war, habe ich tatsächlich angefangen, über einen Tapetenwechsel nachzudenken.« Er blickt zu mir, doch ich tue so, als merkte ich nichts.

Maria und Carmen entgeht das natürlich nicht.

»Dann hat Jay die frei gewordene Stelle im Miami-Dade erwähnt, und hier bin ich. Miami gefällt mir immer besser.«

»Ich liebe es, hier zu sein.« Jason lächelt Carmen zu. »Das ist der beste Ort, an dem ich je gelebt habe.«

»Sehe ich genauso«, stellt Austin mit einem breiten Lächeln für Maria fest. »Mein absoluter Lieblingsort auf der ganzen weiten Welt.«

»Die Aussicht ist auf jeden Fall schon mal ziemlich spektakulär«, fügt Wyatt hinzu.

Wir täuschen niemanden mehr. Mein Gesicht fühlt sich total heiß an, und es wundert mich, dass meine Haut keine Blasen wirft.

»Dee, würde es dir was ausmachen, mir die Stadt zu zeigen, solange ich hier bin?«, erkundigt sich Wyatt. »Ich war zur Hochzeit das erste Mal hier und habe dabei nicht wirklich viel mitbekommen.«

»Das ist eine fantastische Idee«, meint Carmen. »Dee kennt Miami wie ihre Westentasche. Sie ist die beste Fremdenführerin, die man sich nur denken kann.«

»Außerdem hätte Dee dann etwas anderes zu tun, als sich den Kopf darüber zu zerbrechen, was mit dem Vollidioten los ist«, fügt Maria hinzu. »Ich finde die Idee ebenfalls toll.«

»Ich könnte eine Stadionbesichtigung organisieren, wenn dich das interessiert«, schlägt Austin vor.

»Das wäre genial«, antwortet Wyatt. »Danke.«

»Klar. Sag mir einfach, wann es dir passt.«

»Die Feinplanung überlasse ich meiner Fremdenführerin«, versetzt er und wirft mir einen Seitenblick zu, vermutlich um unauffällig rauszufinden, ob ich sauer bin, weil er mich so mit Beschlag belegt.

Das bin ich nicht. Ich bin begeistert, dass er mir damit so einen glaubhaften Vorwand dafür geliefert hat, mich mit ihm zu treffen. Ich mag es nicht, wenn sich alle in meine Angelegenheiten einmischen, was der Hauptgrund war, weshalb ich so lange in New York geblieben bin. Schon bevor ich ans College gegangen bin, war ich es leid, dass meine Familie immer bereits wusste, was ich vorhatte, bevor ich auch nur den ersten Schritt gemacht hatte.

Ich kann es gar nicht erwarten, Wyatt meine Stadt zu zeigen. Maria hat recht mit ihrer Behauptung, dass ich diese Stadt bestens kenne, und ich liebe jeden wunderbaren, bunten Winkel davon. Dass ich dabei zusätzlich Zeit mit Wyatt verbringen kann, ist ein echter Bonus.

Trotzdem muss ich vorsichtig sein. Er ist nur übers Wochenende da, und wer weiß, ob er den Job wirklich bekommt und dann auch tatsächlich herzieht? Es wäre viel zu leicht, an einen solchen Mann, der zudem noch traumhaft attraktiv und im Bett eine Wucht ist, mein Herz zu verlieren.

»Sollen wir gleich los? Wir könnten in ein paar Clubs in Little Havana gehen, von denen du mir bei der Hochzeitsfeier erzählt hast.«

Ich schrecke aus meiner Versunkenheit hoch und merke, dass er mich gerade direkt vor allen andern gefragt hat und auf meine Antwort wartet.

»Klar, das klingt nach Spaß.« Es klingt nach mehr Spaß, als ich seit der Nacht mit ihm vor fünf Monaten hatte. Ich blicke zu Maria, die mich eindringlich mustert und auf den Rest der Geschichte lauert. Wenn sie wüsste … »Und da ich dann ohnehin in Little Havana bin, kann ich heute auch bei mir schlafen.«

»Was immer du möchtest«, antwortet Maria, und ihre Augen funkeln.

Fast könnte man den Eindruck gewinnen, dass meine Schwester mich mit dem traumhaften Arzt ins Bett schubsen will.

»Wird Everly traurig sein, wenn ich nicht hier bin, wenn sie aufwacht?« Ich hab eine innige Beziehung zu der Kleinen, Marias zukünftiger Stieftochter und damit meiner Nichte, und ich will sie nicht enttäuschen.

»Ich habe ihr nicht verraten, dass du über Nacht bleiben wolltest. Ich hatte gedacht, damit könnten wir sie morgen früh überraschen.«

»Das machen wir dann ein andermal.« Zu Wyatt sage ich: »Ich hole bloß schnell mein Zeug.«

»Lass dir Zeit. Ich gehe nirgendwohin.«

Ohne auf die neugierigen Blicke meiner Schwester, meiner Cousine oder von deren Männern zu achten, begebe ich mich ins Gästezimmer, um meine Sachen wieder einzupacken. Es überrascht mich nicht, als ich feststelle, dass Maria und Carmen mir folgen.

»Meine Güte, der ist echt hin und weg von dir«, stellt Carmen fest. »Er hat dich keine Sekunde aus den Augen gelassen.«

»Überbewertet das nicht. Es ist nichts Ernstes.« Ich werfe die paar Klamotten, die ich bereits rausgenommen hatte, wieder in die türkisfarbene Vera-Bradley-Tasche, die mir Carmen letztes Jahr zu Weihnachten geschenkt hat, und ziehe den Reißverschluss zu.

»Ich hab Jason schon bei der Hochzeit gesagt, dass da was zwischen euch läuft«, erklärt Carmen.

»Tut es aber nicht. Das war bloß Spaß. Wir haben uns einfach prima verstanden.«

Maria dreht mein Gesicht zu sich. »Jetzt mal ehrlich: Ist das alles, was es war? Spaß?«

»Ja«, antworte ich und verdrehe die Augen. Es hat auf jeden Fall Spaß gemacht. Das ist nicht gelogen.

»Jason war überrascht, dass Wyatt an der Stelle im Miami-Dade interessiert ist«, meint Carmen. »Jetzt jedoch beginnt das alles Sinn zu ergeben.«

»Zieh bitte keine voreiligen Schlüsse«, erkläre ich ihr.

Carmen quietscht glücklich. »Wie toll wäre das, wenn du auf meiner Hochzeit den Mann deines Lebens kennengelernt hättest?«

»Hört mal, alle beide. Tut das nicht. Ich habe immer noch mit dem ganzen Mist mit Marcus zu kämpfen.«

»Nein, hast du nicht«, widerspricht Maria energisch. »Du hast nichts mit dem zu tun, was bei ihm vor sich geht.«

»Er hat versucht, sich umzubringen, weil ich mich geweigert habe, einen Anruf von ihm anzunehmen.«

»Das ist überhaupt nicht der Grund«, beharrt Maria. »Er hat es getan, weil er sein Leben vermasselt hat, und jetzt, wo ihm alles um die Ohren geflogen ist, tut ihm leid, was er dir angetan hat. Wo ist denn seine große Entschuldigung die ganze Zeit geblieben? Er hat sich nicht bei dir gemeldet, bis die Schlampe ihn verlassen hat. Und er kommt auch nicht mit aufrichtiger Reue zu dir. Was heute passiert ist, hat nichts mit dir zu tun.«

»Sie hat recht, Dee«, pflichtet ihr Carmen bei. »Das kannst du dir nicht anlasten. Er hat Mist gebaut und weiß es. Das alles dreht sich allein um ihn, nicht um dich.«

»Trotzdem … Es war ein Schock, und ich hab mich davon noch nicht erholt. Ich bin nicht in der Verfassung dafür, dass das hier irgendetwas anderes ist als ein nettes Wochenende mit einem neuen Freund. Bitte dreht deswegen nicht durch oder rennt damit zur Familie.«

»Wir werden kein Wort darüber verlieren«, verspricht Carmen, »aber du solltest ihn zum Sonntagsbrunch mitbringen. Er war so begeistert vom Essen im Restaurant.«

»Schauen wir mal, ob sich das ergibt.«

Carmen umarmt mich. »Geh und amüsier dich, mach verrückte Sachen, und hab einfach Spaß.«

»Du warst in einer langen Beziehung, die furchtbar geendet hat«, pflichtet ihr Maria bei. »Wenn irgendjemand ein bisschen Spaß verdient hat, dann bist das du. Also leg los.«

»Danke für den Tipp. Darf ich jetzt gehen, meine Damen?«

»Brauchst du Kondome?«, fragt Maria ganz ernst.

»Ich bin dann weg. Tschüss!«

Ich trete aus dem Badezimmer ins Foyer, wo die drei Männer in eine angeregte Unterhaltung vertieft sind, während sie auf uns warten. Jason und Austin sind inzwischen gute Freunde geworden. Sie spielen zusammen Golf, unternehmen Angelausflüge und verbringen bei jeder sich bietenden Gelegenheit Zeit miteinander. Natürlich sind Carmen und Maria überglücklich darüber, und ich muss zugeben, mehr als einmal habe ich mich bei ihnen wie das fünfte Rad am Wagen gefühlt. Sie treffen sich oft, und sie holen mich immer dazu, was ich total lieb finde. Doch das heute ist das erste Mal, dass ich mich bei den beiden glücklichen Paaren nicht überflüssig gefühlt habe.

Was allein an Wyatt liegt. Als er mir sein herzliches Lächeln schenkt, flattert es in meinem Bauch, und das ist ein sicheres Zeichen dafür, dass die Aufregung der anderen ihre Wirkung auf mich nicht verfehlt.

Immer schön langsam, Mädchen.

»Fertig?«, erkundigt sich Wyatt.

»Ja.« Ich umarme Austin und Maria. »Danke für das Essen.«

Wyatt schüttelt Austin die Hand und schließt Maria kurz in die Arme. »Vielen Dank. Die Enchiladas waren eine Wucht.«

»Hast du ihm gesagt, wann er wieder zu Hause sein muss, Jason?«, fragt Carmen und freut sich über ihren großartigen Witz.

»Auf keinen Fall später als Mitternacht, junger Mann«, verkündet Jason mit gestrenger Miene.

»Warte besser nicht auf mich, Dad«, erwidert Wyatt, während er mir aus dem Haus folgt. »Puh, das war knapp. Beobachten sie uns durchs Fenster?«

»Vermutlich, aber ich schau nicht hin.«

»Ich kann verstehen, was du damit meinst, dass du nicht viel tun kannst, ohne dass deine Familie sich einmischt.«

»Na ja, da gab es diese eine Nacht …«

»Ah, ja, diese eine Nacht.« Er legt mir seine Hand in einer unschuldigen Geste ins Kreuz, und bei der leichten Berührung dreht mein Kreislauf durch. »Soll ich fahren?«

»Du bist Gast. Das musst du nicht.«

»Es stört mich nicht.«

Ich reiche ihm die Schlüssel und verstaue meine Tasche auf der Rückbank.

Er setzt sich hinters Steuer und verstellt den Sitz, damit für seine viel längeren Beine genug Platz ist. Ich erkläre ihm, wie er von hier zum Highway gelangt, der uns zurück nach Little Havana bringt. »Worauf hast du denn Lust?«

»Was auch immer du tun möchtest.«

»Wir könnten ein bisschen spazieren gehen, was trinken oder in einen Club.«

»Das klingt für mich alles toll.« Als wir auf dem Highway sind, blickt er zu mir herüber. »War das okay, dass ich dich vor allen gefragt habe?«

»Klar, kein Problem.«

»Haben deine Schwester und deine Cousine dich ins Kreuzverhör genommen, als sie dir gefolgt sind?«

»Was glaubst du denn?«

Er grinst. »Was hast du ihnen erzählt?«

»Ich habe ihnen gesagt, sie sollen nicht überreagieren. Es gäbe da nichts zu sehen.«

»Überhaupt nichts?«, erkundigt er sich und hebt eine Augenbraue.

»Nichts, was sie wissen müssen.«

Er nimmt seine Hand vom Schalthebel und legt sie auf meinen Oberschenkel. »Weißt du eigentlich, wie schwer es war, vor deiner Familie so zu tun, als ob ich dich nur oberflächlich kennen würde?«

Seine Hand fühlt sich so heiß an wie ein Brandeisen und löst eine Reaktion in mir aus, in deren Folge all meine wesentlichen Körperteile zu prickeln beginnen. »Wie schwer war es?«

»Ganz schlimm.«

Plötzlich reden wir nicht mehr über das Täuschungsmanöver für meine Familie.

»Ich hab so oft an dich und unsere gemeinsame Nacht denken müssen«, erklärt er. »Du auch?«

»Ab und zu.«

»Schwindelst du etwa?«

»Vielleicht ein bisschen.« Ich will nicht über Marcus reden, vor allem nicht mit Wyatt, aber ich möchte, dass er weiß, wie schlecht es mir in letzter Zeit gegangen ist. »Es waren ein paar schwierige Monate.«

»Wegen deines Ex?«

»Auch. Außerdem musste meine Mutter sich wegen Brustkrebs behandeln lassen. Im Januar hatte sie eine doppelte Mastektomie, und jetzt kriegt sie Chemotherapie.«

»Ich hab mich schon gefragt, warum du nach der Hochzeit in Miami geblieben bist.«

»Woher weißt du das?«

»Instagram.«

»Ah ... Also stalkst du mich?«

»Ich folge dir. Das ist was anderes.«

Es gefällt mir, dass er so oft an mich gedacht hat und ich ihm wichtig genug war, dass er online nach mir gesucht hat.

Und dass er sich damit beschäftigt hat, warum ich nicht nach New York zurückgekehrt bin.

»Also wirst du hierbleiben?«

»Das ist der Plan. Irgendwann muss ich allerdings noch mal nach New York und meine Sachen holen. Mein Cousin, mit dem ich mir dort eine Wohnung geteilt habe, will mein Zimmer untervermieten. Ich kann nicht dorthin zurück, solange meine Mutter so krank ist.«

»Wie geht es ihr denn?«

»Die Chemo ist echt furchtbar. Es ist schwierig. Am schlimmsten ist es, zusehen zu müssen, wie sie sich quält.«

»Es tut mir leid, dass sie das durchmachen muss – und du auch.«

»Sie ist so tapfer.«

»Sie hat Riesenglück, dass ihre Familie sie unterstützt. Stört dich das mit New York?«

»Nicht wirklich. Ich wollte dieses Jahr ohnehin zurückkommen. Jetzt habe ich das einfach ein bisschen vorgezogen. Was ist mit dir? Wieso bewirbst du dich um einen Job hier?«

»Miami hat mir gefallen, als ich zur Hochzeit hier war. Ich hab für den Großteil meines Lebens in Phoenix gewohnt, und jetzt bin ich bereit für einen Tapetenwechsel. Als Jay die freie Stelle in seinem Krankenhaus erwähnt hat, habe ich mir gedacht: Warum eigentlich nicht?«

»Darf ich dich was fragen, und wirst du mir aufrichtig antworten?«

»Sicher.«

»Du tust es nicht meinetwegen, oder?«

Lächelnd antwortet er: »Nicht allein deinetwegen, aber dass du hier lebst, macht die Sache für mich durchaus reizvoller.«

»Ich bin nicht wirklich an einem Punkt in meinem Leben, der für so etwas günstig wäre. Oder überhaupt irgendwas.«

»Ich auch nicht.« Er klingt irgendwie traurig, ohne dass ich wüsste, warum.

»Okay. Ich weiß, warum der Zeitpunkt für mich nicht günstig ist, doch was ist es bei dir?«

»Im Moment kommt mir alles einfach merkwürdig vor – die Möglichkeit des Jobwechsels, ein Umzug ans andere Ende des Landes. Ich bin mir nicht sicher, was passieren wird.«

»Du wirst den Job kriegen.«

»Woher willst du das wissen?«

»Sie müssten schon verrückt sein, um dich nicht zu nehmen. Hast du nicht die allgemeine Krankenhauszulassung für dein Spezialgebiet?«

»Natürlich, aber woher weißt du das?«

»Du bist nicht der Einzige, der ein bisschen gegoogelt hat.«

KAPITEL 4

Wyatt

Das macht mich glücklicher, als ich seit langer Zeit – oder überhaupt je – gewesen bin. Sie hat nach unserer gemeinsamen Nacht nicht nur weiter an mich gedacht, sondern hat mich sogar gegoogelt. Ich hoffe bloß, dass sie dabei nicht auf meine gesamte Vorgeschichte gestoßen ist. »Was hast du sonst noch über mich herausgefunden?«

»Ich habe lediglich deinen Lebenslauf auf der Webseite des Krankenhauses gelesen und außerdem entdeckt, dass du viele Artikel über Herz-Lungen-OPs veröffentlicht hast und ein landesweit anerkannter Experte dafür bist, wie man Patienten am besten durch lebensbedrohliche Krankheiten begleitet. Dazu hältst du auch Vorträge.«

Ich habe aus meinen persönlichen Erfahrungen beruflich Nutzen gezogen. Mir ist es wichtig, Patienten ganzheitlich zu behandeln und mich nicht nur auf den Teil von ihnen zu konzentrieren, der gerade Probleme bereitet. »Daran bin ich tatsächlich überaus interessiert.« Ich bin wirklich sehr froh, dass sie nicht weiter vorgedrungen ist als bis zur Krankenhauswebsite.

»Das ist etwas, was wir dringend brauchen. Der Onkologe meiner Mutter zählt zu den Besten seines Fachs, aber hat keinerlei Gespür für den Patienten als Mensch. Ihm scheint überhaupt nicht klar zu sein, wie erschreckend das Ganze für sie und für uns ist, sondern er bleibt bei diesen lebensbedrohlichen Dingen total nüchtern.«

Als ich das höre, verziehe ich das Gesicht. Ich kenne viel zu viele Ärzte wie den, den sie da beschreibt. »Es ist eine echte Herausforderung, Mediziner so auszubilden, dass sie fachliche Experten sind und gleichzeitig auch auf die Sorgen und seelischen Nöte ihrer Patienten eingehen. Nicht zu vergessen die der Familie des Patienten.«

»Bei dem Arzt meiner Mutter komme ich mir immer wie eine Idiotin vor, wenn ich ihn irgendetwas fragen muss. Normalerweise bitte ich Maria, sich darum zu kümmern, weil sie Krankenschwester ist – und es besser ist, wenn ich nicht mit ihm spreche. Ich habe immer Angst, dass ich ihm versehentlich sage, was ich wirklich von ihm halte.«

Sofort ist da ein Bild in meinem Kopf, wie sie dem Onkologen gehörig die Meinung geigt, und ich muss lachen. »Vielleicht *solltest* du ihm sagen, was du wirklich denkst. Vielleicht muss er das mal hören.«

»Das geht nicht. Ich hätte viel zu große Angst, dass meine Mutter dann nicht mehr die Versorgung erhält, die sie braucht. Aber ich würde es wirklich gerne tun.«

»Du kannst mit allem, was du ihm am liebsten an den Kopf werfen würdest, zu mir kommen. Das meine ich ernst. Ruf mich an, wenn du ihn anschreien willst. Ich werde immer ein offenes Ohr für dich haben.«

»Du hast schon genug mit deinen eigenen Patienten zu tun. Da brauchst du ganz bestimmt nicht noch irgendeine dahergelaufene Frau aus Miami, die dich wegen jemandem, der nicht mal dein Patient ist, am Telefon anschreit.«

»Wenn die dahergelaufene Frau du bist, brauche ich das auf jeden Fall.«

»Vorsicht. Diese Schmeicheleien steigen mir noch zu Kopf.«

»Ich konnte es gar nicht erwarten, dich endlich wiederzu-sehen.« So viel dann zum Thema Zurückhaltung. *Schon verges-sen, dass es nicht fair wäre, mit ihr oder irgendeiner anderen Frau etwas Ernstes anzufangen? Schon vergessen, dass wir uns da einig waren, bevor wir hergeflogen sind? Nein, ich hab nichts vergessen, also sei still.* Ich hab mich genau so lange daran gehalten, bis sie bei ihrer Schwester ins Zimmer gekommen ist und sexyer war, als irgendeine Frau sein sollte, und da konnte ich mich plötzlich nicht mehr erinnern, warum das hier keine gute Idee ist.

Vielleicht können wir dieses eine zusätzliche Wochenende haben, bevor mich die Wirklichkeit einholt. Wem würde ein weiteres Wochenende schon schaden?

Nach dem Schmerz in meiner Brust zu urteilen, bei dem Gedanken, dass das hier unser letztes Mal zusammen sein könnte, wäre das vermutlich ich. Genau wie sie. Aber mehr als dieses Wochenende ist nicht drin. Das geht einfach nicht. Mehr zuzulassen wäre total unfair ihr gegenüber – und auch mir selbst gegenüber.

»Darf ich dich was fragen?«

»Klar.«

»Möchtest du wirklich durch die Clubs ziehen, oder wollen wir irgendwohin, wo wir ungestört sind?«

Sie schweigt so lange, dass ich anfange, mir Sorgen zu machen, dass ich die Situation falsch eingeschätzt habe.

»Lass uns zu mir fahren.«

Marcus

Ich hab das so dermaßen in den Sand gesetzt. Meine Eltern und meine Schwester sind völlig hysterisch, und ich fühle mich furchtbar, weil ich ihnen so viel Kummer bereitet habe. Ich kann nicht glauben, dass Bianca Dee gesagt hat, sie vermuten, ich hätte versucht, mir das Leben zu nehmen. Das habe ich nicht. Jedenfalls nicht bewusst. Ich habe ein paar Xanax geschluckt, um meine Nerven zu beruhigen, und hatte den Wodka vergessen, den ich vorher getrunken hatte, und es scheint, dass diese Kombination mich fast umgebracht hätte.

Aber das war absolut keine Absicht. Ich möchte nicht sterben, bevor ich die Dinge mit Dee ins Reine gebracht habe. Das ist das Einzige, was mir wichtig ist.

Ich habe meine Alkoholsucht jahrelang vor ihr geheim gehalten. Das wurde einfacher, als ich von New York wieder zurück nach Hause gezogen bin. Doch das Trinken ist auch daran schuld, dass ich mit einer anderen verheiratet bin. Es ist der Grund, warum ich der einzigen Frau, die ich je geliebt habe, das Herz gebrochen habe. Ich erinnere mich kaum an die Nacht in Vegas oder daran, wie es geschehen ist, dass ich plötzlich mit einer der Frauen, die mit mir und meinen Freunden abgehangen haben, verheiratet war.

Am nächsten Tag bin ich zu mir gekommen, mit einer Blondine neben mir im Bett und mit einem Ring am Finger, und habe mich furchtbarer gefühlt als je zuvor in meinem Leben. Und dann begannen sich die Erinnerungslücken aus der vorherigen Nacht langsam zu schließen.

Dee.

Sie ist damals mein erster Gedanke gewesen, und sie ist es auch jetzt. Das ist sie an jedem Tag, seit ich diese Katastrophe über uns beide gebracht habe. Ich muss mit ihr sprechen, ihr sagen, dass ich ihr für nichts hieran die Schuld gebe. Das ist meine größte Angst: dass Bianca Dee irgendwie Schuldgefühle eingeredet hat, die sie absolut nicht verdient. Sie hat nichts falsch gemacht. Nein, das ist alles meine Schuld.

Ich hätte auf die Familie und die Freunde hören sollen, die mich angefleht haben, mir Hilfe zu suchen, bevor irgendwas Schreckliches passiert. Ihre größte Sorge dabei war, dass ich betrunken Auto fahre und jemanden umbringe, dabei habe ich mich nie alkoholisiert hinters Steuer gesetzt. Also ist das nicht passiert, aber etwas anderes – ich habe meiner großen Liebe das Herz gebrochen, und jetzt möchte ich das verzweifelt wiedergutmachen.

Bianca hat mein Handy zum Laden auf den Rolltisch neben meinem Krankenhausbett gelegt. Ich greife danach und scrolle durch die Kontakte, um Dees Nummer zu finden. Dann schreib ich ihr eine Textnachricht.

> Ich habe nicht versucht, mich umzubringen. Auch wenn Bianca das behauptet, es stimmt nicht, und falls sie dir irgendwelche Schuldgefühle einreden will, tut mir das leid. Nichts hiervon ist deine Schuld. Ich hab Mist gebaut, und es gibt Dinge, die ich dir erzählen muss, Dinge, die zu erfahren du das Recht hast. Können wir bitte miteinander sprechen?

Die Textnachricht wird zugestellt, allerdings nicht gelesen.

Ich starre auf das Display, möchte Dee kraft meiner Gedanken zwingen, die Nachricht anzuschauen, als eine fremde dunkelhaarige Frau in einem Arztkittel reinkommt. Was jetzt? Ich bin schon auf alles Mögliche getestet worden. Was kann sie da noch von mir wollen?

»Hallo, Marcus«, begrüßt sie mich. »Ich bin Dr. Stern, die diensthabende Psychiaterin. Sie können mich Justine nennen, wenn Sie möchten.«

Bei dem Wort »Psychiaterin« entfährt mir ein Stöhnen. »Ich habe nicht versucht, mich umzubringen. Das ist nicht das, was passiert ist.«

Sie setzt sich neben mein Bett. »Was ist denn passiert?«

»Ich habe aus Versehen Xanax genommen, nachdem ich Alkohol getrunken hatte. Ich habe nicht bedacht, was das für Konsequenzen haben könnte. Es war ein Fehler, kein Selbstmordversuch.«

»Ihre Familie war ziemlich aufgelöst, nach allem, was man mir erzählt hat.«

»Meine Schwester ist in Panik geraten, als sie bei mir vorbeigeschaut und mich nicht wach bekommen hat. Es tut mir sehr leid, dass ich sie so erschreckt habe.«

»Warum sollte sie denken, dass Sie Ihrem Leben ein Ende setzen wollen?«

»Mein Leben war in letzter Zeit ziemlich chaotisch. Sehr, *sehr* chaotisch.«

»Wie genau?«

»Müssen wir das wirklich alles durchkauen?«

»Wenn ich Sie entlassen soll, schon. Wenn ich Ihre Papiere unterschreibe, muss ich mir sicher sein, dass Sie nicht ein weiteres Mal versuchen, sich etwas anzutun. Wie wäre es also, wenn Sie mir sagen, was in letzter Zeit so chaotisch war?«

»Meine Frau hat mich verlassen.«

»Tut mir leid, das zu hören.«

»Nein, das war gut.«

»Ach ja?«

Ich nicke. »Wir hätten nie heiraten sollen. Das war ein Versehen.«

»Sie haben ›aus Versehen‹ geheiratet? Wie ist das möglich?«

»Ich war betrunken, wir waren in Vegas, sie war dort … Eins hat zum anderen geführt, und als ich aufgewacht bin, war ich mit der Falschen verheiratet.«

»Wer wäre denn die Richtige gewesen?«

»Meine Freundin Dee. Sie ist es, die ich liebe. Die ich immer geliebt habe. Wir waren jahrelang zusammen, ehe wir uns getrennt haben, doch wir waren gerade dabei, es wieder miteinander zu probieren, als es passiert ist. Zwar war sie in New York und ich in Miami, aber es ist gut gelaufen. Zumindest bis ich es komplett in den Sand gesetzt habe. Seither nimmt sie meine Anrufe nicht mehr an und antwortet nicht auf meine Textnachrichten.«

»Wie hat sie reagiert, als Sie ihr mitgeteilt haben, dass Sie eine andere geheiratet haben?«

»Da bin ich mir nicht sicher.«

»Sie hat das nicht von Ihnen erfahren?«

»Nein, und das bedaure ich ohne Ende. Denn natürlich hätte sie es von mir hören müssen, nur … was hätte ich denn sagen sollen? ›Oh, übrigens, ich hab mich letzte Nacht betrunken und bin mit Ana, der Schwester meines Freundes, verheiratet aufgewacht, was so keinesfalls geplant war‹?«

»Okay, Sie haben also aus Versehen geheiratet. Was ist dann geschehen?«

»Wir sind nach Hause geflogen, nach Miami. Ana ist bei mir eingezogen und wollte, dass wir eine richtige Ehe führen.«

»Und Sie haben die ganze Zeit an Dee gedacht, die Ihre Anrufe nicht entgegennimmt und Ihre Textnachrichten nicht liest. Ist das so in etwa richtig?«

»Ich habe jede Minute eines jeden Tages an sie gedacht, während ich mit Ana verheiratet war.«

»Haben Sie mit Ana geschlafen?«

Bei der Frage wird mir unbehaglich. »Schätze schon.«

»Sie schätzen schon? Haben Sie oder haben Sie nicht?«

»Wir waren verheiratet.«

»Also, während Sie sich nach Dee gesehnt haben, nachdem Sie ihr das Herz gebrochen hatten, indem Sie eine andere geheiratet haben, hatten Sie Sex mit Ihrer neuen Frau. Verstehe ich das richtig?«

Unter ihrem durchdringenden Blick rutsche ich vor Verlegenheit unruhig hin und her. Sie möchte mich im Namen aller Frauen erdolchen, und daraus kann ich ihr keinen Vorwurf machen. »Ja, das stimmt. Ich bin nicht stolz auf mich, doch Sie sollten wissen, dass ich nie zuvor etwas Ähnliches getan habe.«

»Eine Frau zu heiraten, die nicht Ihre langjährige Freundin war?«

»Ja«, antworte ich mit zusammengebissenen Zähnen. Langsam fängt sie an, mir auf die Nerven zu gehen. »Mir ist klar geworden, dass ich ein Problem mit Alkohol habe.«

»Und was haben Sie dagegen unternommen?«

»Bisher noch nichts.«

»Worauf genau warten Sie?«

»Das weiß ich nicht.«

»Glauben Sie, dass ein fast tödlicher Vorfall mit Tabletten und Alkohol vielleicht der Anstoß sein könnte, den Sie brauchen?«

»Vielleicht.«

»Dies ist kein Witz, Marcus. Wenn Ihre Schwester sich nicht solche Sorgen gemacht hätte, als sie Sie nicht hat erreichen können, wären Sie jetzt vielleicht tot.«

»Ja, ich weiß.«

»Aber das war nicht Ihre Absicht? Dieses Elend zu beenden, das Sie gerade erleben, indem Sie eine Überdosis nehmen?«

»Das war keinesfalls meine Absicht. Ich möchte nicht sterben. Ich möchte die Dinge mit Dee wieder einrenken.«

»Ich fürchte, Sie werden akzeptieren müssen, dass das praktisch ausgeschlossen ist.«

»Woher wollen Sie das wissen? Dee und ich haben ja nicht mal über das gesprochen, was passiert ist. Sie weigert sich, mit mir zu reden.«

Dr. Stern beugt sich vor und legt mir eine Hand auf den Arm. »Marcus, Sie haben aus heiterem Himmel eine andere geheiratet und es ihr nicht einmal persönlich erzählt. Sie wird nicht mit Ihnen sprechen. Für sie ist das mit Ihnen aus und vorbei.«

»Wie kann es für sie vorbei sein, wo wir noch nicht mal darüber gesprochen haben?«

»Es war für sie in der Minute vorbei, in der Sie sich mit einer anderen haben trauen lassen und sie das nicht von Ihnen selbst erfahren hat.«

»Aber ich wollte das alles doch überhaupt nicht.«

»Das verstehe ich, trotzdem ist es nun mal passiert, und jetzt müssen Sie einen Weg finden, mit den Folgen zu leben.«

»Das werde ich nicht können, solange ich nicht die Gelegenheit erhalte, alles mit Dee zu besprechen.«

»Ist Ihnen klar, dass Sie ihr durch Ihre unablässigen Kontaktversuche vermutlich jedes Mal erneut wehtun?«

Das war mir bisher in der Tat nicht klar, zumindest nicht so deutlich.

»Wie lange ist es her, dass Ana Ihre Frau geworden ist?«

»Ein Jahr.«

»Hatte Dee Anlass, zu glauben, dass sie diejenige war, die Sie heiraten würden?«

»Wir hatten darüber gesprochen, das zu tun, sobald sie wieder in Miami wäre.«

»Also hatte Dee jetzt ein Jahr Zeit, die Scherben ihres Lebens aufzukehren und sich etwas Neues aufzubauen, und jedes Mal, wenn sie von Ihnen hört, ist das eine Erinnerung an das, was Sie ihr angetan haben. Sie haben sie verletzt, Marcus. Vielleicht sogar am Boden zerstört, wenn wir davon ausgehen, dass sie erwartet hat, Ihre Frau zu werden. Wenn Sie weiterhin versuchen, Sie zu erreichen, verschlimmern Sie ihren Schmerz nur.«

»Ich will ihr nicht wehtun. Ich möchte lediglich die Chance, ihr alles zu erklären und mich zu entschuldigen.«

»Dann schreiben Sie ihr einen Brief, aber hören Sie auf, sie anzurufen und ihr Textnachrichten zu schicken. Das ist ihr gegenüber einfach nicht fair.«

Ich will nicht hören, was sie da sagt, auch wenn ich weiß, dass sie recht hat.

»Dieser letzte Vorfall ist das zweite Mal, dass Alkohol eine Katastrophe in Ihrem Leben verursacht hat. Beim ersten Mal hat er zu gebrochenen Herzen geführt, dieses Mal beinahe zu Ihrem Tod. Sie behaupten, nicht mit Absicht ...«

»Das war es auch nicht. Ich schwöre es. Ich bin nicht selbstmordgefährdet. So schlimm dieses letzte Jahr auch gewesen ist, ich habe nicht ein einziges Mal daran gedacht, mich umzubringen. Was würde das schon nützen? Es würde nichts mit Dee wieder einrenken, was mein einziges Ziel ist.«

»Ich glaube, es ist Zeit für ein neues Ziel, eins, das sich darum dreht, gesund zu werden. Würden Sie eine dreißigtägige stationäre Therapie in Erwägung ziehen? Vielleicht auch länger, falls das nötig ist.«

»Ich ... äh, ich muss arbeiten.«

»Was machen Sie beruflich?«

»Ich bin Zweigstellenleiter einer Bank.«

»Ich kann Ihnen helfen, die Papiere auszufüllen, um medizinisch notwendigen Urlaub zu beantragen.«

»Ich bin mir nicht sicher, ob das eine gute Idee ist. Das Chaos in meinem persönlichen Leben ist in meine Arbeit rübergeschwappt, und ich bewege mich da im Moment irgendwie auf dünnem Eis.«

Das waren die Worte, die mein Chef bei unserem letzten Gespräch benutzt hat, nachdem ich einige wichtige wöchentliche Zahlen zu spät geliefert hatte, was passieren kann, wenn alle Gedanken sich einzig darum drehen, die Dinge mit der Frau, die man liebt, wieder ins Lot zu bringen.

»In dieser Situation schützt Sie das Gesetz. Wenn Sie eine ärztliche Diagnose haben, ist Ihr Arbeitgeber verpflichtet, Ihnen den Job frei zu halten.«

Das habe ich nicht gewusst. »Muss ich angeben, was diese Diagnose ist?«

»Lassen Sie mich etwas fragen: Sie haben gesagt, dass Sie sich auf dünnem Eis bewegen. Glauben Sie, dass es Ihnen gelungen ist, Ihre Alkoholabhängigkeit vor Ihren Kollegen zu verbergen? Würde es sie überraschen, dass Sie im Entzug sind?«

»Vermutlich nicht. Vermutlich wären sie sogar erleichtert.«

»Was macht es also für einen Unterschied? Wenn Sie Krebs hätten, würden Ihre Kollegen Geld für Sie sammeln. Sucht ist genauso eine Krankheit wie Krebs oder Diabetes.«

Ich schrecke vor diesem Ausdruck zurück. »Ich bin nicht süchtig.«

»Nein? Sind Sie nicht wegen Ihres Alkoholkonsums mit einer Frau verheiratet, die Sie nicht lieben, haben Sie wegen Ihres Alkoholkonsums nicht die Frau zutiefst verletzt, die Sie lieben? Haben Sie oder haben Sie nicht Xanax und Alkohol zusammen eingenommen und dadurch fast Ihr Leben verloren?«

»Ja, das habe ich, aber ich bin nicht süchtig.«

»Das Verhalten, das Sie beschreiben, ist ganz typisch für jemanden, der alkoholkrank ist, was eine Form von Sucht ist. Hat Ihr Arzt mit Ihnen über Ihre Leberwerte gesprochen?«

»Er hat gesagt, sie wären hoch.«

»Sie gehen durch die Decke. Wissen Sie, was Leberversagen bedeutet?«

»Nicht wirklich«, räume ich ein und zwinge mich, sitzen zu bleiben, obwohl ich hier ganz dringend wegmöchte.

»Diesen Tod würde ich meinem ärgsten Feind nicht wünschen.«

Ihre klaren Worte jagen mir Angst ein. Das ist seit über einem Jahr das Erste, was ich fühle, außer dem Schmerz wegen Dee.

»Sie sind achtundzwanzig Jahre alt, Marcus, und haben die Leber eines fünfundsiebzigjährigen Alkoholikers. Wenn Sie nicht sehr bald irgendetwas ändern, sind Sie auf dem direkten Weg in einen schmerzhaften, frühen Tod.« Sie legt ihre Visitenkarte auf den Tisch. »Bitte denken Sie darüber nach, professionelle Hilfe in Anspruch zu nehmen. Ich kann mich zusammen mit dem Krankenhaus-Team um einen Therapieplatz für Sie bemühen und würde mich freuen, während Ihres Entzugs und auch danach weiter mit Ihnen zu arbeiten.«

Ich betrachte ihre Karte mit deutlichem Unbehagen. Aber niemand sagt, dass ich irgendwas damit anstellen muss.

»In der Zwischenzeit hoffe ich, dass Sie irgendwie Frieden finden. Wenn ich Ihnen helfen kann, zögern Sie nicht, mich zu kontaktieren. Meine Handynummer steht auf meiner Karte. Sie dürfen mich jederzeit anrufen.«

»Danke. Werden Sie mich entlassen?«

»Erst wenn Sie die Entgiftung vollständig hinter sich haben.«

»Was heißt das?«

»Sie werden jetzt bald rausfinden, was beim Alkoholentzug mit dem Körper passiert. Es ist nicht angenehm, und es wird Ihnen einige Tage lang ziemlich schlecht gehen. Die Ärzte werden Sie und Ihre Vitalwerte in dieser Zeit genau im Auge behalten wollen.«

Ich kann mir nicht vorstellen, dass es möglich ist, sich noch schlechter zu fühlen, als ich mich sowieso schon fühle.

»Danke, dass Sie vorbeigekommen sind.«

»Kein Problem. Ich hoffe, Sie befinden sich bald auf dem Weg der Besserung.«

Noch lange nachdem sie wieder weg ist, muss ich über das nachdenken, was sie zu mir gesagt hat, hauptsächlich darüber, dass ich Dee jedes Mal wehgetan habe, wenn ich versucht habe, sie zu erreichen. Ich habe mir nicht wirklich überlegt, wie es für sie sein muss, nach allem, was ich ihr angetan habe, von mir zu hören. Ich war so darauf konzentriert, die Dinge zwischen uns wieder in Ordnung zu bringen. Das ist der einzige Gedanke in meinem Kopf, seit die Dinge mit Ana so schiefgelaufen sind und sie mich verlassen hat. Ich war froh, als sie weg war, weil ich meine Aufmerksamkeit so endlich darauf richten konnte, das Leben zurückzubekommen, das ich in jener schicksalhaften Nacht in Vegas verloren hatte.

Dr. Stern hat mir vor Augen geführt, dass Dee in dem Jahr seither ohne mich weitergemacht hat. Vielleicht hat sie sogar einen neuen Freund. Der Gedanke, dass sie jemand anderen gefunden hat, erfüllt mich mit Panik, selbst wenn ich verstehe, dass ich der Einzige bin, der an dieser Katastrophe schuld ist.

Für lange Zeit betrachte ich die Visitenkarte, die Dr. Stern dagelassen hat, und denke darüber nach, was sie über meine Leber und die Schrecken des Leberversagens erzählt hat. Ich möchte nicht, dass weitere dreißig Tage zwischen mir und meiner Versöhnung mit Dee stehen. Ich verspüre das dringende Bedürfnis, mich darum zu kümmern, bevor ich irgendetwas anderes in Angriff nehme, aber ich möchte ihr nicht mehr Schmerz zufügen, als ich ihr ohnehin schon bereitet habe.

Der Vorschlag, ihr einen Brief zu schreiben, ist gut. Darüber werde ich nachdenken.

Ich greife nach Dr. Sterns Karte und betrachte die lange Reihe von Abkürzungen nach ihrem Namen, die für ihre Qualifikation stehen. Sie hat vermutlich bereits Hunderte Patienten wie mich behandelt, was bedeutet, dass sie weiß, wovon sie redet.

Bevor ich es mir wieder anders überlegen kann, wähle ich ihre Nummer auf meinem Handy.

»Dr. Stern.«

»Hier ist Marcus.«

»Hallo, Marcus. Was kann ich für Sie tun?«

»Was Sie über meinen Job gesagt haben ... dass mein Arbeitgeber mir den frei halten muss ... Stimmt das?«

»Ja, das stimmt.«

Mir steigen Tränen in die Augen, wenn ich an Dee denke und an das, was ich ihr angetan habe, was ich *uns* angetan habe. Wenn ich nicht betrunken gewesen wäre, wäre die Sache in Vegas niemals derart aus dem Ruder gelaufen, und ich wäre nicht mit einer Frau verheiratet, für die ich keinesfalls mehr als Freundschaft empfinde. Ich liebe Dee. Ich werde Dee immer lieben.

»Marcus?«

Ich wische mir die Tränen ab. »Ich glaube, ich brauche Hilfe.«

KAPITEL 5

Carmen

Nachdem Dee mit Wyatt weggefahren ist, setzen wir uns wieder draußen auf die Terrasse und erörtern die Möglichkeit, dass die beiden ein Paar werden. »Erzähl uns alles über ihn«, verlange ich von meinem Ehemann. »Und lass nichts aus.«

»Er ist wirklich total nett«, meint Jason.

Wenn ich ihn nicht so gut kennen würde, käme er damit vermutlich durch, aber ich weiß sofort, dass ihm etwas Sorgen bereitet.

»Gefällt es dir nicht, dass sie zusammen sein könnten?«

»Das habe ich nicht gesagt.«

Seine scharfe Erwiderung überrascht mich. So spricht er normalerweise nicht mit mir, was meinen Verdacht bestätigt, dass irgendwas im Busch ist und er nicht begeistert davon ist, dass sie miteinander ausgehen.

»Denkst du, bei der Hochzeit ist irgendwas zwischen ihnen gelaufen?«, fragt Maria.

»Sie haben jedenfalls viel miteinander getanzt«, erinnere ich mich. »Der Fotograf hat jede Menge Fotos von ihnen gemeinsam gemacht.«

»Ich meine, hinterher. Sie hat uns nie erzählt, was sie in der Nacht getrieben hat. Während wir anderen weitergefeiert

70

haben, hat sie erklärt, sie hätte noch was vor. Glaubst du, dieses ›was‹ war er?«

»Verdammt!« Mir ist, als hätte mich der Blitz getroffen. »Darum ist er hier! Ihretwegen.«

»Er ist wegen des Vorstellungsgesprächs im Miami-Dade hier«, stellt Jason richtig.

»Hat er vor der Hochzeit je irgendeine Andeutung darüber fallen lassen, dass er herziehen wollte?«

»Nein, aber ...«

»Es *ist* ihretwegen!«

»Das ist klasse!« Maria klatscht begeistert in die Hände. »Er ist genau das, was sie nach dem Albtraum mit Marcus braucht. Ein netter Typ, ein erfolgreicher Arzt, höllisch sexy ...«

»Hey, Süße«, wirft Austin trocken ein. »Ich bin auch noch da.«

Maria muss kichern. »Tut mir leid, er ist einfach verdammt sexy.«

»Stimmt«, pflichte ich ihr bei. »Er erinnert mich mit seinen Haaren und den Augen an Dr. McDreamy.«

»Ich glaub, wir gehen dann jetzt mal«, verkündet Jason und steht auf.

Ich werfe ihm einen verwirrten Blick zu, halte mich aber zurück, während wir uns verabschieden und uns bei Maria und Austin bedanken. Erst im Auto wende ich mich an ihn. »Was sollte das denn?«

»Was meinst du?«

»Dass du so plötzlich aufbrechen wolltest? Du bist doch nicht sauer auf mich, weil ich Maria zugestimmt habe, dass Wyatt sexy ist, oder?«

»Natürlich nicht. Es war einfach an der Zeit, heimzufahren.«

»Also wirst du mir nicht verraten, warum die Vorstellung, dass Wyatt und Dee zusammenkommen, dich so verstört. Und versuch nicht, mir weiszumachen, dass das nicht stimmt. Ich kenne dich zu gut.«

»Das ist es nicht.«

»Was dann?«

»Es gibt da Dinge … bei ihm … Dinge, die sie wissen sollte.«

»Und du denkst nicht, dass er es ihr erzählen wird?«

»Eher nicht.«

»Warum nicht?«

»Weil es etwas ist, worüber er nie mit irgendjemandem spricht.«

»Warum?«

Er schüttelt den Kopf. »Bitte frag mich nicht weiter. Das ist seine Entscheidung, nicht meine.«

»Du weißt, was sie uns bedeutet, Jason, und was sie mit Marcus durchgemacht hat. Wenn du irgendetwas weißt, das sie wissen sollte, musst du es mir sagen.«

»Nein. Aber ich werde mit ihm reden. Bei der ersten sich bietenden Gelegenheit. Das verspreche ich dir.«

Bei dem Gedanken, dass unser Freund meine Cousine verletzen könnte, die bereits genug Mist erlebt hat, beginnt mein Magen zu schmerzen. »Ist sie …« Ich schlucke schwer, und die Worte bleiben mir fast im Hals stecken. »Ist sie bei ihm sicher?«

»Ja, natürlich. Ich hätte sie niemals mit ihm wegfahren lassen, wenn das infrage stünde, Carmen. Das kannst du nicht ernsthaft glauben.«

»Nein, aber du tust so geheimnisvoll. Du kannst es mir wirklich anvertrauen, egal was es ist. Ich werde es niemandem verraten.«

»Doch, ihr. Du würdest es nicht für dich behalten können.«

»Du machst mir Angst, Jason. Du weißt, wie lieb ich sie habe und was Marcus ihr zugemutet hat. Ich kann nicht zulassen, dass ein Freund von uns ihr wehtut.«

»Ich weiß, und alles, was ich darauf erwidern kann, ist, dass ich tun werde, was immer in meiner Macht steht, um dafür zu sorgen, dass das nicht passiert. Ich würde es dir sofort erzählen, wenn ich könnte, was nur leider ausgeschlossen ist. Er muss es ihr sagen, und dann kann sie mit dir darüber reden, wenn sie das möchte.«

»Und du sorgst dafür, dass er bald mit ihr spricht?«

»Ganz bestimmt.« Er nimmt meine Hand, ohne den Blick von der Straße zu wenden. Er hat gelernt, im Verkehr in Südflorida besonders aufmerksam zu sein. »Es ist möglich, dass es bloß ein vorübergehender Flirt ist. Wenn das der Fall ist, wird er sie nicht ins Vertrauen ziehen, weil es dann nicht wichtig ist.«

Meine Gedanken überschlagen sich, während ich zwischen den Zeilen zu lesen versuche, was er nicht verrät. »Woher weißt du davon?«

»Als wir gemeinsam das Studium begonnen haben, hat er mich als Einzigen eingeweiht und betont, wie wichtig es ihm ist, dass niemand sonst davon erfährt.«

»Warum ausgerechnet dich?«

»Das kann ich nicht erklären, bevor er nicht beschließt, mit Dee darüber zu sprechen. Es tut mir echt leid, dass das jetzt so geheimnisvoll wirkt, Carmen. Ich würde nie etwas vor dir verbergen, wenn ich es nicht müsste. Das weißt du, oder?«

»Ich glaube schon.«

»Es stimmt. Und ich bin wirklich nicht absichtlich ausweichend. Ich werde bei der ersten sich bietenden Gelegenheit mit ihm reden. Versuch, dir keine Sorgen zu machen. Ich möchte nicht, dass Dee in irgendeiner Weise verletzt wird, und ganz bestimmt nicht durch meinen Freund.«

»Er scheint so ein netter Kerl zu sein.«

»Das ist er.«

»Also reden wir hier nicht über irgendeinen üblen Charakterfehler, oder?«

»Nein.« Er beißt die Zähne fest aufeinander, während er das Lenkrad umklammert. Das hier stresst ihn, und das finde ich für uns alle schlimm.

Zu Hause verschwindet er unter die Dusche, und ich nehme mir mein Handy, um Maria eine Nachricht zu schreiben. Irgendwas stimmt mit Wyatt nicht. Jason will mir nicht verraten, was, behauptet, es sei an Wyatt, Dee davon zu erzählen oder eben nicht, aber was immer es ist, es regt Jason auf. Er hat erklärt, er wolle mit Wyatt darüber reden, sobald er kann.

Sie antwortet sofort. O nein. Was zur Hölle?

Was auch immer es ist, er macht sich Sorgen. Er meint, es sei nichts, was Wyatt ihr von sich aus sagen würde.

Was soll die ganze Geheimniskrämerei?

Keine Ahnung, doch mir gefällt das nicht, besonders nach dem Drama mit Marcus …

Genau. Lass uns das im Auge behalten und einschreiten, falls es nötig wird.

Ich möchte das wirklich nicht tun müssen.

Ich auch nicht. Das letzte Mal war schlimm genug …

Als Jason kurz darauf ins Bett kommt, liege ich bereits da und betrachte die Zimmerdecke, denke an meine Cousine und wünsche mir von ganzem Herzen, dass sie ihre große Liebe findet. Das ist alles, wovon sie immer geträumt hat – sich zu verlieben und eine Familie zu gründen. Während Maria und ich unsere Karriere verfolgt haben, wollte Dee einfach Mutter sein. Einmal hat sie uns erzählt, dass sie und Marcus sechs Kinder haben würden. Dieser Traum, genau wie all die anderen, die sie hatte, hat sich gänzlich um ihn gedreht. Selbst als sie eine Weile getrennt waren, wussten wir, dass sie immer noch gehofft hat, er würde sich besinnen und zu ihr zurückkehren.

»Bist du sauer?«, fragt mich Jason.

»Nein.«

»Enttäuscht?«

»Nein.«

Er dreht sich auf die Seite und blickt mich an. »Was denkst du?«

»Ich denke an Dee, die geglaubt hat, sie würde Marcus heiraten und sechs Kinder mit ihm haben, bevor er aus heiterem Himmel eine andere geheiratet und ihr das Herz gebrochen hat.«

»Ich finde es furchtbar, dass ihr das passiert ist.«

Ich schaue zu ihm hinüber. »Du kannst nicht zulassen, dass Wyatt sie verletzt. Bitte sag mir, dass du das unbedingt verhindern wirst.«

»Das verspreche ich dir. Ich werde nicht zulassen, dass er ihr wehtut.«

Ich versuche, mir einzureden, dass mir das reicht, aber mein Magen zieht sich zusammen, wenn ich daran denke, dass Dee noch mehr Herzschmerz bevorsteht.

Dee

Ich gehe vor ihm die Treppe zu meinem Apartment über der Garage hoch. Glücklicherweise leben meine Tante und mein Onkel nicht im Haus nebenan, sonst wäre ich hier nie eingezogen. Maria, die ja vor mir hier gewohnt hat, hat das ganz genauso gesehen. Unsere Familie mischt sich auch so schon genug in unsere Angelegenheiten ein.

»Was für eine süße Wohnung«, erklärt Wyatt, als wir im Wohnraum stehen, der auch die Küchenzeile und den Essbereich beinhaltet.

»Es ist nicht viel, aber es ist mein Zuhause. Für den Moment jedenfalls.« Das Gute ist, dass das, was ich mit fünf Tagen Kellnern im Restaurant verdiene, für die Miete und meine anderen Ausgaben reicht. Ich hätte nie gedacht, dass ich in meinem Alter noch als Bedienung arbeiten würde, doch bislang ist in meinem Leben wenig so gelaufen wie geplant.

Ich kann jetzt nicht darüber nachdenken oder zulassen, dass Bitterkeit diesen Abend mit einem Typen ruiniert, den ich echt gernhab und der mich ebenfalls gernzuhaben scheint.

Wyatt folgt mir zur Küchenzeile.

»Möchtest du einen Drink?«

Er schüttelt den Kopf und macht einen weiteren Schritt auf mich zu, bis ich mit dem Rücken gegen die Spüle stoße und er direkt vor mir steht. »Das hier ist, was ich wirklich will«, verkündet er und gibt mir einen zärtlichen Kuss. »Das ist es, was ich schon vorhin getan hätte, wenn wir allein gewesen wären.« Seine Hände ruhen auf meinen Hüften, und meine wandern zu seiner Brust hoch. »Ich hätte gesagt: ›Hallo. Du hast mir so gefehlt.‹«

»Es ist schon irgendwie komisch, jemanden zu vermissen, den man kaum kennt.«

»Ich kenne dich.« Er hebt eine Hand, schiebt mein Haar aus dem Weg und küsst mich auf die Stelle an meinem Hals, wo mir das jedes Mal ein Seufzen entlockt. »Siehst du? Ich weiß genau, was passiert, wenn ich dich da küsse. Und ich weiß, wenn ich das hier tue«, fährt er fort, umfasst meine Brüste und reibt mit seinen Daumen über die Spitzen, »werden dir die Knie weich.«

Und richtig, meine Knie geben nach, und er muss lächeln.

»Ich kenne dich, Dee. Ich weiß, dass du wunderbar bist, lustig und dass du deine Familie so liebst, dass du dein Leben in New York aufgegeben hast, nur damit du hier sein kannst, bei deiner Mutter, solange sie krank ist. Ich weiß, wie sehr du deine Schwester liebst und deine Cousine, wie nahe ihr drei euch steht, und auch, wie sehr ihr eure Nona und Carmens Großmutter vergöttert. Abuela, richtig?«

»Ja.« Ich bin atemlos von den ganzen Küssen, die er auf meinen Hals haucht, während er mit den Daumen meine Brustspitzen reizt. Ich bin außerdem gerührt, weil er sich daran erinnert, was ich ihm darüber erzählt habe, wie wichtig Nona und Abuela für uns alle sind, auch wenn Carmens Abuela eigentlich gar nicht meine Großmutter ist, aber darauf sollte man sie besser nicht hinweisen – und mich ebenso wenig.

»Ich weiß, du hast zwei Brüder, Nico und Milo, und dass die ganze weitverzweigte Familie sich jeden Sonntag zum Brunch im Restaurant trifft. Ich weiß, deine Cousins und Cousinen sind wie weitere Geschwister für dich. Und nach heute Abend weiß ich, dass dein Herz von dem Mann, den du geliebt hast, gebrochen wurde, weshalb du mir auf keinen Fall erlauben solltest, dich zu küssen oder auch nur anzufassen.«

Diese Erklärung hat die Wirkung eines Gusses eiskalten Wassers auf mich. Ich löse mich von ihm, damit ich ihm ins Gesicht sehen kann, wo ich Bedauern lese. »Das verstehe ich nicht.«

»Es gibt da Dinge in meinem Leben … Dinge, die du nicht weißt und die ich dir eigentlich mitteilen müsste, bevor wir das hier wieder tun …« Wie zur Klarstellung, was er meint, drückt er seine Erektion gegen meinen Unterleib, was in meinem übererregten Körper ein wahres Feuerwerk der Gefühle auslöst.

Und sofort will ich gar nicht mehr wissen, warum das hier eine schlechte Idee oder er nicht gut für mich ist oder irgendetwas, das diesen träumerischen Zustand beendet, in den ich gerutscht bin, nachdem er mich in die Arme geschlossen hat. Genau wie beim ersten Mal, als wir zusammen waren, bewirkt seine Berührung etwas in mir, das nie zuvor geschehen ist, und alles, was ich will, ist mehr von diesem unglaublichen Gefühl.

»Das ist egal«, versichere ich ihm. »Was auch immer es ist, wenn du nicht verheiratet bist oder eine Geschlechtskrankheit hast oder irgendetwas anderes, das mir gesundheitlich schadet, muss ich es nicht wissen.«

Bei meinen Worten hellt sich seine Miene auf. »Eine Sache gibt es, die du auf jeden Fall wissen musst, und nachdem ich dir das gesagt habe, verspreche ich dir, den Mund zu halten, damit wir das hier genießen können.«

»Was ist das?« Ich lege den Kopf in den Nacken, damit er besser an meinen Hals kommt. Ich hatte keine Ahnung, was für unglaubliche Empfindungen es in mir auslöst, wenn ich auf den Hals geküsst werde, bis Wyatt das nach der Hochzeit getan hat.

»Dies hier, du und ich … Es kann nie mehr daraus werden. Selbst wenn ich den Job kriege, kann ich mich nicht zu mehr verpflichten als zu einer oberflächlichen Affäre.«

Ich möchte fragen, warum das so ist, aber ich nehme an, es ist etwas, was ich lieber nicht wissen möchte. Daher verkneife ich es mir.

»Du musst mir sagen, dass du dir darüber im Klaren bist, Dee. Wir können keine Gefühle füreinander entwickeln.«

Es ist viel zu spät dafür, mich davor zu warnen. Vorhin bei Austin und Maria, als mein Puls allein bei seinem Anblick beinahe durch die Decke gegangen ist, hab ich begriffen, dass ich bereits Gefühle für ihn habe, jede Menge sogar. Doch das muss er nicht wissen. »Das ist mir klar.«

»Bestimmt? Ich kann mir ein Taxi nehmen und zu Jay zurückfahren. Kein Stress. Na ja«, fügt er hinzu und reibt sich an mir, »bei gewissen Körperteilen vielleicht schon.«

Ich lache, was gegen die Anspannung hilft, die sich in den letzten Minuten zwischen uns aufgebaut hat. »Ich will nicht, dass du gehst, und mir ist bewusst, dass das hier nicht mehr sein kann als unverbindlicher Spaß.«

»Und du weißt, egal, was zwischen uns passiert, daran wird sich nichts ändern.«

Die Trauer und die Resignation, die ich in seinen Augen lese, schmerzen mich um seinetwillen. Was kann die Ursache sein, dass ein derart liebenswerter, gut aussehender, sexy und erfolgreicher Mann so eine Erklärung abgibt? Meint er, dass er sich mit *niemandem* auf etwas Ernstes einlassen kann oder nur mit mir? Ich versuche mir zu sagen, dass es unwichtig ist, aber das stimmt nicht.

»Verstanden, trotzdem habe ich eine Frage.«

»Okay ...«

»Soll das heißen, dass es nie mehr mit *mir* sein kann oder ganz grundsätzlich mit niemandem?«

»Grundsätzlich mit niemandem. Es dreht sich hier ganz bestimmt nicht um dich. Wenn die Dinge anders lägen, wärst du ganz genau das, was ich mir für mich wünschen würde.«

»Was müsste denn anders sein?«

»Das sind Sachen, über die ich nicht rede. Es ist einfach etwas, das sich nicht ändern lässt, weißt du?«

Ich weiß es nicht, doch was für einen Unterschied macht das schon? Ich befinde mich ohnehin nicht in einer Lage, in der ich etwas Neues mit irgendjemandem anfangen kann. Meine Mom ist krank, und der Großteil meiner Habseligkeiten befindet sich noch in New York und muss irgendwann dort abgeholt werden. Ich arbeite im Familienrestaurant, wie früher, als ich ein Teenager war, und mein Ex hat vielleicht versucht, sich das Leben zu nehmen, weil ich mich geweigert habe, mit ihm zu sprechen. Das Letzte, was ich jetzt gebrauchen kann, sind romantische Verwicklungen oder irgendwelche anderen Dramen als die, die ich ohnehin schon am Hals habe.

Er lehnt sich zurück und mustert mich. »Ich kann es gut verstehen, wenn irgendwas davon ein Dealbreaker für dich ist, Dee. Du bist ein großartiger Mensch, und ich möchte keine falschen Erwartungen wecken.«

»Du bist total ehrlich, und das bedeutet mir mehr, als du vermutlich ahnst.« Besonders nach dem, was Marcus sich geleistet hat.

»Soll ich gehen?«

Ich schüttle den Kopf. Was ich mehr als alles andere möchte, ist, mich noch einmal so zu fühlen wie in jener Nacht – als ob ich unwiderstehlich wäre, sexy und perfekt. Nach dem Jahr, das ich hinter mir habe, ist das ein unglaubliches Geschenk.

»Ich möchte, dass du bleibst.« Ich fasse nach seiner Hand und ziehe ihn in mein Schlafzimmer, drehe mich zu ihm um, sodass ich ihm das Hemd aufknöpfen und das atemberaubende Tattoo freilegen kann, das sich über seine gesamte Brust erstreckt und das ich schon beim ersten Mal, als ich mit ihm im Bett gelandet bin, bewundert habe. Es ist eine Sphinx mit dem Körper eines Löwen und den Schwingen eines Adlers. Die Darstellung ist detailreich und bunt und weckt in mir den Wunsch, alle Zeit der Welt zu haben, um sie genau zu studieren. Wie das letzte Mal, als ich es gesehen habe, möchte ich fragen, warum er sich für dieses besondere Bild entschieden hat, was es bedeutet und ob es sehr wehgetan hat, als er es sich hat stechen lassen.

Aber wie beim letzten Mal küsst er mich, und ich vergesse alles andere.

Wyatt hebt mein Oberteil an, und ich unterbreche den Kuss lang genug, dass er es mir über den Kopf streifen kann. In seinen Augen glimmt Feuer auf, als er meinen Busen in dem Spitzen-BH erblickt, den ich eigens für den Fall angezogen habe, dass so was wie das hier passiert. »Verdammt«, flüstert er. »Du bist so unglaublich sexy. Ich habe nach unserer gemeinsamen Nacht dauernd an dich denken müssen.«

Es ist leicht zu erkennen, warum ich ihn so mag, oder? Wyatt ist vielleicht nicht meine Zukunft, doch ich bin hin und weg davon, dass er im Moment mir gehört, und ich habe vor, jede Sekunde davon zu genießen.

Er zieht mich weiter aus, und da es ihm zu gefallen scheint, lasse ich ihn gewähren. Mit jedem Stück Haut, das er entblößt, wächst seine Begeisterung. Daran erinnere ich mich auch noch von unserem ersten Mal zusammen: wie wohltuend seine Bewunderung für meinen verletzten Stolz war. Wenn der eigene Freund aus heiterem Himmel und ohne irgendwelche Vorwarnung eine vollbusige Blondine heiratet, hinterlässt das tiefe Wunden. Wyatts Komplimente und seine aufrichtige Bewunderung für mich sorgen dafür, dass ich mich besser fühle als irgendwann sonst, seit mich das Desaster ereilt hat.

Wyatt drängt mich zum Bett und legt mich so darauf zurecht, wie er es will, bevor er sich vor mich kniet und sich mir mit Lippen, Zunge und Fingern widmet. Es dauert nicht länger als zwei Sekunden, und schon winde ich mich, stöhne und bettle. Noch nie zuvor habe ich solche Laute von mir gegeben wie die, die er mir so mühelos entlockt.

Ich habe es begriffen, als er mir erklärt hat, dass das hier nicht mehr sein kann, aber als er mir den schnellsten Orgasmus meines Lebens verschafft, bin ich voller Bedauern wegen dem, was hätte sein können. Mit ihm zusammen zu sein ist einfach bloß schön. Er ist witzig, irre intelligent, höllisch sexy, und er hat in mir ein Verlangen geweckt, wie ich es nie zuvor erlebt habe. Doch aus irgendeinem Grund möchte er sich nicht binden. Warum sollte er auch, wo er so aussieht, wie er nun einmal aussieht, und noch dazu Herzchirurg ist?

Er kann alle Frauen haben, die er nur will. Warum sollte er sich mit einer begnügen?

»Hey.« Er reibt seine Lippen über die Innenseite meines Oberschenkels, während seine Finger weiter in mich hineingleiten und wieder hinaus. »Wo bist du denn hinverschwunden?«

»Nirgends. Ich bin hier.«

»Du warst kurz weg.«

Und er liest in mir wie in einem offenen Buch. Passt das nicht mal wieder? Ich finde endlich meinen Mr Right, und er will sich nicht binden.

Er küsst sich an mir nach oben, neckt meine Brustspitzen mit der Zunge, ehe er sich weiter zu meinen Lippen vorarbeitet. »Was ist los?«

»Nichts.«

»Erzähl es mir.«

Ich beschließe, ehrlich zu ihm zu sein. Was habe ich schon zu verlieren? »Ich versuche, mich nicht zu verlieben, doch dann kommst du und tust … das …« Ich deute mit meiner Hand nach unten. »Und dann fällt es mir schwer, mich daran zu erinnern, dass ich dich nicht behalten darf.«

Er senkt den Kopf auf meine Brust. »Es tut mir leid, Dee.«

»Himmel, es muss dir echt nicht leidtun, dass du mir den besten Orgasmus meines Lebens geschenkt hast. Es ist einfach nur so, dass man danach süchtig werden könnte.«

»Tu das nicht.«

»Ja, das habe ich verstanden. Warum solltest du bloß eine Frau haben wollen, wo du alle haben kannst?«

Er hebt den Kopf und wirkt bestürzt. »Das ist es nicht.«

Ich zucke die Achseln. »Es geht mich nichts an.«

»Ich schwöre dir, das ist es nicht, Dee. Wenn ich mit irgendjemandem zusammen sein könnte, dann würde ich nur dich wollen. Du bist alles, woran ich in den letzten Monaten denken konnte.«

Ich muss hiermit aufhören, bevor er mich zugrunde richtet. Daher lege ich ihm meine Hand auf die Brust und schiebe ihn sanft von mir. »Hoch.«

Er löst sich von mir und setzt sich aufs Bett.

Ich greife nach der Decke am Fußende und wickele mich hinein. »Ich glaub nicht, dass ich das kann. Wobei das so nicht stimmt. Ich glaube, ich *sollte* es nicht.«

Wyatt blickt zu Boden, sodass ich nicht erkennen kann, was er denkt oder fühlt.

»Ich bin keine Frau für ein flüchtiges Abenteuer oder eine Affäre«, füge ich leise hinzu. »Auch wenn ich mich bei der Hochzeit anders verhalten habe, bin ich das einfach nicht. Ich habe keinen beiläufigen Sex oder hatte wenigstens vor dir nie welchen, wobei sich das auch gar nicht beiläufig angefühlt hat. Es hat sich bedeutungsvoll und richtig angefühlt, und ich habe seither dauernd an dich denken müssen.« Ich schlucke den Kloß in meiner Kehle herunter. »Und wenn du mir sagst, dass du an mich gedacht hast und … Ich kann es einfach nicht.«

»Das verstehe ich.«

Ich bin froh, dass wenigstens einer von uns das tut. »Entschuldige bitte.«

»Entschuldige dich nicht.« Er beugt sich vor, um mich zu küssen. »Ich habe jede Sekunde genossen, die ich mit dir verbracht habe.«

»Genau.«

Mir wird klar, dass ich ihn vielleicht nie wiedersehen werde, und aus Verzweiflung greife ich nach Strohhalmen. »Ich werde dir trotzdem eine Tour durch Miami geben, wenn du das möchtest. Ich muss erst am Dienstag wieder arbeiten.« Das schaffe ich, wenigstens rede ich mir das ein.

»Ich würde mir liebend gern von dir Miami zeigen lassen.« Er knöpft das Hemd, das er nicht einmal ganz ausgezogen hat, wieder zu und gibt mir noch einen Kuss. »Ich fahre dann mal wieder zurück zu Jason.«

»Ich hol dich morgen früh ab, okay? Gegen zehn?«

»Klingt gut.«

»Schlaf gut.«

»Du auch.«

Ich schaue ihm nach, als er die Wohnung verlässt, wünsche mir all die Dinge, die nie sein werden, und warte, bis er fort ist, bevor ich abschließe. Meine Beine fühlen sich nach dem weltbewegenden Orgasmus, den er mir gewissermaßen als Abschiedsgeschenk verschafft hat, immer noch wacklig an.

KAPITEL 6

Wyatt

Mir ist übel. Sie jetzt hier zurückzulassen ist das Schwierigste, was ich seit Langem tun musste, vor allem, weil ich so gerne mit ihr zusammen wäre, selbst wenn wir nur reden würden. Ich liebe es, mit ihr zu reden. In den letzten siebzehn Jahren hatte ich riesiges Glück, dass ich nie eine Frau getroffen habe, die in mir den Wunsch geweckt hätte, dass mehr zwischen uns ist. Daher ist es mir gelungen, relativ unbeschadet durch das Leben zu segeln und mein empfindliches Herz vor allem zu schützen, was ihm emotional gefährlich werden könnte.

Bis jetzt.

Ich möchte gegen die Ungerechtigkeit wüten, dass ich endlich eine Frau kennengelernt habe, bei der einfach alles stimmt, und ich sie dennoch gehen lassen muss, um uns beiden Kummer zu ersparen. Ich kann ihr das auf keinen Fall zumuten – und mir selbst auch nicht.

Aber Himmel, ich möchte es, und es tut so unfassbar weh, zu wissen, dass es nicht möglich ist.

Im Taxi schreibe ich Jay eine Nachricht, damit er weiß, dass ich auf dem Rückweg bin.

Melde dich, wenn du da bist, dann mach ich dir auf.

Okay.

Ich wollte Dee nicht verlassen. Ich hätte alles dafür gegeben, noch eine Nacht mit ihr zu verbringen, selbst wenn nichts zwischen uns passiert wäre. Allein im gleichen Zimmer mit ihr zu sein beschert mir ein Hochgefühl, wie ich es nie zuvor erlebt habe. Es ist der absolute Gipfel – und es ist einfach überwältigend, allumfassend.

Ich habe zugesehen, wie mein Bruder und meine Freunde sich verliebt, Familien gegründet und ihre Freiheit für die Chance aufgegeben haben, für immer und ewig mit einer Frau zusammen zu sein, und ich muss gestehen, ich habe nie wirklich begriffen, warum sie das getan haben. Doch seit ich Dee getroffen und Zeit mit ihr verbracht habe, mit ihr geschlafen habe und dann monatelang einfach nicht aufhören konnte, an sie zu denken, beginne ich es zu verstehen.

Wenn sie für ihre Partnerinnen genauso empfinden wie ich für Dee, dann ist mir völlig klar, warum sie diesen Schritt gewagt haben.

Es herrscht nicht viel Verkehr, sodass ich eine Viertelstunde später bei Jay bin. Ich schreibe ihm, dass ich unten vor dem Haus stehe.

Er antwortet mit Anweisungen, wie ich das Nummernpad neben der Tür bedienen soll, und betätigt den Summer.

Ich fahre mit dem Aufzug in ihr Stockwerk und trete in den Flur. Das Erste, was ich sehe, ist er, in der Tür, die er mir aufhält. Er trägt nur Basketballshorts, was mich zu der Frage führt, ob ich ihn aus dem Bett geholt habe.

»Tut mir leid, dass ich so nerve«, sage ich, als ich an ihm vorbei in die Wohnung gehe.

»Tust du nicht, aber wir müssen reden.« Er deutet mit dem Kinn zur Dachterrasse. »Draußen.«

Was wird das jetzt?

»Möchtest du ein Wasser oder was anderes?«

»Mineralwasser ist gut.«

»Ich bin gleich bei dir.«

Ich lasse die Schiebetür für ihn auf, und kurz darauf kommt er nach, hat ein Glas Mineralwasser für mich in der Hand und ein Bier für sich. Er schließt die Schiebetür hinter sich.

»Was ist los?«

»Ich denke, das ist es, was ich von dir wissen möchte. Was ist das mit dir und Dee?«

»Nichts.« Allein das zu sagen schmerzt. »Jetzt jedenfalls.«

»Was soll das heißen?«

»Wir haben nach der Hochzeit einige Zeit zusammen verbracht.« Ich erzähle ihm die Wahrheit, weil er einer meiner engsten Freunde ist und ich auf keinen Fall für Probleme zwischen ihm und seiner frischgebackenen Frau sorgen will. »Aber das war alles.«

»Du hast heute ziemlich hingerissen von ihr gewirkt, insbesondere wenn das tatsächlich alles war.«

»Ich war hingerissen von ihr. Ich bin es noch, nur hat die Wirklichkeit ihr hässliches Haupt erhoben, um mich daran zu erinnern, warum das nicht möglich ist. Ich war ehrlich zu ihr.«

Jasons Augen weiten sich überrascht, weil er genau weiß, dass ich eigentlich nie jemanden ins Vertrauen ziehe. »Du hast ihr ...«

»Nein, ich hab ihr bloß gesagt, dass das mit uns nichts Ernstes werden kann.«

»Was hat sie darauf erwidert?«

»Anfangs hat sie gemeint, das sei in Ordnung, dann wurde es allerdings ein bisschen ... intensiv zwischen uns, und sie hat die Notbremse gezogen. Nach allem, was ihr mit ihrem Ex

passiert ist, möchte sie sich nicht neuem Schmerz aussetzen.«
Ich trinke einen Schluck von meinem Mineralwasser, hoffe,
dass es den Kloß in meiner Kehle runterspült. »Vermutlich ist
sie grundsätzlich nicht der Typ für oberflächliche Abenteuer.«

»Die Beziehung mit ihrem Ex ging über mehrere Jahre.«

»Da hast du's ja.« Ich trete ans Geländer und blicke hinaus
über die Biscayne Bay, wo sich das Mondlicht auf dem Wasser
spiegelt. Nachdem ich für den Großteil meines Lebens in der
Wüste gelebt habe, ist die üppige Schönheit von Südflorida
nahezu überwältigend. Der Aufenthalt zu Jays Hochzeit war
mein erster Besuch hier, und ich fühle mich auf vielerlei Art
von der Gegend angezogen.

»Alles in Ordnung mit dir?«

Ich zucke die Achseln, denn das erwartet er wohl von mir.
»Keine große Sache.«

Er stellt sich neben mich ans Geländer. »Versuch das jemand
anderem zu erzählen.«

»Wie meinst du das?«

»Ich kenne dich schon sehr lange, habe dich mit jeder
Menge Frauen beobachtet, und ich habe nie erlebt, dass du dich
bei einer so verhalten hättest wie bei Dee vorhin.«

Jetzt fühle ich mich durchschaut. »Inwiefern war das
anders?«, frage ich, obwohl ich das bereits weiß. Aber ich will es
von ihm hören.

»Du hast sie nicht aus den Augen gelassen, du hast förmlich
an ihren Lippen gehangen, du hast gelacht, wie ich dich nie
zuvor mit jemandem habe lachen sehen.«

Jede seiner Beobachtungen macht mich nur noch trau-
riger wegen dem, was niemals sein kann. »Es wäre nicht fair,
Jay. Für keinen von uns beiden.« Ich stütze meine Ellbogen auf
das Geländer und lehne mich gegen die Betonbrüstung. »Eine
Sache, die man mir nicht vorwerfen kann, ist, unrealistisch zu

sein, und wir wissen beide, dass ich von geborgter Zeit lebe – und das bereits seit einer ganzen Weile.«

»Was, wenn du derjenige bist, der alle Wahrscheinlichkeiten schlägt?«

»Das bin ich ja schon, wie du sehr gut weißt. Die durchschnittliche Lebenserwartung nach einer Herztransplantation beträgt elf Jahre. Ich habe jetzt schon siebzehn. Für die ersten Ausfallerscheinungen bin ich mehr als überfällig.«

»Aber der Grund dafür, dass du das so lange geschafft hast, ist, dass du auf dich achtest.«

»Ja, das stimmt, trotzdem wird mich die Realität irgendwann einholen, und was dann? Ein plötzlicher Tod, der alle traumatisiert, die mich lieben, oder eine weitere quälend lange Zeit des Wartens auf ein Spenderorgan, das es möglicherweise nie geben wird, im besten Fall gefolgt von Monaten im Krankenhaus, während ich mich von dem Eingriff erhole, und der Achterbahnfahrt der Gefühle wegen einer möglichen Abstoßungsreaktion. Ich ertrage die Vorstellung ja selbst kaum. Wie kann ich da sie mit reinziehen?«

»Es tut mir leid, Wyatt. Das ist echt Mist.«

»Ja, doch immer noch besser als die Alternative.«

Er lacht, als ich den Satz wiederhole, der mein Leben ziemlich gut zusammenfasst. Ich bin dankbar für jede zusätzliche Sekunde, die mir vergönnt ist, seit jemand anders sterben musste, um mir eine Chance aufs Weiterleben zu ermöglichen. Ich werde nie vergessen, wie nahe ich dem Tod gekommen bin oder wie glücklich ich mich schätzen kann, dass ich immer noch gesund bin. Aber ich werde auch nie vergessen, dass alles dagegenspricht, dass ich mich auch in Zukunft ungetrübt guter Gesundheit erfreuen werde.

»Wie auch immer, ich bin sicher, du hast Besseres zu tun, als hier mit mir abzuhängen. Geh ins Bett zu deiner Frau.«

»Die schläft längst tief und fest. Ich bin froh, dass ich Zeit mit dir verbringen kann, nur wir beide. Das letzte Mal ist schon eine ganze Weile her.«

»Ja, viel zu lang.«

Wir hatten jede Menge Spaß an der Uni. Jason war der erste Freund, den ich gefunden habe, nachdem ich ganz wiederhergestellt war, und ich bin wirklich dankbar, dass er mich nie wie einen Invaliden behandelt hat, sogar nachdem ich ihm alles erzählt hatte. Meine Eltern und meine Ärzte hatten darauf bestanden, dass irgendjemand an der Uni die ganze Wahrheit kannte, falls es unvermittelt zu Komplikationen käme. Kurz darauf habe ich Jason getroffen und mich sofort super mit ihm verstanden. Daher habe ich beschlossen, dass er derjenige sein würde, den ich ins Vertrauen zog. Und diese Entscheidung habe ich nie bereut.

»Es tut mir leid, dass du deprimiert bist.«

»Ist schon okay. Ich werd's überleben. Na ja, bis ich sterbe.«

»Sag das nicht so. Ich glaube, dass du die Ausnahme von allen Regeln sein wirst. Dass du das Zeug dazu hast, hast du ja bereits bewiesen.«

In all den Jahren nach der Transplantation ist es mir stets blendend gegangen. Von der ersten Minute an, nachdem ich nach der zwölfstündigen Operation aufgewacht bin, habe ich mich wie neugeboren gefühlt. Mein Körper hat nie irgendwelche Anstalten gemacht, das Spenderherz abzustoßen, und auch sonst sind keinerlei Komplikationen aufgetreten. Mein Fall ist immer wieder in verschiedenen medizinischen Fachzeitschriften beschrieben worden und gilt als die absolute Ausnahme und eine echte Erfolgsgeschichte.

Wann immer ein Langzeit-Transplantationspatient verstirbt, rufen Medienvertreter bei mir an, um mich zu interviewen. Irgendwie bin ich das Paradebeispiel für erfolgreiche Organtransplantationen geworden. Doch selbst das

Paradebeispiel wird eines Tages abtreten müssen, und dann will ich niemanden mit mir in den Abgrund reißen, auch wenn ich bei Dee stärker als je zuvor in Versuchung geführt bin, meine eigenen Regeln zu brechen.

»Jetzt aber genug von mir«, erkläre ich. »Lass uns über dich reden. Wie ist die Lage?«

»War nie besser. Das war ein echter Glücksgriff, dieser Job in ›Sibirien‹, besser bekannt als Miami, wo ich meine wunderschöne Frau und ihre unglaubliche Familie kennengelernt habe. Ich liebe es, hier zu sein.«

»Das merkt man. Die Ehe bekommt dir gut.«

»Wir genießen es. Sie ist … Sie ist der beste Mensch, den ich kenne.«

»Ich freue mich für euch beide.«

»Wir sind glücklich«, meint er mit einem Grinsen. »Es ist schon komisch, dass ich so lange keinerlei Interesse an einer Ehe hatte, doch nachdem ich Carmen getroffen hatte, wollte ich nichts anderes mehr, als mich für immer an sie zu binden, damit sie mir nie mehr entwischt.«

»Die geht nirgendwohin. Aus irgendeinem Grund ist sie verrückt nach dir.«

»Ich hab tatsächlich ein Riesenglück.« Er lehnt sich gegen die Betonmauer und schaut aufs Wasser. »Ich wünschte, du könntest das Gleiche erleben, Wyatt. Selbst wenn es nur für ein paar Jahre wäre.«

Seine leise gesprochenen Worte wecken zum ersten Mal in meinem Leben das heftige Verlangen in mir, zu wissen, wie es ist, wenn man jemanden liebt. *Wirklich* liebt. Das könnte mir mit Dee passieren, ohne jeden Zweifel. Am liebsten würde ich einfach mit beiden Händen zugreifen, und zur Hölle mit den Folgen. Aber wie kann ich ihr das antun? Wie kann ich sie bitten, so ein Risiko einzugehen? Das ist ausgeschlossen, und damit ist es aus zwischen uns. Es ist besser, aufzuhören, an etwas zu denken, was einfach nicht sein kann, als mich mit Was-wäre-wenn zu quälen.

»Ich werd mich mal schlafen legen«, teile ich Jason mit, denn ich möchte diese Unterhaltung dringend beenden und nach diesem langen Tag allein sein. Während ich Jason in die Wohnung folge, wird mir klar, dass ich niemals hätte zurückkommen sollen. Das war der größte Fehler, den ich habe machen können, und am Montag werde ich gleich morgens im Miami-Dade anrufen und mein Vorstellungsgespräch absagen. Ich kann nicht herziehen und in der gleichen Stadt wie Dee leben, ohne sie zu sehen, ohne sie zu begehren. Das ist einfach nicht möglich.

»Hast du alles, was du brauchst?«, erkundigt sich Jay.

»Ja. Danke noch mal, dass ich herkommen durfte.«

»Jederzeit wieder. Das weißt du. Bis morgen früh.«

»Gute Nacht, Jay.«

Lange Zeit, nachdem sich Jasons Schlafzimmertür geschlossen hat, liege ich noch wach und starre an die Decke über mir. Durch die großen Fenster, die eine ganze Wand einnehmen, betrachte ich die Sterne, die am Himmel funkeln. Carmen hat mich vorhin gewarnt, dass es hier drin nach Sonnenaufgang ziemlich hell wird, aber ich hab ihr versichert, dass mir das nichts ausmacht. Meinen Schlaf kann nichts so schnell stören … Mit Ausnahme von Liebeskummer, wie es scheint.

Ich habe ein tolles Leben, eine Karriere, für die ich mir den Hintern aufgerissen habe, und den dringenden Wunsch, mich um kranke Menschen zu kümmern, der meiner tiefsten Seele entspringt und durch ein Verständnis für die Lage der Patienten genährt wird, das anderen Ärzten mangels persönlicher Erfahrung fehlt.

Meine wunderbaren Eltern haben Himmel und Hölle in Bewegung gesetzt, um mir das Leben zu retten, haben alles, was sie besessen haben, versilbert, um die enormen Arzt- und

Krankenhausrechnungen zu bezahlen, die die Versicherung nicht übernommen hat. Unsere Gemeinde hat ebenfalls viel Geld gesammelt, das bei der Behandlung meiner Erkrankung geholfen hat. Was danach noch übrig war, haben meine Eltern meinem Großvater zum Anlegen gegeben, und er war dabei durchaus erfolgreich. Es ist kein Vermögen, doch es ist ein nettes kleines finanzielles Polster für Notfälle, zusätzlich zu dem, was ich selbst habe ansparen können.

Meine Eltern haben mein Leben ebenso gerettet wie die Ärzte, die mich operiert haben. Ich bin so froh über die Liebe und die Unterstützung meiner gesamten weitverzweigten Familie und über Freunde wie Jason, der so etwas wie Familie für mich geworden ist. Ich habe immer schon gewusst, dass ich nie heiraten oder Kinder haben würde, und damit habe ich mich vor langer Zeit abgefunden. Wenigstens dachte ich das. Aber Dee hat in mir den Wunsch nach Dingen geweckt, die ich mir nie zuvor habe vorstellen können.

Trotzdem kann ich es nicht tun. Und ich werde es auch nicht tun – meinetwegen und ihretwegen.

Ich drehe mich auf die Seite und starre hinaus auf die dunkle Bucht, warte auf den Schlaf.

Meine Gedanken drehen sich im Kreis, landen immer wieder bei dem einen Punkt, der mir vorhin siedend heiß eingefallen ist: dass ich schon mehrfach von den Medien kontaktiert und interviewt worden bin. Die Artikel sind online leicht zugänglich, falls Dee auf die Idee kommt, mich zu googeln.

Ich hoffe nur, dass sie das bleiben lässt.

Dee

Dr. Wyatt Blake, renommierter Herzchirurg an der Valley-of-the-Sun-Health-Klinik in Phoenix, ist ein angesehener Experte, nicht nur für Aortendissektion und künstliche Herzklappen, sondern

auch für die Arzt-Patienten-Beziehung, wobei er insbesondere von
seinen persönlichen Erfahrungen als Patient profitiert.

Ich suche weiter, vertiefe mich in Artikel aus Fachzeitschriften und Boulevardmagazinen, die zu seinem Namen auftauchen. Ich brauche etwa eine knappe Dreiviertelstunde, bis ich mit einem Interview von ihm als Betroffenem belohnt werde, der bereits ungewöhnlich lange mit einem Spenderherz überlebt hat.

Ich schnappe nach Luft, als ich das lese.

O Gott.

Er hatte eine Herztransplantation, als er … Wie alt war er da? Ich rechne schnell im Kopf nach … als er siebzehn war. Warum hat er keine Narbe? Den Gedanken habe ich kaum zu Ende gedacht, als mir wieder das komplizierte Tattoo auf seiner Brust einfällt, das die Narbe offenbar verdeckt.

Die nächste Stunde verbringe ich auf Webseiten, die sich dem Thema Herztransplantation widmen, studiere Statistiken über die Lebenserwartung danach und begreife schnell, dass Wyatt eine echte Ausnahme ist, denn er lebt mit seinem Spenderherz schon viele, viele Jahre länger, als es den meisten Transplantationspatienten vergönnt ist.

Ich bin gleichzeitig begeistert und entsetzt. Er hat sich gegen die Wahrscheinlichkeit behauptet. Aber wie lange kann das gut gehen?

Von den Patienten, die das erste Jahr überleben, schaffen es nur fünfzig Prozent bis Jahr dreizehn. Von da an sinkt die Überlebensrate rapide. Wiederholte Transplantationen verkürzen die Überlebensdauer weiter, und die meisten Patienten sterben an Abstoßungsreaktionen, Transplantatversagen oder etwas, das man Transplantat-Arteriosklerose nennt.

Ich habe was über einen Mann namens John McCafferty gefunden, der in Großbritannien im Alter von neununddreißig Jahren ein Spenderherz erhalten hat und damit über siebzig Jahre alt geworden ist. Und dann lese ich, wie selten solche Geschichten sind, und beginne zu begreifen, warum Wyatt entschlossen ist, sich nicht auf eine ernsthafte Beziehung einzulassen.

Plötzlich verspüre ich den überwältigenden Drang, mit ihm zu reden. Bevor ich entscheiden kann, ob es klug ist, das zu tun, schreibe ich ihm eine Textnachricht. Bist du wach?

Ich bin überglücklich, als ich die blinkenden Pünktchen sehe, die mir verraten, dass er eine Erwiderung tippt, und warte atemlos auf seine Antwort. Ja, aber warum bist du das?

> Ich konnte nicht schlafen, nachdem du zur Tür raus warst. Kannst du reden?

> Klar, kleinen Moment. Lass mich auf die Dachterrasse gehen, damit ich Jason und Carmen nicht störe.

Während ich auf seinen Anruf warte, fahre ich mir mit den Fingern durchs Haar, als würde ich mich mit ihm treffen und müsste mich dafür zurechtmachen. Mein Herz klopft viel zu schnell, aus Vorfreude darauf, seine Stimme zu hören. Werde ich ihm sagen, was ich herausgefunden habe? Wird er das für ein unerträgliches Eindringen in seine Privatsphäre halten?

Als das Telefon klingelt und ich vor Aufregung beinah einen Herzanfall kriege, wird mir noch was klar: Ich bin bereits bis über beide Ohren in ihn verliebt, was wiederum echt gefährlich für mein eigenes Herz ist. »Hi.«

»Hey. Warum schläfst du denn um halb zwei nicht längst?«

»Ich war aufgewühlt, nachdem du gegangen bist und … Wyatt?«

»Ja?«

»Ich habe dich noch mal gegoogelt und bin diesmal ein bisschen tiefer vorgedrungen.«

Er stöhnt. »Das hatte ich befürchtet.«

»Bist du sauer?«

»Nein, Süße. Ich bin nicht sauer. Das ist einfach etwas, was man heutzutage macht, wenn man mehr über jemanden wissen will, der geheimnisvoll tut.«

»Warum hast du's mir nicht erzählt?«

Ich kann sein Seufzen klar und deutlich hören. »Ich rede nicht darüber, außer wenn ein weiterer Langzeitüberlebender einer Herztransplantation stirbt und die Presse auf der Suche nach der Äußerung eines Betroffenen ist. Ansonsten versuche ich, nicht groß darüber nachzudenken. Es hat in der ersten Hälfte meines Lebens *alles* überschattet, weißt du? Ich bin wild entschlossen, das nicht auch für die zweite Hälfte zuzulassen.«

»Das ist der Grund, warum du keine ernsthafte Beziehung willst, richtig?«

»Ja. Es wäre nicht fair, zuzulassen, dass jemand Gefühle für mich entwickelt und ich dann plötzlich sterbe.«

»Was ist mit John McCafferty?«

»Was ist mit ihm?«

»Er hat mehr als dreißig Jahre mit einem Spenderherz überlebt.«

»Das ist unglaublich selten.«

»Aber das könnte doch auch bei dir der Fall sein, oder?«

»Klar, nur ist es total unwahrscheinlich, und daher habe ich mich schon vor langer Zeit damit abgefunden, allein zu bleiben. Es wäre einfach nicht in Ordnung, jemand anderen da mit reinzuziehen. Im Moment bin ich mehr oder weniger eine tickende Zeitbombe, und es könnte jederzeit aus sein.«

»Und wenn nicht?«

»Was meinst du damit?«

»Was, wenn nichts passiert und du einfach ganz normal dein Leben lebst?«

»Das wäre unglaublich toll, aber ich rechne nicht damit, dass das geschieht.«

»Wenn doch, hättest du allerdings dein ganzes Leben allein verbracht, bloß weil etwas geschehen *könnte*.«

»Ich bin nicht allein, Dee. Ich habe eine wunderbare Familie, großartige Freunde und Kollegen …«

»Warst du je richtig verliebt?«

»Nein.«

Ich frage mich, ob er selbst hören kann, wie traurig er klingt. »Du darfst dir die Erfahrung nicht versagen, wie es ist, wenn man liebt, Wyatt. Das ist eine der wunderbarsten Sachen im Leben.« Das empfinde ich immer noch so, selbst nachdem das mit Marcus so furchtbar schiefgegangen ist.

»Du weckst in mir den Wunsch, meine ganzen Regeln in den Wind zu schlagen und mich weiter in dich zu verlieben.«

»Ja?«

»Absolut. Und das ist mir noch bei keiner zuvor passiert, Dee.«

Schmelze ich gerade dahin? Ja, definitiv. »Stimmt das?«

»Ja.«

»Also, was gedenkst du in Bezug auf den Wunsch, deine Regeln zu ignorieren, zu unternehmen?«

»Nichts«, erwidert er leise.

»Diese Antwort akzeptiere ich nicht.«

Sein Lachen entlockt mir ein Lächeln. »Lass mich ausreden, okay?«

»Ich bin ganz Ohr.«

»Nehmen wir mal an, ich vergesse all meine sehr vernünftigen Regeln, ziehe her und lass mich voll und ganz auf dich ein.«

»Bis hierhin klingt das für mich richtig gut.«

»Für mich auch, aber nehmen wir mal an, wir lassen den Dingen einfach ihren Lauf, heiraten, und dann fang ich plötzlich an, Probleme zu kriegen. Es beginnt vielleicht mit Schmerzen in der Brust oder einem grippalen Infekt, der besonders hartnäckig ist. Oder vielleicht habe ich einen Herzinfarkt, oder du wachst eines Morgens auf, und ich bin tot.«

»D-das könnte passieren?«

»Alles davon könnte passieren, und noch andere Sachen. Ich möchte dir das nicht antun, Dee. Ich möchte es niemandem antun, daher ist es irgendwie einfacher, erst gar nicht damit anzufangen, verstehst du?«

»Ja, schon. Nur …«

»Was denn, Süße?«

Das mit dem Dahinschmelzen wird nicht besser. »Ich möchte, dass du weißt, wie es sich anfühlt, jemanden zu lieben, Wyatt. Ich möchte, dass du das erlebst.«

»Wenn die Dinge anders lägen, würde ich mir nichts mehr wünschen als das, doch ich komme immer wieder auf den Punkt mit der Fairness zurück und darauf, dass es eben einfach *nicht* fair wäre, zuzulassen, dass sich jemand in mich verliebt, solange ich weiß, dass die Wahrscheinlichkeit gegen mich arbeitet.«

»Aber was, wenn …«

»Du machst mich wahnsinnig«, sagt er mit einem leisen Lachen.

»Sollen wir aufhören, darüber zu reden?«

»Wahnsinnig auf eine gute Art und Weise.«

»Oh.«

»Was wolltest du mich fragen?«

»Was, wenn der Mensch, in den du dich verliebst, bereit ist, es zu riskieren, ohne Rücksicht darauf, wie die Chancen stehen und wie lange es gut geht?«

Er stöhnt. »Dee … Du bist wunderschön und süß und so sexy, dass du nur den Raum betreten musst, damit ich dich begehre. Doch das könnte ich dir einfach nicht antun.«

Ich versuche hier mein Möglichstes, um nicht in Tränen auszubrechen. »Aber wenn ich mir das von dir wünsche?«

»Süße … Wenn ich das mit irgendjemandem in Erwägung ziehen würde, dann einzig mit dir.«

»Dann tu es.«

Bei seinem tiefen Stöhnen durchzuckt es mich. »Dee …«

»Wyatt. Ich möchte es.«

»Du weißt nicht, was du da sagst. Du hast bereits ein schlimmes Beziehungsende hinter dir und …«

»Kann ich dir ein Geheimnis anvertrauen?«

»Selbstverständlich.«

»Bei ihm habe ich mich nie so gefühlt wie bei dir.«

»Das meinst du nicht so.«

»Ich meine das absolut so. Ich war sechs Jahre mit ihm zusammen, und nach der ersten Nacht, die ich mit dir verbracht habe, wusste ich, dass ich all die Zeit auf den falschen Typen verschwendet hatte.«

»Hör auf.«

»Das ist die Wahrheit. Ich habe nach jener Nacht ununterbrochen an dich denken müssen.«

»Ich habe auch an dich gedacht.«

»Bist du meinetwegen zurückgekommen?«

»Natürlich nicht. Das war ganz allein die Stelle am Miami-Dade.«

»Schwindelst du etwa?«

Beim Klang seines Lachens schlägt mein Herz vor Aufregung schneller, und die Vorfreude darauf, ihn bald wiederzusehen, beflügelt es weiter.

»Verlieb dich in mich, Wyatt.« Ich habe keine Ahnung, wo ich den Mut hernehme, das laut auszusprechen. Ich weiß bloß, dass sich nichts je so richtig angefühlt hat.

»Du weißt ja gar nicht, was du da sagst. Du bist verstört wegen Marcus.«

»Überhaupt nicht. Ich denke an dich und daran, wie ich mich fühle, wenn du mich anschaust und wenn du mich küsst und berührst. Ich möchte mehr davon, mehr von dir, mehr von uns, solange es nur geht.«

»Dee …«

»Ja, Wyatt?«

»Wie kommt es, dass du das so ruhig aufnimmst, während ich mich fühle, als würde ich gleich einen Herzinfarkt kriegen?«

Sofort setze ich mich auf. »Echt? Ernsthaft?«

»Die beste Sorte Herzinfarkt.«

»Ich wünschte, du wärst immer noch bei mir.«

»Geht mir genauso. Du hast keine Ahnung, wie sehr ich mir das wünsche.«

»Kann ich dich abholen?«

»Ich sollte Nein sagen. Wir sollten einander nicht wiedersehen.«

»Lass dich von mir abholen. Lass uns so viel Zeit wie nur irgend möglich miteinander verbringen.«

»Das sollte ich besser nicht.«

»Warum nicht?«

»Weil ich mich dann restlos in dich verlieben werde.«

»Ich habe mir nie irgendetwas so gewünscht wie das. Ich will dich. Nach allem, was du durchgestanden hast, möchte ich, dass du weißt, wie es sich anfühlt, jemanden zu lieben.«

»Ich will dir nicht wehtun.«

»Wenn du Nein sagst, wird mir das wehtun. Kann ich jetzt kommen?«

Nach einer langen Pause antwortet er: »Ja. Komm und hol mich ab.«

»Ich bin in einer halben Stunde da. Und Wyatt?«

»Ja, Dee?«

»Du wirst es nicht bereuen.«

»Das weiß ich. Ich mach mir bloß Sorgen, dass du das tun könntest.«

»Das ist ausgeschlossen. Bis gleich dann.«

Kapitel 7

Dee

Ich beende das Telefonat und seufze erleichtert auf. Ich kann nicht glauben, was ich da gerade zu ihm gesagt oder wie unverblümt ich ihn aufgefordert habe, sich in mich zu verlieben. Ich muss komplett den Verstand verloren haben, aber das ist mir völlig egal, solange es bedeutet, dass ich dieses verrückte Abenteuer mit ihm erleben kann. Seit er vorhin gegangen ist, habe ich es bereut, ihn nicht aufgehalten zu haben.

Rasch stehe ich auf, dusche mich und ziehe Leggins und ein Shirt an, das all meine Rundungen vorteilhaft betont, und muss plötzlich mit Panik kämpfen angesichts dessen, worauf ich mich da einlasse.

Hier droht mir noch viel schlimmerer Herzschmerz als der, den ich mit Marcus erlebt habe. Wyatt habe ich erst zweimal getroffen, und ich weiß jetzt schon, dass er mir sehr viel wichtiger werden könnte, als Marcus je gewesen ist. Beinahe fühle ich mich schuldig, weil ich das denke, obwohl es stimmt. Der Grund, weshalb ich die Nacht nach Carmens Hochzeit mit Wyatt verbracht habe, war, dass ich Angst hatte, nie mehr so zu empfinden, wenn ich diese Chance ungenutzt verstreichen ließ. Es ist so schnell gegangen, im Verlauf nur eines einzigen wunderbaren Tages und einer Nacht.

Seither habe ich versucht, mir einzureden, dass es keine so große Sache war, wie es zu sein schien, vor allem weil er nicht hier lebt. Also warum sollte ich darauf hoffen, ihn wiederzusehen? Doch jetzt ist er zurück, das Gefühl ist beim zweiten Mal sogar noch heftiger, und außerdem hat er ein Vorstellungsgespräch in der Stadt.

Dass er mit einem Spenderherz lebt, ändert nichts für mich, außer in einem Punkt: Meine Entschlossenheit, ihm eines der schönsten Dinge im Leben zu zeigen, ist nur noch größer geworden. Ich möchte, dass er weiß, wie es ist, zu lieben und geliebt zu werden. Die frühen Jahre mit Marcus waren einfach wunderbar. Dieses Gefühl der ersten großen Liebe ist das Beste überhaupt. Wyatt verdient es, zu erfahren, wie das ist.

Ich finde es furchtbar, dass er jung sterben könnte, aber ich werde nicht zulassen, dass Angst mein Leben bestimmt oder seins. Seit der Krebserkrankung meiner Mutter habe ich ein neues Verhältnis dazu erlangt. Wyatt wirkt auf mich fit und gesund, und ich muss fest daran glauben, dass er das auch bleiben wird. Ich weigere mich, die Alternative zu akzeptieren. Und nein, ich gebe mich hier weder Illusionen hin, noch bin ich unrealistisch in Bezug auf seine Chancen, die er mir so ungeschminkt dargelegt hat.

Ich hab's verstanden, doch es interessiert mich nicht. Ich liebe es, mit ihm zusammen zu sein und mich sexy zu fühlen, begehrt und vor allem glücklich. Ich möchte jede Minute mit ihm genießen, die ich kriegen kann, so lange, wie es möglich ist. Ich bin bereit, den Albtraum mit Marcus endgültig hinter mir zu lassen. Ich habe es satt, mich von morgens bis abends immer nur schlecht zu fühlen.

Bevor ich das Haus verlasse, packe ich eine Tasche mit Badesachen, einem Strandkleid, Sonnencreme, Flipflops und allem, was ich sonst vielleicht noch brauche, wohin auch immer es uns verschlägt. Auf dem Weg zu Carmen fahre ich schneller, als ich sollte, und singe die ganze Zeit bei den Songs im Radio mit. Nach dem schockierenden Ende der Beziehung mit Marcus, der Fehlgeburt und dem Schreck wegen der Krankheit meiner Mutter kann ich mich ehrlich nicht mehr erinnern, wann ich mich zuletzt so gut gefühlt habe. Vielleicht an dem Wochenende mit Marcus in New York, als ich noch geglaubt habe, dass ich den Rest meines Lebens mit ihm verbringen würde.

Schon lustig, wie das Leben einem einen Tritt verpasst, ohne dass man es kommen sieht. Ich hatte keine Ahnung, dass Marcus in irgendeiner Weise unglücklich mit mir oder unserer Absprache war. Keiner von uns war übertrieben anhänglich, daher war die Fernbeziehung beim zweiten Mal weniger ein Problem, schließlich waren wir älter und klüger. Es lief gut, und wir hatten viel Spaß, wenn er mich besucht hat oder wenn ich nach Miami geflogen bin. Wir haben einfach da weitergemacht, wo wir aufgehört hatten, und es schien alles in geordneten Bahnen zu laufen. Meine Beziehung zu ihm erinnerte mich irgendwie an die meiner Eltern – vertraut, zufrieden, unangestrengt.

Ich habe nicht mal geahnt, dass es einen Riesenunterschied gibt zwischen »zufrieden« und »wirklich befriedigt«. Wenn ich mir diese erste Nacht mit Wyatt nicht gestattet hätte, hätte ich vermutlich nie erfahren, was bei Marcus gefehlt hat. Ich hätte mir am Ende von ihm einreden lassen, dass seine »Heirat« nur ein Riesenmissverständnis gewesen sei. Womöglich wäre es ihm gelungen, mich zu bequatschen, sodass ich ihn wieder in mein Leben gelassen hätte, als sei nichts geschehen.

Mich schaudert, wenn ich daran denke, dass ich mich beinahe mit weniger zufriedengegeben hätte, als ich verdiene.

Die Nacht mit Wyatt hat mir die Augen geöffnet, und zwar in mehr als einer Hinsicht.

Zuerst und vor allem ist mir klar geworden, wie unglaublich es ist, im Mittelpunkt der ungeteilten Aufmerksamkeit von jemandem zu stehen. Zu wissen, dass er mich derart begehrt, dass ich bereit war, alle bisherigen Skrupel über Bord zu werfen und mich auf ein Abenteuer mit ihm einzulassen. Und was für ein Abenteuer das war. Ich darf jetzt nicht an die Nacht mit ihm denken, sonst komme ich noch von der Straße ab.

Auf jeden Fall weiß ich, dass ich die Neuauflage gar nicht erwarten kann.

Als ich vor dem Gebäude anhalte, in dem sich Carmens und Jasons Wohnung befindet, fühle ich mich, als hätte ich ein paar Gläser Champagner getrunken, einzig weil ich weiß, dass ich ihn gleich wiedersehen werde. Ich schicke ihm eine Textnachricht. Bin da.

Schon unterwegs.

Um nicht vor Aufregung auf meinem Sitz auf und ab zu hüpfen, schnappe ich mir meine Handtasche und finde darin tatsächlich ein Pfefferminzdragee. Ich stecke es mir in den Mund, damit mein Atem frisch riecht, denn ich habe fest vor, Wyatt zu küssen, sobald er zu mir ins Auto steigt. Ich hoffe, er ist bereit für eine Dee, die alles auf eine Karte setzt, denn sie ist bereit für ihn.

Als er durch die Tür auf den Bürgersteig tritt, schlucke ich den Rest des Dragees runter. Ich bin so aufgeregt, dass ich vergesse, die Tür für ihn zu entsperren, und fummle dann an dem Knopf herum, während er draußen steht und darauf wartet, dass ich ihn reinlasse.

Dann ist er endlich im Auto, dreht sich zu mir um, in dem Moment, in dem ich schon nach ihm greife. Neben diesem Kuss verblassen alle anderen Küsse. Wir klammern uns aneinander, und unsere Zungen fechten ein hitziges Duell aus, bei dem ich mit fliegenden Fahnen zum Feind überlaufe. An ihn zu verlieren fühlt sich wie der schönste Sieg an. Als er sich schließlich von mir löst, entschlüpft mir tatsächlich ein leises Wimmern.

»Ganz langsam, Süße.« Mit seiner Hand an meinem Gesicht streichelt er meine Wange. »Wir sollten hierüber noch mal reden.«

»Genug geredet. Du hast mir erklärt, was mich erwartet. Ich verstehe das und akzeptiere, worauf ich mich einlasse. Wir dürfen keine Sekunde mehr verschwenden, sondern sollten mit dem Leben anfangen, ohne uns den Kopf darüber zu zerbrechen, was alles passieren könnte. Meine Abuela sagt immer, das Jetzt ist die einzige Garantie, die wir haben, und ich weiß nicht, wie es bei dir ist, aber ich möchte nicht noch mehr Zeit verlieren.«

»Du bist wunderbar«, flüstert er, bevor er mich wieder küsst, dieses Mal zärtlicher.

Ich hab keine Ahnung, wie lange wir wie zwei Teenager knutschen, die keine Angst davor haben, erwischt zu werden, als sein Magen plötzlich laut knurrt.

Lachend löse ich mich von ihm.

»Sorry«, meint er mit einem verlegenen Lächeln.

»Hast du Hunger?«

»Immer. Es gibt keinen Zeitpunkt, zu dem ich nicht essen könnte, selbst wenn ich gerade erst gegessen habe.«

»Es ist extrem ungerecht, dass du trotzdem so aussiehst, wie du das tust.«

»Ich verbringe viele Stunden im Fitnessstudio.«

»Das ist jedenfalls sinnvoll investierte Zeit. Sollen wir uns einen Diner suchen?«

Bei dem neuerlichen Knurren aus seinem Magen müssen wir beide lachen.

»Okay.« Ich schnalle mich an, starte den Motor und überlege, wo wir am besten unser Glück versuchen sollen.

»Vermutlich bleibt nur ein Denny's übrig. Mir fällt nichts anderes ein, was um diese Uhrzeit auf jeden Fall noch auf ist.«

»Hab ich kein Problem mit.«

»Es gibt eine Filiale am Biscayne Boulevard, glaube ich.«

»Soll ich mal auf dem Handy nachschauen?«

»Nein, ich weiß schon, wo ich hinmuss.«

Er greift nach meiner Hand und hält sie während der kurzen Fahrt fest.

Bei der kleinen Geste klopft mein Herz schneller. Ich kann gar nicht glauben, was für eine Wirkung er auf mich hat, und so ist es von der ersten Sekunde an gewesen, als Jason ihn mir bei dem Probenessen zur Hochzeit vorgestellt hat. Mein erster Gedanke war: *Wow!* Und dann hat er gelächelt. Himmel, dieses Lächeln … Da wir im Hochzeitsgefolge ein Paar waren, war er auch beim Essen mein Tischnachbar.

»Woran denkst du gerade?«, fragt er.

»An den Abend, an dem wir uns kennengelernt haben.«

»Das war toll. Ich hatte mir ein bisschen Sorgen darüber gemacht, das gesamte Wochenende mit Leuten verbringen zu müssen, die ich überhaupt nicht kenne, denn mir war klar, dass Jay vollauf mit Carmen und Hochzeitskram beschäftigt sein würde. Aber du hast sofort dafür gesorgt, dass ich mich wohlgefühlt habe und dass ich jede Menge Spaß hatte.«

»An dem Wochenende ging es mir besonders dreckig. Ich hatte gerade erfahren, dass Marcus überall herumerzählt, er wolle mich zurückhaben.« Ich erinnere mich kaum noch an irgendetwas von Carmens Junggesellinnenabschied, nachdem ich das gehört hatte.

»Das muss echt schwierig für dich gewesen sein.«

»Es hatte auf jeden Fall etwas Unwirkliches. Über ein Jahr lang hatte ich kein Wort von ihm gehört. Kein einziges Wort, nachdem er eine andere geheiratet hat.«

»Hast du sie gekannt? Also vorher?«

»Nur vom Hörensagen. Sie ist die Schwester eines seiner Freunde. Offenbar sind sie und ein paar von ihren Freundinnen mit nach Las Vegas gekommen, als einer der Männer seinen Junggesellenabschied feiern wollte, und Marcus ist mit ihr verheiratet aufgewacht.«

»Ernsthaft? So war das?«

»Ja.«

»Und wie hast du davon erfahren?« Er fügt rasch hinzu: »Wir müssen nicht darüber sprechen, wenn du das nicht möchtest.«

»Ist schon okay. Inzwischen ist es ja eine ganze Weile her.« Das stimmt, doch der Schmerz fühlt sich trotzdem noch ziemlich frisch an. »Mein Cousin Domenic hat mir erzählt, er habe von einem Freund aus Miami gehört, dass Marcus geheiratet hätte.«

»Das muss ein ziemlicher Schock gewesen sein.«

»Absolut, vor allem da ich zu der Zeit noch in dem Glauben war, er sei mein Freund. Er war erst kurz vorher übers Wochenende in New York gewesen, und wir hatten eine schöne Zeit zusammen gehabt.«

»Es tut mir echt leid, dass dir das passiert ist, Dee.«

Ich zucke die Achseln, als wäre das nicht eine der schmerzlichsten Erfahrungen meines Lebens gewesen – über die Gerüchteküche zu hören, dass mein Freund eine andere geheiratet hatte und noch nicht mal den Mumm hatte, es mir selbst zu beichten. Nicht zu vergessen, was danach passiert ist …

»Hast du je wieder mit ihm gesprochen?«

»Nein. Was hätte ich denn auch sagen sollen? ›Ich hoffe, du und deine Frau werdet glücklich miteinander‹?«

Wyatt atmet lang gezogen aus. »Wie kann man jemandem, den man liebt, so was antun?«

»Natürlich stelle ich mir jetzt die Frage, ob er mich je tatsächlich geliebt hat. Er schreibt mir in letzter Zeit pausenlos, entschuldigt sich, behauptet, es gebe Dinge, die er mir erklären müsse, und dass es nicht an mir gelegen habe und so weiter und so weiter.«

»Warum hast du ihn nicht einfach geblockt, Süße?«, erkundigt er sich behutsam.

»Ich weiß, das hätte ich tun sollen, aber aus irgendeinem Grund habe ich es nicht gemacht. Ich hätte nie damit gerechnet, noch mal von ihm zu hören. Irgendwie hat es auch was Befriedigendes, dass er es bereut. Und das kleine Teufelchen in mir hat sich tatsächlich gefreut, dass die Ehe gescheitert ist.«

»Du hast kein Teufelchen in dir.«

»Wenn die Gedanken, die ich in Bezug auf sie hatte, als Beweis taugen, dann auf jeden Fall.«

»Jeder würde so empfinden, nach dem, was er dir zugemutet hat.«

Und dabei hat er keine Ahnung, was noch alles gewesen ist. »Einer seiner Freunde hat mich ein paar Wochen später angerufen. Er hat mir erzählt, dass es während einer Saufnacht in Vegas passiert sei, dass es nichts bedeute und dass er sicher sei, Marcus werde mir das persönlich sagen, und zwar bald.«

»Aber das hat er nicht getan.«

»Nein. Es war fast so, als hätte es ihn und mich nie gegeben. Es war einfach … vorbei.«

Plötzlich wird mir bewusst, dass das alles andere als hilfreich dabei ist, Wyatt davon zu überzeugen, sich auf die Liebe einzulassen. Bei dem Gedanken muss ich lachen.

»Was ist so witzig?«

»Mir ist nur gerade aufgefallen, dass ich nicht wirklich glaubhaft darlege, wie großartig es ist, verliebt zu sein.«

Da wir an einer Ampel anhalten müssen, sehe ich das Lächeln, das über sein sündhaft attraktives Gesicht huscht. »Marcus ist ein Idiot, dass er dich hat gehen lassen.« Er hebt meine Hand an seine Lippen und haucht mir einen Kuss auf den Handrücken. »Und ich bin total dankbar dafür, dass er sich so betrunken und die Schlampe geheiratet hat.«

Ich beginne zu lachen und fürchte fast, dass ich nie wieder damit aufhören kann. Dass er sie so nennt ... Ich war ohnehin schon halb in ihn verliebt, und damit ist mein Schicksal besiegelt. »Wahrscheinlich ist sie in Wirklichkeit total nett«, sage ich, als ich endlich wieder sprechen kann. »Wir kennen sie überhaupt nicht. Diesen Spitznamen hat sie bestimmt gar nicht verdient.«

»Sie hat den Freund einer anderen geheiratet und nicht sofort einen Schlussstrich gezogen, nachdem er aufgewacht ist und ihr sicherlich sofort erklärt hat, dass er einen Riesenfehler begangen hat. Meiner Meinung nach passt die Definition von ›Schlampe‹ darauf schon ziemlich gut.«

»Ja, stimmt auch wieder. Ich meine, sie musste von mir wissen. Marcus und ich waren jahrelang immer wieder zusammen. Das war kein Geheimnis. Und was hat er am nächsten Morgen gedacht, als er zu sich gekommen ist und feststellen musste, dass er geheiratet hatte? Ist er durchgedreht? Hat er sich Sorgen gemacht, dass ich es rausfinden könnte? Hat er auch nur einen Gedanken an mich verschwendet?«

Ich breche ab, denn es gibt nichts, was geeigneter wäre, etwas Neues zu ruinieren, als etwas Altes immer wieder durchzukauen, das man besser auf sich beruhen lassen sollte. »Sorry. Ich wollte nicht schon wieder damit anfangen. Ich war bereits auf dem besten Wege, das endgültig hinter mir zu lassen, als ich zu Carmens und Jasons Hochzeit hergeflogen bin. Doch dann hören zu müssen, dass es ihm leidtut, war echt kontraproduktiv. Ich konnte wirklich schon mal viel besser damit umgehen, daher möchte ich nicht, dass du glaubst, die Sache wäre immer noch ein Riesenproblem für mich. Denn das ist sie nicht.«

»Das glaube ich auch gar nicht. Ich glaube, du hast ihn sehr geliebt, er hat dich tief verletzt, und gerade als du wieder auf die Füße gekommen bist, landet er im Krankenhaus, und es ist nicht völlig ausgeschlossen, dass das passiert ist, weil du seine Anrufe nicht annehmen wolltest. Ich kann verstehen, dass das alles wieder nach oben spült.«

»Genau.« Sein Verständnis tut mir gut, und ich bin froh, dass er sich nicht wie ein Idiot aufführt, der sich bedroht fühlt, bloß weil man über die schmerzhafte Trennung von einem anderen Mann redet. »Aber trotzdem danke fürs Zuhören.«

»Natürlich.« Er schaut mich an, was ich aus dem Augenwinkel sehen kann. Ich bin so auf ihn gepolt, dass ich das Gefühl habe, jeden seiner Atemzüge zu spüren. »Darf ich dich was fragen?«

»Klar«, antworte ich.

»Die Nacht nach der Hochzeit … Hat dabei auch eine Rolle gespielt, dass du ihm eins auswischen wolltest?«

»Nein!«

»Nicht mal ein kleines bisschen?«

»Die Sache mit dem One-Night-Stand vielleicht, aber alles andere auf keinen Fall. Dabei ging es einzig um dich und darum, wie schön ich es beim Probenessen und dann bei der Hochzeit mit dir fand. Wir hatten solchen Spaß, und du warst so …«

»Was denn?«

»Aufmerksam.«

»Ich war von dem Moment an, in dem ich dich getroffen habe, völlig hin und weg von dir.«

Mein Gelächter klingt wie ein mädchenhaftes Kichern. »Das war wirklich sehr schmeichelhaft, insbesondere nachdem ich mich wie weggeworfen gefühlt hatte.«

»Jedermann, der dich zur Freundin hatte und dich hat gehen lassen, ist der größte Schwachkopf überhaupt, und irgendwie ist es schon befriedigend, dass er es jetzt bereut. Denn genau das sollte er tun.«

»Es ist total sexy, wenn du dich so auf meine Seite schlägst.«

»Ach ja?«

»Absolut.«

»Also, ich bin total auf deiner Seite.«

Wir erreichen den Parkplatz des Denny's. Bevor er meine Hand loslässt, zieht Wyatt mich noch einmal für einen Kuss an sich. Als wir schließlich aussteigen, legt er einen Arm um mich, während wir reingehen. Ich liebe es, dass er seine Zuneigung so selbstverständlich zeigt.

Ich lehne mich an ihn, wie ein liebebedürftiger junger Hund frisch aus dem Tierheim. Habe ich mich eben allen Ernstes mit einem Welpen verglichen? Na ja, wem der Schuh passt ...

Wir werden zu einer Nische geführt.

Wyatt nimmt mir gegenüber Platz, und ich friere sofort, da mir seine Körperwärme fehlt. Oder vielleicht ist auch einfach die Klimaanlage zu niedrig eingestellt.

»Hier ist es ja wie in einer Kühlkammer«, stellt er fest, während er die Speisekarte überfliegt.

»Ich verwandle mich gleich in einen Eiszapfen.«

»Komm rüber zu mir. Ich wärme dich.«

Das lasse ich mir nicht zweimal sagen. Ich nehme meine Karte mit, als ich mich zu ihm setze und mich an ihn schmiege.

»Ich muss ehrlich zu dir sein«, erklärt er.

»Ich dachte, du hättest mir bereits deine dunkelsten Geheimnisse anvertraut.«

»Das hier dreht sich um Pärchen, die im Schnellrestaurant in einer Nische nebeneinandersitzen.«

»Was ist damit?«

»Ich hab das immer für total dämlich gehalten, als könnten sie nicht mal für eine Mahlzeit getrennt voneinander sein, ohne sich ständig anzufassen.«

»Und jetzt?«

»Jetzt verstehe ich es.« Er haucht mir einen Kuss aufs Haar. »Die Zeit, die wir zum Essen brauchen würden, ist zu lang, um dich nicht zu berühren.«

»Bislang machst du das mit der Beziehung super.«

»Ja?«

»Mhm. Sorg zunächst dafür, dass die Frau sich wie etwas Besonderes fühlt, hör ihr zu, wenn sie sich stundenlang über ihren Ex auslässt, sag immer die richtigen Dinge, und achte darauf, dass sie sich sexy und begehrt vorkommt. Bist du sicher, dass du das nicht vorher schon mal getan hast?«

Er treibt mich mit den Küssen auf meinen Hals in den Wahnsinn, und ich beuge mich noch näher zu ihm. »Ich bin mir sehr sicher. Ich habe bisher noch keine andere getroffen, die in mir den Wunsch geweckt hätte, mein Leben auf den Kopf zu stellen, sodass ich die ganze Zeit mit ihr zusammen sein kann.«

»Empfindest du so in Bezug auf mich?«

»Absolut. Ich bin bereit, meinen Job in Phoenix sofort zu kündigen, und dabei hatte ich noch nicht mal das Vorstellungsgespräch hier.«

Ich drehe mich zu ihm um. »Tu das nicht.« Ich liebe sein Lächeln so sehr, wie es seine blauen Augen funkeln lässt und tiefe Falten in seinen Wangen hinterlässt. »Du hast ein wunderschönes Gesicht.« Ich streiche mit dem Daumen über eine der Furchen neben seinem Mund.

»Du aber auch.« Er küsst mich auf die Wange, die Nase und schließlich die Lippen. »Als ich dich das erste Mal gesehen habe, habe ich zu Jay gesagt: ›Wer ist das?‹ Er hat geantwortet, du seist Carmens Cousine, und ich hab erwidert: ›Stell mich ihr vor. Jetzt gleich.‹«

»Es ist, glaube ich, kein Geheimnis, dass du mir ebenfalls sofort aufgefallen bist. Ich hab mich nicht wirklich auf die Hochzeit gefreut, weil ich Angst hatte, ich müsste drei Tage lang gute Laune heucheln, aber dann warst du da und hast mich zum Lächeln gebracht. Du ahnst gar nicht, was mir das in dem Moment bedeutet hat.«

»Du hast mich auch zum Lächeln gebracht. Ich hatte mehr Spaß als seit ewigen Zeiten davor. Als ich dann im Flugzeug zurück nach Phoenix gesessen habe, hat es sich total falsch angefühlt, ohne dich nach Hause zu fliegen.«

Ich muss mich sehr beherrschen, um nicht zu vergessen, dass wir uns in der Öffentlichkeit befinden.

Die Kellnerin erscheint an unserem Tisch und reißt mich aus meiner Versunkenheit. »Was kann ich Ihnen bringen?«

»Ich hätte gerne Kaffee und einen englischen Muffin, bitte«, bestelle ich.

»Für mich bitte ein vegetarisches Eiweißomelett mit Vollkorntoast.«

»Und auch Kaffee?«, fragt sie mit einem einladenden Lächeln, das in mir den Wunsch weckt, ihr die Augen auszukratzen.

Wyatt reicht ihr die Karte zurück. »Nur Wasser mit Zitrone. Danke.«

»Kommt sofort.«

»Sag mir nicht, dass du keinen Kaffee trinkst.«

»Gut, dann sage ich dir nicht, dass Koffein schlecht für mein Herz ist und ich es daher vermeide.«

»Ich habe da eine Frage.«

»Du darfst mich alles fragen, was du möchtest.« Er verschränkt seine Finger mit meinen. »Es ist so eine Erleichterung, dass du die Wahrheit kennst. Am liebsten hätte ich es dir schon in der ersten Nacht erzählt, und dabei rede ich mit niemandem darüber. Aber aus irgendeinem Grund wollte ich, dass du es weißt.«

»Warum machst du daraus so ein Geheimnis?«

»Das habe ich mir angewöhnt, nachdem ich von zu Hause weg- und nach North Carolina an die Uni gegangen bin. Das war wie ein Neuanfang, fernab von allen, die mich nur als Kranken kannten. Ich habe es genossen, dass niemand etwas wusste, daher habe ich es grundsätzlich so gehalten, wenn ich neue Leute kennengelernt habe. Außerdem wollte ich nicht, dass mich alle bloß in diesem Licht sehen. Verstehst du das?«

»Ja, schon. Doch das war gar nicht die Frage, die ich stellen wollte.«

»Du kannst so viel fragen, wie du willst.«

»Als ich über das Leben nach einer Herztransplantation nachgelesen hab, war eine der wichtigsten Sachen, die dort genannt wurden, dass man vor Krankheiten und Keimen auf der Hut sein muss.«

»Das stimmt.«

»Aber du arbeitest in einem Krankenhaus.«

»Die Frage ist berechtigt. Die meisten der Patienten, die ich behandle, leiden ja nicht unter Krankheiten, die mir gefährlich werden können. Sie haben Probleme am Herz oder mit der Atmung, Sachen, die nicht ansteckend sind. Und zusätzlich bin ich überaus vorsichtig. Wenn ich glaube, dass auch nur die geringste Chance besteht, dass ich irgendwelchen Erregern ausgesetzt bin, trage ich eine Maske und halte Abstand.«

»Es ist schon beängstigend, dass irgendeine x-beliebige Bazille dein Leben in Gefahr bringen kann.«

»Das ist der Grund, warum ich nicht Kinderarzt geworden bin«, erklärt er mit einem Grinsen. »Ich denke nicht zu viel darüber nach. Ich tue einfach alles, was in meiner Macht steht, um Menschenansammlungen und Keimen aus dem Weg zu gehen.«

»Es ist wirklich bewundernswert, wie sehr du dich bemühst, gesund zu bleiben.«

»Ich weiß, wie es ist, krank zu sein – richtig, richtig krank –, und ich möchte das nie wieder erleben, wenn ich es irgendwie vermeiden kann. Wenn mein Spenderherz irgendwann den

Dienst quittiert, hoffe ich, dass das ganz plötzlich passiert. Ich möchte nie wieder monatelang im Krankenhaus liegen.«

Bei dem Gedanken, dass er sterben könnte, erfasst mich ein tiefer Schmerz – um seinet- und um meinetwillen.

Das scheint er zu spüren. »Ich würde es absolut verstehen, wenn du es dir noch anders überlegst …«

»Ausgeschlossen.«

»Ganz im Ernst, Dee, das solltest du. Die Vorstellung, dass du dich beinahe garantiert großem Schmerz aussetzt, ist für mich schwer auszuhalten.«

»Ich möchte nicht, dass du dir deswegen Sorgen machst. Du hast mir genau erklärt, worauf ich mich einlasse, und ich verstehe es. Ich entscheide mich dafür, Zeit mit dir zu verbringen und etwas für dich zu empfinden. Das ist es, was ich möchte. *Du* bist, was ich möchte.«

»Und darüber bin ich echt verdammt glücklich.« Er schaut mich eine lange Weile an, als wolle er sich jede Einzelheit meines Gesichts einprägen. »Also empfindest du was für mich, ja?«

»Ja. Jede Menge.«

»Ich auch für dich. Alles Mögliche.« Er will mich gerade küssen, als die Kellnerin mit meinem Kaffee und seinem Wasser zurückkommt. »Das setzen wir später fort.«

Bei der Verheißung in seinen Worten erschauere ich. Ich kann dieses »später« kaum erwarten.

KAPITEL 8

Wyatt

Ich bin so aufgeregt, dass ich fast nichts essen kann – und jeder, der mich kennt, wird versichern, dass das nur äußerst selten vorkommt. Jetzt, wo ich mir erlaubt habe, mich auf das mit uns einzulassen, ist alles, was ich will, so viel wie möglich von ihr.

Ich kann nicht glauben, dass das wirklich passiert oder dass ich in der Sekunde, in der sie mir gesagt hat, ihr seien meine Regeln egal, sofort alle über Bord geworfen habe. Ich habe weiter Bedenken, aber das blende ich aus, wenn sie direkt neben mir sitzt, sich ihr warmer Körper an meinen drückt und sie mich völlig verrückt macht.

Und nicht bloß körperlich. Klar, das ist schon ein Teil davon, doch es ist so viel mehr. Ich sehne mich nach einer intensiven Beziehung, wie ich sie noch mit keiner anderen hatte. Ja, ich bin mit vielen Frauen ausgegangen, hatte ein paar, die man als Freundin bezeichnen könnte – zumindest haben andere das getan –, trotzdem habe ich mich bisher nie komplett und ohne Vorbehalte auf jemanden eingelassen, weil ich wusste, dass das für mich ausgeschlossen war. Schließlich wollte ich nicht in der Hauptrolle von einem dieser Kinofilme »nach einer wahren Begebenheit« landen, wo der Held stirbt und die Heldin am

116

Boden zerstört zurückbleibt und sich nach seinem tragischen und viel zu frühen Tod ein neues Leben aufbauen muss.

Nein danke. Warum sollte ich das jemandem, der mir wichtig ist, antun wollen?

Aber Dee ... Wow ... Bei ihr gelten einfach ganz andere Regeln. Ich werde jede einzelne Sekunde genießen, die wir zusammen haben. Ich möchte mein ganzes Leben umkrempeln, zu ihr ziehen und den Rest, der mir vom Leben noch bleibt, mit ihr verbringen. Und wer weiß? Vielleicht habe ich richtig Glück und habe ein langes und gesundes Leben. Ja, auch wenn die Chancen im Moment nicht gerade gut für mich stehen, wer kann schon sagen, was der medizinische Fortschritt noch bringt?

Doch solange sie so warm und weich und duftend neben mir in der Nische sitzt, denke ich nicht ans Sterben. Kein Stück. Bei mir dreht sich alles ausschließlich ums Leben.

Nachdem ich die Rechnung bezahlt habe, gehen wir Arm in Arm zum Auto. Während sie kurz auf der Toilette war, habe ich meine morgendliche Dosis Medikamente genommen, die ich eingesteckt hatte, falls ich die ganze Nacht wegbleiben sollte. Sie muss nicht mitbekommen, wie ich die Tabletten nehme, die mich am Leben halten.

»Was möchtest du gerne tun?«, fragt sie mich.

Wenn ich die freie Wahl hätte, würde ich ehrlich gesagt vorschlagen, dass wir zurück zu ihr fahren und da weitermachen, wo wir vorhin aufgehört haben. »Entscheide du. Das hier ist deine Stadt.«

»Du solltest dich eine Weile hinlegen, und dann spielen wir Tourist.«

»Ich bin so aufgedreht, ich glaube nicht, dass ich überhaupt schlafen kann.« Ich schwebe derart im siebten Himmel, dass Schlaf das Letzte ist, woran ich denke. Aber wenn wir in ihre Wohnung zurückkehren, werden wir den Rest des Wochenendes im Bett verbringen, und ich möchte nicht, dass sie glaubt, dass das das Einzige ist, was ich von ihr will. Wobei ich es natürlich will. Ziemlich verzweifelt sogar.

»Okay, dann lass uns zum Strand fahren.«

»Klingt gut.«

Letztlich finden wir uns auf einem Parkplatz in Miami Beach wieder, von dem aus wir, wie Dee mir verspricht, in einigen Stunden einen spektakulären Sonnenaufgang werden beobachten können.

»Ist es hier auch sicher?«

»Vermutlich nicht. Ich glaube trotzdem nicht, dass uns jemand Ärger machen wird.«

Ich vergewissere mich noch mal, dass die Türen verriegelt sind, nur vorsichtshalber.

Wir hören Musik und singen mit – sie so schlecht, dass es schon wieder total süß ist –, und wir unterhalten uns.

Ich nehme ihre Hand zwischen meine beiden, weil ich sie einfach berühren muss.

»Du weißt alles über meine Familie, aber was ist mit deiner?«, erkundigt sie sich. »Hast du Geschwister?«

»Einen Bruder und eine Schwester, beide jünger. Meine Krankheit war während unserer Kindheit und Jugend eine ziemliche Belastung für die ganze Familie.«

»Wie heißen sie?«

»Audrey und Liam. Sie leitet ein Bekleidungsgeschäft in Phoenix, und er ist Feuerwehrmann in Scottsdale.«

»Sind sie verheiratet?«

»Liam schon, und er und seine Frau erwarten gerade das erste Kind.«

»Das ist bestimmt aufregend.«

»Absolut. Ich freue mich schon darauf, Onkel zu werden.«

Ich streichle ihre Hand, fasziniert davon, wie weich und seidig sich ihre Haut anfühlt. »Ich bin vor langer Zeit schon mal fast Onkel geworden. Meine Schwester ist in der Highschool schwanger geworden und hatte eine Abtreibung, wovon meine Eltern aber nichts wissen. Mein Bruder hatte eine Zeit lang Probleme mit Drogen, ist jetzt allerdings schon seit über zehn Jahren clean. Damals hat sich alles nur um mich gedreht, obwohl sie auch gelitten haben.«

»Wie alt warst du, als deine Probleme angefangen haben?«

»Acht. Am Anfang haben alle gedacht, ich hätte mir einfach ein Virus eingefangen, doch mein Zustand hat sich sehr schnell verschlimmert. Am Freitag war ich ein völlig normales Kind, und am nächsten Dienstag war ich lebensbedrohlich krank. Danach war es für uns alle nie wieder so wie zuvor.«

»Meine Güte, es ist ziemlich erschreckend, dass so was einfach passieren kann.«

»Es war der totale Albtraum. Meine Eltern haben sich nie wirklich davon erholt. Als ich hergeflogen bin, hat meine Mutter mir tatsächlich eine Nachricht geschickt, um mich an meine Medikamente zu erinnern. Dabei bin ich vierunddreißig und Arzt.«

Durch ihr Lächeln wird ihr schönes Gesicht noch atemberaubender. »Das ist süß.«

»Es ist nervig! Sie wird total durchdrehen, wenn ich ihr beichte, dass ich nach Miami ziehen will. Wenn ich den Job kriege. Sie wird mich jeden Tag anrufen, um mich daran zu erinnern, meine Tabletten zu nehmen. Tatsächlich würde es mich nicht überraschen, wenn meine Eltern ebenfalls herkommen würden, nur um weiter in meiner Nähe zu sein.«

»Ach, das ist so niedlich.«

»Nein, ist es nicht. Es ist erdrückend.«

»Sie lieben dich.«

»Das stimmt.« Ich seufze. »Dass ich überhaupt noch am Leben bin, ist einzig dem Umstand zu verdanken, dass sie alles für mich geopfert haben. Daher kann ich meiner Mutter kaum sagen, dass sie sich verpissen und mich einfach in Ruhe mein Leben leben lassen soll.«

»Das würdest du sowieso nicht tun.«

»Nein, natürlich nicht, aber manchmal möchte ich es.«

»Sie müssen so stolz auf alles sein, was du erreicht hast.«

»Das sind sie, selbst wenn mein Vater zuerst nicht verstehen konnte, warum ich mich nach allem, was ich durchgemacht habe, ausgerechnet auf Herzkrankheiten spezialisieren wollte, doch es war das einzige Fachgebiet, das ich überhaupt je in Erwägung gezogen habe. Das ist es, womit ich mich auskenne. Als ich im Krankenhaus war, angeschlossen an Maschinen, und auf eine Transplantation gehofft habe, habe ich angefangen, alles über meine Erkrankung zu lesen, was ich in die Finger kriegen konnte. Ich wollte wissen, was mit mir passiert, verstehst du?«

»Natürlich, das ist doch sehr nachvollziehbar.«

»Das ist dann zu einer Art Besessenheit geworden, was wiederum dazu geführt hat, dass ich das College in drei Jahren abgeschlossen habe, damit ich Medizin studieren konnte, und zwar weit weg von zu Hause. Drei Jahre nach der Transplantation musste ich einfach dort raus, weg von der erdrückenden Fürsorge meiner armen Eltern, die von dem Ganzen komplett traumatisiert waren. Ich musste mit Leuten zusammenkommen, die meine Geschichte nicht kannten. Darum habe ich mir angewöhnt, es gar nicht erst zu erzählen. Wenn es niemand wusste, würde man mich auch nicht irgendwie anders behandeln. Das hatte ich so satt. Ich wollte einfach nur normal sein.«

»Also wusste niemand von der Transplantation?«

»Meine Eltern und meine Ärzte haben darauf bestanden, dass jemand in North Carolina im Bilde war, falls ich je ein Problem hätte. Nach ein paar Wochen dort hatte ich Jason besser kennengelernt und beschloss, ihn einzuweihen. Aber außer ihm hatte niemand die geringste Ahnung. Es war so eine unglaubliche Erleichterung nach all den Jahren, in denen sie alle unablässig über mich gewacht hatten.«

»Das muss toll für dich gewesen sein.«

»War es. Im Medizinstudium habe ich zum ersten Mal wirkliche Freiheit erlebt. Abgesehen davon, dass ich die ganze Zeit lernen musste, war es fantastisch. Ich hab jede Menge Freunde gefunden und hatte richtig viel Spaß.«

»Du hast mit allen Mädels geschlafen.«

Ich lache auf. »Das habe ich nicht gesagt!«

»Ich bin mir ziemlich sicher, sie haben dich umschwärmt wie die Motten das Licht.«

»Bist du eifersüchtig?«

»Auf jede Einzelne von ihnen.«

»Das musst du nicht. Ich habe für keine von ihnen je wirklich etwas empfunden.«

»Für keine Einzige?«

»Nope. Da war niemand, bis ich bei der Hochzeit meines Kumpels die Cousine der Braut kennengelernt habe, die sexyste Brautjungfer aller Zeiten.« Ich beuge mich vor, um sie auf den Nacken zu küssen. »Ich konnte mein Glück kaum fassen, als Jay mir erklärt hat, dass du ›meine‹ Brautjungfer warst.«

»Als Carmen gesagt hat: ›Das ist Jasons Freund Wyatt aus dem Medizinstudium‹, war mein erster Gedanke: Oh, ich muss mehr wissen.«

Sie bringt mich zum Lachen, sie bringt mich dazu, sie zu begehren, und sie bringt mich dazu, etwas zu fühlen.

»Wann hast du dich tätowieren lassen?«

»Vor dem Medizinstudium.«

»Sind deine Ärzte nicht ausgeflippt?«

»Ich hatte das mit ihnen abgesprochen. Wegen des Infektionsrisikos waren sie zunächst wenig begeistert, doch ich wollte unbedingt die Narbe kaschieren, also haben sie mir vorher vorsorglich Antibiotika verschrieben, was man heutzutage wahrscheinlich nicht mehr tun würde, da die Ärzte das nicht mehr wie Bonbons verteilen. Letztendlich ist ja alles gut gegangen, aber es ist tatsächlich das Riskanteste, was ich seit der Transplantation getan habe.«

»Und es hat dazu beigetragen, dass dein Geheimnis nicht auffliegt.«

»Exakt.«

»Weißt du, wo dein Herz herstammt?«

»Von einer Neunzehnjährigen namens Emma, die bei einem Unfall ums Leben gekommen ist. Ich höre immer noch jedes Jahr zu ihrem Geburtstag von ihrer Mutter.«

»Ich kann mir gut vorstellen, dass es tröstlich für sie ist, zu wissen, dass das Herz ihrer Tochter weiterlebt.«

»Das ist es. Sie hat es sich vor etwa zehn Jahren einmal durch ein Stethoskop angehört. Dabei war sie furchtbar gerührt.«

»Wow. Das ist so cool.«

»Das war es. Weißt du, was noch cool ist?«

»Was?«

»Dass ich ganz offen mit dir darüber reden kann und du mich trotzdem nicht anders behandelst.«

»Falls ich das tue, sagst du es mir dann?«

»Na klar.«

Sie dreht sich in ihrem Sitz zur Seite, macht es mir einfacher, ihr wunderschönes Gesicht anzusehen. Ihre dunklen Augen sind gesäumt von einem Kranz langer, dichter Wimpern, für die andere Frauen viel Geld bezahlen würden, ihre Haut hat einen betörend goldbraunen Farbton, ihre Lippen sind voll, und ihr Lächeln ist atemberaubend. Mit ihr zusammen zu sein ist das Tollste, was mir je passiert ist, und der Gedanke, dass ich am Montag ohne sie heimreisen muss, selbst wenn es nur für kurze Zeit ist, ist unerträglich. Da habe ich eine Idee.

»Wenn ich den Job kriege, möchtest du dann vielleicht mit nach Phoenix kommen, um mir beim Packen zu helfen, und dann zusammen mit mir im Auto zurück nach Miami fahren?«

»Das würde ich liebend gern tun, aber es geht vermutlich nicht. Ich helfe bei der Versorgung meiner Mutter. Dieses Wochenende haben meine Brüder übernommen, doch normalerweise bin ich jeden Tag dort.«

»Ach, richtig. Na ja, das war bloß so ein Gedanke.«

»Wenn ich ein bisschen Vorlauf habe, könnte ich vielleicht was organisieren.«

»Das wäre super.« Ich streiche ihr eine Strähne ihres seidigen dunklen Haars hinters Ohr. Als wir uns das erste Mal getroffen haben, war ihr Haar glatt, aber bei der Feuchtigkeit heute Abend kraust es sich, und ich liebe die Locken. »Ich kann nicht glauben, dass wir wirklich Pläne schmieden und uns kopfüber in das alles reinstürzen.«

»Es macht Spaß.«

»Auf jeden Fall. Nur was ist mit …«

»Was?«

»Marcus. Er will dich zurück. Vielleicht solltest du wenigstens mal mit ihm sprechen.« Ein Teil von mir fühlt sich immer noch dazu verpflichtet, ihr auszureden, dass sie sich auf mich einlässt, doch dieser Teil schrumpft mit jeder Sekunde, die ich mit ihr verbringe.

»Ich werde nie wieder mit ihm zusammenkommen. Es ist mir egal, was er sagt oder tut, das ist vorbei. Es war in der Minute vorbei, in der er eine andere geheiratet hat.« Sie runzelt verärgert die Stirn, und ich bedaure, dass ich seinen Namen überhaupt erwähnt habe.

»Es tut mir leid, dass er dir so wehgetan hat.«

»Ja, mir auch. Er hat mir vorhin eine Textnachricht geschickt, in der er mir schreibt, dass er nicht versucht hat, sich umzubringen, und dass es ihm leidtut, falls seine Schwester mir

Schuldgefühle einreden wollte. Nichts davon sei meine Schuld. Bla, bla, bla. Das ist alles viel zu wenig für mich und kommt viel zu spät.« Ihre Augen füllen sich mit Tränen, und sie senkt den Kopf. Ihr Haar bildet einen Vorhang, der ihr Gesicht vor mir verbirgt. »Direkt bevor ich gehört habe, dass er geheiratet hat … hatte ich herausgefunden, dass ich schwanger war.«

»O mein Gott, Dee. O Gott.« Ich greife nach ihr und ziehe sie an mich, so gut es über die Mittelkonsole hinweg geht. »Ich kann mir kaum vorstellen, wie das für dich gewesen sein muss.«

»Es war schrecklich, und ich konnte es ihm nicht mal sagen oder irgendwas.«

»Er weiß nichts davon?«

»Nein«, flüstert sie. »Ich hatte im zweiten Monat einen Abgang, direkt nachdem ich erfahren habe, dass er geheiratet hatte. Ich versuche mich damit zu trösten, dass es so am besten war, aber zu dem Zeitpunkt …«

»War es die Hölle.«

»Ja.«

»Das tut mir so leid, Süße. Ich hasse ihn, weil er dir das Herz gebrochen hat.« Und es macht mir Sorgen, dass ich vielleicht das Gleiche tun könnte – wenn auch aus anderen Gründen.

»Niemand weiß davon, außer Maria. Der habe ich es heute erzählt – oder genau genommen vermutlich gestern.«

»Warum hast du nicht mit ihr darüber geredet, als es passiert ist?«

»Ich konnte es einfach nicht ertragen. Ich habe mich wegen dem, was er mir angetan hatte, so gedemütigt gefühlt, und als dann das geschehen ist … Ich hab das irgendwie nicht verarbeiten können. Lange Zeit ging es mir sehr schlecht. Mein Cousin Dom, mit dem ich mir in New York eine Wohnung geteilt habe, hat gedroht, meinen Eltern zu petzen, dass ich nicht esse und nicht mehr arbeite, damit ich endlich aus meinem Zimmer rauskomme. Es war wirklich schlimm.«

Das zu hören, sie mir mit gebrochenem Herzen vorzustellen trifft mich. Für so etwas möchte ich nie verantwortlich sein. »Dee, Süße ... Ich möchte, dass du über diese Sache mit mir noch einmal wirklich gut nachdenkst. Wenn ich dir je so was wie er antun würde, selbst wenn die Umstände anders wären ... Ich kann den Gedanken nicht ertragen, dass du meinetwegen so leidest.«

»Mit dir wäre es anders. Es wäre ja nicht wie bei ihm: weil du mich betrogen hättest oder so. Wenn ich dich verliere, dann deshalb, weil du es nicht verhindern konntest. Wenigstens hoffe ich, dass das die einzige Art ist, auf die ich dich verlieren kann.«

»Ist es.« Ich bin mir dessen so sicher, *ihrer* so sicher, dessen, was ich für sie empfinde, dass ich mit meiner Antwort keine Sekunde zögere. »Wenn ich das Glück hätte, von dir geliebt zu werden, würde ich dich niemals gehen lassen, außer mir bleibt keine Wahl. Und selbst dann würde ich dich immer noch lieben.«

»Siehst du? Völlig andere Umstände.«

»Trotzdem ist ein gebrochenes Herz ein gebrochenes Herz. Und ich möchte nicht, dass dir das passiert.«

»Wenn jemand, den du jahrelang geliebt hast, dich so behandelt, wie er mich behandelt hat, dann ist das die Art von Herzschmerz, die aus Verrat und Enttäuschung entsteht. Jemanden, den man liebt, an den Tod zu verlieren, was ja niemand verhindern kann, wäre schrecklich, doch es gäbe immer noch die Liebe, die trotz der Trauer ja nicht einfach vorbei ist. Ich bin mir nicht sicher, ob das Sinn ergibt, aber es wäre nicht derselbe Schmerz. Jedenfalls glaube ich das nicht. Und außerdem möchte ich nicht darüber reden, dass du stirbst. Ich möchte darüber reden, dass du ein langes und gesundes Leben hast und noch jahrzehntelang entgegen aller Wahrscheinlichkeit hier bist. Nur weil es selten ist, heißt das nicht, dass es unmöglich ist.«

Angesichts ihrer Gewissheit muss ich lächeln. »Mein Herz fühlt sich sehr gesund an, seit du mir vorhin die Nachricht geschickt hast. Es fühlt sich tatsächlich besser an, als es das je getan hat.«

»Ach ja?«, fragt sie mit einem kleinen sexy Grinsen, bei dem das betreffende Organ in meiner Brust nur schneller schlägt.

»Mhm.« Ich beuge mich vor, um sie zu küssen, und in der Sekunde, in der meine Lippen ihre berühren, lösen sich alle Sorgen auf, die ich habe, unter dem Tsunami des Verlangens nach dieser erstaunlichen Frau, die so entschlossen ist, dafür zu sorgen, dass ich mich in sie verliebe. Nichts ist mir je leichtergefallen.

KAPITEL 9

Jason

Ich wache auf und habe eine Textnachricht von Wyatt auf dem Handy, dass er mit Dee unterwegs ist. Ich hab es ihr erzählt, mach dir also keine Sorgen. Es ist alles in Ordnung.

Diese Mitteilung ist wenig hilfreich. Dee weiß über seine gesundheitliche Situation Bescheid und ist offenbar mitten in der Nacht vorbeigekommen, um ihn abzuholen, was bedeutet, dass die Beziehung weiter gediehen ist, als sie gestern bei unserem Gespräch war. Während ich mit mechanischen Bewegungen Kaffee koche, verspüre ich tiefe Beunruhigung über diese Entwicklung.

Es war eine Riesenerleichterung, von Wyatt zu hören, dass er die Sache mit Dee erst mal nicht weiterverfolgen wollte, und jetzt zu erfahren, dass es trotzdem weitergeht, ist nichts, was ich begrüße. Ich liebe Wyatt wie einen Bruder. Das tue ich schon seit Jahren, und Dee ist einfach wundervoll. Sie ist mir eine gute Freundin geworden, seit Carmen mich zu einem Teil ihrer Familie gemacht hat. Die Vorstellung, dass ein enger Freund von mir mit Dee zusammen ist, wäre großartig, wenn nicht diese düstere Wolke über Wyatts Leben hängen würde. Ich hasse diese Unsicherheit um seinetwillen, doch er behauptet immer, es sei auf jeden Fall besser als die Alternative. Das stimmt natürlich, außer wenn die Gefahr besteht, dass die Cousine meiner Frau da mit reingezogen wird.

Als Carmen sich mit ihrem Kaffee auf der Dachterrasse zu mir gesellt, bin ich gerade dabei, mir jede Menge schrecklicher Szenarien auszumalen, die alle damit enden, dass meine Frau mir die Schuld daran gibt, dass ihrer Cousine erneut das Herz gebrochen worden ist.

»Was ist los? Und sag nicht ›Nichts‹. Du hast dich die ganze Nacht hin und her gewälzt.«

Da Wyatt Dee eingeweiht hat, finde ich, es ist in Ordnung, wenn ich es Carmen erzähle. Außerdem muss ich das sowieso tun, weil es mich umbringt, ihr das vorzuenthalten. »Wyatt ist in den frühen Morgenstunden mit Dee auf und davon.«

»Warte. Ich dachte, sie hätten ohnehin vorgehabt, die Nacht zusammen zu verbringen.«

»Das war zwar so geplant, aber nachdem du eingeschlafen warst, ist er zurückgekommen, weil sie beschlossen hatten, es erst mal nicht zu vertiefen. Das ist inzwischen allerdings offenbar Schnee von gestern.«

»Warum hatten sie denn beschlossen, erst mal Pause zu machen?«

»Er hat ihr erklärt, dass eine feste Beziehung für ihn keine Option ist, und sie hat entschieden, es sei zu riskant für sie, sich mit jemandem einzulassen, der das von vornherein ausschließt.«

Carmen nippt an ihrem kubanischen Kaffee, von dem Abuela immer behauptet, man würde davon Haare auf der Brust kriegen. »Also, was hat sich geändert?«

»Er hat ihr den Grund dafür genannt, dass er das so hält.«

»Und was ist das für ein Grund?«

»Wenn ich dir das jetzt verrate, musst du mir schwören, dass es unter uns bleibt. Es ist ihm superwichtig, dass nicht alle davon wissen.«

»Okay …«

»Versprich es mir, Carmen.«

»Versprochen.«

»Niemandem. Du darfst es nicht mal Maria oder deinen Großmüttern sagen.«

»Ich bin durchaus in der Lage, zu verstehen, was ›niemand‹ heißt, Jason.«

Sie klingt verärgert, und das ist das Letzte, was ich will. »Als er siebzehn war, hatte Wyatt eine Herztransplantation.«

»Oh. Wow. Es geht ihm doch gut, oder?«

»Sogar seit siebzehn Jahren schon.«

»Warum höre ich da ein ›aber‹?«

Ich stelle meine Kaffeetasse auf den Tisch und beuge mich vor, stütze die Ellbogen auf mein Knie. »Weil er die durchschnittliche Lebenserwartung von Herztransplantationspatienten schon um sechs Jahre überschritten hat.«

Sie keucht auf. »Jason …«

»Ich weiß.«

»Darum hat es dich so aufgeregt, dass er was mit Dee anfangen könnte.«

»Ja.«

»Weiß sie davon?«

»Offensichtlich hat er ihr das irgendwann, nachdem ich ins Bett gegangen bin, erklärt, und jetzt sind sie gemeinsam irgendwo. Es ist nur … Nach allem, was sie mit Marcus durchgemacht hat …«

»Wird er … Muss er sterben?«

»Es gibt keinen Anlass zu der Vermutung, dass er sich unmittelbar in Gefahr befindet. Er achtet sehr genau auf seine Gesundheit.«

»Das ist der Grund, weshalb er nicht trinkt.«

»Richtig, und er ist insgesamt total vorsichtig. Gesund zu bleiben ist sein oberstes Ziel, und in all der Zeit hatte er noch nie irgendwelche Beschwerden.«

»Also ist es möglich, dass er auch weiter aller Wahrscheinlichkeit trotzt, oder?«

»Sicher, alles ist möglich, aber die Statistik spricht entschieden dagegen.«

Ihre Augen füllen sich mit Tränen, und ihr Kummer zerrt an meinem Herzen. Ich hasse es, sie so aufgewühlt zu sehen. »Dee weiß das alles, und sie ist trotzdem mit ihm zusammen?«

»Vermutlich ja.«

»Ich muss mit ihr reden.«

»Das wäre vielleicht keine schlechte Idee.«

Carmen greift nach ihrem Handy und schickt ihrer Cousine eine Nachricht. »Ich hab ihr gesagt, sie soll mich anrufen.« Sie starrt auf das Handy, als wolle sie es mit reiner Willenskraft dazu bringen, zu klingeln. Es vibriert, als eine Textnachricht kommt, die sie mir prompt vorliest. »›Sorry, passt im Moment nicht. Wyatt und ich wollen zum Angeln und sind gerade im Aufbruch. Lass uns später reden, okay?‹ Mist, das ist nicht gut. Je mehr Zeit sie mit ihm verbringt, desto schwerer wird es ihr nachher fallen, auf Abstand zu gehen.«

»Für mich klingt das nicht nach Abstand, sondern nach dem genauen Gegenteil.«

»Ich möchte nicht, dass sie verletzt wird.«

»Das alles tut mir echt leid.«

»Ist ja nicht deine Schuld. Er ist ein toller Typ, und ich hasse es, das über ihn zu hören. Es tut mir leid für ihn und dich und alle, die ihn lieben, dass diese Gefahr immer da ist. Doch Dee …«

»Ich weiß, Baby. Das verstehe ich.«

»Sie ist die Warmherzigste von uns und die Verletzlichste. Sie liebt so bedingungslos, und wenn das Ganze dann ein böses Ende nimmt …« Carmen seufzt tief. »Ich bin wirklich in Sorge um sie.«

»Ich auch.«

Dee

Die Idee mit dem Angelausflug kommt auf, als Wyatt sich daran erinnert, dass er das mit seinem Großvater immer gemacht hat, wenn er den Sommer mit seiner weitverzweigten Familie auf Cape Cod verbracht hat – bevor er krank wurde und sich alles geändert hat. »Das waren die schönsten Wochen meines Lebens«, hat er gesagt.

Als die Sonne den Himmel hellrosa zu färben beginnt, fahren wir zur Knaus Berry Farm, um uns welche von ihren berühmten Zimtbrötchen zu holen – Wyatt ist schon wieder hungrig –, bevor wir unseren Weg zur Black Point Marina fortsetzen. Ich bin oft mit meinem Vater und Onkel Vincent angeln gewesen, daher weiß ich, wo man am besten ein Boot und die Ausrüstung mietet, die wir brauchen.

»Das ist ja großartig«, erklärt Wyatt, als wir die Marina erreichen.

Sie liegt etwas abseits der bekannten Pfade, und man muss vermutlich ein Einheimischer sein, um überhaupt davon zu wissen. Ich genieße es, ihm Dinge zu zeigen, von deren Vorhandensein Touristen nichts ahnen. Die älteren Männer, die im Laden der Marina arbeiten, erkennen mich, nachdem ich ihnen meinen Namen genannt habe. »Das ist mein absolutes Lieblingsrestaurant auf der ganzen Welt«, meint einer von ihnen. »Wie geht es Ihrem Onkel Vincent und Ihrer Tante Viv?«

»Super. Alles läuft prima.«

»Glauben Ihre Großmütter immer noch, dass eigentlich sie den Laden führen?«

Ich verbessere ihn nicht. Abuela ist meine Großmutter in jeder Beziehung, die wichtig ist. »Das denken sie nicht nur.«

Mit einem Lachen antwortet er: »Ich finde es so schön, dass sich da nie etwas ändert. Ist Ihr Angelschein noch gültig?«

»Ja. Mein Dad erneuert ihn jedes Jahr zu meinem Geburtstag.«

»Ausgezeichnet. Dann ist hier eine Tageslizenz für Ihren Freund, Süße.« Er reicht mir die Schlüssel zu einem der Mittelkonsolenboote, die sie verleihen. »Es ist mit allem ausgestattet, was man braucht, und es gibt außerdem einen Coupon für fünfzig Prozent Nachlass im Restaurant. Nehmen Sie sich was zum Lunch mit.«

»Vielen Dank, Mr Jordan.«

»Ist mir ein Vergnügen. Und richten Sie Ihrer Familie Grüße aus. Ich muss dringend mal wieder mit meiner Frau dort essen.«

»Geben Sie einfach rechtzeitig Bescheid, wann es Ihnen passt, dann reservieren wir Ihnen einen Tisch.«

»Okay, danke. Ihnen beiden viel Spaß heute, und schön vorsichtig sein.«

»Ja, klar.«

Sie geben uns noch zwei Rettungswesten, und dann gehen wir zu dem Pier mit der Nummer, die sie uns genannt haben.

»Das ist einfach eine klasse Idee.« Wyatt hat sich im Laden Badeshorts und ein Shirt gekauft und sich rasch auf der Herrentoilette umgezogen. »Ich kann kaum glauben, dass du das so oft machst, dass du sogar einen Angelschein hast.«

»Ich angle total gerne.«

»Ich auch«, sagt er und lächelt mir zu.

Bei diesem Lächeln werde ich innerlich ganz flattrig. Er sieht ohnehin so gut aus, doch wenn er lächelt … Ein Schauer überläuft mich. Ich zaubere Sonnencreme hervor, mit der wir uns beide einreiben, bevor wir rausfahren. Wir halten am Restaurant an, um uns Sandwiches zu besorgen – eins mit Fisch für mich und für ihn ein Po' Boy mit Shrimps – sowie mehrere Flaschen Wasser und noch ein paar Snacks, bevor wir aufs offene Meer hinausschippern. Es ist ein herrlicher Tag, praktisch windstill, und damit herrscht bestes Angelwetter.

Wyatt legt von hinten die Arme um mich und stützt sein Kinn auf meine Schulter. »Du bist eine total sexy Kapitänin.«

Bei seinen Worten erschauere ich. Ein Teil von mir wünscht sich, wir wären vorhin zu mir nach Hause gefahren und im Bett gelandet, aber ich bin auch froh, dass wir was zusammen unternehmen und einander besser kennenlernen. Die Nacht, in der wir im Auto gesessen und miteinander geredet haben, war wunderschön und besser als alles, was ich je mit einem anderen Mann erlebt habe. Es war großartig, seine Geschichten und sein Lachen zu hören, den Schmerz seiner Erinnerungen aus der Zeit, als er krank war, zu teilen. Mich interessiert alles, was er zu sagen hat.

Die Verbindung zwischen uns ist elektrisierend, und das Verlangen, das zwischen uns knistert, ist deutlich spürbar. »Ich bin so froh, dass wir das jetzt machen. Wenn mich früher mein Dad und mein Onkel mitgenommen haben, war ich immer restlos begeistert. Inzwischen ist es allerdings schon eine Weile her, dass ich mit ihnen unterwegs war, weil ich dann ja in New York war.«

»Sind Maria und Carmen auch gerne mitgekommen?«

»O nein. Sie werden beide seekrank, und Carmen erträgt es nicht, zuzuschauen, wie man den Fisch säubert. Einmal hat sie sich mitten in der Einfahrt von Onkel Vin übergeben müssen, als er dort Fisch ausgenommen hat.«

»Ach, wie niedlich.«

»Na ja, das fand er nicht unbedingt ...« Wo wir gerade von Onkel Vin sprechen, fällt mir ein, dass ich ihm noch wegen des Tisches heute Abend schreiben muss.

Er antwortet sofort. Für dich doch immer. Hast du morgen nach dem Brunch noch eine Minute Zeit? Ich möchte mit dir über eine Idee von mir reden.

Für dich doch immer.

Er schickt ein lachendes Emoji zurück. Schön. Ich freu mich schon, dich nachher zu sehen. Hab dich lieb.

Ich dich auch.

Wyatt schaut mir über die Schulter. »Deine Familie ist einfach klasse.«

»Stimmt.«

»Gibt es eigentlich nie Streit?«

»Aber sicher, ich habe mich wie verrückt mit meinen Brüdern gezankt. Besonders mit Nico. Er war immer so von sich überzeugt und hat uns damit alle in den Wahnsinn getrieben, dabei ist er eigentlich ein guter Kerl. Seit meine Mutter krank geworden ist, haben er und Milo echt super mit angepackt und geholfen. Es ist schön, zu wissen, dass man sich auf sie verlassen kann, wenn es drauf ankommt.«

»Und mit Maria hast du dich nicht gezankt?«

»Kaum. Wir haben uns immer gut verstanden, und mit Carmen zusammen haben wir eine kleine Clique gebildet.«

»Sie ist ein Einzelkind?«

»Ja. Ihre Mutter hatte etliche Fehlgeburten, bevor es mit ihr geklappt hat.«

»Oje. Das ist schlimm.«

»Ja, wirklich. Sie hatten praktisch schon die Hoffnung aufgegeben, überhaupt ein Kind zu kriegen, als dann plötzlich Carmen kam. Es muss nicht eigens erwähnt werden, dass sie das verwöhnteste Baby und kleine Mädchen der Geschichte war. Wenn sie mal da rausmusste, ist sie bei uns aufgetaucht.«

»Und ihr hattet jede Menge Spaß.«

»Den haben wir immer noch.«

»Also, nach was für Fisch halten wir Ausschau?«

»Alles von Zackenbarsch über Schwertfisch bis hin zu Speerfischen. Tarpune gibt es hier in der Gegend am häufigsten, aber bis ungefähr Mai haben sie keine Saison, daher wäre es schon ein echtes Wunder, um diese Jahreszeit einen zu erwischen. Wir fahren jetzt raus zum Bodenhamer-Wrack, einer der besten Angelstellen der Gegend. Vielleicht stoßen wir da auch auf Schnapper oder Gelbschwanzmakrelen.«

»Ich finde es total heiß, dass du das alles weißt.«

Ich blicke ihn an und wackle mit den Augenbrauen. »Warte, bis du mich einen Köder auf den Haken stecken siehst.«

»Verdammt heiß.«

Er bringt mich ständig zum Lachen, und ich liebe es, mit ihm zusammen zu sein. Es ist mir völlig gleich, was wir tun oder nicht tun, so einfach ist es mit ihm. So, begreife ich, soll es sein, und weil uns die Zeit knapp werden könnte, beschließe ich, ihm das sofort zu sagen. »Darf ich dir was anvertrauen?«

»Alles, was du möchtest.«

»Ich habe nie eine mühelosere und gleichzeitig intensivere Verbindung zu irgendjemandem gespürt, der nicht zu meiner Familie gehört, als die zu dir.«

Er zieht mich enger an sich und küsst mich auf den Kopf. »Geht mir genauso. Was denkst du, warum ich zurückgekommen bin?«

»Du hast ein Vorstellungsgespräch.«

»Wenn es hier keine Dee Giordino gäbe, gäbe es auch kein Vorstellungsgespräch.«

»Ah. Wusste ich es doch. Du bist meinetwegen hier.«

»Natürlich. Du warst nach der Hochzeit in dem Hotelzimmer dabei. Du weißt ganz genau, weshalb ich wieder da bin: weil ich mehr von dem haben will, was wir damals hatten, und mehr von dem hier – dem Reden, dem Lachen, dem Angeln.«

Ich stoße ihn mit der Hüfte an. »Du konntest ja gar nicht wissen, dass wir angeln gehen.«

»Ich wusste, dass ich mit dir jede Menge Spaß haben würde. Daran bestand nie der geringste Zweifel. Und wie sich herausstellt, hatte ich recht.«

»Aber du hattest nicht vor, mir etwas über deine Situation zu erzählen.«

»Nein, hatte ich nicht. Ich hoffe, du weißt … Das ist mit der Zeit einfach so sehr ein Teil meiner selbst geworden, dass nicht darüber zu reden gewissermaßen voreingestellt ist.«

»Das verstehe ich total. Ich würde auch nicht wollen, dass allein das bestimmt, wer ich bin, besonders nach allem, was du seither erreicht hast.«

»Das ist viel wichtiger für mich. Ich hab versucht, aus den Zitronen Limonade zu machen, und daher würde ich mich viel lieber darauf konzentrieren.«

»Ich kenne dich erst kurze Zeit, doch ich bin so stolz darauf, wie du mit einer derart gewaltigen Herausforderung fertiggeworden bist.«

»Danke. Ich war allerdings nicht immer bewundernswert. Ich war ein schrecklicher Patient, habe alle mit meiner Ungeduld in den Wahnsinn getrieben. Ich wollte ganz dringend aus dem Krankenhaus raus.«

»Das ist schon irgendwie komisch, wenn man bedenkt, womit du jetzt deine Brötchen verdienst.«

»Ich weiß, aber es macht einen großen Unterschied, ob ich dort bin, weil ich das will, oder ob ich keine andere Wahl habe, weil ich an Maschinen angeschlossen bin, die mich am Leben halten.«

»Das muss übel gewesen sein.«

»Das ist noch milde ausgedrückt.« Er legt den Arm fester um mich. »Danke, dass ich über all das reden darf. So einen wichtigen Teil meines Lebens nicht zu erwähnen ist manchmal anstrengend.«

»Ich möchte, dass du immer das Gefühl hast, mit mir über alles reden zu können, und du musst versprechen, dass du es mir sagen wirst, falls du dich irgendwann mal nicht gut fühlst. Das darfst du mir nicht vorenthalten.«

»In Ordnung.«

Ich schaue zu ihm hoch. »Versprichst du mir das?«

»Ich verspreche es.«

Wir besiegeln das mit einem Kuss, aus dem schnell zwei und dann drei werden.

Ich löse mich lachend von ihm und blicke hinter uns auf die Zickzacklinie im Wasser, die unser Boot mit seinem Kurs dort hinterlassen hat. »Jetzt sieh dir an, wozu du mich gebracht hast.«

»Äh, Ma'am, haben Sie irgendwas genommen?«

»Ja, Officer, einen sexy Arzt, der eine Riesenablenkung ist.«

Seine Hand gleitet über meinen Rücken zu meinem Po, und schon fällt es mir schwer, auch nur stehen zu bleiben. So sehr begehre ich ihn. »In dem Fall nehmen wir Sie lieber mit aufs Revier und unterziehen Sie einer Leibesvisitation.«

Ich schlucke schwer. »Ist das wirklich notwendig, Officer?«

»Absolut.«

Und dann küssen wir uns wieder, und es könnte mir nicht gleichgültiger sein, ob das Boot im Kreis fährt. Immerhin besitze ich die Geistesgegenwart, den Motor in den Leerlauf zu schalten, bevor ich Wyatt die Arme um den Hals lege und meine Lippen öffne. Gütiger Himmel, der Mann kann traumhaft küssen, und ich würde ihn am liebsten verschlingen. Offenbar empfindet er ganz ähnlich für mich. Ich hab keine Ahnung, wie lange wir dort stehen und uns küssen. Es kommt mir vor, als wäre es gut und gern eine Stunde, aber vielleicht sind es auch nur zehn Minuten. Wer weiß das schon? Und wen interessiert es?

»Wir wollten doch angeln«, erinnere ich ihn, als wir uns zum Luftholen voneinander lösen. »Die Fische fangen sich nicht von selbst.«

»Ach ja, Fische. Die hatte ich ganz vergessen.«

Ich liebe es, dass ich mich von ihm so begehrt fühle. Es ist einfach wunderbar. Mit Wyatt zusammen zu sein hat mir klargemacht, dass ich es liebe, wie er mir seine Zuneigung beweist.

Wir verbringen den Nachmittag an einer der Lieblingsangelstellen meines Vaters, einem Korallenriff, das sich um das versunkene Liberty-Schiff O. L. Bodenhamer gebildet hat. Ich weiß genau, wo es ist, weil ich so oft dort war. Wir sind die Einzigen hier draußen, und die Fische beißen bereitwillig an. Wyatt holt nach kurzer Zeit einen Zackenbarsch aus dem Wasser und dann einen Schnapper. Wir verstauen beide in der mit Eis gefüllten Styroporkiste, die von der Marina zusammen mit dem Boot und der Ausrüstung vermietet wird.

Er hat solchen Spaß beim Angeln, dass es ansteckend ist. In den letzten paar Stunden mit ihm habe ich mich weit aus meiner Komfortzone herausgewagt. Mit Marcus war ich ein halbes Jahr zusammen, bevor ich ihm gestanden habe, dass ich ihn liebe. Diesen Punkt bei Wyatt so schnell erreicht zu haben ist ein Riesenschritt für mich, trotzdem hat sich nie irgendetwas so gut oder so richtig angefühlt.

Ich kriege eine weitere Textnachricht von Carmen. Jason hat mir von Wyatt erzählt. Ich muss wirklich mit dir reden. Ruf mich an.

Ich weiß genau, was sie sagen wird: *Hast du eigentlich komplett den Verstand verloren?* Vielleicht habe ich das, aber trotzdem werde ich nicht zulassen, dass sie oder meine Schwester mir das mit Wyatt ausreden. Ich will ihn so lange haben, wie es geht. Es ist mir egal, was in der Zukunft passiert, und ich möchte ganz bestimmt nicht all die Gründe hören, warum das mit ihm eine schlechte Idee ist.

Also ignoriere ich mein Handy, werfe die Leine aus und beeindrucke Wyatt mit meiner Technik. Der Köder flutscht über die Meeresoberfläche, bis ich den Jackpot erwische, mit einem zwanzig Pfund schweren Speerfisch, der sich nach Leibeskräften wehrt. Nachdem Wyatt mir geholfen hat, ihn an Bord zu holen, fühlen sich meine Arme wie Pudding an.

»Du bist echt krass«, erklärt er, nachdem wir den Fisch zu den anderen auf das Eis gelegt haben.

»Ich bin fix und fertig.« Ich schüttle meine Arme aus. »Nur gut, dass ich dieses Wochenende nicht bedienen muss.«

»Darüber bin ich auch froh. Wieso ist das überhaupt so? Ist am Wochenende nicht immer am meisten Betrieb im Restaurant?«

»Ja, schon, aber ich wechsle mich dabei mit Sofia ab. Sie ist alleinerziehende Mutter, und ihr Ex hat ihren Sohn jedes zweite Wochenende, daher kann sie sich das einrichten. Ihr Sohn hatte einen Hirntumor, den Jason operiert hat. Und dieser Tumor wurde überhaupt nur entdeckt, weil Jason zufällig gerade ehrenamtlich in der Sozialklinik ausgeholfen hat, in der Maria arbeitet. Jedenfalls hat er Mateo das Leben gerettet.«

»Das klingt genau nach Jay. Auch ein krasser Typ. Neurochirurgie ist die Krone der Medizin.«

»Herzchirurgie ist auch beeindruckend, finde ich.«

Er zuckt die Achseln. »Es ist nicht Neurochirurgie. Jason ist einer der brillantesten Ärzte, mit denen ich je zusammengearbeitet habe. Er hat es im Studium schon von Anfang an gerockt. Wir anderen mussten uns ganz schön abstrampeln, um einigermaßen mit ihm mithalten zu können.«

»Das ist interessant. Auf mich wirkt er immer so normal.«

»Das ist er, doch er ist auch verdammt großartig. Ich würde gern wie er in der Sozialklinik aushelfen, wenn ich den Job hier kriege, allerdings könnte ich Patienten nicht direkt untersuchen. Das wäre zu riskant für mich, zu viele Keime. Vielleicht gibt es einen Sitz im Vorstand oder so.«

»Ich bin sicher, die finden was, womit du dich nützlich machen kannst.«

»Können wir hier zur Abkühlung schwimmen?«

»Klar.« Ich lasse die Leiter runter und tauche mit einem makellosen Köpfer ins Wasser. Als ich wieder hochkomme, grinst er anerkennend.

»Das war heiß.«

»Was?«

»Du springst einfach so vom Boot.«

»Das ist nichts Besonderes, das tue ich schon mein ganzes Leben lang.«

»Es ist aber das erste Mal, dass ich es gesehen habe.«

»Willst du mir nicht Gesellschaft leisten?«

»Da lasse ich mich nicht lange bitten.«

Er folgt mir ins Meer und schwimmt zu mir, und ich muss lachen, während ich versuche, ihm zu entwischen. Seine Arme legen sich um meine Mitte, und bevor ich michs versehe, küssen wir uns wie verrückt im Wasser.

Ich achte darauf, dass wir uns nicht zu weit vom Boot entfernen. Nach dem Schwimmen angelt er weiter, während ich mich auf der Bank ausstrecke. Die durchwachte Nacht holt mich ein, und bei dem warmen Sonnenschein, dem Schaukeln des Bootes und dem Anblick von Wyatt mit nacktem Oberkörper erfüllt mich eine tiefe Zufriedenheit. Das letzte Jahr war von vorne bis hinten schrecklich, sodass ich es einfach genieße, mich wieder gut zu fühlen. Ich möchte dieses Gefühl mit beiden Händen festhalten, und ich werde nicht zulassen, dass Carmen oder Maria oder sonst wer mir irgendwas ausredet.

Das Nächste, was ich mitbekomme, ist, dass Wyatt mich wach küsst. »Ich fürchte, wir sind fast in Kuba.« Er lächelt mich an, und ich greife nach ihm, als wären wir schon immer zusammen und würden das hier die ganze Zeit tun. Wyatt geht begeistert darauf ein, und kurz darauf liegt er auf mir, und ich klammere mich mit Armen und Beinen an ihn. Ich hebe mich ihm entgegen, während er sich an mir reibt. Ich lasse keinen Zweifel daran, was ich will.

»Dee ...«

»Jetzt, Wyatt. *Bitte.*«

Er streift sich rasch die Badehose ab und bindet meine Bikinihose auf. Dann hält er inne. »Ich hab kein Kondom.«

Ich ziehe ihn näher. »Ich nehme die Pille. Und ich bin im vergangenen Jahr mit niemandem außer dir zusammen gewesen.«

»Ich hab nichts. Ich lasse mich regelmäßig testen.«

Ich lächle ihn an und fahre ihm mit den Fingern durch das dichte dunkle Haar. »Dann spricht ja wohl nichts dagegen.« Er ist so wunderschön. Seine Haut ist leicht gebräunt von dem Nachmittag auf dem Wasser, und in seinen Augen brennt Verlangen, als er in mich kommt.

»Das ist eine Premiere«, flüstert er an meinen Lippen.

»Was denn?«

»Zwei Sachen – Sex im Boot auf dem offenen Meer und Sex ohne Kondom.«

»Und, wie findest du es bisher?«

Er verdreht die Augen. »Göttlich.«

Seit Carmens und Jasons Hochzeit sind fünf Monate vergangen, aber sofort werden Erinnerungen an die unglaubliche Lust wach, die wir in dieser unvergesslichen Nacht miteinander gefunden haben. Nach jener Nacht war ich nicht mehr dieselbe. »Du hast mich gelehrt, meine Erwartungen höherzuschrauben«, flüstere ich ihm zu, während wir weiter eng verbunden sind.

»Ach ja?«

»O ja. Ich hatte ja keine Ahnung, was ich versäume.«

»Ich auch nicht.«

»Ehrlich?«

»Hölle, ja. Es ist vorher nie so gewesen – so wie jetzt.« Er streift mir das Strandkleid über den Kopf und befreit meine Brüste aus dem Bikini-Oberteil. »Hallo, meine zwei Hübschen. Ich hab oft an euch beide denken müssen.«

Ich muss kichern, während ich Sex mit ihm habe, und das ist ebenfalls eine Premiere.

Während er mich liebt, fühle ich mich sexy und – zum ersten Mal seit viel zu langer Zeit – wirklich glücklich. Wie das letzte Mal, als ich mit ihm zusammen war, erlebe ich einen umwerfenden Höhepunkt, während er mich zwischen den Beinen streichelt und mich so perfekt ausfüllt.

»Ich liebe das«, flüstere ich dicht an seinem Ohr.

»Ich auch. Ich liebe alles daran, mit dir zusammen zu sein.«

»Geht mir genauso.« Ich nehme sein Gesicht zwischen meine Hände und küsse ihn. »Danke, dass du deine Regeln für mich gebrochen hast.«

»Ich hab so das Gefühl, dass das das Beste war, was ich je gemacht habe.«

KAPITEL 10

Wyatt

Der Tag mit Dee auf dem Wasser hat unheimlich viel Spaß gemacht. Das Angeln war toll, aber dass ich die ganze Zeit mit ihr zusammen war, war das absolut Beste – und der Tag ist ja noch nicht vorbei. Ich trage unsere Kühlbox mit den Fischen zum Auto, während sie die Bootsschlüssel zurückgibt. Wir werden die Fische auf dem Rückweg zu ihrer Wohnung im Restaurant vorbeibringen, bevor wir vor dem Abendessen rasch duschen. Ich sehe zum ersten Mal seit Stunden auf mein Smartphone und lese eine Nachricht von Jay.

Ich hab's Carmen erzählt. Er muss das nicht näher ausführen, ich weiß genau, was er meint. Sie macht sich Sorgen, weil Dee mit dir zusammen ist – und sie dabei verletzt werden könnte.

Ich hasse es, dass die Frau meines Freundes wegen etwas, das mit mir zu tun hat, aufgebracht ist, doch Dee hat alle Informationen, die sie benötigt, um für sich selbst zu entscheiden, ob sie sich auf mich und meine Probleme einlassen will. Ich tippe meine Antwort. Dee weiß alles, und sie trifft ihre eigenen Entscheidungen, ohne jeglichen Druck meinerseits. Das schwöre ich.

Er antwortet mir sofort. Du hast keine ernsten Beziehungen.

Ich weiß.

Also ist das hier anders?

Alles hierbei ist anders.

Bevor Jason darauf antworten kann, schiebe ich das Handy in die Gesäßtasche meiner Badeshorts und strecke meine Hände aus, um Dee die Taschen abzunehmen. »Soll ich fahren?«

»Dazu sage ich nicht Nein. Ich bin müde.«

»Ich auch. Was hältst du davon, wenn wir uns vom Restaurant etwas mitnehmen, statt später dort essen zu gehen?«

»Das ist eine brillante Idee. Sonst würde ich mir Sorgen machen, über der Suppe einzuschlafen.«

»Das können wir nicht zulassen.«

»Ich schreibe Onkel Vin. Worauf hättest du Appetit?«

»Lass mich auf die Karte schauen.« Mir läuft das Wasser im Mund zusammen, als ich die Auswahlmöglichkeiten durchlese. »Ich nehme das kubanische Hühnchen mit der Schwarze-Bohnen-Quinoa-Bowl.«

»Das hatte ich letztes Wochenende. Es schmeckt fantastisch.« Sie schreibt ihrem Onkel. »Ich hab ihm außerdem Bescheid gesagt, dass wir ihm etwas frischen Fisch bringen.«

»Was hast du dir ausgesucht?«

»Pasta Primavera und einen Haussalat.«

»Für mich bitte auch noch einen Haussalat, falls es nicht schon zu spät ist.«

Sie sendet eine weitere Textnachricht. »Erledigt. Er hat versprochen, dass alles fertig ist, wenn wir dort ankommen.«

»Habe ich schon mal erwähnt, dass ich deine Familie liebe?«

»Sie sind wirklich nützlich, außer wenn sie sich in meine Angelegenheiten einmischen.«

Ich sehe zu ihr. »Mischen sie sich gerade in deine Angelegenheiten ein?«

Sie zuckt die Achseln und blickt aus dem Beifahrerfenster.

Ich greife nach ihrer Hand. »Was ist los?«

»Nichts.«

Ich drücke ihre Hand leicht. »Wir sind ehrlich zueinander, oder?«

»Carmen möchte, dass ich sie anrufe. Jason hat sie eingeweiht, und jetzt will sie unbedingt mit mir sprechen. Nur wird sie versuchen, mir das mit dir auszureden, und damit möchte ich mich im Moment nicht auseinandersetzen.«

»Vielleicht solltest du dir anhören, was ihr auf der Seele liegt.«

»Versuchst jetzt *du*, mir das hier auszureden?«, fragt sie, während sie mich anlächelt.

»Irgendwer muss es ja tun.«

»Der Zug ist abgefahren«, erwidert sie. »Jetzt gibt es kein Zurück mehr.«

»Heute war der beste Tag aller Zeiten.«

»Ja?«

»Der absolut beste.«

»Wir werden den besten Tag immer wieder übertrumpfen. Wir werden es so häufig tun, dass all die besten Tage ineinanderfließen werden.«

Wenn sie das so sagt, kann ich es tatsächlich glauben. Wenn irgendwer das schaffen kann, dann sie. Und wenn sich eine echte Beziehung so anfühlt, wenn man all diese Dinge für jemanden empfindet, dann bin ich dabei. Ich bin voll und ganz dabei, und das, obwohl mir bewusst ist, dass sich an den Gründen, warum es für sie eine schlechte Idee ist, nichts geändert hat. Wenn ich zulasse, dass ich zu viel über diese Dinge nachdenke, dann wird dieser Tag seinen Glanz verlieren, und das möchte ich auf jeden Fall vermeiden.

Wir kommen am Restaurant an, und ich trage die Kühlbox rein. Dee hält mir die Tür auf und geht voraus in die Küche, in der die an einem Samstagabend zu erwartende Geschäftigkeit herrscht, und im Mittelpunkt von allem steht ihr Onkel Vincent. Ich kenne ihn vom Hochzeitswochenende, und natürlich fällt ihm sofort auf, dass Dee mit einem Mann da ist.

Er unterbricht, was er gerade tut, um mit uns zu reden.

»Wir haben ein paar Zackenbarsche, einen Schnapper und einen Speerfisch geangelt«, erklärt Dee.

Er küsst sie auf die Wange. »Scheint ganz so, als hättest du auch etwas Sonne abbekommen.«

»Es war wunderschön da draußen. Du erinnerst dich von der Hochzeit an Wyatt, richtig? Jasons Freund.«

»Natürlich.« Er schüttelt mir die Hand. »Schön, Sie wiederzusehen, Wyatt.«

»Ebenfalls, Sir.«

»Nennen Sie mich Vincent – oder Vin.«

»Danke, gern.«

»Eure Bestellung ist fertig, Liebling. Möchtest du eine Flasche Weißwein dazu haben?«

»Klar, gern«, antwortet Dee. »Was kannst du uns empfehlen?«

Während sie über Wein fachsimpeln, beobachte ich, was sich in der Küche abspielt. Alles läuft wie eine gut geölte Maschine, wobei jeder anscheinend genau weiß, was von ihm erwartet wird. In der Beziehung ist es einem Operationssaal gar nicht so unähnlich.

»Kannst du morgen nach dem Brunch noch kurz dableiben?«, fragt Vincent Dee.

»Jap, das ist der Plan. Das klingt aber alles sehr mysteriös.«

»Es ist nichts Schlimmes. Nur eine Idee, die ich mit dir besprechen möchte.«

»Ich freue mich darauf, mehr zu hören.«

»Wyatt, ich hoffe, Sie können ebenfalls zum Brunch kommen.«

»Ganz bestimmt«, erwidert Dee an meiner Stelle. »Er ist verrückt nach dem Essen hier.«

»Ich hab noch Monate nach der Hochzeit daran denken müssen«, bestätige ich.

»Das freut mich. Lasst euch euer Essen schmecken. Ich habe euch auch noch etwas Dessert eingepackt.«

Dee reicht ihm ihre Kreditkarte, doch er winkt ab.

»Es ist ein fairer Handel – Fisch für Essen.«

»Du bist einfach der Beste, Onkel Vin.« Dee stellt sich auf die Zehenspitzen, um ihn auf die Wange zu küssen. »Hab dich lieb.«

»Gleichfalls, Süße. Ich wünsch euch einen schönen Abend.«

Fast haben wir es geschafft, ungeschoren davonzukommen, als wir auf dem Parkplatz Dees Nona und Abuela in die Arme laufen. Ich kann nicht verstehen, was sie sagen, sie scheinen sich aber über etwas zu streiten.

»Hey«, begrüßt Dee sie. »Was ist los?«

»Deine Großmutter ist eine echte Gefahr am Steuer.« Abuela ist klein und hat in perfekte Wellen gelegtes weißes Haar, während Nona neben ihr einen Kopf größer ist und grau meliertes Haar hat. »Sie hat mich fast umgebracht.«

Nona verdreht die Augen. »Das ist maßlos übertrieben. Es war nicht einmal knapp. Wenn ich dich hätte töten wollen, wäre ich auf die Bremse gestiegen, und der andere Wagen hätte uns gerammt. Dann wäre ich dich ein für alle Mal losgeworden.«

Dee verzieht die Lippen, als müsse sie sich ein Lachen verkneifen.

»Das ist nicht witzig«, ruft Abuela entrüstet.

»Überhaupt nicht witzig«, pflichtet Dee ihr bei. »Wo wart ihr?«

147

»Wir haben deinen Eltern Abendessen gebracht, bevor es hier richtig losgeht«, erklärt Nona. »Jetzt weiß ich, dass ich sie besser hiergelassen hätte.«

»Ach, sei still«, erwidert Abuela.

»Wie ist die Lage zu Hause?«, fragt Dee.

»Deine Mutter hat etwas Probleme mit ihrem Port, aber Maria war vorhin da, um es sich anzuschauen. Sie behält alles im Auge.«

Und dann, als ob es den Streit nie gegeben hätte, wird Abuela bewusst, dass Dee mit einem Mann unterwegs ist, und plötzlich ist das Gezänk vergessen, und all ihre Aufmerksamkeit richtet sich auf mich.

»Sie kenne ich doch.« Abuela deutet mit einem Finger auf mich. »Woher kenne ich Sie?«

»Von Carmens und Jasons Hochzeit. Das ist Jasons Freund Wyatt«, sagt Dee.

»Ah, richtig. Jetzt erinnere ich mich. Sie sehen wirklich gut aus.«

»Äh, danke sehr?«

»Bring ihn nicht in Verlegenheit, Abuela«, erwidert Dee und fasst mit beiden Händen meinen Arm.

Die beiden Frauen bemerken die Geste natürlich, was sie dazu veranlasst, auf Dees Hände zu starren.

Glücklicherweise nähert sich ein älterer Mann und unterbricht uns.

»Hallo, Mr Muñoz«, begrüßt ihn Dee. »Wie geht es Ihnen?«

»Ausgezeichnet, und ich freue mich schon auf mein Lieblingsessen der Woche.« Er redet mit uns allen, aber er hat nur Augen für Abuela. »Werden Sie mir heute Gesellschaft leisten, Marlene?«

»Nein, werde ich nicht. Wie Sie sehr gut wissen, arbeite ich heute. Und Sie wissen das, weil ich Ihnen jeden Samstagabend das Gleiche sage, wenn Sie mich bitten, mit Ihnen zu essen.«

Er lächelt unbeeindruckt, als hätte sie ihm nicht gerade eine vernichtende Abfuhr erteilt. »Sie können es einem Mann nicht verdenken, wenn er eine bildhübsche Frau an seinen Tisch einladen will. Na, wir sehen uns ja gleich. Dee, ich freue mich, Sie nächstes Wochenende hier anzutreffen.«

»Bis dann, Mr Muñoz. Heute Abend wird sich Sofia gut um Sie kümmern.«

»Einen wunderschönen Abend Ihnen beiden.«

Nachdem er gegangen ist, greift Dee das sofort auf. »Was ist denn da los, Abuela?«

»Nichts ist los. Er ist ein schamloser Charmeur und ein alter Trottel, der kein Nein als Antwort akzeptiert.«

»Er mag dich eben, Abuela.«

»Ach was.« Sie macht eine wegwerfende Handbewegung. »Wer hat für so einen Unsinn Zeit? Ich muss jetzt arbeiten.« Sie marschiert zur Hintertür und lässt sie hinter sich zuknallen.

»Die Dame, dünkt mich, protestiert zu viel«, meint Nona.

»Shakespeare«, rutscht es mir heraus, bevor ich darüber nachdenken kann, ob ich es sagen sollte.

»Mr Muñoz ist in sie verliebt, was sie sehr genau weiß«, erklärt Nona. »Er kommt jede Woche, nur um sie zu sehen. Er setzt sich an C32, was in ihrer Hälfte ist, und bestellt jede Woche eine andere Vorspeise, damit er etwas hat, worüber er mit ihr reden kann. Er ist wunderbar, aber sie ignoriert ihn komplett.«

»Wieso hab ich davon noch nichts mitgekriegt?«, fragt Dee.

»Du arbeitest gewöhnlich auf meiner Seite des Restaurants.«

»Das ist wahr. Wie lange geht das schon so?«

»Etwa vier Jahre. Ungefähr ein Jahr nachdem seine Frau gestorben ist, hat es angefangen«, antwortet Nona. »Und er fragt sie jede Woche, ob er sie nicht zum Essen einladen darf. Vincent sagt, sie soll nicht so hart zu ihm sein, doch sie lässt sich nicht erweichen.«

»Ach, das ist wirklich traurig.«

»Stimmt. Allerdings habe ich gelernt, das Thema auf sich beruhen zu lassen, sonst wird sie fuchsteufelswild. Ich glaube, das bedeutet, dass sie ihn auch mag, aber zu große Angst hat, sich auf was einzulassen.«

»Wir sollten ihr einen Schubs in die richtige Richtung geben«, meint Dee.

»Ich halt mich da raus«, erklärt Nona. »Sonst hab ich Sorge, dass sie ihrer Drohung eines Tages Taten folgen lässt und mir tatsächlich im Schlaf den Garaus macht.«

Dee lacht und umarmt ihre Großmutter. »Ihr zwei seid urkomisch. Ihr würdet alles füreinander tun, und trotzdem streitet ihr den lieben langen Tag.«

»Sie ist absolut schrecklich, dennoch hab ich sie sehr, sehr gern.«

»Und sie dich auch. Wir sehen uns morgen?«

»Unbedingt. Ich hoffe, du und dein attraktiver junger Mann habt einen schönen Abend.« Dazu wackelt sie anzüglich mit den Augenbrauen, um zu unterstreichen, was sie meint.

»Sei still«, erwidert Dee, und ihr Gesicht läuft rot an, worauf mein Körper prompt reagiert.

Das ist keine gute Idee, solange der scharfe Blick ihrer Großmutter auf mir ruht. Ich beginne also schon mal, die Tüten mit unserem Abendessen auf dem Rücksitz von Dees Auto zu verstauen. Als ich mich umdrehe, umarmt ihre Großmutter sie gerade und flüstert ihr etwas ins Ohr, das Dees Verlegenheit noch steigert.

»Geh arbeiten, Nona.«

»Hab dich lieb, Süße. Bis morgen beim Brunch.«

»Hab dich auch lieb.«

Ich halte Dee die Beifahrertür auf. »Nur damit du es weißt, ich finde, eine verlegene Dee ist eine unglaublich sexy Dee. Wobei natürlich alle Dees sexy sind.«

Sie schlägt die Hände vors Gesicht. »Hör auf.«

»Niemals.« Ich beuge mich vor, schiebe ihre Hände aus dem Weg und hauche einen Kuss auf die pfirsichfarbene Haut ihrer Wange. »Du bist niedlich.«

»Sie ist unverbesserlich.«

»Was hat sie gesagt?«

»Das kann ich nicht wiederholen. Es ist zu skandalös.«

Lachend schließe ich die Tür und gehe zur Fahrerseite. Nachdem ich mich angeschnallt habe, drehe ich mich zu Dee um und bemerke, dass sie mich ansieht. »Was hat sie gesagt?«

»Dass sie hofft, dass ich dich zu mir nach Hause und in mein Bett mitnehme, bevor es jemand anders tut.«

Ich pruste los.

»Meine verdammte Großmutter.«

»Ich liebe sie.«

»Sie ist verrückt. Sie sind alle verrückt.«

»Nein, sie sind lustig.«

Sie zieht ihr Handy aus ihrer Tasche. »Ich kann es nicht glauben, dass ich heute noch nicht mit meinen Eltern geredet habe. Stört es dich, wenn ich sie kurz anrufe?«

»Natürlich nicht. Mach nur.«

Dee benutzt dazu die Freisprechanlage im Auto.

»Hi, Liebling«, sagt ihr Vater. »Wie geht es dir?«

»Prima. Ich hab gehört, dass Mommy Probleme mit ihrem Port hatte. Ist es inzwischen besser?«

»Sie behauptet, alles sei okay, aber rundherum ist eine Rötung, von der Maria meint, es könne der Anfang einer Infektion sein. Sie behält es im Auge.«

»Ich habe erfahren, dass ihr eine besondere Lieferung vom Restaurant bekommen habt.«

»Ja, genau! Das war eine nette Überraschung.«

»Ich dachte, Nico würde euch heute das Essen bringen.«

»Das hatte er auch vor, aber Nona hat ihn angerufen und ihm gesagt, dass sie das übernehmen möchten. Alle sind so lieb.«

Ihr Vater klingt, als sei er den Tränen nah, was echt rührend ist.

»Was hast du heute so getrieben?«, erkundigt er sich.

»Ich bin mit einem Freund von Black Point aus rausgefahren, und wir haben geangelt. Alle von da lassen dir Grüße ausrichten.«

»Ah, das freut mich. Ich vermisse sie. Wir müssen das bald auch mal wieder machen.«

»Auf jeden Fall. Kommt ihr morgen zum Brunch?«

»Das ist der Plan. Allerdings hängt es davon ab, wie sich deine Mutter morgen fühlt. Sie ist gerade unter der Dusche, sonst würde ich den Hörer an sie weiterreichen.«

»Sag ihr, dass ich angerufen habe und dass ich sie lieb habe.«

»Das werde ich, Süße. Danke, dass du dich gemeldet hast.«

Als Dee auflegt, wählt sie die Nummer ihrer Schwester. »Hey, was ist da los mit Mommys Port?«

»Die Haut ist ringsrum an den Rändern gerötet und schmerzt. Fürs Erste hab ich es mit einer antibiotischen Salbe probiert und mir ansonsten einen Termin bei ihrem Arzt geben lassen.«

»Ist das ein Anlass zur Sorge?«

»Im Augenblick nicht.«

»Okay, gut. Gott sei Dank gibt es dich, Schwesterherz. Was würden wir ohne dich nur tun?«

»Ach, wie lieb von dir. Wo warst du eigentlich den ganzen Tag?«

»Ich, äh, war mit Wyatt auf dem Meer draußen angeln.«

»Das klingt nach Spaß.«

»Den hatten wir auch. Ich muss jetzt Schluss machen, weil ich ihn zu mir nach Hause lotsen muss.«

»Dem will ich nicht im Weg stehen. Euch beiden eine schöne Zeit. Kommst du morgen?«

»Ja, wir sehen uns da.«

Nachdem sie den Anruf beendet hat, sage ich zu ihr: »Tut mir leid, aber ich muss bei Jay vorbeischauen und meine Sachen holen. Ich brauche meine Medikamente.«

»Kein Problem.« Sie dirigiert mich durch die Stadt, und mir fällt auf, dass wir zurückfahren.

»Sorry, das hätte ich vorher sagen sollen. Ich kenne mich hier einfach noch nicht gut aus.«

»Ist überhaupt nicht schlimm.« Sie gähnt und lehnt sich in ihrem Sitz zurück. »Ich kann von Glück reden, wenn ich heute Abend bis acht durchhalte.«

»Ich werde mich persönlich darum kümmern, dass du eine wunderbare Nacht hast.«

»Und ich werde dafür sorgen, dass du das Gleiche kriegst.«

Auf dem Weg nach Brickell hält sie meine Hand. Von dem köstlichen Duft des Essens aus den Tüten läuft mir das Wasser im Mund zusammen. »Ich bin mir zwar nicht sicher, was Carmen und Jason gerade machen, doch wenn du Lust hast, könnten wir auf ihrer Dachterrasse essen. Die Aussicht ist unglaublich.«

»Ich frag sie mal, ob es sie stören würde.« Sie tippt auf ihrem Smartphone herum. »Sie haben bereits gegessen, wir können aber trotzdem ihre Terrasse benutzen.«

»Exzellent. Ich bin halb verhungert.«

»Allmählich wird mir klar, dass das bei dir ein Dauerzustand ist.«

»Ja, ich kann eigentlich immer essen. Im Krankenhaus in Phoenix nennen sie mich ›Bandwurm‹. Sie bringen mir dauernd was mit und ärgern sich dann, weil ich nie ein Pfund zulege.«

»Das ist ja auch echt ärgerlich.«

»Ich kann es nicht ändern, dass mein Stoffwechsel spektakulär ist.« Ich blicke sie an. »Möchtest du was Verrücktes hören?«

»Äh, ja?«

»Die Sache mit dem ständigen Hunger hat angefangen, nachdem ich mein neues Herz erhalten hatte. Ich habe später herausgefunden, dass Emma, das Mädchen, von dem es stammt, auch immer hungrig war. Sie war dafür bekannt, und sie hat ebenfalls nie zugenommen.«

»Wow.«

»Oder? Es gibt dafür keine wissenschaftliche Erklärung, doch es passiert manchmal. Ich habe von anderen gehört, die Ähnliches berichten, wie beispielsweise eine Frau, die nie Kaffee mochte, bis ihr das Herz eines Kaffeetrinkers transplantiert wurde.«

»Wow. Das ist heftig. Das zu erfahren muss total unheimlich gewesen sein.«

»Das war es! Am Anfang dachten wir, es läge daran, dass ich wieder gesund war und mein Appetit zurückkehrte. Aber als ich ihre Mutter kontaktiert habe und sie mir das erzählt hat …«

»Das ist wirklich unglaublich. Das ist beinahe so, als lebte sie in dir weiter.«

»Das könnte man meinen. Es gibt da noch andere seltsame Dinge. Zum Beispiel hab ich früher Erdnussbutter gehasst, und jetzt liebe ich sie. Anscheinend hatte sie ebenfalls eine Schwäche dafür.«

»Das ist ehrlich unfassbar.«

»Mich hat das auch umgehauen. Ich habe eine Weile gebraucht, um zu begreifen, dass tatsächlich jemand anders sterben musste, damit ich leben kann. Ich hatte viel mit Schuldgefühlen zu kämpfen – und habe eine Therapie gemacht.«

»Hat die geholfen?«

»Ja, sehr sogar. Ich habe verstanden, dass Emma so oder so gestorben wäre, ob ich ihr Herz bekommen hätte oder nicht. Ihr Tod war nicht meine Schuld.«

»Das ist ganz schön harter Tobak für einen Siebzehnjährigen.«

»Ja, ich hatte eine ganze Weile daran zu knabbern, doch es hat mir geholfen, ihre Familie kennenzulernen und mehr über sie zu erfahren.«

»Was ist ihr passiert?«

»Es war ein Skiunfall. Sie ist gegen einen Baum geprallt und hat schwere Kopfverletzungen davongetragen.«

»Das ist echt traurig.«

»Das war es, aber mit ihren Organspenden hat sie fünf Menschen das Leben gerettet. Ihre Familie hat das sehr getröstet. Sie glauben, dass sie das wunderbar gefunden hätte.«

»Komisch, dass mich der Tod eines Menschen, den ich nie gekannt habe, so mitnimmt.«

»So ging es mir nach der Transplantation auch eine ganze Weile. Alles, was ich zuerst wusste, war, dass es das Herz einer Neunzehnjährigen war. Und ich musste anfangs immer denken, dass sie jetzt damit zurechtkommen muss, in einem siebzehnjährigen Jungen weiterzuleben.«

»Das würde einen coolen Film abgeben.«

»Das hat meine Schwester auch immer gesagt.«

Ich parke vor dem Gebäude mit Jays Wohnung und nehme das Essen mit, als wir aus dem Auto aussteigen. Wir klingeln, und sie machen uns die Haustür auf. Im Aufzug schaue ich zu Dee rüber. Ihr Gesicht ist von dem Tag in der Sonne zart gerötet, doch ihre Augen wirken müde. Wir brauchen beide dringend Schlaf. »Lass es dir von Carmen nicht ausreden.« Nachdem ich heute den ganzen Tag mit ihr verbracht habe, hab ich Angst, sie könnte ihre Meinung ändern. Inzwischen hatte ich einen Vorgeschmack darauf, wie es ist, verliebt zu sein, und ich bin jetzt schon süchtig.

Sie blickt mir in die Augen. »Keine Chance.«

Carmen wartet in der Tür ihrer Wohnung, als wir aus dem Aufzug treten. Ich kenne sie nicht sehr gut, aber sogar ich kann sehen, dass sie besorgt und gestresst wirkt. Das ist wahrscheinlich meine Schuld. Ich hoffe nur, dass Dee es auch so gemeint hat, als sie erklärt hat, dass es ihr niemand ausreden könne, mit mir zusammen zu sein. Ich habe das Gefühl, wenn irgendwer das könnte, dann Carmen oder Maria.

Dee küsst Carmen auf die Wange. »Sei still. Alles ist in Ordnung. Und hör auf, das mit deinen Augenbrauen zu tun.«

»Was mach ich denn mit meinen Augenbrauen?«

»Sie sind ganz runzlerisch.«

»Das ist kein Wort.«

»Und trotzdem weißt du, was ich meine.«

»Wo ist Jay?«, frage ich sie.

»Joggen. Allerdings sollte er bald zurück sein.«

»Komm, Wyatt. Lass uns essen.« Dee besorgt sich Besteck und Weingläser aus Carmens Küche und führt mich auf die Terrasse. »Leiste uns doch Gesellschaft, Car, nur bitte ohne gerunzelte Stirn.«

Ich liebe es, dass sie sich in der Wohnung ihrer Cousine so zu Hause fühlt und dass sie so offen miteinander reden. Ich habe nie eine solche Nähe zu meinen Geschwistern gehabt – oder irgendwem anders. Vermutlich, weil ich den größten Teil unserer Kindheit über nicht da war, und wenn ich zu Hause war, habe ich all die elterliche Aufmerksamkeit aufgesogen. Ich weiß nicht genau, ob sie es mir insgeheim verübeln, was für ein Chaos meine Krankheit bei uns angerichtet hat, aber wie könnten sie das nicht? Ich an ihrer Stelle würde es bestimmt tun.

Carmen schenkt sich ein Glas Wein aus einer Flasche ein, die sie bereits geöffnet hatte, und setzt sich zu uns.

»Lass uns die Karten offen auf den Tisch legen«, erkläre ich und beiße in das allerleckerste Hühnchen, das ich je hatte. Dees

Augen weiten sich, als sie mich anschaut, als wäre ich verrückt. Vielleicht bin ich das, aber ich kann es nicht ertragen, dass die Frau meines Freundes denkt, ich würde ihrer Cousine wehtun. Sie muss wissen, dass das das Letzte ist, was ich will.

»Ich verstehe deine Sorge darüber, dass Dee mit mir zusammen sein möchte, nachdem du das mit dem Spenderherz erfahren hast.«

Carmen hat offensichtlich nicht erwartet, dass ich das einfach so anspreche, doch ich denke, ich habe alles zu gewinnen und nichts zu verlieren, indem ich den Elefanten im Raum thematisiere. Dee hat auch nicht damit gerechnet, aber das ist okay. Ich möchte, dass sie sich entspannt und genießt, was zwischen uns passiert, statt sich von den Befürchtungen ihrer Familie ablenken zu lassen.

»Ich, äh …« Carmen nimmt einen Schluck aus ihrem Weinglas. »Ich möchte nicht, dass Dee wieder verletzt wird. Das letzte Mal hat mehr als gereicht.«

»Mir geht es gut.« Dee wickelt Pasta gekonnt auf ihre Gabel. »Es gibt hier nichts zu sehen.«

Carmens Augenbrauen werden erst gerade und heben sich dann. »Wirklich?«

»Wie dir Jason bereits erzählt hat, hatte ich vor siebzehn Jahren eine Herztransplantation. Die durchschnittliche Lebenserwartung hab ich inzwischen um sechs Jahre übertroffen und bin im Moment völlig gesund. Ich werde regelmäßig untersucht, und ich achte sehr auf meine Gesundheit. Trotzdem habe ich Dee klarzumachen versucht, dass die Statistik gegen mich spricht, doch sie weigert sich, auf die Stimme der Vernunft zu hören.« Ich blicke kurz zu ihr rüber und stelle fest, dass sie selbstzufrieden lächelt. Gott, ich bin bereits in sie verliebt. Wie auch nicht?

»Ich möchte, dass Wyatt weiß, wie es ist, verliebt zu sein. Ich möchte den Rest seines Lebens mit ihm verbringen, und nichts, was mir irgendwer sagen könnte, kann mich davon abbringen, also lasst uns nicht unsere Zeit damit verschwenden, darüber zu spekulieren, wie es schiefgehen könnte, und uns lieber darauf konzentrieren, dass es sich so absolut richtig anfühlt.«

»Aber ihr seid euch doch bei der Hochzeit zum ersten Mal begegnet ... Wie könnt ihr euch da sicher sein, dass es das ist, was ihr wollt?«

»Wir haben nach der Hochzeit miteinander geschlafen«, verkündet Dee unverblümt. »Es war die beste Nacht meines Lebens.«

Carmen verschluckt sich an ihrem Wein.

Ich klopfe ihr fürsorglich auf den Rücken, bis sie wieder Luft kriegt.

»Was zur Hölle, Delores? Warum hast du uns nichts davon erzählt?«

»Uns wovon erzählt?«, fragt Jason, der in diesem Moment zu uns auf die Terrasse kommt, noch ganz verschwitzt vom Joggen.

»Sie haben nach der Hochzeit miteinander geschlafen!«, erklärt Carmen ihrem Ehemann.

»Und es war die beste Nacht meines Lebens«, fügt Dee hinzu.

Ich beuge mich zu ihr rüber, um sie zu küssen. »Und meine.«

Jason scheint von dieser Neuigkeit ähnlich verblüfft zu sein, wie es Carmen war. »Wow, wie hast du das in dieser Familie geheim gehalten?«

Dee zuckt mit den Schultern und wickelt weiter ihre Pasta auf, als ob nichts Besonderes passiert sei. »Ich habe es einfach niemandem gesagt.«

»Also habt ihr euch die ganze Zeit geschrieben oder miteinander telefoniert?«

»Wir sind in Kontakt geblieben«, bestätigt Dee.

Ich kann erkennen, dass ihre Ungerührtheit Carmen wahnsinnig macht. Dann wendet sie ihre geballte Aufmerksamkeit mir zu. »Das ist der Grund, weshalb du dich um einen Job beim Miami-Dade beworben hast. Du bist wegen Dee zurückgekommen.«

»Ich wollte sie wirklich dringend wiedersehen, aber ich bin nicht mit der Vorstellung in den Flieger gestiegen, dass irgendetwas wie das hier passieren könnte.«

»Er hat mir mitgeteilt, dass er sich nicht auf irgendwas einlassen könne, und als ich herausgefunden habe, warum, habe ich ihm erklärt, dass das Blödsinn sei. Und jetzt sind wir hier ... und zusammen.«

»Dee ...« Dieses einzelne Wort von Carmen ist voll schmerzlicher Sorge.

Ich werfe es ihr nicht vor. Das tue ich wirklich nicht. Hatte ich vor vierundzwanzig Stunden nicht dieselben Bedenken, bevor Dee das alles mit ihrem Mut und ihrer Entschlossenheit über den Haufen geworfen hat? Nachdem wir den Tag, an dem sich alles verändert hat, gemeinsam verbracht haben, fühlt es sich an, als sei das vor Lebzeiten gewesen.

»Ich weiß, was du sagen wirst, Car, und ich verstehe voll und ganz, auf was ich mich einlasse. Mir ist bewusst, dass Wyatt vielleicht nicht alt werden wird, trotzdem entscheide ich mich dafür, Gefühle für ihn zu haben.« Sie hält einen Moment inne, bevor sie noch hinzufügt: »Warte. Das stimmt so nicht ganz.«

»Nicht?«, frage ich überrascht.

»Ich entscheide mich dafür, dich zu lieben, nicht nur dafür, Gefühle für dich zu haben.«

Carmen schnappt schockiert nach Luft. »Aber du ... Du hast ihn erst zweimal getroffen.«

»Wie lange hast du gebraucht, um zu begreifen, dass Jason dein Leben verändern würde?«, erkundigt sich Dee bei ihrer Cousine.

»Ich ... äh ...«

»Du hast mir erzählt, dass du an dem Tag, an dem du ihn kennengelernt hast, gewusst hast, dass er anders als alle anderen ist. Ich wusste bei deinem Probenessen, dass Wyatt was ganz Besonderes ist und dass ich mehr Zeit mit ihm verbringen wollte. Wir waren bei deiner Hochzeit den ganzen Tag zusammen. Er ist mir nie von der Seite gewichen, außer um mir neue Getränke zu holen. Wir hatten die beste Zeit, die ich je mit irgendeinem Mann hatte. Und als er mich gefragt hat, ob ich mit ihm zurück in sein Hotelzimmer kommen will, habe ich nicht lange gezögert. Habe ich erwartet, dass es mehr als nur eine Nacht sein würde? Nein, aber dann hat er mir geschrieben, und ich habe ihm geantwortet, und jetzt ist er zurück, und wir sind hier.«

»Gestern hast du noch wegen Marcus geweint«, wirft Carmen ein.

Oh, das war ein Schlag unter die Gürtellinie.

»Ich habe geweint, weil ich dachte, dass er sich meinetwegen das Leben nehmen wollte, nicht weil ich ihn immer noch liebe. Jegliche Liebe, die ich für ihn empfunden habe, ist an dem Tag gestorben, an dem er die Schlampe geheiratet hat.«

»Also, was ist der Plan?«, fragt Jason und hebt eine Wasserflasche an die Lippen.

»Wir hoffen sehr, dass ich den Job im Miami-Dade kriege.« Ich greife nach Dees Hand und verschränke meine Finger mit ihren. »Und wenn ich ihn bekomme, werde ich herziehen und bis zum Ende meines Lebens mit Dee glücklich sein.«

»Einfach so?«, fragt Jason.

»Einfach so«, antwortet Dee, ohne dabei den Blick von meinem zu lösen.

»Was, wenn das mit dem Job nicht klappt?«, fragt Carmen.

»Dann kümmern wir uns um einen Plan B«, erwidert Dee. »So oder so, wir werden von nun an zusammen sein, und damit basta.«

Ich kann spüren, dass Carmen noch eine ganze Menge auf dem Herzen hat, doch sie ist sich nicht ganz sicher, wo sie anfangen soll.

Bevor sie ihre Gedanken in Worte fassen kann, sagt Dee: »Stell dir vor, es wäre Jason. Jason hätte das hinter sich, was Wyatt durchgemacht hat. Würdest du ihn weniger lieben, bloß weil sein Leben vielleicht kürzer als unseres ist?«

»Nein, natürlich nicht, aber…«

»Kein ›aber‹, Carmen. Das hier passiert, und ich bitte dich um deine Unterstützung.«

»Die hast du. Es ist nur, dass …«

»Ich weiß«, unterbricht Dee sie sanft. »Und ich verspreche dir, dass, was immer passiert, ich damit klarkomme.« Sie lehnt sich zu Carmen und umarmt sie. »Freu dich für mich.«

»Das tue ich. Selbstverständlich tue ich das.«

Sie verharren lange so und haben beide Tränen in den Augen, als sie sich wieder voneinander lösen.

»Gehen wir?«, fragt mich Dee. »Ich bin so müde, ich falle gleich um.«

»Lass mich schnell mein Zeug holen.« Ich nehme unsere leeren Essensbehälter mit nach drinnen, spüle sie kurz ab und werfe sie in den Müll. Ich finde es gut, dass das Giordino's Behälter aus Pappe statt Styropor oder Plastik verwendet.

Jason ist mir gefolgt, und ich sammle mich einen Moment, bevor ich mich zu ihm umdrehe. »Was ist mit deinen Regeln passiert?«, will er von mir wissen.

»Dee ist passiert. Ich werde dafür sorgen, dass sie es nicht bereuen muss, Jay. Das verspreche ich. Und danach werdet ihr für sie da sein. Ihr werdet ihr da durchhelfen, oder?«

Er fährt sich mit den Fingern durch das schweißfeuchte Haar. »Himmel, Wyatt, reden wir jetzt ernsthaft darüber, dass wir uns nach deinem Tod um sie kümmern?«

»Ja, ich schätze, das tun wir. Ich muss wissen, dass ihr für sie da sein werdet.«

»Das versteht sich von selbst, aber das ist keine leichte Kost. Ich habe gerade erst gehört, dass da nach der Hochzeit noch was gelaufen ist, ohne dass ich auch nur die leiseste Ahnung hatte, dass das zwischen euch mehr war als ein harmloser Flirt einer Brautjungfer mit einem der Trauzeugen.«

»Es war weit mehr als das, und zwar von der Sekunde an, in der wir einander gesehen haben.«

»Das sagtest du bereits.«

»Ich weiß, das ist ganz schön heftig. Und ich verstehe, dass man sich da einiges durch den Kopf gehen lassen muss, doch ich würde Vorsorge für sie treffen. Und wir werden das Beste aus dem machen, was auch immer von meinem Leben übrig ist.«

»Klingt nach einem Plan.«

»Du bist damit nicht einverstanden?«

»Ob ich einverstanden bin, ist nicht der springende Punkt. Es ist nur, dass du diese Regeln seit siebzehn Jahren hast, und jetzt beschließt du, sie einfach in den Wind zu schlagen, und zwar mit der Cousine meiner Frau.«

»Es tut mir leid, falls das Ärger für dich bedeutet, Jay, ehrlich. Aber ich liebe sie bereits. Und ich will das mit uns. Ich will *sie*. Ich möchte eine Chance auf das, was du mit Carmen hast, wie lange auch immer es hält. Das verstehst du, oder?«

»Ja, sicher.«

»Na, dann hole ich mal mein Zeug und ziehe ab. Wir sehen uns morgen beim Brunch?«

»Wir werden dort sein.«

Ich möchte lieber aufbrechen, solange die Stimmung noch gut ist. Im Wohnzimmer schnappe ich mir Rucksack und Koffer und rolle ihn zur Tür, als Dee und Carmen von der Terrasse hereinkommen und die Gläser und das, was von Dees Flasche Wein noch übrig ist, in die Küche stellen.

»Danke, dass wir uns eure Terrasse borgen durften«, sage ich zu Carmen.

»Jederzeit.« Sie überrascht mich, indem sie mich umarmt. »Kümmere dich gut um meine Cousine. Ich liebe sie wirklich sehr.«

»Das tue ich auch, und das werde ich. Ich werde alles daransetzen, sie jeden Tag glücklich zu machen, den ich mit ihr verbringen darf.«

Als Carmen mich loslässt, bemerke ich, dass sie Tränen in den Augen hat.

Dee schließt sie in die Arme. »Bis morgen.«

Vor dem Aufzug müssen wir einen Moment warten.

»Alles in Ordnung?«, frage ich sie.

Sie nickt, aber ihr Kinn bebt. Ich bin mir nicht sicher, ob es der Gefühlsaufruhr oder die Erschöpfung oder beides ist, was sie so dicht an den Zusammenbruch bringt.

Ich ziehe sie an mich. »Halt dich an mir fest. Wir schaffen das.«

Im Aufzug klammert sie sich an mich, bis wir im Erdgeschoss sind.

Draußen räume ich meine Sachen in den Kofferraum ihres Wagens und gehe zur Fahrerseite. »Hat sie etwas gesagt, was dich geärgert hat?«

»Nein, nur dass sie mich lieb hat und nicht will, dass mich irgendetwas jemals wieder so verletzt wie die Sache mit Marcus.«

»Ich würde dich nie so verletzen.«

»Nein, das würdest du nicht.« Nach einer kurzen Pause schaut sie mich mit ängstlicher Miene an. »Sie ist wahrscheinlich bereits am Telefon und redet mit meiner Schwester. Die ganze Familie wird bis morgen im Bilde sein. Es tut mir leid. Ich weiß, du magst es nicht, wenn Leute Bescheid wissen.«

»Schon okay. Es ist nichts, was wir in einer Familie wie deiner unter Verschluss halten können. Es stört mich nicht.«

»Sie werden eine Riesensache daraus machen – am Anfang –, doch das wird sich geben. Irgendwann. Ich entschuldige mich im Voraus dafür.«

»Sie haben dich lieb und sorgen sich deinetwegen. Ich verstehe das.« Ich kann mein Handy in meiner Tasche vibrieren spüren, was nur eines heißen kann: Meine Mutter flippt aus, weil ich mich heute noch nicht bei ihr gemeldet habe. Ich hole es aus meiner Tasche und reiche es Dee. »Kannst du mal meine Nachrichten überprüfen?« Sie kann jetzt ruhig selbst feststellen, dass ich nicht übertrieben habe, als ich gesagt habe, meine Mutter sei überfürsorglich.

»Deine Mom ist beunruhigt, weil sie heute noch nichts von dir gehört hat. Soll ich für dich antworten?«

»Ja, schreib ihr, dass ich den ganzen Tag angeln war und keinen Empfang hatte. Alles ist gut.«

Sie tippt die Nachricht für mich. »Sie möchte wissen, ob du deine Medikamente nimmst.«

Ich knirsche mit den Zähnen, um gegen den Drang anzukämpfen, zu schreien. »Antworte ihr bitte, dass ich das natürlich tue, weil ich am Leben bleiben möchte.«

»Du möchtest, dass ich das so schreibe?«

»Es ist in Ordnung. Das kriegt sie von mir fast jeden Tag als Antwort, wenn Sie mich, einen Arzt, daran erinnert, meine Medikamente zu nehmen, wie sie es vermutlich tun musste, als ich ein Teenager war.«

Sie schickt die Nachricht. »Deine Mutter sagt, du sollst nicht so frech sein.«

»Und das erwidert sie jedes Mal. Willkommen in meiner Welt.«

»Sie klingt nett.«

»Sie ist die Beste, und ich liebe sie, doch manchmal fände ich es besser, wenn sie mich ein kleines bisschen weniger lieb haben würde.«

»Was werden sie davon halten, wenn das mit dem Job hier klappt und du herziehen willst?«

»Meine Eltern werden durchdrehen«, erkläre ich mit einem Seufzer aus tiefster Seele. »Aber das wird mich nicht davon abhalten, also mach dir deswegen keine Sorgen.«

»Wir werden ihnen versichern müssen, dass ich mich gut um dich kümmern werde.«

»Bitte nicht überfürsorglich sein, Liebling. Das würde mich in den Wahnsinn treiben.«

»Wer hat irgendetwas von ›überfürsorglich‹ gesagt?«

KAPITEL 11

Dee

Ich werde so was von überfürsorglich sein. Wie auch nicht? Ich werde die ganze Zeit wissen wollen, dass es ihm gut geht, dass er gesund ist, dass er seine Medikamente nimmt, dass ...

O mein Gott, er wird es hassen, daher muss ich das schnell unter Kontrolle kriegen. Ich hole tief Luft und atme langsam aus, weil mir klar wird, dass Sorge um seine Gesundheit mein ständiger Begleiter sein wird, genauso wie es seit der Diagnose bei meiner Mutter ist.

»Das musst du nicht«, erklärt er.

»Was denn?«

»Du denkst darüber nach, dass du dir rund um die Uhr um mich Gedanken machen wirst. Doch das musst du nicht. Ich verspreche dir, ich hab das selbst auf dem Schirm, jeden einzelnen Tag. Ich möchte nicht, dass du in ständiger Angst lebst.«

»Leichter gesagt als getan, aber ich werde mir Mühe geben, dir nicht das Gefühl zu geben, als wärst du mit deiner Mutter zusammen.« Die Worte sind mir kaum über die Lippen gekommen, als wir auch schon losprusten. »Das klingt völlig falsch.«

»Meinst du?«

»Schieb's auf die Erschöpfung. Ich bin gerade nicht voll zurechnungsfähig.«

»Du bist unglaublich niedlich, wenn du erschöpft bist – und auch, wenn nicht. Du bist die ganze Zeit anbetungswürdig.«

»Freut mich, dass du das denkst.«

»Allerdings. Ich halte dich außerdem für sexy, wunderschön, lustig, klug und … Habe ich ›sexy‹ schon erwähnt?«

»Ich glaub schon, aber ich kann das gar nicht oft genug hören.« Habe ich das wirklich gesagt? »Ich muss jetzt den Mund halten, bis ich mein Schlafdefizit aufgeholt habe.«

»O bitte, sprich weiter. Ich bin schon gespannt darauf, was als Nächstes kommt.«

Ich konzentriere mich darauf, ihm den Weg durch die Wohngegend zu meinem Apartment zu weisen.

»Wenn ich den Job kriege, müssen wir uns eine größere Wohnung suchen.«

»Ich brauche Schlaf, bevor ich dieses Gespräch mit dir führe. Vermutlich auch Koffein.«

»Verstanden. Wir verschieben das auf morgen.«

Bei mir zu Hause gehe ich direkt ins Bad. »Möchtest du mit?«, frage ich ihn.

»Auf jeden Fall.«

Als wir einander gegenüber in der Dusche stehen, nehme ich mir die Zeit, das Tattoo auf seiner Brust genauer zu studieren. Jetzt, wo ich weiß, dass sie da ist, kann ich die Narbe an seinem Brustbein auch schwach erkennen. Ich fahre sie mit der Fingerspitze nach. »War es schmerzhaft?«

»Anfangs echt brutal, aber es ist schnell geheilt.«

Ich ziehe eine Spur aus Küssen über die gesamte Länge der Narbe. »Ich wünschte, ich hätte da sein können, um dich gesund zu pflegen.«

»Hättest du ein sexy Krankenschwester-Kostüm getragen?«

»Nein, denn jeder weiß, dass es keine gute Idee ist, dem Kreislauf eines Patienten nach einer schweren Operation zu viel zuzumuten.«

Sein leises Lachen entlockt mir ein Lächeln. »Das weiß jeder, ja?«, meint er.

»Mhm. Stimmt doch, oder?«

»Jap, und dich in der Nähe zu haben hätte meinen definitiv überlastet.« Er nimmt meine Hand und legt sie um seine Erektion. »Und hier ist auch gleich der Beweis.«

»Das fühlt sich in der Tat nach einem kritischen Kreislaufproblem an.«

»Überaus kritisch.« Er legt die Arme um mich und küsst mich, bis ich mich an ihn klammere und alle Gedanken an meine Erschöpfung und meine Müdigkeit von einer Welle intensivsten Verlangens fortgespült werden, das meine volle Aufmerksamkeit beansprucht.

Er hebt mich hoch und drückt mich mit dem Rücken gegen die kühle Kachelwand. »Ist das okay?«

»Absolut.«

Alle Luft weicht in einem lang gezogenen Seufzen aus meinen Lungen, als er mit einem tiefen Stoß in mich kommt. Himmel, nichts ist je so gewesen wie das mit ihm. Wenn ich daran denke, wie dicht ich davor stand, nie herauszufinden, dass so etwas möglich ist … Er weiß einfach ganz genau, wo er mich berühren muss, sodass ich mit einem Schrei meinen Höhepunkt erreiche, beinahe ohne Vorwarnung. Es ist zu viel und gleichzeitig nicht genug. Wir atmen immer noch keuchend, als ich mich schon frage, wann wir das wiederholen können.

Nach unserer Dusche trocknet Wyatt mich ab, widmet dabei meinem Busen besonders viel Aufmerksamkeit.

»Ich bin wie besessen«, flüstert er und küsst meine Brüste, erst die eine, dann die andere. »Ich kann einfach nicht genug von dir kriegen.«

Wenigstens einmal in ihrem Leben sollte eine Frau von einem Mann so angeschaut werden, wie er das jetzt bei mir tut. Er beweist mir in dieser einen Sekunde, dass er jegliches Risiko wert ist, das ich vielleicht eingehe, um das mit ihm zu erleben, was möglich ist. Ich lege meine Hände auf seine Brust und küsse ihn aufs Brustbein. Als ich zu ihm aufblicke, glänzen Tränen in seinen Augen.

»Du bist wunderschön, stark, süß und sexy. Und der einzige Grund dafür, dass ich auch nur einen Funken Interesse daran hatte, nach Miami zu fliegen und das Vorstellungsgespräch für den Job zu führen, war die Chance, dich wiederzusehen.« Er küsst mich auf den Mund, und ich presse mich an ihn, während die Leidenschaft zwischen uns auflodert.

Ich schlinge ihm die Arme um den Hals, während unsere Zungen ein hitziges Duell ausfechten. Wir küssen uns gefühlt Stunden, bevor er mir einen Arm um die Taille legt und mich anhebt. Ich möchte ihm sagen, dass er das nicht tun soll, dass er sich nicht zu sehr anstrengen soll, aber ich bin mir sicher, dass er das nicht hören will.

Er legt mich aufs Bett und schiebt sich über mich, ohne den Kuss zu unterbrechen. Das tut er erst, als er uns beide von unseren Handtüchern befreit hat, doch gleich darauf verschließt er mir den Mund erneut mit seinen Lippen. So bin ich nie zuvor geküsst worden – als würden mein und sein Leben davon abhängen. Wir halten einander so fest, dass es ein Wunder ist, dass wir überhaupt noch atmen können. In unserem Kuss schwingt eine gewisse Verzweiflung mit, die nicht da war, bevor er mir die Wahrheit über sich erzählt hat.

Mitten in dieser lebensverändernden Leidenschaft fällt mir auf, dass ich mich, kurz nachdem ich erfahren habe, dass er jung sterben könnte, lebendiger fühle als je zuvor – und das liegt allein an ihm, an dem, was ich spüre, wenn wir zusammen sind. Ich möchte ihm alles geben, was in meiner Macht steht, wie wenig Zeit ihm auch bleibt, selbst wenn das für mich am Ende direkt in die Katastrophe führt. Ich kann mich einfach nicht dazu aufraffen, mir darüber den Kopf zu zerbrechen, was das für mich bedeuten würde.

Das Einzige, was ich will, ist, ihm alles zu geben, solange es nur irgend möglich ist.

KAPITEL 12

Dee

Beim Brunch am nächsten Tag bin ich nervös. Mein Onkel möchte mit mir reden. Er sagt, es sei nichts Schlimmes, aber es ist seltsam, dass er mich um ein Gespräch unter vier Augen bittet. Ich bin auch beunruhigt, weil meine Eltern nicht zum sonntäglichen Familientreffen im Giordino's erschienen sind. Mom hat knapp neununddreißig Grad Fieber, und Maria macht sich Sorgen, dass es eine Entzündung am Port sein könnte. Sie wartet auf einen Anruf vom Arzt, doch meine Eltern haben sie ermutigt, trotzdem mit Austin und Everly zum Restaurant zu fahren.

Zusätzlich zu alldem hat sich die Nachricht von mir und Wyatt und seiner Herztransplantation rumgesprochen. Das lässt sich mühelos daran erkennen, dass alle irgendwie extra vorsichtig zu sein scheinen, was ich furchtbar finde.

Heute sind wir auf Nonas Seite des Restaurants, und Wyatt ist hin und weg von den Auberginen. Ich bin sicher, dass sie großartig sind, allerdings schmecke ich kaum etwas, so angespannt bin ich innerlich.

»Was ist denn los?«, fragt er schließlich.

»Einfach alles.«

»Soll ich nach dem Brunch mal bei deiner Mutter vorbeischauen?«

»Würdest du das tun?«

»Natürlich. Gern sogar.«

»Das wäre großartig. Danke.« Ich fühle mich bereits besser, weil ein Arzt heute tatsächlich persönlich nach meiner Mutter sehen wird, statt übers Telefon auf Erfahrungswerten basierende Einschätzungen abzugeben. »Ich muss nur noch mit meinem Onkel reden, aber das sollte nicht lange dauern.«

»Ich laufe nicht weg, Süße. Was immer du tun willst, passt mir prima.«

An unserem zweiten kompletten Tag zusammen fühlt es sich an, als seien wir schon viel länger ein Paar. Vielleicht liegt es daran, dass wir das ganze Zeug vorher einfach übersprungen haben und uns binnen weniger lebensverändernder Stunden auf eine feste Beziehung geeinigt haben. Ich muss sagen, es hat schon was für sich, wenn man sich nicht lange mit dem ganzen Mist im Vorfeld aufhält und mitten ins Herz vorstößt – und das ist kein beabsichtigtes Wortspiel. Nachdem ich letzte Nacht in seinen Armen geschlafen habe, weiß ich genau, wo ich von jetzt an jede Nacht sein möchte, solange es möglich ist.

Unter dem Tisch drücke ich seine Hand. »Ich bin so froh, dass du mit mir hier bist.«

»Und ich bin sehr froh, hier zu sein. Ich bin ein großer Fan deiner Familie.«

»Ich auch, obwohl die Art und Weise, wie sie mich und meinen neuen Freund neugierig beobachten, in mir den Wunsch weckt, aufzustehen und ihnen alle Einzelheiten zu nennen, die sie so dringend wissen wollen.«

»Das ist es? Na, dann kann dir geholfen werden.« Er lässt meine Hand los, steht auf und klopft mit dem Messer gegen sein Weinglas mit dem Wasser darin. Als alle still sind, erklärt er: »Hallo. Ich bin Wyatt, und ihr erinnert euch vielleicht von

Jasons und Carmens Hochzeit an mich, von dem Tag, an dem ich eine wunderschöne Brautjungfer namens Dee Giordino kennengelernt habe. Sie und ich sind seither in Kontakt geblieben, und als ich die Chance hatte, mich hier in Miami um einen Job zu bewerben, habe ich mit beiden Händen zugegriffen. Mein Vorstellungsgespräch ist morgen, daher bitte Daumen drücken, denn Dee und ich haben beschlossen, es zu wagen und von jetzt an zusammen zu sein.«

Meine Familie hört ihm staunend und ungläubig zu, kann es kaum fassen, dass sie alle Einzelheiten erfahren, ohne sie mühsam aus uns herausholen zu müssen. Das ist noch nie zuvor passiert. Meine Geschwister, Cousins und Cousinen und ich haben uns immer größte Mühe gegeben, so wenig wie möglich über das zu verraten, was wir vorhaben.

»Ich bin mir sicher, auch die Information über meine gesundheitliche Situation hat bereits die Runde gemacht, aber für alle, die es noch nicht wissen: Ich hatte vor siebzehn Jahren, als ich siebzehn war, eine Herztransplantation. Zu dem Zeitpunkt litt ich bereits seit neun Jahren an Kardiomyopathie, die plötzlich aufgetreten ist, als ich acht war. Nach der Transplantation habe ich mich wie neugeboren gefühlt, und seither hatte ich nie irgendwelche gesundheitlichen Probleme. Ich hoffe, dass es noch viele Jahre so bleiben wird, doch es lässt sich nicht bestreiten, dass ich die durchschnittliche Lebenserwartung für Herztransplantationspatienten bereits um sechs Jahre überschritten habe. Dabei hatte ich nie irgendwelche lebensbedrohlichen Krisen oder Anzeichen für Abstoßungsreaktionen.«

Er schaut zu mir, und ich kann in seinen Augen lesen, was er empfindet. »Mir ist auch klar, wie sehr ihr alle Dee liebt. Ich liebe sie ebenfalls. Sie hat mich davon überzeugt, all meine Regeln über Bord zu werfen und mit ihr alles auf eine Karte zu setzen. Wenn jemand hier Bedenken hat, worauf sie sich da mit mir einlässt, kann ich ihm versprechen, dass ich alles tun werde, was in meiner Macht steht, damit sie immer so glücklich bleibt, wie wir heute sind, und zwar so lange, wie es nur geht. Wenn tatsächlich das Schlimmste passiert, hoffe ich, ich kann mich darauf verlassen, dass ihr alle hier für sie da sein werdet, wenn ich es nicht mehr kann. Und das ist dann schon alles, was ich zu sagen habe.«

Durch einen Tränenschleier sehe ich, wie sich Maria, Carmen und meine Tanten Vivian und Francesca ebenso wie Abuela und Nona die Augen abtupfen.

Nona startet eine Runde Beifall für Wyatt. »Willkommen in unserer Familie, Wyatt. Du hast recht. Wir lieben Dee sehr, und es ist für uns alle offensichtlich, dass das zwischen euch beiden was ganz Besonderes ist. Wenn es eine Sache gibt, die ich in meinem Leben gelernt hab, dann dass das Heute alles ist, was wir haben. Morgen kann die Lage schon ganz anders sein, da gibt es keine Garantien. Ich hoffe, du und Dee werdet sehr glücklich miteinander, und du hast unser Wort darauf, dass wir uns, wenn es so weit ist, bestens um sie kümmern werden.«

»Vielen Dank, Nona«, antworte ich leise, und an Wyatt gerichtet füge ich hinzu: »Ich kann einfach nicht fassen, dass du das getan hast. Du bist echt unglaublich.«

»Sie mussten erfahren, wie ich empfinde und dass ich dich glücklich machen werde.«

»Das bedeutet ihnen alles.« Ein paar Plätze weiter sitzt mein Bruder Nico, und ich bemerke, dass er mich mit einem seltsamen Gesichtsausdruck mustert. »Was ist denn, Nico?«

»Alle freuen sich für dich«, erklärt er. »Ich möchte das auch, aber Himmel, Dee …« Sein Blick richtet sich auf Wyatt, der mit Nona und Abuela redet. »Der Typ ist wie eine tickende Zeitbombe.«

Gott sei Dank sind die Stühle zwischen uns im Moment leer, daher können wir unsere Unstimmigkeiten relativ unbemerkt austragen. »Nein, ist er nicht. Er ist gesünder als du.«

»Vielleicht jetzt, trotzdem … Schau, ich weiß, du willst das nicht hören, doch ich finde, es ist verrückt von dir, so ein Risiko einzugehen.«

»Danke für deine Meinung.«

»Dee, ehrlich. Was würdest du davon halten, wenn ich dir mitteile, dass ich mit jemandem eine Beziehung anfange, der ein rasch näher rückendes Ablaufdatum hat?«

»Ich würde erwidern, dass du dafür dankbar sein solltest, dass du jemanden gefunden hast, den du lieben kannst, der dich ebenfalls liebt, genau wie für jede Sekunde, die du mit ihr verbringen darfst. Sieh dir nur an, was Carmen erlebt hat, als Tony eines Tages als völlig gesunder Vierundzwanzigjähriger das Haus verlassen hat, um zu arbeiten, und nicht mehr heimgekommen ist. Glaubst du, sie bedauert die Zeit, in der sie mit ihm zusammen war, wegen der Art und Weise, wie es geendet hat?«

»Nein, aber trotzdem … Es ist was völlig anderes, sich schon in dem Wissen darauf einzulassen, dass es vermutlich nicht von Dauer sein wird.«

»Lass dir eins sagen, Nico. Ich habe Jahre mit dem falschen Mann verbracht, und weißt du, warum ich mir da sicher bin? Weil ich den richtigen gefunden hab. Ich möchte so lange wie möglich mit ihm zusammen sein und werde für jede Sekunde davon dankbar sein. Es ist schön, dass du dich um mich sorgst, doch du hast recht: Ich möchte es nicht hören.«

Maria setzt sich zu uns. »Worüber streitet ihr euch?«

»Nico passt es nicht, dass ich mit Wyatt zusammen bin.«

»Hey, das habe ich nie gesagt, sondern dass ich mir Sorgen mache, weil du dich auf so was einlässt.« Sein Ton wird sanfter. »Niemand von uns möchte, dass du noch einmal verletzt wirst, Dee.«

»Und das freut mich. Wirklich. Ich weiß genau, was ich da tue, und ich bin voller Zuversicht. Ich möchte einfach bloß, dass du dich für mich freust. Kannst du das tun?«

»Ich gebe mir Mühe.« Er sieht zu Wyatt, der über etwas lacht, was Onkel Vin ihm gerade erzählt. »Er scheint jedenfalls nett zu sein.«

»Er ist einfach großartig. Wenn er das nicht wäre, würde ich nicht so für ihn empfinden, wie ich es tue.«

»Du hast gesagt, was dich beschäftigt«, meint Maria zu unserem Bruder. »Jetzt lass es auf sich beruhen.«

Nico hebt abwehrend die Hände. »Hey, hasst mich nicht dafür, dass es mir nicht egal ist.«

»Niemand hasst dich«, entgegne ich. »Aber ich möchte nicht über drohendes Unheil reden. Ich bin glücklich. Oh, Wyatt hat übrigens angeboten, sich nachher Mommys Port genauer anzuschauen.«

»Das wäre super«, antwortet Maria. »Ich hätte gern eine Zweitmeinung.«

»Onkel Vin möchte noch mit mir reden, dann fahren wir gleich hin.«

»Was will Onkel Vin von dir?«, fragt Maria.

»Keine Ahnung.« Wir blicken Nico nach, der zu Sofia geht, die ihn mit einem Lächeln empfängt, wie ich es noch nie zuvor bei ihr gesehen habe. »Was ist denn da los?«

»Keine Ahnung, aber er sollte lieber keine Spielchen mit ihr spielen.«

Wir alle haben Sofia und ihren Sohn ins Herz geschlossen und empfinden einen starken Beschützerinstinkt für sie. Es war Nonas Idee, ihr einen Job im Restaurant anzubieten, und zusammen mit Abuela hat sie die alleinerziehende Mutter seither unter ihre Fittiche genommen.

»Lass uns das mal im Auge behalten«, sage ich zu Maria. Wir lieben unseren Bruder, aber wegen der Spur gebrochener

Herzen, die er hinter sich lässt, vertrauen wir nicht immer darauf, dass er das Richtige tut, was Frauen betrifft. Jedenfalls werden wir auf keinen Fall zulassen, dass Sofia sich in die Schar seiner Verflossenen einreiht.

Als ich Onkel Vin an die Bar treten sehe, beschließe ich, ihm zu folgen, und hoffe, dass wir schnell besprechen können, was er auf dem Herzen hat, damit ich mich wieder Wyatt widmen kann. »Ich bin gleich zurück«, teile ich Wyatt mit.

»Lass dir ruhig Zeit.«

Während der Rest der Familie im Aufbruch begriffen ist, nehme ich auf einem der Hocker an der Bar Platz.

Onkel Vin schenkt mir Eiswasser ein und gibt eine Zitronenscheibe dazu. »Danke, dass du noch bleibst.«

»Gerne. Worum geht's?«

»Ich hab nachgedacht. Na ja, Viv und ich haben zusammen nachgedacht, sollte ich wohl besser sagen.«

»Worüber denn?«

»Über unseren Ruhestand.«

»Ernsthaft?« Wenn man mich gefragt hätte, ob ich darauf wetten möchte, was er wohl mit mir besprechen will, wäre das nicht unter die Top 100 gekommen.

»Seit deine Mutter krank ist, sind wir alle sehr nachdenklich geworden, und uns ist aufgefallen, dass wir praktisch bloß noch für die Arbeit leben. Dabei gibt es andere Sachen, die wir gemeinsam unternehmen wollen, Reisen zu Orten, die wir uns ansehen wollen ... Carmen hat kein Interesse am Restaurant. Das wissen wir jetzt schon eine Weile, und es ist auch völlig in Ordnung. Sie muss ihren eigenen Weg gehen, aber wir haben beschlossen, jemanden zu suchen, der das Giordino's für uns führt, damit wir uns mal freinehmen können. Allerdings können wir uns nur dann wirklich entspannen und die Zeit genießen, wenn wir dem Betreffenden bedingungslos vertrauen.«

»Das klingt wirklich klasse.« Ich hab keinen Schimmer, warum er mir das erzählt. Möchte er meinen Rat, wer dafür geeignet wäre?

»Und als wir ernsthaft angefangen haben, darüber zu reden, wen wir uns auf diesem Posten vorstellen können, sind wir immer wieder bei dir gelandet.«

»Bei mir?« Ich muss ihn anschauen, als hielte ich ihn für übergeschnappt. »Warum ich?«

»Du hast einen betriebswirtschaftlichen Abschluss und hast jahrelang als Büroleiterin einer Arztpraxis gearbeitet ...«

»Das ist aber nicht das Gleiche, wie ein Restaurant dieser Größe zu führen.«

»Es ist Management, und damit bringst du Leitungserfahrung mit. Du kennst dich mit Personalführung aus. Den Rest können wir dir beibringen. Unser Plan ist, jetzt jemanden für den Job zu finden und einzuarbeiten und uns dann in einem halben Jahr oder so langsam Stück für Stück zurückzuziehen. Jedenfalls, wenn du das gern machen würdest, gehört die Stelle dir.« Er nennt mir ein sechsstelliges Jahresgehalt, bei dem mir der Mund offen stehen bleibt, außerdem sind drei Wochen bezahlter Urlaub dabei, eine großzügige betriebliche Altersvorsorge sowie Krankenversicherung. »Das ist unser Ernst, Dee. Wir brauchen jemanden auf diesem Posten, dem wir bedingungslos vertrauen können, und daher bieten wir ihn dir an.«

Meine Tante Vivian kommt zu ihm hinter die Bar. »Nach dem völlig verblüfften Gesichtsausdruck von Dee zu schließen, hast du ihr unseren Vorschlag unterbreitet.«

Vincent legt einen Arm um seine Frau. »Genau, und sie ist in der Tat verblüfft ... und überrumpelt.«

Ich bin außerdem den Tränen nahe. Dass sie bei dieser Sache an mich denken, ist mehr als überwältigend. »Ihr seid ... Ich hab keine Ahnung, was ich erwidern soll. Ich fühle mich so geehrt, dass ihr mir das zutraut.«

»Das sind nicht nur wir beide, Süße«, meint Viv. »Nona und Abuela halten es auch für eine ausgezeichnete Idee. Du arbeitest mit Unterbrechungen seit deinem sechzehnten Lebensjahr hier. Du kennst unsere Gäste, alle Abläufe, die Speisekarten, die besondere Atmosphäre unseres Restaurants und unsere Kultur. Kurz, du bist die perfekte Kandidatin.«

»Ich bin sprachlos. Als du gesagt hast, dass du mit mir reden willst ...« Ich wische mir eine Träne weg und suche weiter nach Worten, um meiner Tante und meinem Onkel zu erklären, was das für mich bedeutet.

»Wenn du noch etwas Bedenkzeit brauchst, verstehen wir das natürlich«, bemerkt Onkel Vincent.

»Nein, ich brauche überhaupt keine Bedenkzeit«, antworte ich lachend. »Ich kann mir nichts Schöneres vorstellen, als eure Geschäftsführerin zu sein, dieses Restaurant für euch zu leiten, damit ihr Zeit für euch habt und Sachen unternehmen könnt.« Ich rutsche vom Barhocker und gehe um die Theke herum, um sie beide zu umarmen. »Ihr habt gar keine Ahnung, wie dringend ich das hier gebraucht habe. Danke euch beiden, und ich verspreche euch, dass ihr es niemals bereuen werdet, mich gefragt zu haben.«

»Das wissen wir, Süße.« Vincent lässt die Arme sinken. »Du warst die Einzige, die wir in Erwägung gezogen haben. Wir sind erleichtert, dass du das machst, denn wir hatten keinerlei Plan B.«

»Was hat sie gesagt?«, will Nona wissen, während sie mit Abuela, Carmen, Jason, Maria, Austin, Everly und Wyatt zu uns kommt.

»Sie hat Ja gesagt!«, verkündet Vincent und reißt die Faust in die Luft.

Ich bin umgeben von aufgeregten Familienmitgliedern, die mich umarmen und mir gratulieren.

»Was habe ich verpasst?«, fragt Wyatt, als es ihm schließlich gelingt, zu mir durchzudringen.

»Meine Tante und mein Onkel haben mir das fabelhafte Angebot unterbreitet, Geschäftsführerin des Restaurants zu werden.«

»Wow!« Sein Gesicht strahlt auf. »Das ist fantastisch. Herzlichen Glückwunsch, Süße.« Er zieht mich an sich. »Das freut mich so für dich.«

»Danke. Ich werde es erst begreifen, wenn der Schock nachlässt.«

Carmen umarmt mich ebenfalls. »Du wirst das großartig machen. Als Mom und Dad mir erzählt haben, was sie sich überlegt haben, wusste ich nicht, für wen ich mich mehr freuen sollte, für sie oder für dich.«

»Danke, dass ihr mir das zutraut.« Ich bin mir vollumfänglich bewusst, dass das Restaurant Carmens Erbe ist, selbst wenn wir das Gefühl haben, dass es uns allen gehört. Sie versucht schon eine ganze Weile lang, ihre Eltern dazu zu bewegen, weniger zu arbeiten und mehr Spaß zu haben.

Vincent schenkt allen Champagner ein. »Euch ist klar, was das bedeutet, meine Damen«, wendet er sich an Nona und Abuela. »Wir haben eine Abmachung.«

»Was für eine Abmachung?«, erkundigt sich Carmen.

»Als wir Abuela und Nona in unseren Plan eingeweiht haben, Dee zu bitten, die Geschäftsführung zu übernehmen, haben sie für den Fall von Dees Zusage versprochen, dass auch sie ihr Arbeitspensum zurückschrauben, damit sie endlich dazu kommen, all das zu tun, was sie schon immer tun wollten, aus Zeitmangel aber aufgeschoben haben.«

»Ich hab keine Ahnung, was ich mit mir anfangen soll, wenn ich nicht arbeite«, erklärt Abuela mit gerunzelter Stirn.

»Findest du nicht, dass es höchste Zeit ist, das herauszufinden?«, fragt Carmen sie.

Abuela zuckt die Achseln und wirkt niedergeschlagen, woraufhin alle sie mit jeder Menge Vorschläge überschütten.

»Vielleicht ist es an der Zeit, den armen Mr Muñoz von C32 zu erhören«, schlage ich vor.

»Vergiss es«, entgegnet Abuela scharf, während alle anderen lachen müssen. »Das Letzte, was ich brauche, ist ein alter Mann, den ich versorgen muss.«

»Vielleicht würde er ja dich versorgen«, gibt Carmen zu bedenken.

Abuela runzelt finster die Stirn und möchte eindeutig nicht darüber sprechen. »Quatsch.«

»Und was ist mit dir, Nona?«, will Maria wissen.

»Ich werde Flugstunden nehmen.«

Vincent starrt seine Mutter an. »Bitte?«

»Du hast mich gehört. Ich wollte schon immer fliegen lernen, und wenn ich mehr Zeit habe, dann ist das genau das, was ich tun möchte.«

»Moment mal«, erhebt Vincent Einwände.

Über seine Reaktion müssen wir ebenfalls lachen.

Nona erwidert den vorwurfsvollen Blick ihres Sohnes ungerührt. »Du bist nicht mein Boss, und du hast selbst gesagt, dass wir weniger arbeiten und mehr Zeit für das Leben haben sollen. Ich habe mich schon erkundigt und herausgefunden, dass es eine ausgezeichnete Flugschule am Miami Airport gibt. Ich hab bereits angerufen.«

»Ich hasse es, dass ich das jetzt ausspreche«, beginnt Jason zögernd, »aber könnte es sein, dass du die Altersgrenze für den Erwerb einer Lizenz überschritten hast?«

Nona wirft ihm einen vernichtenden Blick zu. »Willst du damit andeuten, ich sei alt, junger Mann?«

Er schluckt trocken. »Nicht im Geringsten, Ma'am.«

Lächelnd antwortet sie: »Es gibt keine Altersgrenze für Privatpiloten, solange meine Augen gut genug sind und ich alle

Sinne beieinanderhabe, was eindeutig der Fall ist. Mein Vater war Pilot, und wir hatten immer den Plan, dass er es mir beibringt, doch dann ist er gestorben, bevor er das tun konnte. Auf diese Weise kann ich den Kreis schließen, finde ich. Irgendwie mache ich es auch für ihn.«

»Das ist großartig, Nona«, erklärt Carmen. »Ich bin so aufgeregt für dich. Ist das nicht super, Dad?«

Vincent runzelt die Stirn, nickt aber leicht. »Ich würde mich besser fühlen, wenn du nicht ganz allein dort oben unterwegs wärst, Mama.«

»Sorg dich nicht um mich. Ich krieg das hin.«

Sie ist so begeistert von ihrem Plan, dass ich mich einfach mit ihr freuen muss.

»Vielleicht probiere ich auch mal Fallschirmspringen aus, wenn ich sowieso am Flughafen bin.«

»Nona!«

Sie bricht in Gelächter aus, entzückt, dass wir ihr auf den Leim gegangen sind.

Carmen, Maria und ich finden uns ein bisschen abseits des größten Getümmels wieder.

»Habt ihr irgendwas über Marcus gehört?«, frage ich leise.

»Ich glaube, er ist in einer Entzugsklinik«, flüstert Maria.

Das erschüttert mich. »Was für ein Entzug denn?«

»Alkohol.«

»Ernsthaft? Seit wann?«

»Nach dem, was mir zugetragen wurde, geht es wohl schon eine ganze Weile. Offenbar war er praktisch bis zur Besinnungslosigkeit betrunken, als er sie geheiratet hat, und kann sich an nichts mehr erinnern.«

»Komm schon«, erwidert Carmen. »Ist das die Wahrheit oder das, was er den Leuten weismachen will?«

»Ich hab ein bisschen nachgeforscht und hab von zwei engen Freunden erfahren, dass er schon länger Alkoholprobleme hat.«

Das ist echt schockierend für mich. »Wie kann es sein, dass ich davon nichts gemerkt habe?«

»Ihr habt eine ganze Weile eine Wochenendbeziehung gehabt«, erinnert mich Maria.

»Trotzdem, er ist doch in New York gewesen und hat mehrere Tage am Stück mit mir verbracht, und da hat er nie übermäßig getrunken.«

»Vermutlich hat er sich große Mühe gegeben, es in deiner Anwesenheit irgendwie unter Kontrolle zu halten, und schließlich ist es ja auch nicht so gewesen, dass seine Freunde ihn bei dir verpetzt und dir brühwarm erzählt haben, was hier los war, während du in New York warst.«

»Dass ich in New York geblieben bin, als er wieder nach Hause gezogen ist, hat alles ruiniert.«

»Lass das«, verlangt Carmen energisch. »Vielleicht hat es ihn etwas gestresst, aber du trägst keine Verantwortung dafür, dass er Alkoholiker geworden ist.«

Das mag stimmen, trotzdem nimmt es mich mit, was mit ihm passiert ist. Aus dem Augenwinkel sehe ich, dass Nico mit Sofia spricht, die auf ihren Einsatz als Kellnerin wartet. Er lächelt, und ihr Gesicht ist gerötet, als sei ihr zu heiß … oder vor Verlegenheit. Wie ich Nico kenne, ist es vermutlich Letzteres. Ich stoße Maria an und deutete mit dem Kinn zu den beiden. »Was macht er da?«

»Weiß ich nicht, doch es gefällt mir nicht.«

»Mir auch nicht«, pflichtet Carmen uns bei, als sie mitkriegt, worüber wir reden. »Sofia ist so lieb, und ich werde nicht zulassen, dass er seinen üblichen Mist bei ihr abzieht.« Sie beobachtet die beiden einen Moment. »Ich kümmere mich darum«, verkündet sie. »Es ist vermutlich besser, wenn es von mir kommt, denn ich bin ja nicht seine Schwester.«

»Lass uns wissen, was er zu seiner Verteidigung zu sagen hat.«

»Und was, wenn …?« Marias unvollendete Frage hängt in der Luft.

»Was ›was, wenn‹?«, hake ich nach.

»Was, wenn sie wirklich was für ihn empfindet und seine Aufmerksamkeiten begrüßt?«

»Wenn sie ihn mag, kennt sie ihn nicht gut genug.« Ich hab sofort Schuldgefühle wegen dieses harten Urteils über meinen eigenen Bruder, aber seine Bilanz in Bezug auf Frauen ist furchtbar. »Und ja, ich fühle mich schrecklich, weil ich so was sage.«

»Es ist nun mal die Wahrheit«, pflichtet mir Maria schonungslos bei. »Ich würde ihn meiner schlimmsten Feindin nicht wünschen.«

»Vielleicht können wir ihn mit der Schlampe verkuppeln, um ihn von Sofia wegzulocken«, meint Carmen, woraufhin wir alle drei so lachen, dass wir uns aneinander festhalten müssen.

Als wir uns schließlich beruhigt haben, merke ich, dass Wyatt mich beobachtet, und er hat einen Ausdruck in den Augen, als freue es ihn, zu sehen, dass ich Spaß habe.

Kurze Zeit später verlassen wir das Restaurant und machen uns auf den Weg zu meinen Eltern, um ihnen die Neuigkeiten zu berichten und damit Wyatt, wenn meine Mutter nichts dagegen hat, mal einen Blick auf den Port werfen kann, der ihr Probleme bereitet. Ich bin nervös, wenn ich daran denke, dass sie seine Geschichte hören werden. Obwohl, so wie ich meine Familie kenne, hat schon eine meiner Tanten bei ihnen angerufen und sie umfassend informiert.

»Vielleicht wissen meine Eltern bereits Bescheid«, sage ich daher zu ihm, als wir an einer roten Ampel auf der Calle Ocho anhalten. »Nachrichten verbreiten sich in unserer Familie wie ein Lauffeuer.«

Er drückt meine Hand. »Das ist in Ordnung, kein Problem.«

Ich liebe es, dass er mich so oft berührt, sogar wenn wir bloß Auto fahren.

»Hast du schon darüber nachgedacht, ob du mit mir nach Phoenix fliegen und dann hierher zurückfahren kannst?«

»Das würde ich wirklich gerne tun. Mein Onkel und ich haben uns darauf geeinigt, dass ich nächsten Monat anfange. Er hat gemeint, sie müssten noch ein paar Sachen klären, aber wir würden nächste Woche mit der Einarbeitung beginnen.«

»Das funktioniert, da ich bei meinem derzeitigen Job zwei Wochen Kündigungsfrist habe. Kannst du einen Ersatz für deine Schichten im Restaurant finden, damit du mich begleiten kannst?«

»Ich kann nicht am selben Tag wie du hier weg, allerdings kann ich es sicher so einrichten, dass ich nachkomme und dir beim Packen helfe. Auf jeden Fall bin ich dann auf der Rückfahrt nach Miami dabei.«

»Das bedeutet ja, dass ich mehrere Tage ohne dich leben muss. Wie soll ich das denn schaffen?«

»Wir können ja über FaceTime reden und telefonieren.«

»Ja, schon. Aber merkst du, was du binnen drei Tagen mit mir angestellt hast? Der Gedanke, zwei Wochen ohne dich leben zu müssen, stürzt mich in tiefste Verzweiflung.«

»Übertreib nicht so schamlos«, erwidere ich und lache, selbst wenn mein Herz bei seinen Worten schneller klopft.

»Ich übertreibe doch gar nicht. Das ist mein Ernst. Du wirst mir fehlen.«

»Du mir auch. Hoffentlich wird es nicht so lange sein müssen.«

»Vermutlich beschreie ich das mit dem Job ohnehin, indem ich Pläne mache, bevor ich die Stelle überhaupt hab.«

»Die bekommst du, keine Sorge. Sie müssten schon völlig übergeschnappt sein, wenn sie dich nicht nehmen.«

»Es ist gut möglich, dass sie die gleichen Befürchtungen wegen meines Verfallsdatums hegen wie du. Ich gebe mich keiner Illusion hin, dass sie das mit meiner Herztransplantation nicht bereits herausgefunden haben.«

»Zunächst mal, ich hege nicht die geringsten Befürchtungen wegen deines ›Verfallsdatums‹. Ich glaube zufällig fest daran, dass du ein verschrobener alter Mann wirst, der mich in den Wahnsinn treibt, indem er mich in der Hoffnung durchs Haus jagt, einen Glückstreffer zu landen.«

»Wirst du denn immer noch von mir gejagt werden wollen, wenn ich alt und verschroben bin?«

»Unbedingt.«

»Du gibst mir die Hoffnung, dass es tatsächlich klappt.«

»Wir müssen einfach dran glauben. Meine Mom hat eine Menge Selbsthilferatgeber gelesen, seit sie so krank geworden ist, und die eine Sache, die sie uns daraus immer wieder zitiert, ist, dass wir uns eine positive Einstellung bewahren müssen, denn um ganz gesund zu werden, ist eine optimistische Sicht aufs Leben mindestens so wichtig wie die medizinische Behandlung.«

»Da hat sie recht. Das erlebe ich ganz oft bei meiner Arbeit. Patienten, die sich ihren Optimismus bewahren und immer weiterkämpfen, sind in der Regel die, die am längsten überleben. Das macht einen Riesenunterschied.« Er hält kurz inne, bevor er hinzufügt: »Es freut mich wirklich, dass du so fest daran glaubst, dass alles gut wird, solange wir uns die positive Einstellung bewahren.«

Ich wende den Blick von der Straße und schaue ihn an. »Aber?«

»Die Fakten und die Wahrscheinlichkeit bleiben immer gleich, egal, wie sehr wir an Wunder glauben. Wir brauchen die Hoffnung, müssen aber gleichzeitig realistisch bleiben.«

»Das können wir doch tun, oder?«

»Wir können es auf jeden Fall versuchen.«

»Ich weigere mich, mir den Kopf darüber zu zerbrechen, was vielleicht irgendwann mal in ferner Zukunft passieren könnte.«

»Und das macht dich zu einer ganz besonderen Frau, Süße.«

»Ich bin ziemlich einzigartig, und hast du schon gehört, dass ich Geschäftsführerin eines der beliebtesten Restaurants von Miami werde?«

»Ja, davon habe ich am Rande was mitbekommen, und ich könnte nicht stolzer auf dich sein.«

»Ich hab keine Ahnung, was mich erwartet, aber Vincent und Vivian haben mir fest versprochen, mir alles beizubringen, was ich wissen muss. Außerdem werden sie immer in Reichweite sein, wenn ich sie brauche. Es ist nur einfach so irre, dass sie mich gefragt haben.«

»Nein, ist es gar nicht. Sie haben etwas in dir gesehen, was sie brauchen, nicht bloß die Loyalität aufgrund eurer Verwandtschaft, sondern eine praktisch veranlagte, vernünftige, tatkräftige und bestens ausgebildete junge Frau, die weiß, was sie tut, und problemlos die Zügel von ihnen übernehmen kann, ohne die Sache in den Graben zu setzen.«

»Wow, wenn du das so sagst, klinge ich echt wundervoll.«

Er presst seine Lippen auf meinen Handrücken. »Du *bist* wundervoll, und alle wissen das, ganz besonders jedoch ich.«

»Dieses Wochenende hat schrecklich begonnen und sich in eines der besten meines Lebens verwandelt.«

»Für mich auch, nur hat es nicht so schlimm angefangen wie deins.«

»Ich hab heute was über Marcus' Zustand erfahren.« Ich zögere keinen Moment, mit ihm über meinen Ex zu sprechen. Es ist so leicht, mit Wyatt über alles zu reden, und so war es von Anfang an. Wir haben uns bei der Hochzeit über so viele verschiedene Themen unterhalten und uns so super verstanden, dass ich nicht gezögert habe, seine Einladung anzunehmen, danach noch Zeit mit ihm zu verbringen.

»Was denn?«

Ich berichte ihm, was Maria herausgefunden hat. »Wie kann er Alkoholiker gewesen sein, ohne dass ich davon auch nur das Geringste mitbekommen habe?«

»Ich habe schon von ein paar Fällen gehört, bei denen selbst der Ehepartner nicht wusste, dass der oder die andere insgeheim alkoholkrank war.«

»Wirklich? Das ist möglich?«

»Sicher. Die Leute setzen alle Hebel in Bewegung, um Suchterkrankungen vor ihren Lieben geheim zu halten.«

»Ich hasse es, dass es ihm schlecht ging und ich nichts davon mitbekommen hab.«

»Er hat beschlossen, es vor dir zu verbergen, Dee. Es gibt vermutlich nichts, was du hättest tun können.«

»Ich hätte nach Hause ziehen können.«

»Warum hast du es nicht getan?«

»Maria würde dir wortreich erklären, dass es keinen besseren Ort auf der Welt gibt als Miami, und da stimme ich ihr durchaus zu, bloß hatte ich diesen … Ich weiß nicht, wie ich das am besten beschreiben soll, außer dass es ein brennendes Verlangen war, eine Weile woanders zu leben, bevor ich mich niederlasse, heirate und eine Familie gründe. Darum habe ich mich auch nur an Colleges in New York und Boston beworben. Marcus und ich waren da gerade frisch zusammen, und er ist meinem Beispiel gefolgt, um bei mir zu sein. Alle hier fanden, dass ich verrückt sei, weil ich so weit von zu Hause weggehen wollte, aber ich habe es gebraucht.«

»Du wolltest ein bisschen Abenteuer in deinem Leben.«

»Ja«, sage ich mit einem Seufzen, erleichtert, dass er es versteht. »Wenn mein Cousin Dom, der zu dem Zeitpunkt schon ein Jahr dort lebte, davon erzählt hat, klang es nach einem

Riesenspaß, und für ihn ist es das auch, denn er verdient sich dumm und dämlich bei einer Firma für Medizinbedarf.«

»Aber du fandest es nicht so schön?«

»Nach dem College eigentlich nicht mehr so sehr. Das Leben in New York City ist anstrengend. Es ist unglaublich teuer, und die Stadt ist überfüllt, und selbst die einfachsten Dinge, wie Lebensmittel einzukaufen, sind kompliziert. Ich hab gerade genug verdient, um die Hälfte der Miete zu zahlen, daher hatte ich auch gar nicht genug Geld, um dauernd in irgendwelche Shows zu gehen, Konzerte oder Museen zu besuchen. Immerhin kann ich von mir behaupten, dass ich es ausprobiert hab.«

»Das ist ja auch was, besonders wenn man so eng mit der eigenen Familie verbunden ist.«

»Anfangs hatte ich furchtbar Heimweh, sodass es kaum Spaß gemacht hat. Alle hier haben mir so unfassbar gefehlt.«

»Mir fällt auf, dass du sagst, sie hätten dir gefehlt, aber Marcus dabei nicht erwähnst.«

»Doch, er hat mir gefehlt. Natürlich hat er das.« Ich seufze und füge hinzu: »Nur eben nicht so sehr wie die andern.«

»Interessant.«

Stimmt. Ich kann mich noch lebhaft daran erinnern, wie ich mich nach meiner Familie gesehnt habe, besonders sonntags, wenn sich alle zum Brunch trafen, und obwohl ich Marcus eindeutig vermisst habe, nachdem er zurück nach Miami gezogen ist, war es nicht so schlimm wie bei den andern. Und ich hab auch nie so darüber nachgedacht, wie ich es jetzt tue. Mir ist bereits klar, dass ich niemals zufrieden sein könnte, wenn ich nicht dauerhaft in Wyatts Nähe bin. Jetzt, wo ich weiß, dass es ihn gibt, möchte ich unbedingt jede Sekunde mit ihm verbringen.

Das ist in der Tat sehr interessant. Vielleicht hat Marcus uns beiden einen Gefallen getan, indem er unsere Beziehung hat platzen lassen, weil er uns beiden damit die Chance verschafft hat, was Besseres zu finden.

Als wir zum Haus meiner Eltern kommen, parke ich hinter dem silbergrauen Toyota meines Bruders Milo. »Milo ist hier, den siehst du also auch gleich wieder.«

»Großartig.«

Er folgt mir in die Küche. Mein Dad und mein Bruder sitzen am Tisch, spielen Domino und trinken dazu Kaffee. »Onkel Vin hat uns Reste vom Brunch mitgegeben.« Ich verstaue die Schachteln aus dem Restaurant im Kühlschrank.

»Danke, Süße«, erwidert mein Vater, dem ich zur Begrüßung einen Kuss auf die Wange gebe.

»Wyatt, bei der Hochzeit hast du ja bereits meinen Vater Lorenzo und meinen Bruder Milo kennengelernt.«

Er schüttelt beiden die Hand. »Schön, dass man sich wiedertrifft.«

»Gleichfalls.« Mein Dad unterzieht Wyatt einer genauen Musterung. »Hab gehört, ihr beide habt beim Familienessen ganz schön für Aufsehen gesorgt.«

»Ich hab dir ja gesagt, dass sie es bereits wissen«, wende ich mich an Wyatt.

Wyatt lächelt mich an und gibt mir damit zu verstehen, dass es ihn nicht stört.

»Du hattest eine Herztransplantation«, stellt Milo fest. »Das ist krass.«

»Ja, vor allem wenn man selbst derjenige ist, dem der Brustkasten aufgesägt wird.«

»Autsch«, meint Milo.

»Jedenfalls war es nicht der größte Spaß, den ich je hatte.«

»Sie haben auch gesagt …«, Dad schaut von mir zu Wyatt, »dass es nicht ewig gut gehen wird.«

»Das stimmt, aber bislang läuft für mich seit siebzehn Jahren alles bestens.«

»Wo ist Mommy?« Ich hab keine Lust, Wyatts Gesundheitszustand und seine Prognose noch einmal durchzukauen. Davon hatten wir heute schon mehr als genug.

»Sie ist im Wohnzimmer und guckt Nachrichten.«

»Ist es inzwischen besser?«

»Eher nicht«, antwortet Dad.

Er wirkt erschöpft und blass. Die Krankheit meiner Mutter fordert auch von ihm ihren Tribut.

»Wyatt hat gesagt, er würde sich den Port näher ansehen, wenn sie das möchte. Er ist ja Arzt.«

»Dann gucken wir mal, was sie von der Idee hält.«

Ich muss nur einen Blick auf meine Mutter werfen, um zu erkennen, dass sie Fieber hat. Ihre Augen glänzen, und ihre Wangen sind gerötet. »Mom, mein Freund Wyatt von Carmens Hochzeit ist da. Er ist Arzt und würde sich gerne mal deinen Port anschauen, wenn du magst. Wyatt, meine Mutter Elena hast du ja schon bei der Hochzeit kennengelernt.«

Meine Mom lächelt über die Vorstellung. »Hallo, Süße.«

Ich küsse auch sie auf die Wange und erschrecke, als ich merke, wie warm sie sich anfühlt. »Hallo, Mommy.«

»Wenn dein attraktiver junger Arzt mich untersuchen will, werde ich nicht Nein sagen.« Sie knöpft ihre Bluse auf und zieht sie über die Schulter nach unten, sodass der Port frei ist.

»Wie lange ist es schon gerötet und angeschwollen?«, frage ich sie.

»Seit Freitag. Der Arzt hat mir Antibiotika gegeben, doch die scheinen nichts zu nützen.«

Wyatt nimmt alles gründlich in Augenschein, dann lehnt er sich zurück, um besser mit ihr reden zu können. »Ich glaube, Sie sollten lieber ins Krankenhaus fahren, Elena. Der Port ist entzündet, und vielleicht brauchen Sie eine intravenöse Antibiotika-Gabe.«

Sie stöhnt bei dem Gedanken, wieder ins Krankenhaus zu müssen.

»Tut mir leid, wenn ich der Überbringer schlechter Nachrichten bin, aber Sie sollten das nicht aus dem Ruder laufen lassen. Infektionen sind riskant.«

Das tiefe Seufzen meiner Mutter sagt alles. »Wenn Sie meinen, dass es so ernst ist, dann muss ich wohl.«

Sie möchte vorher noch duschen, daher helfe ich ihr dabei, muss währenddessen Tränen zurückblinzeln, wie immer beim Anblick der Operationsnarben, der blauen Flecken und ihres vom Gewichtsverlust gezeichneten Körpers, alles Spuren ihrer Krankheit. Ich bemühe mich, sie mit unbekümmerten Gesprächen abzulenken, während ich ihr in die locker sitzende Jogginghose helfe und mich darauf konzentriere, trotz des jüngsten Rückschlags gelassene Zuversicht zu verbreiten.

»Dein Wyatt ist atemberaubend«, flüstert sie mir zu, obwohl niemand da ist, der sie hören könnte.

»Finde ich auch.«

»Wir müssen reden.«

»Ich weiß, doch nicht jetzt, okay? Bringen wir dich erst mal in die Notaufnahme, um zu klären, was vorliegt, damit wir dich dann so schnell wie möglich wieder mit nach Hause nehmen können.«

Mein Dad besteht darauf, selbst zu fahren, daher folgen Wyatt und ich ihnen in meinem Auto zum Miami-Dade. Auf der Fahrt dorthin rufe ich Jason an, um ihn zu fragen, ob er irgendjemanden in der Notaufnahme kennt, der dafür sorgen kann, dass meine Mom nicht stundenlang in einem Raum mit lauter kranken Leuten warten muss.

»Ich ruf mal an und melde mich dann bei dir«, antwortet er.

»Ganz vielen Dank.«

»Gute Idee, ein paar Strippen zu ziehen«, meint Wyatt. »Ihr Immunsystem ist von der Behandlung geschwächt.«

»Ich finde es so schlimm, dass jetzt auch das noch dazukommt, obwohl sie schon so viele Rückschläge verkraften musste.«

»Ja, eine Krebsbehandlung ist leider voll davon. Im Grunde genommen sind das ganz viele Behandlungen, meine eigene übrigens auch. Ein Schritt vor, dann zwei zurück, bis es nicht weiter zurückging und nur noch die Liste für ein Spenderorgan blieb.«

»Was wird jetzt deiner Ansicht nach mit meiner Mom passieren?«

»Sie werden ihr ein Breitbandantibiotikum verabreichen.«

»Und wenn das nicht wirkt?«

»Dann müssen sie vielleicht den Port entfernen und einen neuen einsetzen, nachdem die Entzündung abgeheilt ist.«

Mir sinkt das Herz. Das heißt: zwei weitere Operationen.

»Aber das wird nur sehr selten nötig. Versuch, dich deswegen nicht aufzuregen, bis es so weit ist.«

Gott sei Dank hat er angeboten zu fahren, weil ich durch meine Tränen hindurch nichts sehen kann.

Seine Hand liegt auf meiner und spendet Trost.

»Ich hasse es, dass ich dich an deinem freien Tag ins Krankenhaus schleppe«, sage ich. »Wenn du also nicht mitwillst ...«

»Ich bleibe bei dir. Alles ist gut.«

»Das ist es nur, weil du hier bei mir bist.«

»Ich wäre auch nirgendwo anders lieber.«

»Es war bloß so herzzerreißend eben ... Ihr beim Duschen zu helfen.« Ich wische mir die Tränen weg, die mir über die Wangen laufen. »Es war ihr so unangenehm, dass sie meine Hilfe gebraucht hat.«

»Ich kann mich noch gut daran erinnern, wie es für mich war. Ich war zwölf oder dreizehn, und mein Dad hat mir im Krankenhaus geholfen, und ich hab gedacht, ich sterbe vor Verlegenheit. Weißt du, was er gesagt hat?«

»Was denn?«

»Dass er und ich die gleichen Körperteile haben und es mir daher nicht peinlich sein muss, wenn er mich so sieht. Ich müsse mir einfach vorstellen, dass wir Männer in der Umkleide beim Sport sind, die das tun, was Kerle eben tun.«

»Das ist so süß. Er wusste, was du hören musstest.«

»Stimmt. Danach war es nicht mehr so furchtbar. Jedenfalls besser er als meine Mom.«

Ich lache über die Grimasse, die er am Ende des Satzes nachschiebt. »Das glaub ich gern.«

»Jedenfalls – als jemand, der bereits da gewesen ist, wo sich deine Mutter jetzt befindet, lass mich dir versichern, man freut sich über die Unterstützung, selbst wenn man sich wünscht, man bräuchte sie nicht. Euch alle um sich zu haben, während sie das durchmacht, ist eine Riesenhilfe, so schwer es euch auch fällt.«

»Ich bin so dankbar, dass ich für sie da sein kann und für Dad, um es ihnen ein wenig zu erleichtern. Dad ist so traurig und verzweifelt über ihre Erkrankung, dass er weint, wenn es ihr schlecht geht. Daher ist es ebenfalls Teil unserer Aufgabe, ihn beschäftigt zu halten. Nico und Milo fahren mindestens einmal die Woche mit ihm zum Golfen, und ich hoffe, dass ich ihn bald mal zum Angeln entführen kann. Er möchte nicht schlecht erreichbar sein, daher haben wir das bisher gelassen. Und Onkel Vin hat vor, ihn im Sommer zu ein paar Spielen von Austin mitzunehmen. Wir tun alle, was in unserer Macht steht.«

»Deine Eltern haben großes Glück, dass so viele Leute da sind, die sich um sie kümmern. Glaub es oder nicht, eines Tages, wenn deine Mutter wieder ganz gesund ist, werdet ihr auf diese schwierige Zeit zurückblicken, und sie wird euch im Großen und Ganzen nicht mehr als solche Katastrophe erscheinen.«

»Auf den Tag freue ich mich schon. Glaubst du wirklich, meine Mutter wird sich vollständig erholen?«

»Das kann man nie mit Sicherheit sagen, aber jemand sehr Kluges und Weises hat mir versichert, wir müssten einfach eine positive Einstellung bewahren und auf das Beste hoffen.«

Ich lächle ihn an, was so was wie ein Wunder ist, wenn man bedenkt, wie grässlich ich mich noch vor nur einer Minute gefühlt habe. »Sie muss sehr klug und weise sein.«

»Eine von den klügsten und weisesten Frauen, die ich je getroffen habe.«

»Das stimmt ja gar nicht.«

»O doch. Sie weckt in mir den Glauben, dass alles möglich ist – sogar Dinge, die ich für unmöglich gehalten habe.«

»Und du sorgst dafür, dass ich mir weniger Sorgen mache, als es der Fall wäre, wenn du nicht hier wärst, um mir zu sagen, dass meine Mutter gesund wird.«

»Es ist schwierig, Ruhe zu bewahren, wenn man Rückschläge erleidet, aber meine Therapeutin hat mir damals erklärt, dass jeder Rückschlag aufs Ganze betrachtet im Grunde genommen ein Schritt nach vorne ist. Ich hab eine Weile gebraucht, um das zu begreifen, aber im Nachhinein erkenne ich, dass sie recht hatte.«

»Es muss für deine Patienten so hilfreich sein, dass du dich in sie hineinversetzen kannst.«

»Ich glaube auch, dass das gut ist. Dass ich aus eigener Erfahrung weiß, wie es einem geht, führt dazu, dass sie sich ganz anders verstanden fühlen. Irgendwann mal möchte ich ein Buch über meinen Weg vom Transplantationspatienten zum Herzchirurgen schreiben.«

»Das solltest du unbedingt. Es wäre bestimmt eine großartige Geschichte.«

»Das steht auf jeden Fall auf meiner Löffelliste.«

Als wir auf den Krankenhausparkplatz abbiegen, ruft mich Jason auf dem Handy zurück. »Hey, frag nach Dr. Simmons, dann holt er euch gleich rein. Er hat auch den für deine Mutter zuständigen Onkologen benachrichtigt, dass ihr auf dem Weg seid.«

»Danke, Jason.«

»Haltet uns auf dem Laufenden, okay?«

»Klar.«

Dr. Simmons nimmt Mom direkt mit in ein Behandlungszimmer, untersucht die Stelle um den Port und verordnet eine Infusion mit Antibiotika. Wir schicken Dad in die Cafeteria, damit er für alle Kaffee holt und damit er was anderes zu tun hat, als sich wegen Mom verrückt zu machen. Milo begleitet ihn.

»Danke, dass du ihn losgeschickt hast«, meint Mom, als sie, Wyatt und ich allein sind. »Von seiner Sorge werde ich ganz nervös.«

»Es ist einfach schwer für ihn, mit anzusehen, wie Sie leiden«, stellt Wyatt fest. »Ich erinnere mich noch, wie es mit meinen Eltern war, als ich krank war. Manchmal hatte ich das Gefühl, dass es für sie schwieriger war als für mich.«

Mom betrachtet ihn mit neuem Respekt. »Eine Herztransplantation, ja? Das sticht Brustkrebs um Längen.«

Wyatt lacht. »Das ist doch kein Wettbewerb. Irgendwie ist alles gleich furchtbar.«

Sie klopft neben sich auf die Behandlungsliege. »Kommen Sie, und setzen Sie sich zu mir.«

Er schaut kurz zu mir, bevor er der Einladung folgt.

Sie nimmt seine Hand. »Sie wirken wie ein furchtbar netter junger Mann.«

»Oh, danke. Freut mich.«

»Meine Dee ... Sie ist ein ganz besonderer Mensch.«

»Ja, ich weiß. Ich finde sie wunderbar.« Er beugt sich vor und fügt hinzu: »Und so verflixt hübsch.«

Mom muss so breit lächeln, wie ich sie nicht mehr hab lächeln sehen, seit dieser Albtraum begonnen hat. »Ich weiß, ich bin voreingenommen, aber ich bin der Ansicht, dass meine Töchter die hübschesten Mädchen überhaupt sind.«

»Da werden Sie keinen Widerspruch von mir hören«, erwidert er und zwinkert mir zu.

Ich schmelze dahin.

»Ich möchte Ihnen etwas sagen«, beginnt sie und hält weiter seine Hand. »Bevor ich krank wurde, hätte ich Dee vermutlich geraten, sich nicht auf das Risiko mit Ihnen einzulassen. Die Chancen stehen nicht so toll für Sie, richtig?«

»Das stimmt. Ich hab die durchschnittliche Überlebensdauer bereits um ungefähr sechs Jahre überschritten.«

»Aber es geht Ihnen gut?«

»Ich fühle mich fantastisch, vor allem seit ich Dee kennengelernt habe.«

»So krank zu sein … Es verändert die Sicht auf die Dinge. War das bei Ihnen auch so?«

»Ja, absolut. Man hat eine neue Wertschätzung für jeden guten Tag.«

»Das wollte ich auch gerade sagen. Und ich möchte, dass Sie jeden guten Tag genießen, den Sie mit meiner Dee noch haben.«

»Genau das haben wir vor.«

Als er seine freie Hand zu mir ausstreckt, ergreife ich sie, während ich darum ringe, nicht erneut in Tränen auszubrechen.

»Dee hat mich davon überzeugt, dass ich erleben muss, wie es ist, wenn man liebt.«

»Und, wie ist es bislang?«, will Mom von ihm wissen.

Er schaut mich an, als er antwortet: »Es ist das beste Gefühl, das ich je hatte.«

KAPITEL 13

Dee

Mein Dad bestärkt uns darin, nach Hause zu fahren, weil es eine Weile dauern wird, bis sich zeigt, ob die Antibiotika wie gewünscht wirken. Maria, Nico und Milo sind bei uns, doch auch mit vereinten Kräften können wir Dad nicht überreden, mit uns zu kommen, daher brechen wir auf, nachdem wir ihm das Versprechen abgenommen haben, uns über Moms Zustand auf dem Laufenden zu halten.

Wir treten hinaus in den spätnachmittäglichen Sonnenschein, der so hell ist, dass es mir nach dem künstlichen Licht im Krankenhaus in den Augen wehtut.

Meine Geschwister und ich sind fix und fertig, während wir versuchen, einen weiteren Rückschlag bei der Genesung meiner Mutter zu verkraften.

»Es wird alles gut werden«, versichert uns Wyatt. »Portinfektionen treten wesentlich häufiger auf, als man gemeinhin glauben würde. Die Antibiotika wirken in den allermeisten Fällen gut, daher besteht kein Grund zu übermäßiger Sorge.«

Ich merke, dass seine Worte den anderen viel bedeuten. Sogar Maria hilft es, die ja selbst Krankenschwester ist. Aber manchmal fällt es ihr schwer, auf ihr Fachwissen und ihre berufliche Erfahrung zurückzugreifen, weil sie gefühlsmäßig so tief drinhängt.

»Hat vielleicht jemand Lust auf Pizza oder so?«, schlägt Milo vor.

Die andern sind sofort einverstanden, und wir einigen uns auf Crust, weil der Laden nahe bei unserem Zuhause liegt. Ich möchte eigentlich nicht hin, überlasse die Entscheidung jedoch Wyatt.

»Du kennst mich, Babe. Ich kann immer essen.«

»Also sind wir bereits bei ›Babe‹?«, erkundigt sich Nico.

Wyatt zuckt nicht mal mit einer Wimper, als er antwortet: »Jap.«

»GDNA, Nico.« Ich benutze Nonas Lieblingsabkürzung aus unserer Kinderzeit, als wir uns ständig gegenseitig in die Angelegenheiten der anderen eingemischt haben. Manches ändert sich einfach nie.

»Hey, ich frag ja nur«, erwidert Nico leicht gekränkt.

»Kein Ding, Mann.« Wyatt legt einen Arm um mich. »Ich liebe deine Schwester. Wir sind zusammen. Ist nicht besonders kompliziert.«

Es ist nicht leicht, Nico zum Schweigen zu bringen, aber Wyatt gelingt das mühelos.

Maria wirft mir einen Blick zu, der mir verrät, dass sie das Gleiche denkt wie ich.

Wir machen uns auf den Weg zu unseren Autos, und Wyatt hält mir die Beifahrertür auf.

Als ich drinsitze, fällt mir auf, dass Nico uns eindringlich beobachtet, und ich frage mich, was für ein Problem er hat. Nicht dass ich vorhabe, mich davon in irgendeiner Weise beeinflussen zu lassen. Mich beschäftigt im Moment genug, ohne dass er noch was draufsattelt.

»Das mit Nico hast du prima gehandelt«, lobe ich Wyatt, als wir auf dem Weg nach Little Havana sind.

»Ich hatte gehofft, dass du das findest. Was ist los mit ihm?«

»Wer weiß? Er muss immer in irgendwas rumstochern. So ist er wohl einfach. Gewöhnlich ignorieren wir ihn.«

»Geschwister können echt nervig sein.«

»Jap. Er hat immer schon alle möglichen Knöpfe gedrückt. Darum nennt Nona ihn auch ›Knöpfchen‹.«

»Das ist ja süß.«

»Findet er nicht, aber das würde er ihr nie sagen. Sie ist der eine Mensch, mit dem er sich nicht anlegt, weil sie ihn mit ein paar gezielten Worten in seine Schranken weisen könnte. Und das ist ihm durchaus klar.«

»Das liebe ich. Deine Großmütter sind einfach wunderbar.«

»Ich hab auch noch eine dritte, die in Palm Springs lebt – die Mutter meiner Mutter. Wir stehen ihr nicht so nahe wie Nona und Abuela. Genau genommen vermutet meine Mutter, ihre Mutter sei eifersüchtig, weil wir so eine enge Beziehung zu Abuela haben, was natürlich albern ist. Abuela war bei jedem Sportereignis, jedem Schülerkonzert und jedem Spiel dabei, das wir als Kinder gemacht haben. Meine andere Großmutter haben wir kaum zu Gesicht bekommen, und trotzdem ist sie eifersüchtig. Manche Leute sind komisch.«

»Stimmt. Meine Großeltern haben in unserem Leben immer eine wichtige Rolle gespielt. Die Eltern meiner Mutter sind nach Phoenix gezogen, um in unserer Nähe zu sein und damit sie sich um meinen Bruder und meine Schwester kümmern konnten, wenn ich im Krankenhaus war. Die Eltern meines Vaters haben bereits dort gelebt.«

»Sie müssen deinen Eltern eine große Stütze gewesen sein.«

»Absolut. Trotzdem waren es vier weitere Menschen, die besorgt über mich gewacht haben. Nicht dass ich sie nicht geliebt hätte, doch als ich an die Uni in North Carolina gegangen bin, war ich so was von bereit, all die Fürsorge hinter mir zu lassen.«

Wie er das sagt, entlockt mir ein Lachen. »Ich kann mir gut vorstellen, wie einengend das gewesen sein muss.«

»Das war es. Sie waren so dankbar, dass ich wieder gesund war, aber am liebsten hätten sie mich in Luftpolsterfolie gewickelt und mich vor jeglicher Gefahr behütet. Ich musste mich mit allen sechsen hinsetzen und ihnen klarmachen, dass sie mich die zweite Chance, die ich glücklicherweise erhalten hatte, einfach nutzen lassen sollten. Und dann habe ich ihnen erklärt, dass ich in North Carolina auf die Uni gehen wollte.«

»Und wie haben sie darauf reagiert?«

»Sie haben angefangen, davon zu reden, dorthin zu ziehen, und da habe ich ihnen gedroht, einfach unterzutauchen.«

»Sie wollten wirklich umziehen?«

»Ich glaube, das hätten sie tatsächlich getan, bis ich angekündigt habe, dass ich nie wieder mit ihnen sprechen würde, wenn sie das täten. Nicht zu vergessen, dass dann auch meine Geschwister echt sauer gewesen wären. Die waren damals auf der Highschool, und ihr Leben war durch mich schon genug beeinträchtigt worden. Gott sei Dank haben sie sich das noch mal überlegt. Trotzdem sind sie viel mehr in mein Leben verwickelt, als sie es gewesen wären, wenn ich nicht sechs Mal fast gestorben wäre, bevor ich meinen siebzehnten Geburtstag feiern konnte.«

»Himmel, Wyatt. Sechs Mal?«

»Ja, so oft hatte ich einen Herzstillstand, und das war natürlich traumatisierend für sie. Ich versuche, immer Rücksicht darauf zu nehmen, was sie durchgemacht haben. Und damit will ich dich darauf vorbereiten, wie sauer sie sein werden, wenn sie das mit meinem geplanten Umzug erfahren. Es ist nicht ausgeschlossen, dass sie dich das spüren lassen.«

»Oje.«

»Ich möchte nicht, dass du dich ihretwegen sorgst. Sie werden es schon einsehen. Das tun sie letzten Endes immer.«

»Wir haben nie in Erwägung gezogen, dass ich nach Phoenix ziehen könnte.«

»Das geht ja auch gar nicht, solange deine Mutter sich einer Krebsbehandlung unterzieht. Ganz zu schweigen davon, dass du ein großartiges Jobangebot von deinem Onkel und deiner Tante erhalten hast.«

»Ich weiß es zu schätzen, dass du nicht einmal darüber nachgedacht hast.«

»Ich verstehe, wo du sein musst, und da ich bei dir sein muss, machen wir es einfach so. Vorausgesetzt natürlich, dass ich den Job bekomme, aber wenn nicht, suche ich mir was anderes in Südflorida. Irgendwas wird sich da schon auftun.«

»Erscheint es dir nicht merkwürdig, dass du vor zwei Tagen noch fest entschlossen warst, mich auf Abstand zu halten, und jetzt schmieden wir gemeinsame Lebenspläne?«

»Nein, das finde ich überhaupt nicht merkwürdig, weil du es bist. Mit dir zusammen zu sein fühlt sich so gut an, egal, was wir tun, und jetzt, da du mich davon überzeugt hast, dass ich wissen muss, wie es ist, verliebt zu sein, möchte ich mich an jedem Tag so fühlen, der mir noch bleibt.«

Ich bin tief gerührt von seinen Worten. »Ich kann gar nicht glauben, was alles im Laufe eines einzigen Wochenendes passiert ist. Mir dreht sich der Kopf.«

»Auf gute Art und Weise, hoffe ich.«

»Auf die beste.«

»Wir werden uns eine gemeinsame Wohnung suchen müssen. Die von Carmen und Jason ist genial. Wie wäre es mit etwas in der Art?«

»Mir gefällt ihre Wohnung auch sehr, aber eigentlich hätte ich lieber ein Haus mit Garten und vielleicht einem Pool.«

»Das können wir machen. Kennst du irgendwelche Immobilienmakler?«

»Ich frage Car und Mari, ob sie jemanden empfehlen können.«

»Such dir aus, was immer du möchtest.«

»Du musst mir schon ein paar Hinweise geben, was dir vorschwebt.«

»Ich möchte mit dir zusammenleben. *Das* schwebt mir vor.«

»Für mich ist es immer noch ein Wunder, dass ich es mir tatsächlich leisten kann, mit dir zusammen ein Haus zu kaufen, und das wegen meines neuen Jobs. An jedem anderen Wochenende wäre das das absolute Highlight, an diesem Wochenende jedoch …«

»Ich kaufe das Haus und lass es auf unser beider Namen eintragen.«

»Wir werden das Haus gemeinsam kaufen.«

»Lass mich das übernehmen, Dee. Ich will, dass du versorgt bist … Du weißt schon. Nur für alle Fälle.«

Es tut weh, wenn ich an diese »Alle Fälle«-Szenarien denke, aber ich bin entschlossen, mir meinen eigenen Rat zu Herzen zu nehmen und optimistisch zu bleiben, bis es nicht anders geht.

»Es ist mir wichtig, dass wir es zusammen machen. Ich möchte was dazu beitragen.«

»Und ich möchte dich versorgt sehen, solange ich das kann, und die Dinge so arrangieren, dass du abgesichert bist, auch finanziell. Das musst du mich bitte tun lassen.«

»Na gut. Da du für mich all deine Regeln gebrochen hast, vermute ich, kann ich bei der einen von mir flexibel sein.«

»Schau uns nur an, wie gut wir darin sind, Kompromisse zu schließen. Wir werden Maßstäbe für andere Paare setzen.«

Darüber muss ich lachen und dirigiere ihn dann zum Parkplatz hinter dem Crust. Wir sind die Letzten, die eintreffen, die anderen haben bereits einen runden Tisch für alle besorgt. Wir setzen uns, und Wyatt landet zwischen mir und Nico.

»Wir haben unsere gewohnten Pizzen bestellt«, klärt uns Milo auf, »aber wir waren uns nicht sicher, was Wyatt will.«

»Ich nehme nur einen Salat«, erklärt der und überfliegt die Speisekarte.

Dabei entgeht ihm die verächtliche Miene von Nico. »Nur Salat?«

»Ja«, erwidert Wyatt. »Ist das ein Problem?«

»Lass ihn in Ruhe, Nico. Er achtet wegen seines Gesundheitszustands auf seine Ernährung.«

»Ach ja, richtig. Der Zustand, der ihn jeden Moment das Leben kosten könnte.«

»Warum bist du heute eigentlich ein noch größerer Blödmann als sonst?« Maria nimmt mir die Worte aus dem Mund.

»Himmel, ich bin kein Blödmann«, sagt Nico. »Aber ich bin offenbar der Einzige, dem es Sorgen bereitet, dass Dee sich in eine Beziehung mit jemandem stürzt, der … Ihr wisst schon …« Er vollführt eine kreisende Handbewegung, mit der er uns auffordert, die Lücke für ihn zu füllen.

»Ein rasch näher rückendes Verfallsdatum hat?«, wirft Wyatt ein.

»Wyatt, nicht.« Er muss das nicht noch mal durchkauen. Die einzige Meinung, auf die es ankommt, ist meine eigene, und er weiß bereits, wie ich das sehe.

»Es ist alles in Ordnung, Süße. Dein Bruder sorgt sich um dich. Das verstehe ich.«

»Das ist alles, was mich interessiert«, bestätigt Nico und mäßigt seinen Ton. »Nach dem, was mit Marcus passiert ist, will ich nicht, dass dir ein weiteres Mal wehgetan wird.«

Ich bin wütend auf mich, als mir Tränen in die Augen steigen. Er ist sonst nie so süß.

»Ach, Himmel, heul doch nicht gleich«, ruft Nico und klingt schon mehr wie er selbst.

»Tu ich ja gar nicht.«

»Lügnerin.«

»Es ist nur so ein Schock, wenn du auf einmal nett zu mir bist.«

Maria und Milo fangen an zu lachen.

»Haltet die Klappe«, verlangt Nico. »Alle beide.«

Ich betupfe mir die Augen mit einer Papierserviette und blicke zu Wyatt, der die Mätzchen der Familie Giordino mit belustigter Miene verfolgt.

Austin trifft mit Everly ein, und wir rücken zusammen, um Platz für die beiden zu machen.

»Was habe ich versäumt?«, fragt Austin, nachdem er Maria mit einem Kuss begrüßt und Everly in einen Hochstuhl aus Holz verfrachtet hat. Er holt Buntstifte aus dem Rucksack, und binnen Sekunden hat sie angefangen, das Platzset aus Papier zu bemalen.

Ich bin immer beeindruckt davon, was für ein wunderbarer Vater er ist. Er kümmert sich ganz natürlich und geübt um Everly, und das ist einfach unwiderstehlich.

»Nico hat sich wie ein I-D-I-O-T aufgeführt, aber dann war er so lieb zu Dee, dass sie weinen musste«, fasst Maria das Geschehen für ihn zusammen. Sie passen sehr auf, welche Wörter sie in Everlys Hörweite benutzen, darum buchstabiert sie bestimmte Ausdrücke. »Kurz, der ganz normale Wahnsinn.«

»So klingt es«, erwidert Austin und lächelt. »Du wirst dich schon noch dran gewöhnen, Wyatt. Nach einer Weile.«

»Es ist beruhigend, das zu wissen.«

»Womit hat sich Nico diesmal danebenbenommen?«, fragt Austin, was ihm ein Stirnrunzeln von seinem zukünftigen Schwager einträgt.

»Ich mach mir Sorgen um Dee. Erschießt mich ruhig.«

Die Kellnerin bringt einen Krug Bier und Gläser.

»Könnte ich Wasser mit Zitrone haben?«, fragt Wyatt.

»Für mich bitte auch«, sagt Austin. »Ich bin heute der Chauffeur für meine Familie.«

»Noch irgendwas zusätzlich zur Pizza?«, erkundigt sich die Kellnerin.

»Ich hätte gern den Kale Salad mit Lachs, bitte«, antwortet Wyatt.

»Und eine Kinderkäsepizza«, bestellt Austin.

»Kommt sofort.«

»Okay, dann lasst uns weiter direkt vor Nicos Augen hinter seinem Rücken über ihn herziehen«, meint Austin und grinst Nico zu.

»Tolle Idee«, bemerkt Nico. »Wenden wir uns etwas anderem zu.«

»Sosehr ich das auch begrüßen würde«, erklärt Wyatt, »denke ich, wir sollten ausdiskutieren, was du auf dem Herzen hast.«

»Um dein Herz mache ich mir mehr Sorgen als um meins«, entgegnet Nico, worüber alle lachen müssen. Und dieses Lachen hilft, die Anspannung zu lockern.

»Mein Herz ist in ausgezeichneter Verfassung«, versichert ihm Wyatt. »Ich werde monatlich untersucht, und zwischen den Terminen passe ich gut auf mich auf. Ich achte auf meine Ernährung, treibe regelmäßig, aber in Maßen Sport – außer dieses Wochenende, da hatte ich nämlich die bestmögliche Ablenkung –, und ich kümmere mich insgesamt um meine Gesundheit. Ich denke, das ist wohl mit dafür verantwortlich, dass ich bisher keine Probleme hatte.«

Nico, Milo und Maria hängen an seinen Lippen, und ich weiß ihre Sorge zu schätzen, genauso wie ihr Interesse an ihm und seiner Situation.

»Das ist trotzdem keine Garantie dafür, dass alles weiterhin im grünen Bereich bleibt, oder?«, erkundigt sich Milo zögernd.

Er möchte auf keinen Fall in den Verdacht geraten, so ein Blödmann zu sein, wie Nico eben einer war. Dabei ist Nico kein schlechter Kerl. Er schießt bloß manchmal aus der Hüfte, und das kann ausgesprochen nervig sein, je nachdem, auf wen er gerade zielt.

»Nein, das heißt es nicht. Ich hab keine Ahnung, was die Zukunft für mich bereithält. Die Lebenserwartung für Organempfänger liegt bei ungefähr elf Jahren. Das hab ich längst überschritten, aber momentan gibt es keinen Grund zur Sorge.«

»Momentan«, wiederholt Nico. »Das ist der Teil, der *mir* Sorge bereitet.«

Ich blicke Wyatt an. »Das würde ich gern übernehmen.«

Mit einer auffordernden Handbewegung lässt er mir den Vortritt.

»Dieser Moment, das Hier und Jetzt, ist alles, was wir haben, Nico. Es gibt nichts anderes. Wenn ich mit Wyatt zusammen bin, bin ich glücklicher, als ich je zuvor gewesen bin, und das weiß ich bereits nach nur ein paar wenigen Tagen, selbst wenn dir das komisch oder verrückt oder unüberlegt vorkommt. Wir haben einander an dem Wochenende der Hochzeit wirklich gut kennengelernt, und wir haben seither Kontakt gehalten, also ist es nicht so überstürzt, wie es für dich aussehen mag. Ich möchte mich länger so fühlen. Ich möchte so viel von diesem Gefühl, wie ich kriegen kann, und da uns vielleicht nicht so furchtbar viel Zeit bleibt, finde ich, wir haben keine zu verschwenden. Also nutzen wir diesen Moment, den wir haben, und machen das Beste daraus. Wenn das Allerschlimmste passiert, werden wir uns damit auseinandersetzen, aber ich weigere mich, irgendetwas von der kostbaren Zeit, die uns gemeinsam bleibt, mit Sorgen um die Zukunft zu verschwenden. Ich lasse mich offenen Auges auf das ein, was passieren könnte. Ich bin nicht unbesonnen oder verrückt oder dumm. Ich treffe eine informierte Entscheidung im Wissen um alle Risiken. Und ich habe entschieden, dass Wyatt jedes Risiko oder zukünftigen Herzschmerz wert ist.«

Lange Zeit, nachdem mein Wortschwall geendet hat, herrscht Schweigen, bis Milo sich räuspert und es so bricht.

»Das hast du wirklich schön gesagt, Dee«, erklärt er.

»Stimmt«, pflichtet ihm Austin bei. »Und als jemand, der mit einer potenziell tödlichen Krankheit bei einem geliebten Menschen Erfahrung hat, möchte ich sagen: bravo zu dem Vorsatz, das Hier und Jetzt in vollen Zügen zu genießen. Man weiß nie, was einen hinter der nächsten Kurve erwartet, das einen womöglich aus der Bahn wirft. Ihr wisst es ja selbst, seit eure Mutter krank geworden ist.«

»Richtig«, stimmt ihm Milo zu und blickt Nico an.

Mein jüngerer Bruder ist unglaublich lieb. Während Nico lauter scharfe Kanten hat, ist Milo ein echter Softie. Als Jüngster von uns vieren hat er stets die Rolle des Friedensstifters gespielt. Er kann Konflikte nicht leiden und möchte, dass sich immer alle vertragen.

»Ich kann es jetzt besser nachvollziehen«, erwidert Nico zögernd, als ob er sich noch nicht sicher wäre, dass es klug ist, auszusprechen, was er denkt, nachdem ihn eben noch alle als Blödmann bezeichnet haben.

»Was immer du auf dem Herzen hast, raus damit«, fordere ich ihn auf. »Spuck es aus, damit wir weiterkommen.«

Es ist ungewohnt für meinen älteren Bruder und mich, so miteinander zu reden, daher möchte ich reinen Tisch machen, solange die Gelegenheit günstig ist.

»Als das mit Marcus passiert ist«, beginnt er, packt dabei einen Strohhalm aus und biegt ihn um seine Finger, »hätte ich ihn am liebsten erwürgt, weil er dir so wehgetan hat.«

Davon hatte ich gar keine Ahnung. »Ich bin froh, dass du's nicht getan hast. Das Orange der Gefängniskluft würde dir nicht gut stehen.«

Um seine Lippen zuckt es. »Ich meine das ernst. Dass er einfach eine andere heiratet und nicht mal Manns genug ist, es dir selbst zu sagen ... Ich wollte ihn umbringen.«

Ich beuge mich an Wyatt vorbei vor und lege meine Hand auf Nicos. »Danke, dass dir was an mir liegt. Das bedeutet mir viel.«

»Natürlich liegt mir was an dir. Vielleicht zeige ich das nicht immer ...«

»Oder auch nie«, wirft Maria ein, woraufhin wir alle in Gelächter ausbrechen.

»Aber es ist so«, beteuert Nico und wird rot. »Ich will nicht, dass irgendeinem von euch so wehgetan wird wie Dee von Marcus.«

»Danke«, wiederhole ich. »Das freut mich.«

»Und da wir gerade offen über alles reden«, fügt Maria hinzu, »was sollte das mit dir und Sofia vorhin im Restaurant? Was führst du da im Schilde?«

Er zuckt zurück. »Gar nichts. Was meinst du überhaupt?«

»Du weißt ganz genau, wovon ich rede, daher stell dich nicht dumm.«

Ich habe Nico noch nie sich so winden sehen, wie er es jetzt unter Marias intensivem Blick tut.

»Ich führe ehrlich nichts ›im Schilde‹«, beteuert er nach einer längeren Pause ein weiteres Mal. »Wir sind Freunde. Das ist alles.«

»Wir haben sie alle sehr gern«, erklärt ihm Maria. »Abuela und Nona würden dich kastrieren, wenn du Sofia jemals durch dein Verhalten verletzen solltest.«

»Um Himmels willen, Maria. Warum sollte ich sie verletzen wollen?«

»Das weiß ich nicht.« Meine Schwester kann gnadenlos sein, wenn sie es drauf anlegt, und ich liebe das an ihr. Vor allem wenn es sich gegen einen anderen richtet. »Vielleicht bist du auf einen Glückstreffer aus und willst dann weiterziehen, und falls das der Fall ist, such dir jemand anders.«

»Reg dich ab, ja? Wir sind nur Freunde. Macht daraus nicht mehr, als es ist.«

»Solange *du* das nicht tust, ist alles in Ordnung«, antwortet Maria.

Das Essen kommt, und das rettet Nico vor einer weiteren hochnotpeinlichen Befragung, doch ich bin froh, dass Maria es angesprochen hat.

»Wir müssen auf Dee anstoßen«, verkündet Maria mit einem breiten Lächeln. »Die neue Geschäftsführerin des Giordino's.«

»Wow«, ruft Milo und grinst. »War es das, was Vin und Viv nach dem Brunch mit dir besprochen haben?«

»Woher weißt du davon, wo du doch gar nicht da warst?«

Milo wirft mir einen vernichtenden Blick zu. »Wir haben einen ausführlichen Bericht von Tante Francesca erhalten.«

»Ich kann es immer noch nicht richtig glauben, dass sie mich für den Job wollen. Sie haben gesagt, dass Mommys Krankheit sie nachdenklich gestimmt hat, und daher möchten sie sich jetzt mehr Zeit für sich nehmen, bevor sie zu alt sind, um ihren Ruhestand richtig genießen zu können.«

»Das ist wirklich großartig für sie und für dich«, meint Nico. »Glückwunsch.«

»Danke. Ich bin total aufgeregt – und nervös. Aber Onkel Vin hat mir versprochen, dass er mir alles beibringt, was ich wissen muss, und außerdem hat er mich darauf hingewiesen, dass er ja jederzeit greifbar ist, falls ich ihn mal brauche.«

»Du wirst das super hinkriegen«, erklärt Austin. »Glückwunsch.«

Ihre Aufregung und ihr Zuspruch freuen mich sehr. »Danke. Vielen Dank euch allen.«

»Also, wegen Mommy«, beginnt Milo vorsichtig. »Wie große Sorgen müssen wir uns machen?« Er richtet die Frage an Maria und Wyatt.

»Es scheint bloß eine Infektion zu sein«, erwidert Maria.

»Und das kann bei Ports schon mal passieren«, fügt Wyatt hinzu. »Das ist nichts Ungewöhnliches. Wann hatte sie die letzten Scans?«

»Vor einem Monat«, antworte ich. »Und die waren unauffällig.«

»Das ist das Wichtigste«, sagt er. »Kein Grund zur Panik. Es wird immer wieder Rückschläge geben. Damit muss man bei solchen Krankheiten rechnen.«

»War das bei dir auch so?«, erkundigt sich Maria.

»Oh, ja. Im einen Monat habe ich mich gut gefühlt und dachte, ich hätte etwas erreicht, der Teil läge hinter mir, und im nächsten Monat war ich wieder zurück im Krankenhaus und musste erneut um mein Leben kämpfen. Es war eine echte Achterbahnfahrt, bis ich das Spenderherz erhalten habe.«

»Und du hast dich sofort besser gefühlt?«, fragt Milo.

»Wie neugeboren. Eure Mutter macht das prima. Das im Moment ist ein Rückschlag, das stimmt schon, aber sie ist in die richtige Richtung unterwegs, denn ihre Scans weisen keine Auffälligkeiten auf. Und das ist letztendlich das Entscheidende.«

Nico besteht darauf, die Rechnung für alle zu zahlen, vermutlich, um mit Taten zu beweisen, dass er nicht wirklich ein Blödmann ist, und wir verabschieden uns auf dem Parkplatz. Maria verspricht, mit meinem Vater zu reden und uns dann über den Zustand unserer Mutter zu informieren, damit wir ihm nicht alle einzeln schreiben oder bei ihm anrufen.

Sie umarmt mich extrafest. »Ich mag ihn sehr«, flüstert sie mir ins Ohr.

»Ich auch.«

»Ich freue mich für dich.«

Das bedeutet mir viel, was sie auch weiß.

Als Wyatt uns zu meiner Wohnung zurückfährt, verspüre ich eine so tiefe Zufriedenheit, wie ich sie schon lange nicht mehr erlebt habe. Ich mache mir Sorgen um meine Mutter, doch mich tröstet, was Wyatt uns über Rückschläge bei lebensbedrohlichen Erkrankungen gesagt hat.

Ich schaue zu ihm hinüber, sehe mich an ihm satt, solange ich das kann. Ich hasse es, dass er morgen abreist. »Danke, dass du eben so großartig warst. Es hat ihnen geholfen, von dir zu hören, dass das Auf und Ab ganz normal ist. Mir hat es auch geholfen.«

»Das freut mich. Die Rückschläge können für die Angehörigen ganz schön angsteinflößend sein, das verstehe ich.«

Als wir bei mir sind, fragt er, ob er sich mein Bügeleisen leihen kann. Ich finde schließlich das, das meine Vormieterin unter der Spüle verstaut hatte, und baue alles für ihn auf. Während er sein Oberhemd für das Vorstellungsgespräch morgen bügelt, überprüfe ich meine Nachrichten und finde eine von meinem Cousin Domenic.

Hey, Cousinchen, ich hoffe, bei dir ist alles gut und Tante Elena geht es den Umständen entsprechend. Ich habe einen neuen Untermieter gefunden. Ich wollte wissen, ob es in Ordnung ist, wenn ich dein Zeug zusammenpacke und es dir nach Miami schicke. Ich kann mir denken, bei all dem, was gerade bei dir los ist, hast du eigentlich keine Zeit für eine Reise nach New York. Lass mich wissen, was du davon hältst. Ich werde übrigens Tori bitten, dass sie deine Unterwäscheschublade ausräumt. Puh!

Ich lache, während ich ihm antworte. Er und Tori gehen schon eine ganze Weile miteinander aus, er weigert sich aber, sie offiziell als seine »Freundin« zu bezeichnen. Das wäre super. Lass mich unbedingt wissen, was ich dir für die Kartons und das Frachtporto schulde, dann überweise ich es dir. Mit meiner Mom ist im Großen und Ganzen alles in Ordnung, nur heute gab es einen kleinen Rückschlag in Form einer Portinfektion, daher ist sie im Krankenhaus. Man hat uns allerdings erklärt, das sei kein Grund, sich Sorgen zu machen, trotzdem ist das leichter gesagt als getan … Haha wegen der Schublade! Richte Tori meinen Dank aus. Wie steht es überhaupt zwischen euch?

Alles gut, wir haben Spaß. Bin mir nicht sicher, ob sie wirklich meine Seelengefährtin ist, doch das wird sich schon noch zeigen. Ich werde dir dein Zeug gleich diese Woche packen. Und das mit Tante Elena tut mir leid – halt mich da bitte auf dem Laufenden. Außerdem habe ich ein paar interessante Sachen über dich gehört … Was ist da mit dem Arzt mit dem kranken Herzen?

Ich blicke hinüber zu Wyatt, der sich ganz auf seine Arbeit konzentriert. Wie kommt es eigentlich, dass er sogar dann unwiderstehlich sexy ist, wenn er bügelt? Mit seinem Herzen ist alles in Ordnung – es ist nur nicht das, mit dem er geboren wurde. Und er ist die Liebe meines Lebens.

Wow. Ernsthaft?

Absolut.

Das ist genial, Dee. Ich freu mich so für dich. Und ich kann es gar nicht erwarten, ihn kennenzulernen.

Ebenfalls. Wann kommst du in die Heimat?

Vielleicht nächsten Monat. Schauen wir mal. Was gibt's sonst noch Neues in Miami?

Du wirst es nicht glauben. Onkel Vin und Tante Viv haben mich gefragt, ob ich Geschäftsführerin ihres Restaurants werden möchte. Sie wollen endlich weniger arbeiten und haben jemanden für den Job gesucht, dem sie vertrauen können.

Das sind ja tolle Neuigkeiten, Dee. Du wirst das prima machen.

Das hoffe ich. Es ist superaufregend. Noch mal danke fürs Zusammenpacken meiner Sachen. Es ist eine enorme Erleichterung, wenn ich mich darum nicht mehr kümmern muss.

Na klar. Ich geb dir Bescheid, wenn dein Zeug zu dir unterwegs ist.

Danke, Dom.

»Das ist echt supernett«, sage ich zu Wyatt.

»Was denn?«

»Mein Cousin Domenic, mit dem ich mir in New York eine Wohnung geteilt habe, hat mir angeboten, mir meine Sachen herzuschicken. Dann muss ich nicht hinfliegen und alles zusammenpacken.«

»Das ist allerdings supernett. Wie ist er mit dir verwandt?«

»Er ist der Sohn von Francesca, der Schwester meines Vaters. Ihr und ihrem Mann Domenic senior gehört dieses Haus.«

»Ich fürchte, ich brauche einen Stammbaum von deiner Familie.«

»Den kann ich dir aufmalen.«

Er kommt zu mir und legt die Arme um mich. »Das wäre echt hilfreich.« Er blickt mich an, bevor er mir einen zärtlichen Kuss gibt. »Heute war großartig. Ich habe jede Minute mit dir und deiner unglaublichen Familie genossen.«

Ich lächle ihn an. »Selbst als wir Nico sagen mussten, dass er ein Blödmann ist?«

»Das war besonders unterhaltsam. Ich kann nur bewundern, wie ihr ihn zur Rede gestellt habt.«

»Gewöhnlich machen wir das nicht so, aber es war interessant, ihn derart in der Defensive zu sehen. Meistens ist er in der Offensive und vergreift sich dabei auch gerne mal im Ton. Dabei hat er unterm Strich ein gutes Herz. Seit meine Mom krank geworden ist, ist er einfach wunderbar. Er hat sich richtig ins Zeug gelegt. Das haben wir alle, doch ihm hätte ich das vorher gar nicht zugetraut. Es ist gut, zu wissen, dass er dazu imstande ist.«

»Ganz bestimmt.« Er schiebt mein Haar nach hinten, sodass er mich auf den Hals küssen kann. »Und was du über mich und uns gesagt hast ...«

Es kostet mich echt Kraft, stehen zu bleiben, denn von seinen Küssen werden mir die Knie ganz weich. »Das hat dir gefallen, ja?«

»Mhm, total. Mir fehlen die Worte, um dir auch nur annähernd zu beschreiben, wie viel mir diese letzten Tage bedeuten oder wie unglaublich ich es finde, dass eine wunderschöne Frau wie du sich auf mich einlässt, obwohl ihr klar ist, was passieren könnte.«

»Solche Gefühle hatte ich noch nie, und irgendwie ist es sogar befreiend, zu wissen, dass wir vielleicht bloß begrenzt Zeit haben, denn das räumt den gewöhnlichen Mist aus dem Weg, mit dem die Leute sich sonst rumschlagen müssen, bevor sie zum Kern der Sache vordringen.«

»Und was ist der Kern der Sache?«

»Ich liebe dich. Und ich liebe es, mit dir zusammen zu sein. Ich möchte mit dir so viel zusammen sein, wie ich nur kann, solange es nur geht.«

»Das macht mich sehr glücklich, weil ich dich ebenfalls liebe. Ich liebe alles an dir. Ich liebe die Art und Weise, wie dein Haar glänzt, dass es in der Sonne rot schimmert und dass deine wunderschönen braunen Augen genau widerspiegeln, was du gerade empfindest. Und auch, wie nah am Wasser du gebaut bist.«

Ich muss lachen, obwohl mir bei seinen Worten gleich wieder Tränen in die Augen steigen.

»Ich liebe es, dich mit deiner Familie zu sehen, wie perfekt du zu ihnen passt, wie sehr du sie liebst und wie sehr sie dich im Gegenzug lieben. Du weckst in mir den Wunsch, Teil dieser Familie zu sein.« Er steckt mir eine Locke hinters Ohr. »Ich liebe es, dich mit Maria und Carmen zu erleben. Euer Verhältnis ist einfach großartig. Und mehr als alles andere liebe ich die Hoffnung und den Optimismus für die Zukunft, die du in mir weckst. So was kannte ich vorher gar nicht.«

Ich schlinge ihm die Arme um den Hals, ziehe ihn zu einem tiefen, sinnlichen Kuss an mich, der irgendwie noch weltbewegender ist als die zuvor. Einander unsere Gefühle offenzulegen hat die Intensität bloß gesteigert, und ich kann anhand seiner Reaktion erkennen, dass er das genauso spürt wie ich. Und dann sind wir in meinem Schlafzimmer, haben den Weg dorthin zurückgelegt, ohne den Kuss zu unterbrechen.

Ich kann gar nicht sagen, wer von uns beiden es eiliger hat, den anderen auszuziehen, aber das Rennen geht knapp aus, und außerdem ist es lustig, als sein Hemd an seinem Kopf hängen bleibt. Lachend öffnet er einen weiteren Knopf und streift es sich ab, bevor er sich dem Verschluss meines BHs zuwendet, den er dann auch in Rekordgeschwindigkeit aufkriegt.

»Du bist sehr gut darin.«

Er umfasst meine bloßen Brüste mit seinen Händen und schaut mich mit Feuer in den wunderschönen Augen an. »Ich habe viel geübt, um für dich bereit zu sein.« Er drückt mich sanft aufs Bett, folgt mir und stützt sich auf einem Arm ab, während er mit der freien Hand meinen Busen streichelt. »Alles hat mich zu dir geführt.«

Ich begehre ihn so sehr. Ich will alles mit ihm, was ich nur kriegen kann, und ich will es jetzt. Als ich nach ihm greife, lässt er sich auf mich sinken, küsst mich erneut mit der gleichen Verzweiflung wie zuvor. Ich umschlinge ihn mit Armen und Beinen, will ihn mehr, als ich es für möglich gehalten hätte. Nach so vielen Jahren in einer Beziehung dachte ich, ich wüsste alles über Liebe, Sex und Verlangen, aber ich wusste nichts, bevor ich mich in Wyatt verliebt habe.

Er füllt mich so komplett, so perfekt, dass ich dicht vor dem Höhepunkt stehe, bevor er sich auch nur gerührt hat. Jede Zelle meines Körpers prickelt, und ich bin mir seiner Nähe überdeutlich bewusst, sehne mich so heftig nach ihm, wie ich es vorher noch nie erlebt habe.

Dies … Dies ist Liebe. Dies ist es, was ich will und brauche, und es gibt nichts, was ich nicht tun würde, um es so lange wie möglich zu behalten.

KAPITEL 14

Marcus

Dr. Sterns unverwandter Blick warnt mich, es gar nicht erst mit Ausflüchten zu versuchen. »Wie geht es Ihnen?«

»Sehr viel besser.« Die Entgiftung war die Hölle. Ich habe mich in meinem gesamten Leben nie schrecklicher gefühlt.

»Und haben Sie sich jetzt schon etwas eingewöhnt?«

»Bisher läuft's ganz gut.« Die Klinik ist netter als erwartet, nicht dass ich da vorher konkrete Vorstellungen gehabt hätte.

»Und Sie besuchen jeden Tag die Gruppentherapie?«

»Das ist eine der Bedingungen hier.«

»Und bringen Sie sich ein?«

»Ich habe bisher noch nicht viel gesagt, aber ich höre zu.«

»Das ist schon mal ein guter Anfang. Erzählen die anderen Dinge, die Ihnen irgendwie bekannt vorkommen?«

»Ja, auf jeden Fall.«

»Leute im Entzug finden es oft hilfreich, wenn sie merken, dass sie nicht allein sind. Meine Patienten geben oft an, dass es die Gemeinschaft in der Gruppe ist, die für sie bei den Anonymen Alkoholikern am wertvollsten ist. Sie treffen dort auf Menschen, die sie verstehen, die wissen, wie schwierig es ist, trocken zu bleiben.«

»Ich kann mir vorstellen, dass dieser Austausch sehr nützlich ist.«

»Worüber denken Sie so nach, seit Sie hier sind?«, will Dr. Stern wissen.

»Über Dee und darüber, dass ich es gar nicht erwarten kann, sie zu sehen und endlich die Chance zu erhalten, mich zu entschuldigen und ihr zu erklären, was geschehen ist.«

»Was würden Sie ihr sagen, wenn sie jetzt hier wäre?«

»Wie leid mir alles tut, dass ich nicht im Besitz meiner fünf Sinne war, weil ich getrunken hatte, und dass ich nie aufgehört habe, sie zu lieben.«

»Lassen Sie uns das doch mal durchspielen, und ich übernehme dabei Dees Rolle.«

Ich bin mir nicht sicher, wie ich das finde, aber wenn es hilft, dass die Zeit schneller rum ist, die ich mit der guten Frau Doktor verbringen muss, dann soll es mir recht sein. »Klar.«

»An Dees Stelle würde ich erwidern, dass diese Entschuldigung schon ziemlich lange überfällig ist, dass es über ein Jahr her ist, dass Sie eine andere Frau geheiratet haben, obwohl wir noch in einer Beziehung waren. Ich würde fragen, wo Sie die ganze Zeit gesteckt haben, während Sie verheiratet waren und sich wegen dem, was Sie mir angetan haben, angeblich so schlecht gefühlt haben. Was würden Sie antworten?«

Ich schlucke den großen Klumpen in meiner Kehle herunter, der sich jedes Mal bildet, wenn ich über den Schmerz nachdenke, den ich der Frau zugefügt habe, die ich am meisten liebe. »Ich würde erneut betonen, wie leid mir alles tut, dass ich nie vorhatte, ihr wehzutun, oder geglaubt hätte, dass ich so lange brauchen würde, um alles zwischen uns wieder einzurenken. Ich würde ihr sagen, dass ich wegen dem, was ich getan habe, selber ganz krank gewesen bin, so krank, dass ich nicht mehr wirklich zurechnungsfähig war.«

»Aber Sie haben gut genug funktioniert, um fast ein Jahr lang mit einer Frau verheiratet zu bleiben, von der Sie behaupten, dass Sie sie aus einem Fehler heraus geheiratet haben.«

»Es war ein Fehler! Die ganze Sache war ein verdammter Riesenfehler! Die Einzige, die ich je heiraten wollte, ist Dee.« Entsetzt merke ich, dass mir Tränen in die Augen steigen. Ich wische sie mit dem Handrücken weg, und es ist mir unglaublich peinlich, hier vor der Psychiaterin derart die Fassung zu verlieren. Andererseits ist sie das vermutlich gewohnt.

»Warum sind Sie so lange verheiratet geblieben, wenn Sie es für einen solchen Fehler gehalten haben, Marcus? Warum haben Sie nicht sofort eine Annullierung beantragt oder eine Scheidung eingeleitet oder was auch immer nötig gewesen wäre, um die ungewollte Ehe zu beenden?«

»Ich war so durcheinander und am Boden zerstört. Ana hat versucht, mir zu helfen, und ich hatte Angst, Dee nach alldem gegenüberzutreten. Ich weiß, das war feige, doch ich hab es nicht gewagt, zu ihr zu gehen, nachdem ich sie derart verletzt hatte.«

»Stattdessen haben Sie also ein ganzes Jahr lang gewartet und nichts getan. In der Zeit hat Dee wahrscheinlich die Scherben ihres gemeinsamen Lebens mit Ihnen zusammengekehrt und Pläne für eine Zukunft gemacht, in der Sie keine Rolle spielen. Stimmt das in etwa?«

Ich habe keine Ahnung, was ich darauf erwidern soll.

»Ein Jahr ist eine ziemlich lange Zeit ohne ein einziges Wort von Ihnen. Ich an Dees Stelle würde denken: Wenn es ihm nicht wichtig genug war, das mit uns wieder in Ordnung zu bringen, nachdem er eine andere geheiratet hat – und für ein ganzes langes Jahr verheiratet geblieben ist –, vermute ich, dass man wohl davon ausgehen kann, dass die Sache mit ihm vorbei ist und ich mein Leben weiterleben muss.«

Will sie mich wütend machen, oder kommt mir das nur so vor? »Davon kann man überhaupt nicht ausgehen.«

»Marcus, ich möchte, dass Sie mir zuhören. Wirklich zuhören. Können Sie das?«

»Tue ich das hier etwa nicht?«

»Sie müssen endlich zur Kenntnis nehmen, dass Dee nicht zu Ihnen zurückkehren wird. Zum jetzigen Zeitpunkt gibt es nichts, was Sie sagen oder tun können, um das wieder zu reparieren, was Sie zerstört haben. Begreifen Sie das?«

»Sie wissen nicht, wie es zwischen uns war, als noch alles gut war.«

»Nein, das weiß ich nicht. Aber als Frau kann ich Ihnen versichern, wenn der Mann, mit dem ich ewig zusammen war, aus heiterem Himmel eine andere heiraten würde, ohne es mir danach persönlich zu erzählen, hätte ich ihm nach einem ganzen Jahr nicht mehr viel zu sagen. Außerdem würden wohl alle Leute, die mich lieben, einen hohen Schutzwall um mich herum errichten, um den Mann, der mich derart schäbig behandelt hat, von mir fernzuhalten. Ich vermute mal, dass Dee Freunde und eine Familie hat, die sie lieben.«

Ihre Familie ist großartig, und ich vermisse sie fast so sehr wie Dee selbst. Ich nicke als Antwort auf Dr. Sterns Frage. Sie hat recht mit dieser Familie und den Freunden. Carmen und Maria würden mich wahrscheinlich am liebsten umbringen, nicht zu vergessen, was Abuela, Nona, Nico, Milo und Dees Eltern, Tanten, Onkel und Cousins über mich denken müssen.

»Sie werden Sie nicht mal in ihre Nähe lassen. Das muss Ihnen klar sein.«

»Wenn ich nicht die Gelegenheit erhalte, mich mit Dee zu versöhnen, und mich darauf freuen kann, warum bin ich dann überhaupt hier? Warum gebe ich mir die Mühe mit dem Entzug? Warum wäre das dann noch wichtig?«

»Tun Sie das nicht. Reden Sie sich nicht ein, dass ohne Dee alles sinnlos ist.«

»Aber so ist es. Sie ist der einzige Grund, warum ich hier bin.«

»Das geht nicht. Sie müssen das alles in erster Linie für sich selbst tun. Sie müssen die Sucht für sich selbst überwinden und wieder gesund werden wollen. Das muss der Hauptgrund sein, oder wir können das alles hier vergessen.«

»Wir können das alles auch vergessen, wenn es keine Möglichkeit zur Versöhnung mit Dee gibt.«

»Marcus, das ist ausgeschlossen.«

»Wie können Sie das wissen? Haben Sie mit ihr geredet oder so?«

»Nein, habe ich nicht. Doch das muss ich auch nicht, um zu wissen, sie wird Ihnen niemals verzeihen, dass Sie eine andere geheiratet haben, ganz zu schweigen davon, dass sie Sie zurücknimmt, als wäre nie etwas geschehen.«

Ich halte es nicht aus, wenn sie das so deutlich ausspricht. Ihre Worte ersticken den kleinen Funken Hoffnung, der in mir geglommen hat und der mir durch die letzten paar schrecklichen Tage geholfen hat.

»Stellen Sie sich vor, sie wäre diejenige gewesen, die in New York plötzlich jemanden geheiratet hätte. Stellen Sie sich vor, Sie wären nur wenige Wochen zuvor mit ihr zusammen gewesen und Sie hätten plötzlich über andere Leute erfahren, dass Dee jetzt einen Ehemann hat, wohlgemerkt nicht Sie. Was denken Sie, wie wäre das für Sie gewesen?«

»Beschissen.«

»Und dann stellen Sie sich weiter vor, dass sie Sie ein ganzes Jahr lang, nachdem sie diesen anderen Typen geheiratet hat, von dem Sie nicht mal wussten, dass sie ihn kannte, kein einziges Mal kontaktiert. Stellen Sie sich das genau vor, damit Sie das Bild ganz klar vor Augen haben, wie sie mit ihm lebt und schläft, Sie aber gleichzeitig immer noch kein einziges Wort von ihr persönlich gehört haben.«

Während sie Luft holt, versuche ich die Wut niederzukämpfen, die bei diesem Szenario in mir aufsteigt.

»Und dann, nach einem vollen Jahr ohne irgendeinen Kontakt, erfahren Sie – wieder nur über andere –, dass sie den

Typen verlassen hat und unbedingt wieder mit Ihnen zusammen sein will. Was, glauben Sie, würden Sie ihr dann sagen?«

Ich hasse es, das zuzugeben, doch aus diesem Blickwinkel betrachtet sieht es anders aus.

Dr. Stern beugt sich mit ernster Miene zu mir vor. »Es gibt einfach Dinge, die man nie wieder reparieren kann, egal wie sehr wir uns das wünschen. Mancher Schmerz kann nicht ungeschehen oder vergessen gemacht werden, egal wie sehr wir uns bemühen, es wieder in Ordnung zu bringen. Die Wunden sind zu tief, um je wieder richtig zu heilen.«

Das ist nichts, was ich hören will. Zu wissen, dass ich keinerlei Chance habe, das mit Dee wieder einzurenken, raubt mir jede Hoffnung für die Zukunft. »Und was soll ich jetzt tun, wenn Sie davon überzeugt sind, dass ich das nie wieder in Ordnung bringen kann?«

»Erst mal müssen Sie mit sich selbst ins Reine kommen. Und das dürfen Sie nicht wegen eines anderen tun, sondern nur um Ihrer selbst willen.«

Trotz der ungeschminkten Worte der Ärztin weigere ich mich, zu glauben, dass eine Versöhnung mit Dee ausgeschlossen ist. Ich klammere mich an diese Möglichkeit. Das ist vielleicht das Einzige, was mich am Leben hält. Aber wenn ich der Ärztin das sage, wird sie mich für selbstmordgefährdet erklären, obwohl ich das gar nicht bin. Wenn ich hier entlassen werde, werde ich Dee finden und ihr erzählen, was wirklich passiert ist. Hoffentlich kann ich ihr klarmachen, dass ich einen großen Fehler begangen habe, weil ich, ohne es zu wissen, einer Sucht verfallen war.

Solange Dee mir nicht in die Augen sieht und mir persönlich bestätigt, dass das mit uns aussichtslos ist, werde ich nicht aufgeben.

»Verstehen Sie, was Sie tun müssen, Marcus? Während des Entzugs und Ihrer Genesung müssen Sie sich selbst in den Vordergrund stellen.«

»Ja, ich weiß ganz genau, was ich tun muss.«

KAPITEL 15

Dee

Wyatt und ich können gar nicht genug voneinander kriegen und benehmen uns wie zwei Menschen, die einander nach jahrelanger Trennung endlich wiedergefunden haben. Als der Tag zu dämmern beginnt, bin ich wund, müde und überglücklich nach der wunderbarsten Nacht meines Lebens. Es ist sogar noch besser als die erste Nacht, die wir zusammen verbracht haben, denn jetzt weiß ich, dass er mich liebt, und er weiß, dass ich ihn liebe.

Das macht einen Riesenunterschied.

Ich liege auf der Seite, blicke ihn an, halte seine Hand, während wir einander staunend und ungläubig mustern. Wenigstens für mich ist das so.

»Ist das hier echt?«, frage ich ihn und breche das lange Schweigen.

»So echt und so vollkommen, dass es nicht mehr komisch ist.«

Lächelnd hebe ich den Kopf, um über ihn hinweg auf den Wecker auf meinem Nachttisch zu gucken. »Dein Termin ist in zwei Stunden. Möchtest du eine Stunde schlafen?«

»Das kann ich auf dem Heimflug noch zur Genüge.«

Die Erinnerung daran, dass er heute Nachmittag abreist, lässt meine gute Laune abrupt verschwinden. Ich fühle mich niedergeschlagen und matt, dabei ist er noch gar nicht fort.

»Tu das nicht.«

»Was denn?«

»Du grübelst darüber nach, ob alles furchtbar schwierig wird, wenn ich nach Phoenix fliege. Das wird nicht passieren.«

»Woher willst du das wissen?«

»Weil keiner von uns beiden das zulassen wird. Du bist der wichtigste Mensch in meinem Leben, und wir werden dafür sorgen, dass das mit uns funktioniert.«

Er ist so süß und sich so sicher, dass es mir die Kehle zuschnürt und meine Gefühle mich überwältigen.

Er rutscht näher zu mir, legt seine Arme um mich und küsst mich. »Mach dir keine Sorgen. Um gar nichts.«

»Was? Ich und Sorgen?«

»Du musst deinen eigenen Kriegerprinzessinnenrat annehmen und optimistisch bleiben. Ich werde den Job hier am Miami-Dade erhalten, ich werde herziehen, und wir werden zusammenleben und so verdammt glücklich sein, dass alle andern neidisch auf uns sind. Genau so wird es laufen. Klar?«

Ich lasse seine Hand los und lege meine an sein Gesicht, spüre seine Bartstoppeln unter meinen Fingern. »Ich hab dich und werde dich nicht mehr loslassen.«

»Das solltest du besser auch nicht. Das würde ich dir nie verzeihen, nachdem du mich dazu überredet hast, mich in dich zu verlieben.«

»Auf keinen Fall, versprochen.«

Wir bleiben noch eine halbe Stunde im Bett liegen, flüstern einander süße Nichtigkeiten zu, küssen uns und schmieden Pläne. Ich möchte am liebsten für immer in dieser Blase mit ihm bleiben und sie nie mehr verlassen.

»Komm mit mir unter die Dusche«, sagt er. »Du musst mir helfen und mir den Rücken einseifen.«

Lachend krieche ich aus dem Bett und bin sofort unsicher, als ich splitterfasernackt vor ihm stehe.

Er ist neben mir, legt seine Arme um mich und drückt mich an sich. »Sei nie, nie verlegen in meiner Nähe. Ich glaube, dass du eine Göttin bist, die durch einen Glücksfall in mein Leben hinabgestiegen ist.«

»Du sorgst dafür, dass ich mich in Bezug auf meinen Körper gut fühle.«

»Dazu hast du auch jegliches Recht. Genau so soll es sein.« Lächelnd fügt er hinzu: »Ich fühle mich in Bezug darauf auch richtig gut.« Er nimmt meine Hände und geht rückwärts ins Badezimmer, nimmt mich mit, während er mich mit den Augen förmlich verschlingt.

Meine Haut steht vor Verlegenheit und Erregung und Verlangen in Flammen, obwohl ich kaum fassen kann, dass ich immer noch mehr von dem will, was wir jetzt schon mehrfach getan haben.

Das warme Wasser prasselt auf meine müden Muskeln und fühlt sich himmlisch an, genauso wie die zärtliche Massage, die er meinem Rücken und meinen Schultern zukommen lässt.

Als ich mich zu ihm umdrehe, fahre ich mit dem Finger über seine Brust zu der schwach erkennbaren Narbe von der Operation. »Wer hat dieses Tattoo eigentlich entworfen?«

»Das war ich. So habe ich mich nach der Transplantation gefühlt, als könnte ich endlich die Flügel ausbreiten, bereit für alles, was das Leben mir beschert.«

»Es ist wunderschön. Hast du auch andere Sachen gemalt?«

»Jede Menge. So habe ich die Zeit im Krankenhaus rumge-bracht und mir gleichzeitig meine geistige Gesundheit bewahrt.«

»Deine Bilder würde ich liebend gern mal sehen.«

»Ich werde dir alles zeigen, wenn du nach Phoenix kommst.« Er fährt mir mit seinen seifigen Händen über Busen und Bauch, sodass mir die Knie ganz weich werden. »Ich habe über Phoenix nachgedacht. Ich weiß, du hast gesagt, du musst nächstes Wochenende arbeiten, aber magst du vielleicht nächsten Sonntag rüberfliegen? Ich hab zwei Wochen Kündigungsfrist im Krankenhaus, und dann könnten wir am Wochenende danach herfahren. Auf diese Art und Weise kannst du meine Eltern kennenlernen, bevor wir herkommen.«

In meinem Kopf dreht sich alles, doch auf die bestmögliche Art und Weise. »Solange der Zustand meiner Mom sich nicht verschlechtert, sollte das klappen.«

»Wenn sie dich braucht, hat das natürlich Vorrang. Ich kann auch allein herfahren.«

»Ich bezweifle nicht, dass Maria und Carmen bereit sind, für mich bei meinen Eltern einzuspringen, damit ich auf der langen Autofahrt bei dir sein kann.«

»Das wäre sehr nett von ihnen.«

»Sie reden schon eine ganze Weile davon, wie sehr sie sich wünschen, dass ich meinen Jason oder Austin finde. Sie wollen, dass ich das Gleiche wie sie habe. Ich weiß, sie werden alles in ihrer Macht Stehende tun, um uns zu unterstützen.«

»Ich bin sehr froh, dass sie dazu bereit sind. Und ich weiß, wie viel dir das bedeutet.«

»Allerdings. Sie gehen mit mir durch dick und dünn.«

»Ich bin froh, dass du sie hast.«

»Wir haben sie beide. Weil ich dich liebe, würden sie auch für dich alles tun.«

»Freut mich zu hören.«

Ich küsse ihn und lasse ihn dann allein in der Dusche zurück, damit er sich rasieren kann, während ich in Leggins und ein T-Shirt schlüpfe, das eine Schulter frei lässt. Bevor ich mir die Haare trockne, schaue ich auf mein Handy, und tatsächlich hat Maria ein Update zu unserer Mutter geschickt.

Hab heute mit den Krankenschwestern auf der Station telefoniert. Mommy hatte eine gute Nacht, und die Antibiotika wirken. Ihr Fieber ist gesunken, und sie wird wohl heute im Laufe des Tages entlassen werden. Sieht so aus, als wäre die aktuelle Krise überwunden.

Ich antworte in dem Gruppen-Chat, in dem außer meinen Brüdern noch Vincent, Vivian, Francesca, Nona und Abuela sind. Das ist so eine Erleichterung. Danke fürs Update. Ich übernehme heute das Abendessen bei ihnen. Wenn ich mich um meine Eltern kümmere, habe ich auch gleich was zu tun, nachdem Wyatt die Stadt verlassen hat.

Wenn ich nur daran denke, spüre ich sofort wieder den Abschiedsschmerz. Ich weiß natürlich, dass es bloß vorübergehend ist, aber nach diesem himmlischen Wochenende ist mein einziger Wunsch – außer dass meine Mutter wieder ganz gesund wird, natürlich –, immer mit ihm zusammen zu sein.

Ich beschließe, mir die Haare nicht glatt zu föhnen, sondern sie lockig zu lassen, weil ich zu müde bin und keine Lust auf die mühsame Glättungsprozedur habe. Ich stecke es zu einem Knoten auf, damit mein Shirt nicht nass wird.

Wyatt tritt in einem grauen Anzug mit weißem Oberhemd und einem dunkelblau gemusterten Schlips aus dem Schlafzimmer.

Sein Anblick raubt mir die Sprache.

»Erde an Dee? Alles okay?«

Ich befeuchte mir die Lippen, die plötzlich ganz trocken sind. »Du … Du siehst so gut aus.«

Bei seinem Lächeln strahlen seine Augen auf. »Danke. Du siehst auch echt gut aus.« Er kommt zu mir, und ich weiß

228

genau, was er vorhat, vor allem nachdem wir so viel Zeit miteinander verbracht haben.

Ich hebe eine Hand, um ihn aufzuhalten. »Schön langsam, Kumpel. Du hast einen Termin.«

»Ich hasse es, dass wir jetzt keine Zeit haben, aber wenn es dazu führt, dass ich zu meinem Mädchen ziehen kann, dann ist es das wohl wert.«

Als ich höre, dass er mich als »sein Mädchen« bezeichnet, wird mir ganz schwindlig. Vor Glück. Ich bin so verdammt glücklich. »Ich habe auch gute Neuigkeiten: Das Fieber meiner Mutter ist gesunken, sodass sie heute entlassen werden kann.«

»Das ist fantastisch.« Er schaut auf seine elegante Armbanduhr. »Ich denke, ich sollte mir dann mal langsam ein Taxi rufen.«

»Ich fahr dich hin. Dann kann ich gleich Carmen einen Besuch abstatten. Sie hat mich schon häufiger eingeladen, mal bei ihr im Büro vorbeizukommen.«

»Bist du dir sicher? Ich möchte deinen Tagesablauf nicht durcheinanderbringen.«

»Du wirst ohnehin meinen Tag ruinieren, indem du nachher heimfliegst. Insofern stört es mich überhaupt nicht, dich zu fahren. Wir können unterwegs auch gleich *cortadito* besorgen.«

»Äh … Kannst du das bitte übersetzen?«

»Kubanischer Kaffee.«

»Ah, dann nehme ich einen entkoffeinierten.«

»Oh, Mist. Sorry. Ich hab vergessen, dass du auf Koffein verzichtest.«

»Ist doch nicht schlimm, Babe.«

Ich beiße mir auf die Lippen. »Du musst mir mal eine Liste davon geben, was für dich verboten ist, damit ich dich nicht mit Sachen in Versuchung führe, die du gar nicht haben darfst.«

»Ich mag es, wenn du mich in Versuchung führst.«

»Du weißt, was ich meine. Ich möchte nichts kochen, was schlecht für dich ist, oder dich auf einen Kaffee einladen, den du gar nicht trinken kannst.«

»Ich wette, es gibt auch entkoffeinierten. Lass uns hinfahren und es rausfinden.«

»Und du machst mir eine Liste der Sachen, von denen du besser Abstand nehmen solltest, okay?«

»Ich werde dafür sorgen, dass du alle Informationen hast, die du brauchst.«

Er schnappt sich seine Aktentasche, und wir verlassen gemeinsam meine Wohnung. Ich fahre zu Juanitas *ventanita*, einem winzigen Verkaufsstand, der sich auf dem Gelände einer Tankstelle befindet. Auf dem Weg dorthin kläre ich Wyatt über die vier Sorten kubanischen Kaffees auf – *cafecito, colada, café con leche* und *cortadito*.

»Welchen sollte ich deiner Meinung nach probieren?«

»Da du gewöhnlich keinen Kaffee trinkst – und ehrlich gesagt habe ich keine Ahnung, wie das überhaupt gehen soll –, würde ich einen entkoffeinierten *café con leche* vorschlagen. Der ist deutlich milder als *cortadito*, von dem einem laut Abuela Haare auf der Brust wachsen.«

»Ich möchte keine Haare auf deinen herrlichen Brüsten.« Er tut so, als müsse er sich was aufschreiben. »Notiz für mich: Sie braucht extrastarken Kaffee, um den Tag zu beginnen.«

»Genau, sonst ist sie nicht verantwortlich für irgendwelche schlechte Laune, vor allem wenn sie in der Nacht zuvor praktisch keinen Schlaf gekriegt hat.«

»Das war die beste Nacht überhaupt«, meint er und blickt mich an. »Sogar besser als die erste, und ich hätte nicht gedacht, dass das überhaupt möglich ist.«

»Nach der war ich so verlegen.«

»Was? Warum?«

»Es hat so überhaupt nicht zu mir gepasst, so was mit einem Mann zu tun, den ich gerade erst kennengelernt hatte. Ich war mir selbst ganz fremd. Ich weiß gar nicht, wie ich es erklären soll.«

»Wer immer du in jener Nacht warst, du hast mir unheimlich gut gefallen. So sehr, dass ich es immer wieder durchlebt habe, bis ich dachte, ich würde noch durchdrehen, wenn ich dich nicht so schnell wie möglich wiedersehe.«

»Ehrlich?«

»Ehrlich. Und das ist mir noch nie zuvor passiert. Ich war bisher nie wie besessen davon, jemanden wiederzutreffen. Ich vermute, ich war schon auf dem besten Weg, mich in dich zu verlieben, bevor du mich dazu gebracht hast, es ganz zu tun.«

»Ich hab überhaupt nichts gemacht.«

»Doch. Du hast dafür gesorgt, dass ich daran glauben kann. Du hast keine Ahnung, was für eine große Sache das für mich ist. Vorher, vor dir, dachte ich, ich sei eigentlich ein ganz optimistischer Mensch. Ich habe nicht viel über die Unsicherheit gegrübelt, die ein so großer Teil meines Lebens ist, aber ich kann jetzt erkennen, dass ich, indem ich mich in Bezug auf das, was ich zuzulassen bereit war, so eingeschränkt habe, eine Menge ziemlich toller Dinge versäumt habe. Also ja, du hast mir gezeigt, dass es Dinge gibt, die ich nicht versäumen sollte, und ich werde dir immer dankbar dafür sein, dass du mich dazu gedrängt hast.«

Ich schenke ihm mein breitestes Grinsen. »Außerdem kann ich auch ziemlich gut knutschen.«

»Erinnere mich nicht daran, sonst muss ich mit einer Latte ins Vorstellungsgespräch.«

»Ich bin ja erstaunt, dass das überhaupt noch funktioniert.«

Er nimmt meine Hand und legt sie sich auf den Schritt. »Funktioniert ganz prima.«

»Hör auf!« Ich muss lachen und versuche meine Hand weg-zuziehen, doch das lässt er nicht zu. »Wyatt …«

»Ja, Dee?«

»Wir sind da.«

Er hebt den Kopf, sieht die Tankstelle und runzelt verwirrt die Stirn.

Ich ziehe noch mal an meiner Hand. »Ich zeig es dir, wenn du mich loslässt.«

»Na gut, aber nur kurz.«

Wir steigen aus dem Auto und stellen uns in die Schlange für Juanitas köstlichen Kaffee und die unwiderstehlichen Plunderteilchen. Es geht nur langsam vorwärts, weil Juanita alles selbst macht und gerne mit jedem ihrer Kunden ein Schwätzchen hält. Wir haben noch mehr als genug Zeit bis zu Wyatts Termin um halb zehn, trotzdem schaut er immer wieder auf seine Armbanduhr.

»Keine Sorge, ich bring dich rechtzeitig hin.«

»Was? Ich und Sorge?«

Ich liebe ihn. Ich liebe es, mit ihm zusammen zu sein, wie unangestrengt alles mit ihm ist. Es fällt mir so leicht wie Atmen. Ich nehme seine Hand zwischen meine beiden.

Er drückt meine leicht.

Ich blicke von unseren verschränkten Händen hoch und merke, dass Juanita uns mit einem breiten Lächeln auf dem hüb-schen Gesicht beobachtet. »*Hola, amiga. ¿Cómo estás? ¿Dónde encuentran tu hermana, tu prima y tú estos chicos tan atractivos y cómo puedo conseguir uno para mi hija?*« Hallo, meine Freundin. Wie geht es dir? Wo finden deine Schwester, deine Cousine und du eigentlich immer diese sexy Männer, und wie komme ich an einen für meine Tochter?

Lachend sehe ich Wyatt an und antworte: »*Lo encontré en la boda de Car.*« Den hier habe ich bei Carmens Hochzeit getroffen.

»*Ah, sabía que no debería haber ido de vacaciones y haber ido a esa boda en su lugar.*« Ah, ich wusste, ich hätte nicht in den Urlaub fahren und stattdessen zu dieser Hochzeit gehen sollen.

»Warum habe ich nur das Gefühl, dass ihr beide hinter meinem Rücken über mich redet?«, fragt Wyatt mit einem Grinsen.

Juanita fächelt sich Luft zu. »Wir reden über Sie, ganz recht, allerdings tun wir es direkt vor Ihren schönen Augen.«

»Oh, danke.«

»Juanita, das hier ist Wyatt. Wyatt, darf ich dir Juanita vorstellen?«

»Freut mich sehr, Sie kennenzulernen«, sagt sie.

»Gleichfalls.«

»Ich hätte gerne einen *cortadito* und Wyatt einen entkoffeinierten *café con leche*.«

Juanita verzieht das Gesicht, um mir zu verstehen zu geben, was sie von dem Wort »entkoffeiniert« hält, aber sie macht sich an die Zubereitung und fragt mich dabei, wie meine Mutter die Chemo verträgt, ob Carmen schon schwanger ist und es ihr nur noch nicht verraten hat und wie es Maria und ihrem sexy Baseballspieler geht. »Seine kleine Tochter ist so unglaublich niedlich. Sie mag auch entkoffeinierten *café con leche*.«

»Sie ist zuckersüß.«

Juanita bringt unsere Getränke ans Verkaufsfenster. »Einen *cortadito* und einen entkoffeinierten *café con leche* für den sexy *chico*.«

»Hat sie gerade gesagt, dass ich sexy bin?«, erkundigt sich Wyatt.

Ich muss lachen. »Als ob du das nicht bereits wüsstest.«

»*Me gusta éste, cariño*«, erklärt Juanita. »*Es bueno verte sonreír de nuevo.*« Ich mag ihn, Süße. Und es ist schön, dich wieder lächeln zu sehen.

»*Gracias, a mi me gusta él también.*« Danke, ich mag ihn auch.

Wyatt zahlt die Rechnung und nimmt die Tüte mit den *pastelitos* entgegen, die es zu jeder Kaffeebestellung gratis dazugibt und die einem das Wasser im Mund zusammenlaufen lassen. Ich bin mir nicht sicher, ob er eins isst, hoffe jedoch, dass er die himmlisch buttrigen Gebäckstücke wenigstens kostet.

»Was ist da drin?«, fragt er, während wir zurück zum Auto gehen, und hebt die Tüte an.

»Der Himmel auf Erden.«

»Der Himmel auf Erden in einer Tüte?«

»Ja, genau.«

Im Auto nimmt er zögernd einen Schluck von seinem Kaffee. »Wow, der schmeckt echt gut.«

»Ich hab's dir ja gesagt.« Ich nehme ihm die Tüte ab, fische ein *pastelito* heraus und halte es ihm hin. »Ich fühle mich wie Eva im Paradies, die Adam etwas anbietet, das nicht gut für ihn sein kann.«

»Ein Bissen wird nicht schaden.« Er probiert und verdreht genießerisch die Augen. »Ja, die sind verdammt lecker. Ich kann kaum glauben, dass sie an einer Tankstelle den besten Kaffee von Miami verkauft.«

»Mit dem kleinen Laden macht sie einen Riesenumsatz. Die Leute kommen jeden Tag von überall in der Stadt her und stehen sogar Schlange.«

Er nimmt einen weiteren Schluck von seinem Kaffee. »Und ich kann absolut verstehen, warum. Gewöhnlich fällt es mir leicht, auf Kaffee zu verzichten, aber der hier könnte echt zur Gewohnheit werden.«

»Ich bin froh, dass er dir schmeckt.« Und ich bin stolz, ihm etwas nähergebracht zu haben, das eine so wichtige Rolle in meinem Leben spielt. »Du kannst nicht in Miami und mit kubanischen Verwandten aufwachsen, ohne irgendeine Verbindung zu Kaffee zu entwickeln. Das ist so eine Art Säule unserer sozialen Strukturen.«

»Ich bin beeindruckt von der hiesigen Kultur, und außerdem war es supersexy, dich Spanisch reden zu hören.« Er fächelt sich übertrieben Luft zu. »Ich wusste gar nicht, dass du zweisprachig bist.«

»Das ergibt sich einfach, wenn man hier groß wird. Alle sprechen Spanisch. Man erzählt sich sogar, dass man sein ganzes Leben hier verbringen kann, ohne ein Wort Englisch von sich geben zu müssen.«

»Hattest du Spanisch in der Schule?«

»Ja, aber schon in der Mittelstufe konnte ich es fließend. Ich hab so viele enge Freunde und Verwandte, die Spanisch sprechen, dass ich es einfach automatisch gelernt habe.« Ich blicke zu ihm hinüber. »Wenn du möchtest, können wir nach deinem Vorstellungsgespräch noch ein bisschen Little Havana erkunden.« Sein Flug geht erst um halb sechs abends, daher haben wir fast den ganzen Nachmittag.

»Das klingt prima. Ich würde liebend gern mit dir Sachen erkunden.«

»Ich meine Herumlaufen, nur falls du was anderes im Sinn hast.«

»Wenn du in der Nähe bist, muss ich immer an ›was anderes‹ denken, aber in diesem Fall weiß ich, was du meinst.«

Als wir am Miami-Dade ankommen, schaut sich Wyatt um und erklärt, die Grünanlage sei sehr schön. »Ich kann gar nicht fassen, wie sehr sich die hiesige Landschaft von der von Phoenix unterscheidet. Dort ist alles so trocken und staubig, und hier grünt und blüht es im Überfluss.«

»Uns in Südflorida ist das Grün total wichtig, und alles ist in irgendeiner Form angelegt und gepflegt.«

»Das gefällt mir sehr.«

Ich bin so froh, dass ihm meine Stadt gefällt und er hier leben möchte, weil ich nicht glaube, dass ich noch mal von hier wegziehen könnte, nicht nachdem ich es schon einmal getan habe. Jetzt, wo ich zu Hause bin, wird mir klar, wie groß mein Heimweh war, als ich in New York gelebt habe, obwohl ich mir die Wohnung dort mit meinem Cousin geteilt habe. Wieder zurück zu sein, bei den Menschen, die ich liebe, sodass ich, wann immer ich möchte, zu ihnen kann, lässt sich mit nichts vergleichen.

Wir stellen den Wagen auf dem Besucherparkplatz ab und betreten gemeinsam das Gebäude, nehmen den Aufzug zum Verwaltungstrakt, wo Carmen ihr Büro gegenüber von dem des Krankenhausdirektors hat, der zusammen mit dem ärztlichen Leiter, dem Chefarzt der Chirurgie und dem Chefarzt der Kardiologie das Vorstellungsgespräch mit Wyatt abhalten wird.

»Vielleicht solltest du vor mir reingehen, damit sie nicht denken, du hättest deine Freundin zum Vorstellungsgespräch mitgebracht.«

Lächelnd erwidert er: »Wenn sie das glauben, würde es mich nicht im Geringsten stören.«

»Du sollst doch den Job bekommen, Wyatt. Ich kann nicht nach Phoenix ziehen.«

»Das weiß ich. Keine Sorge, wenn ich den hier nicht kriege, bewerbe ich mich um einen anderen. Ich werde schon was finden.«

»Ich möchte, dass du etwas findest, das dich glücklich macht.«

»Ich möchte mit dir zusammen sein. Du machst mich glücklich.«

Bevor ich darauf etwas antworten kann, stehen wir bereits vor den Räumlichkeiten des Krankenhausdirektors. Ich bin froh, als ich Carmen im Empfangsbereich entdecke, wo sie mit einer Frau spricht, die hinter einem Schreibtisch sitzt. Ich erkenne sie von der Hochzeit wieder, kann mich aber nicht an ihren Namen erinnern.

Als Carmen uns erblickt, leuchtet ihr Gesicht auf. »Mona, du erinnerst dich sicher noch von der Hochzeit an meine Cousine Dee und auch an Jasons guten Freund Dr. Wyatt Blake.«

»Schön, Sie beide wiederzusehen«, erklärt Mona.

Carmen umarmt mich und Wyatt. »Ich hatte so gehofft, dich vor dem Gespräch noch zu erwischen, Wyatt, damit ich dir viel Glück wünschen kann.« Dann wendet sie sich an mich. »Das ist so eine nette Überraschung, dass du auch da bist.«

»Ich dachte, das sei vielleicht eine günstige Gelegenheit, deine Einladung anzunehmen, mir mal dein Büro anzuschauen. Natürlich nur, wenn du nicht zu viel zu tun hast.«

»Ich hab Zeit«, antwortet sie.

»Du siehst toll aus.« Sie trägt ein schwarzes Kostüm mit einer roten Seidenbluse und Pumps mit absurd hohen Absätzen. »Das Kostüm steht dir ganz wunderbar.«

»Danke. Das ist lieb von dir.«

Mr Augustino, den ich ebenfalls von der Hochzeit kenne, tritt aus seinem Büro.

Carmen übernimmt die Vorstellung, und er schüttelt Wyatt und mir die Hand. »Freut mich, Sie wiederzutreffen. Dr. Blake, bitte kommen Sie herein. Es sind schon alle da.«

»Gerne.« Wyatt streicht mir kurz über den Rücken, bevor er Mr Augustino durch die Tür folgt.

Ich bin ein nervliches Wrack, hoffe und bete, dass sie ihm diesen Job anbieten, damit der erste Schritt in unserem Plan wahr wird.

»Komm mit, Dee.« Carmen holt mich aus meiner Versunkenheit, dirigiert mich zu ihrem Büro und schließt hinter uns die Tür. »Jetzt sieh dich nur an.«

Ich nehme auf einem ihrer Besucherstühle Platz. »Was denn?«

Sie setzt sich neben mich. »Du bist ja echt komplett hin und weg.«

»Ja?«

»O ja, und das macht mich sehr froh. Erzähl mir alle Einzelheiten, und lass nichts aus.«

»Musst du nicht arbeiten?«

Sie winkt ab, als wollte sie sagen: *Vergiss die Arbeit.* »Das hier ist viel wichtiger. Und jetzt raus damit, Dee.«

»Ich liebe ihn. Ich liebe ihn so sehr.«

Carmen klatscht vor Begeisterung in die Hände. »Das ist das Aufregendste überhaupt, seit Maria sich einen sexy Baseballspieler geangelt hat.«

»Und was ist mit deinem sexy Neurochirurgen?«

»Das ist doch Schnee von gestern.«

Ich muss über ihre Grimasse lachen. »Also stört es dich inzwischen weniger, nachdem du drüber geschlafen hast?«

»Ich wünsche mir nur, dass du glücklich bist, und ich würde nie etwas tun, um dir das wegzunehmen.«

»Danke. Das bedeutet mir viel.«

»Es heißt nicht, dass ich mir deinetwegen keine Sorgen machen werde – und um ihn –, aber ich kann erkennen, wie sehr ihr einander liebt, und das freut mich für euch.«

»Ich kann nicht glauben, dass das passiert, Car. Ich meine … Nach der Hochzeit war es einfach irre, dennoch hätte ich nie gedacht, dass ich ihn wiedersehe. Und jetzt kann ich mir ein Leben ohne ihn überhaupt nicht mehr vorstellen.«

»Ich hoffe sehr, dass er den Job kriegt. Ich hab schon ein gutes Wort für ihn eingelegt, und Jason ebenfalls.«

»Echt? Das ist super.«

»Natürlich. Er ist großartig, und Jason sagt, er sei einer der besten Ärzte, die er kennt. Sie müssten schon verrückt sein, um ihn nicht einzustellen.«

»Ich bin total angespannt. Ich hab das Gefühl, als ob alles, was ich mir je gewünscht hab, endlich in Reichweite ist, doch ich hab auch Angst, dass irgendwas schiefgeht.«

»Es wird alles perfekt laufen. Das weiß ich. Und ich bin restlos begeistert davon, dass meine Eltern dir den Job der Geschäftsführerin angeboten haben. Ich liege ihnen schon seit so vielen Jahren damit in den Ohren, langsamer zu machen und das Leben zu genießen. Allerdings musste erst deine Mom krank werden, damit sie sich ernsthaft damit befassen.«

»Ich bin total aufgeregt und nervös und dankbar, dass sie mich gefragt haben.«

»Du warst die Einzige, die wirklich infrage gekommen ist. Wir haben darüber geredet, und wir waren uns alle einig, dass du es werden sollst.«

»Danke für den Vertrauensvorschuss. Ich freue mich schon darauf, anzufangen und alles zu lernen, was ich wissen muss.«

»Und ich freue mich, dass meine Eltern endlich etwas Zeit für sich haben werden. Sie haben so hart gearbeitet, dass sie das jetzt echt verdient haben.«

»Ohne Zweifel.«

»So, du hast mir aber noch nicht *alles* erzählt.«

»Er möchte, dass wir uns ein Haus suchen und zusammenziehen.«

»Ich finde es klasse, dass ihr den ganzen Vorkram überspringt und gleich zum Guten übergeht.«

»Wir haben keine Zeit zu verschwenden.«

»Was das betrifft …« Sie wählt ihre Worte sorgfältig. »Ich habe Jason dazu gebracht, es mir so zu erklären, dass ich es verstehen kann.«

»Und?«

»Es ist schon ziemlich besorgniserregend. Ich wünschte, ich hätte ihn nicht gefragt. Wie schaffst du das?«

»Indem ich so tue, als wäre es kein Problem, und einfach weiter unsere Pläne umsetze. Und bevor du fragst, es ist nicht so, dass ich es leugne oder verdränge. Ich begreife, dass die Chancen nicht so toll stehen, und daher bemühen wir uns, ganz im Augenblick zu leben. Das ist ja das Einzige, was wir tun können.«

»Du bist so mutig, Dee. Ich hab das immer schon gefunden, doch nie mehr als jetzt.«

»Du hast immer schon gedacht, ich sei mutig? Ernsthaft?«

»Ja, klar. Du hast einfach deine Sachen gepackt und bist in die größte Stadt des Landes gezogen. Ich war so neidisch auf dich. Ich konnte mich nicht überwinden, mein sicheres Zuhause hier zu verlassen, um so etwas zu tun.«

»Du hättest es auch gekonnt.«

Sie schüttelt den Kopf. »Nein, ganz besonders nicht nach Tonys Tod. Da hab ich die Unterstützung meiner Familie gebraucht, um weiterzumachen. In einer anderen Stadt hätte ich das nicht so gut geschafft.«

»Du hast etwas überlebt, das andere umgebracht hätte.«

»Ich hab's überlebt, weil mir keine andere Wahl blieb, und du wirst das auch tun, wenn das Schlimmste passiert.«

»Das hoffe ich.« Ich weigere mich, mir von Gedanken an diese Möglichkeit einen so schönen Tag ruinieren zu lassen.

»Genug davon. Wo wollt ihr wohnen?«

»Ich möchte ein Haus mit einem Garten und vielleicht einem Pool. Hast du irgendwelche Vorschläge, wie wir am besten vorgehen sollten?«

»Ich hab vor ein paar Tagen auf dem Weg zu Maria ein Verkaufsschild gesehen.« Sie holt ihr Handy heraus, öffnet eine Immobilien-App und hat mir innerhalb weniger Minuten für morgen Nachmittag eine Besichtigungstour für ein Haus mit drei Schlafzimmern und drei Bädern organisiert.

Ich muss über ihr schnelles Handeln grinsen. »Du fackelst echt nicht lange.«

»Hast du nicht gesagt, ihr hättet keine Zeit zu verschwenden?«

»Stimmt.«

»Hier ist noch eins, ganz in der Nähe. Du kannst dir beide morgen vor der Arbeit schon mal von außen anschauen.«

Ich atme lang gezogen aus. »Ich kann irgendwie nicht glauben, dass das hier wirklich passiert.«

»Glaub es. Du verdienst es nach … Du weißt schon, was.«

Sie will Marcus' Namen nicht aussprechen. »Hast du irgendwas darüber gehört, wie es ihm geht?«

»Bloß dass er in einer Entzugsklinik ist, aber das weißt du ja schon.«

»Ich kann einfach nicht fassen, dass ich keine Ahnung davon hatte, dass er alkoholkrank ist. Wie konnte ich das übersehen?«

»Er hat sich eben Mühe gegeben, es vor dir geheim zu halten.« Sie macht eine kleine Pause, bevor sie hinzufügt: »Du gibst dir vielleicht die Schuld daran, weil du in New York geblieben bist und damit eure Beziehung einer Belastung ausgesetzt hast. Doch ich hab gestern noch lange darüber nachgedacht, und mir ist klar geworden: Wenn du das nicht getan hättest, wäre dir die Sache schon viel früher um die Ohren geflogen, weil du gemerkt hättest, dass er ein Problem mit dem Trinken hat.«

»Ein Teil von mir fühlt sich, als ob ich bei ihm hätte sein sollen.«

»Nein, das stimmt nicht. Du hast diese Zeit für dich gebraucht, bevor du dich dauerhaft auf ihn einlassen konntest. Du hast keinen Grund, dich deswegen schuldig zu fühlen. Und er konnte sich entscheiden, eure Beziehung fortzusetzen oder nicht, und er hat sich dafür entschieden, nach der Trennung wieder zu dir zurückzukehren, wodurch das, was er getan hat, in meinen Augen nur noch verwerflicher wird.«

»Es ist alles so schwer zu begreifen. Selbst nach all dieser Zeit.«

»Bianca hat Maria erzählt, dass er nach wie vor fest vorhat, das mit dir in Ordnung zu bringen.«

Diese Information schockiert mich. »Was, denkt er, könnte er in Ordnung bringen, nachdem er eine andere geheiratet hat?«

»Keine Ahnung, aber offenbar ist das sein einziges Ziel im Leben.«

»Das will ich wirklich nicht hören. Ich stehe dafür nicht zur Verfügung, sein einziges Ziel im Leben zu sein.«

»Sehr richtig. Er hatte seine Chance und hat es vermasselt. Und zwar gründlich.«

»Ich möchte nicht länger über ihn reden, daher lass uns das Thema wechseln.«

»Okay. Wie wäre es damit, dass ich langsam den Verdacht hege, dein Bruder flirtet mit Sofia?«

»Ist mir auch aufgefallen. Maria und ich haben ihn gestern Abend zur Rede gestellt, und er behauptet, sie seien bloß Freunde. Wir haben ihm klargemacht, dass wir ihn im Auge behalten und dass er besser nicht seinen üblichen Nico-Mist mit ihr abzieht.«

»Ich bin froh, dass ihr was gesagt habt. Ich war schon beunruhigt.«

»Er schwört, dass er keinerlei böse Absichten hat, und er hat begriffen, dass es ihm an den Kragen geht, wenn er da Mist baut. Nur … ich glaube, er mag sie wirklich.«

»Ehrlich?«

»Ja, und er hat keine Ahnung, was er deswegen tun soll, weil er sonst immer nur rumgespielt hat. Er hat keine Ahnung, wie man eine echte Beziehung führt. Er hatte ja nie eine.«

»Außer Tanja. Erinnerst du dich noch?«

»Das war in der elften Klasse oder so.«

»Trotzdem … Er hat sie sehr gemocht, und sie hat ihn fallen lassen. Danach hat er damit begonnen, Frauen schlecht zu behandeln. Als wolle er um jeden Preis vermeiden, dass sich diese Geschichte wiederholt. Wenn, dann würde er derjenige sein, der Schluss macht.«

»Hm, so habe ich das noch gar nicht betrachtet, aber du könntest recht haben.« Ich blicke auf die Uhr an der Wand hinter dem Schreibtisch. »Wie lange dauert so ein Vorstellungsgespräch eigentlich? Habe ich vielleicht Zeit, mal kurz bei meiner Mutter vorbeizuschauen?«

»Die wurde bereits entlassen. Ich hab heut Morgen nach ihr gesehen, und da waren sie schon auf dem Weg nach draußen.«

»Oh, wow, das ist früher, als sie erwartet hat.«

»Sorry, ich dachte, du hättest es schon gehört.«

»Kein Problem. Wie hat sie auf dich gewirkt?«

»Gut. Sie konnte es jedenfalls kaum erwarten, hier rauszukommen und nach Hause zu fahren.«

»Das klingt total nach ihr.« Ich schicke rasch eine Nachricht mit dem Update an meine Geschwister und die andern, damit sie wissen, dass meine Mutter inzwischen zu Hause sein müsste.

Alle antworten mit Erleichterung.

Eine neue Textnachricht von meiner Mutter erscheint im Familien-Gruppen-Chat.

Ich bin zu Hause und fühle mich besser. Danke euch allen für die vielen guten Wünsche. Nachdem sie erfahren hat, dass ich im Krankenhaus war, hat Mrs Lopez einen Auflauf vorbeigebracht, daher sind wir essenstechnisch versorgt. Ihr habt also heute Abend frei. Hier ist alles in bester Ordnung. Alles Liebe, Mommy

Ich zeige Carmen die Nachricht, erleichtert, dass eine neuerliche Krise überwunden zu sein scheint.

»Das klingt gut.«

»Das tut es, und ich bin heute für das Dinner vom Haken, was irgendwie gar nicht so gut ist, weil Wyatt ja nachher abreist und ich froh war, etwas zu tun zu haben.«

»Dann komm doch zum Abendessen zu uns.«

»Ist schon okay. Ihr müsst nicht Babysitter für mich spielen.«

»Das macht uns überhaupt nichts aus. Ich reserviere uns irgendwo einen Tisch, und wir laden noch Maria, Austin und Everly ein. Dann kommst du gar nicht ins Grübeln.«

»Danke, Carmen. Das klingt wunderbar.«

»Jederzeit gern. Wann siehst du ihn wieder?«

»Ich muss es mit deinem Dad klären, aber vorausgesetzt, Wyatt kriegt den Job hier, hoffe ich, nächsten Sonntag nach Phoenix zu fliegen, um seine Eltern kennenzulernen und ihm beim Packen zu helfen. Dann fahren wir am folgenden Wochenende zusammen hierher zurück.«

»Das ist superaufregend!«

»Ist es eigentlich normal, dass es sich anfühlt, als würden Fledermäuse im Bauch flattern, wenn so was passiert?«

»Völlig normal. So hab ich mich die ganze Zeit gefühlt, als ich frisch mit Jason zusammen war, bis ich sicher wusste, dass er hier arbeiten würde und wir es tatsächlich miteinander versuchen würden.«

»Ich kann mich noch gut erinnern. Das war echt eine emotionale Achterbahnfahrt für dich.«

»Aber letzten Endes hat es sich gelohnt.«

Ihr Telefon klingelt, und sie steht auf, um den Anruf entgegenzunehmen. »Klar, Mona, er kann einfach reinkommen.« Sie legt auf und geht zur Tür, um Wyatt zu öffnen.

Mein Herz macht bei seinem Anblick wieder diesen verrückten Salto. Ich muss ihn mal fragen, ob das ein Grund zur Sorge ist, doch ich bin zu sehr damit beschäftigt, ihn anzustarren, um die Gedanken in Worte zu fassen.

»Wie ist es gelaufen?«, fragt Carmen.

»Großartig«, erwidert er. »Ich glaube, sie mögen mich. Weil ich zu Hause terminlich so eingebunden war, hatte ich bereits mehrere Online-Meetings und eine virtuelle Besichtigung des Krankenhauses, insofern war das heute mehr eine Formalität. Aber warten wir's ab.«

»Wann erfährst du was?«, will Carmen wissen.

»Mr Augustino hat gesagt, er wird mich anrufen, sobald sie eine Entscheidung getroffen haben.«

»Dann drücken wir die Daumen, dass das bald passiert, damit du nicht so lange in der Luft hängst.«

»Das wäre nett.«

Es ist gut, dass Carmen ihn mit diesen Fragen löchert, weil sie es mir damit abnimmt.

Wyatt lächelt mich an und greift nach meiner Hand. »Was habt ihr so in der Zwischenzeit getrieben?«

»Ach, wir haben nur geredet.«

»Und nach Häusern gesucht«, fügt Carmen hinzu. »Wir haben bereits zwei infrage kommende Objekte in der Nähe von Marias Zuhause gefunden, die ganz gut aussehen.«

»Lass mich mal schauen.« Er beugt sich über die Lehne meines Stuhls und hüllt mich in seine Wärme und den dezenten Duft seines Rasierwassers ein.

Ich zeige ihm die beiden Häuser, die wir gefunden haben, und sie sagen ihm beide zu.

»Das mit dem Pool gefällt mir etwas besser«, erklärt er. »In dem Garten lassen sich bestimmt tolle Partys veranstalten.«

Wir bleiben noch ein paar Minuten bei Carmen, bevor sie uns zum Aufzug bringt. »Ich drücke alle Daumen, Wyatt. Melde dich bitte, sobald du was gehört hast.«

»Na klar. Noch mal danke dafür, dass du ein gutes Wort für mich eingelegt hast.«

»Ich hoffe, es nützt was.«

Als sich die Aufzugstüren öffnen, drehe ich mich zu Carmen um und umarme sie. »Danke fürs Gesellschaftleisten.«

»Jederzeit gern. Ruf mich wegen des Abendessens an.«

»Mach ich.«

»Ihr trefft euch zum Abendessen?«, erkundigt sich Wyatt, als wir auf dem Weg nach unten sind.

»Meine Mutter ist zu Hause, und ihre Nachbarin hat sie für heute Abend mit einem Auflauf versorgt. Da hab ich zu Carmen gesagt, dass ich jetzt in der Luft hänge, weil du ja heimfliegst und ich nichts zu tun habe, um mich abzulenken. Da hat sie sofort ein gemeinsames Abendessen organisiert, damit ich nicht allein bin.«

»Es freut mich, dass deine Mutter zu Hause ist, und deine Familie ist sowieso einfach nur großartig.«

»Ja, sie sind ziemlich klasse.«

Er legt einen Arm um mich, während wir zum Parkplatz gehen. »Ich habe ein gutes Gefühl, dass ich sehr bald zurück sein werde.«

»Dann hoffe ich, dass du recht hast.«

KAPITEL 16

Wyatt

Als mein Flugzeug um sechs Uhr abends abhebt, schaue ich aus dem Fenster auf die Stadt hinunter, die mir nach so kurzer Zeit schon so viel bedeutet. Dee ist irgendwo da unten, und es geht ihr vermutlich genauso schrecklich wie mir, nachdem wir uns am Flughafen verabschiedet haben. Sie zu verlassen war furchtbar, selbst wenn es nur für eine Woche ist. Weniger als eine Woche. Sechs Tage.

Unser Spaziergang durch Little Havana hat so viel Spaß gemacht. Wir haben uns die Herstellung von Zigarren angesehen, alte Männer beim Dominospiel im Park beobachtet und uns ein kubanisches Sandwich geteilt. Sie hat geweint, als ich ihr Blumen gekauft habe, und ein weiteres Mal beim Abschied. Aber wie gesagt, es ist ja nicht für lange.

Ich liebe sie so sehr. Sie ist in jeder Hinsicht absolut perfekt für mich, angefangen bei ihrem unerschütterlichen Optimismus über ihre Herzenswärme und die Nähe zu ihrer Familie bis hin zu ihrer bedingungslosen Liebe zu allen, die ihr wichtig sind. Ich habe unglaubliches Glück, dass ich dazugehöre, und dessen bin ich mir sehr wohl bewusst.

Direkt bevor ich ins Flugzeug gestiegen bin, habe ich eine Textnachricht von meiner Mutter erhalten, die mich für morgen

Abend zum Essen einlädt. Wir sind so froh, dass du bald wieder zu Hause bist!

Wenn ich daran denke, ihnen von meinen Plänen zu erzählen, verspüre ich Unbehagen, weil ich weiß, dass sie nicht froh sein werden, wenn das bedeutet, dass ich am anderen Ende des Landes leben werde. Es stört mich, dass meine Neuigkeiten sie nicht freuen werden, aber nach dem absolut himmlischen Wochenende mit Dee bin ich mir sicher, dass mit Dee zusammenzuziehen das Richtige für mich ist, selbst wenn es meine Eltern unglücklich macht.

Mit vierunddreißig sollte ich längst den Punkt überschritten haben, an dem meine Eltern bei meinen Entscheidungen noch mitbestimmen, doch es ist unmöglich, das Leuten zu erklären, die nicht aus eigener Erfahrung wissen, was eine lebensbedrohliche Erkrankung im Kindesalter mit der Eltern-Kind-Dynamik anstellt, selbst wenn das Kind schon lange erwachsen ist.

Von der kurzen Nacht bin ich müde und verschlafe die vier Stunden Flug nach Phoenix fast komplett. Als wir landen, schalte ich mein Handy ein und höre mir die Voicemail vom medizinischen Leiter des Miami-Dade an, der mir den Job in ihrem Herz-Lungen-Team anbietet. Ich hatte insgeheim die Sorge, meine gesundheitliche Situation wäre für sie ein Dealbreaker. Beim Vorstellungsgespräch haben sie mich nach meinem Gesundheitszustand gefragt, und ich habe ihnen die Wahrheit gesagt: Es geht mir gut, und ich habe vor, alles dafür zu tun, dass das so bleibt. Es erleichtert mich, dass mir das keinen Strich durch die Rechnung gemacht hat. Jedenfalls soll ich ihn am nächsten Morgen zurückrufen, um die Details zu klären. Ich muss mich zusammenreißen, um nicht genau hier, mitten in der voll besetzten Flugzeugkabine, einen Jubelschrei auszustoßen.

Ich wähle sofort Dees Nummer.

»Hey, bist du gut gelandet?«

»Wir stehen am Gate, und ich habe eine Nachricht vom Miami-Dade mit einem Jobangebot erhalten.«

Sie stößt den Schrei aus, den ich mir in einem Flugzeug voller anderer Passagiere verkneifen musste. »Herzlichen Glückwunsch, Wyatt! Ich freue mich so für dich.«

»Ich freu mich für *uns*. Das entwickelt sich alles in die richtige Richtung, Baby.«

»So fühlt es sich auf jeden Fall an.«

»Wie war das Essen?«

»Großartig. Wir waren bei einem Thailänder in der Innenstadt.«

»Können wir da auch noch mal hin? Ich liebe thailändisches Essen.«

»Wann immer du willst. Ich bin so froh, Wyatt.«

»Geht mir genauso. Die Leute vom Krankenhaus heute waren mir sofort sympathisch, und der Job hört sich super an. Aber das ist nicht das Wichtigste.«

»Übertreib nicht. Du hast gerade einen tollen neuen Job angeboten bekommen. Natürlich ist das wichtig.«

»Der Job ist auf keinen Fall wichtiger als du. Ich vermisse dich schon jetzt so sehr. Ich habe in der Sekunde angefangen, dich zu vermissen, in der du weggefahren bist.«

»Ich hab auf dem gesamten Weg nach Hause geweint.«

»Oh, das tut mir leid.«

»Das muss es nicht. Es waren gute Tränen. Die besten. Ich wünschte, ich könnte einfach blinzeln und die Woche wäre vorbei, damit wir wieder zusammen sind.«

»Eine weitere Woche, und dann sind wir für immer vereint.«

»Ich kann's kaum erwarten.«

»Ich auch nicht.« Wir telefonieren auf dem ganzen Nachhauseweg und weiter bis spät in die Nacht, bis wir beide so oft gähnen müssen, dass wir keine andere Wahl haben, als aufzulegen.

Am nächsten Morgen um sechs bin ich im Krankenhaus an meinem Arbeitsplatz und habe eine OP nach der anderen. Zwischen den Operationen treffe ich mich mit dem Leiter unserer Abteilung und spreche meine Kündigung aus. Ich habe statt der normalen neunzig Tage eine Kündigungsfrist von nur zwei Wochen, weil es mir wichtig war, schnell aus dem Job rauszukommen, sofern das gesundheitlich notwendig werden sollte. Mein Boss ist entsetzt über meine Entscheidung, doch ich lasse mich nicht umstimmen. Als er das erkennt, schüttelt er mir die Hand und wünscht mir alles Gute für meine neue Position, obwohl er unverkennbar sauer ist, weil das sehr kurzfristig ist und ich sie nicht vorgewarnt habe.

Doch die eine Sache, die zu verschwenden ich mir nicht leisten kann, ist Zeit.

Kurz nach fünf bin ich mit meinem letzten Patienten fertig und übergebe ihn zur weiteren Betreuung an meine Assistenzärzte, mit der Anweisung, mich zu benachrichtigen, falls sich sein Zustand verschlechtert. Kurz nach sechs fahre ich in meinem schwarzen Audi-SUV vom Parkplatz und in Richtung des Hauses meiner Eltern. Von unterwegs rufe ich Dee an, die mir schrecklich fehlt, nachdem ich so viele Stunden nicht mit ihr geredet habe.

»Hallo, wie war dein Tag?«

»Lang. Aber der Höhepunkt war, dass ich gekündigt habe. Wie sieht's bei dir aus?«

»Ich bin noch im Restaurant. Kann ich mich später bei dir melden?«

»Ich bin jetzt auf dem Weg zum Abendessen bei meinen Eltern. Am besten schick ich dir eine Nachricht, wenn ich dort aufbreche.«

»So machen wir es. Ich vermisse dich.«

»Ich dich auch, Babe. Und wie.«

»Wir sprechen uns später. Viel Spaß beim Essen.«

»Hab dich lieb.«

»Ich dich auch.«

Ich kann nicht glauben, dass ich diese Worte zu einer Frau sage oder sie von ihr höre. In Dee verliebt zu sein ist das Allerschönste, was mir passiert ist, seit ich meine zweite Chance aufs Leben bekommen habe. Wenn ich durch die Hölle gehen musste, um sie zu finden, hab ich das gern auf mich genommen. Sie ist der Topf Gold am Ende eines sehr langen Regenbogens. Das auch nur zu denken wäre unvorstellbar für mich gewesen, bevor ich ihr begegnet bin. Aber jetzt, wo ich weiß, dass es sie gibt, ist das Einzige, was ich mir wünsche, mit ihr zusammen zu sein.

Ich nehme diesen Entschluss mit in das Haus meiner Eltern, ein modernes Gebäude mit einem Dach voller Solarpanels, die mein Vater verkauft. Er hat in der Solarindustrie sehr gut verdient, was bei der enormen finanziellen Belastung durch meine Krankenhausrechnungen hilfreich war.

Meine Mutter ist glücklich, mich zu sehen, und sie umarmt mich so fest, dass ich kaum noch Luft bekomme. Mein dunkles Haar habe ich von ihr und die Körpergröße von meinem Dad.

»Ich bin so froh, dass du wieder zu Hause bist. Hattest du Spaß?«

So viel Spaß wie noch nie in meinem Leben. »Ja, sehr.«

»Wie geht es Jason?«

»Prima. Er ist restlos begeistert davon, verheiratet zu sein.«

»Freut mich zu hören.«

Sie hat Gemüse und Hummus für mich hingestellt und Käse und Cracker für sich und meinen Dad.

»Aus der Küche riecht es aber gut. Was hast du gemacht?«

»Gemüsepfanne mit Shrimps. Ich hab Zuckererbsen bekommen, die liebst du doch so.«

»Danke, Mom.« Sie umsorgt mich wie eine Mutter, die ihr Kind durch eine fast tödliche Krankheit gebracht hat – mit unermüdlicher Aufmerksamkeit für jedes Detail.

»Und was ist bei euch so los?«

»Dein Dad hat einen wichtigen neuen Kunden an Land gezogen und ist sehr aufgeregt, und meine Klasse hat im landesweiten Lesewettbewerb aller fünften Klassen einen der vorderen Plätze belegt.«

»Das ist beides fantastisch.«

»Ist echt ein fantastischer Monat.«

Nach meinen Neuigkeiten wird es mit ihrer guten Laune vorbei sein, was meine Freude etwas dämpft. Aber dann denke ich an Dees süßes Gesicht und daran, wie es sich anfühlt, mich in ihr zu verlieren, und ich habe keinen Zweifel, dass ich das Richtige tue. Wir gehören zusammen, und es ist an mir, die nötigen Schritte zu unternehmen, um das zu ermöglichen.

Mein Vater kommt von der Arbeit nach Hause, macht sich ein Bier auf und begrüßt mich mit einer kurzen Umarmung. »Schön, dich zu sehen«, sagt er, als hätten wir uns wochenlang nicht getroffen.

Dabei waren wir erst vorletzten Sonntag zusammen, als wir mit meinen Geschwistern gebruncht haben. »Danke, gleichfalls. Ich höre, das Geschäft läuft gut.«

»Sehr gut. Besser denn je.«

»Das ist großartig, Dad. Freut mich zu hören.«

»Und wie sieht es im Herz-Lungen-Bereich aus?«, erkundigt sich mein Vater.

»Wie immer viel zu tun. Ich hatte heute drei OPs, und für morgen sind drei weitere angesetzt.«

»Du mutest dir doch nicht zu viel zu, oder?«, will meine Mutter wissen. »Du siehst müde aus.«

»Ich bin auch müde. Ich hatte ein ziemlich volles Wochenende und einen verrückten Tag im Krankenhaus.« Der

Schlafmangel vom Wochenende hat sich dabei total gelohnt. »Ich bin einfach müde, Mom. Nichts, worüber man sich Sorgen machen muss.«

Beim Essen erfahre ich, dass die Frau meines Bruders unter Schwangerschaftsdiabetes leidet und dass meine Schwester einen Hund aus dem Tierheim zu sich nehmen möchte. Die einen Großeltern verbringen ein paar Tage bei Freunden in Palm Springs, und die anderen besuchen gerade die Schwester meiner Großmutter in New York. Alle sind glücklich, gesund, und es geht ihnen gut, was bedeutet, dass meine Eltern auch glücklich sind. Und ich werde gleich eine Bombe platzen lassen, die ihre Zufriedenheit ruinieren wird. Ich hasse das, aber während ich helfe, den Tisch abzuräumen und in der Küche für Ordnung zu sorgen, zwinge ich mich, es endlich anzusprechen.

»Also, Leute, ich hab ein paar Neuigkeiten.«

Sie unterbrechen ihre Arbeit und drehen sich mit angespannter Miene zu mir um.

»Es ist nichts Schlimmes. Genau betrachtet ist es irgendwie sogar das Beste überhaupt.«

»Was denn?«, fragt Mom.

»Ich hab eine tolle Frau kennengelernt.«

»Oh, wer ist sie denn?«, erkundigt sich mein Vater.

»Dee, die Cousine von Jasons Frau. Wir haben uns auf der Hochzeit unglaublich gut verstanden.« Und *wie* gut wir uns an dem Tag verstanden haben – und in der Nacht. »Wir sind in Kontakt geblieben, und, nun ja, ich hab mich in sie verliebt.«

»Das ist wundervoll, Süßer.« Moms Augen strahlen vor Glück. »Das freut mich so für dich.«

»Danke. Ich freue mich auch ziemlich für mich. Sie ... Sie ist wunderbar. Ihr werdet sie ins Herz schließen. Sie ist süß und hübsch und lustig, und ihre Familie ist ihr total wichtig. Sie hat noch drei Geschwister, aber sie gehören zu einer riesigen Großfamilie. Ihre Tante und ihr Onkel führen ein bekanntes kubanisch-italienisches Restaurant in Little Havana, und sie haben Dee gerade gefragt, ob sie den Laden für sie führen will. Darüber ist sie begreiflicherweise superhappy.« Mir wird klar, dass ich zu viel rede, doch wie soll ich das nicht tun, wenn es um Dee geht?

»Also, sie lebt in Miami, und du lebst hier. Wie soll das funktionieren?«, will mein Dad wissen und kommt damit sofort zum Kern des Problems, wie er es immer tut.

»Ich werde zu ihr ziehen. Ich habe einen Job im Miami-Dade General Hospital. Dee und ich werden uns ein Haus in Miami kaufen.«

Meine Mutter ist so erschüttert, dass sie mich nur sprachlos anstarren kann.

»Bevor ihr mir all die Gründe aufzählen könnt, warum das eine schreckliche Idee ist, lasst euch von mir erklären, warum ich glaube, dass es die beste Idee ist, die ich je hatte. Zum ersten Mal überhaupt bin ich wirklich verliebt, und alles, was ich will, ist, so lange wie möglich mit Dee zusammen zu sein. Ja, ich habe sie erst vor wenigen Monaten kennengelernt. Ja, das ist alles wahnsinnig schnell passiert. Aber wir wissen alle, dass ich nicht viel Zeit habe, und wir wollen der Sache eine Chance geben, solange wir das können.«

Dad räuspert sich. »Also weiß sie ... alles?«

»Ja, und sie ist es, die mich davon überzeugt hat, mich ganz auf sie und auf uns einzulassen, voll auszuschöpfen, was es bedeutet, verliebt zu sein, und es ist ...« Es gibt, wie mir klar wird, keine Worte, um angemessen auszudrücken, was sie mir bedeutet oder wie es sich anfühlt, in sie verliebt zu sein. »Ich hab mit ihr das beste Wochenende aller Zeiten verbracht, und ich kann es gar nicht erwarten, dass es weitergeht.«

»Ist es fair?«, fragt Mom und wischt sich Tränen mit einem Papiertaschentuch ab. »Ihr gegenüber?«

»Vermutlich nicht, doch sie hat beschlossen, dass alles wunderbar laufen wird und wir uns keine Sorgen darüber machen werden, was vielleicht irgendwann einmal geschieht. Wir werden uns einfach mit aller Kraft auf das Hier und Jetzt konzentrieren.« Ich kann nicht mal über sie sprechen, ohne dass sich mein Mund zu einem breiten Grinsen verzieht. »Glaubt mir, ihr werdet sie genauso lieben, wie ich das tue.«

Sie wechseln einen Blick, sagen allerdings nichts mehr.

»Es tut mir leid, wenn euch das Sorgen bereitet, aber ich bin wirklich glücklich, und ich wünschte mir, ihr könntet euch für mich freuen.«

»Natürlich tun wir das, Wyatt«, erwidert Mom. »Das ist nur ziemlich viel auf einmal. Wir dachten, dass du nach Miami fliegst, um Jason zu besuchen, nicht um dir am anderen Ende des Landes einen neuen Job zu suchen und ein ganz neues Leben anzufangen.«

»Es tut mir leid, dass ich euch nichts von dem Vorstellungsgespräch erzählt habe, doch ich fand, es würde nichts bringen, bevor ich die Zusage hatte. Und als ich am Freitag hingeflogen bin, wusste ich noch gar nicht, was ich in Bezug auf Dee erwarten sollte oder ob es so großartig sein würde wie beim ersten Mal.« Ich hätte nicht gedacht, dass irgendetwas diesen ersten Tag und die Nacht mit ihr toppen könnte. Aber da habe ich völlig falschgelegen.

»Du bist ein erwachsener Mann, Sohn«, meint Dad. »Du kannst tun, was immer du willst, und wenn es diese Frau in Miami ist, die du willst ...« Seine Stimme bricht, und mein Herz tut das auch.

Ich hasse es, dass ich sie noch mehr aufregen muss, als ich es schon getan habe. »Ich möchte nicht so weit entfernt von euch leben. Ich hoffe, ihr wisst, dass es nicht darum geht. Es ist bloß einfach so, dass ich die Chance auf etwas habe, von dem ich nie geglaubt hätte, dass es für mich überhaupt möglich wäre, vor allem weil ich gar nicht zugelassen habe, dass es passiert. Nun allerdings, da es so weit ist ...«

»Ich verstehe das«, versichert mir Dad. »Und ich bin glücklich darüber, dass du diese Erfahrung machen kannst. Es ist nur schwierig für uns, weißt du? Wir sorgen uns.«

»Das weiß ich, und ich hasse es, dass ich der Grund dafür bin. Doch es geht mir gut, besser als je zuvor. Es gibt keinen Grund zur Sorge, wegen nichts. Ich werde mit Dee in Miami leben, ihre Familie ist dort, und Jason wird ebenfalls da sein. Es ist nicht so, als würde ich irgendwohin ziehen, wo ich niemanden kenne, so wie damals, als ich mich an der Duke eingeschrieben habe. Und ich hab mir gedacht ... Vielleicht könntet ihr ja auch einen Teil des Winters bei uns in Miami verbringen. Wir suchen uns ein großes Haus, und Dad, du hast ja bereits davon gesprochen, dass du dir mehr Freizeit zugestehen willst, weil das Geschäft jetzt so gut läuft. Mom, du wirst dich auch irgendwann bald pensionieren lassen und das Leben genießen. Ihr habt euch beide ganz bestimmt Ruhe und Erholung verdient.«

Mom ist jetzt schon bei ihrem zweiten Taschentuch, während sie sich die Tränen abwischt, die nicht versiegen wollen. Ich gehe zu ihr und umarme sie. »Es tut mir leid, aber ich verspreche, dass alles gut wird.«

»Und was sollen wir machen, wenn du irgendwelche Probleme bekommst, aber am anderen Ende des Landes in Miami bist?«

»Ihr könnt innerhalb weniger Stunden dort sein, falls es nötig werden sollte, was nicht passieren wird.«

»Das kannst du überhaupt nicht wissen, Wyatt«, widerspricht Mom.

»Nein, kann ich nicht. Trotzdem habe ich mich entschlossen, damit aufzuhören, zu leben, als läge ich im Sterben.«

»Das hast du doch gar nicht!« Moms Trauer verwandelt sich sofort in Wut. »Schau dir an, was du aus dir gemacht hast – du bist ein angesehener Herzchirurg. Was hat das mit ›leben, als lägest du im Sterben‹ zu tun?«

»Meine Karriere ist toll. Ich bin sehr stolz auf das, was ich erreicht habe. Aber es ist der Rest meines Lebens, dem etwas fehlt. Ich hatte unverbindliche Beziehungen mit Frauen und habe mir nie erlaubt, es zu eng werden zu lassen, aus Angst, dass mein Spenderherz aufgibt. Denn es schien mir immer irgendwie unfair, jemandem so was zuzumuten.

Dee hat mir vor Augen geführt, dass uns alle nur eine ungünstige Entscheidung vom Tod trennt. Wir können im falschen Moment auf die Straße treten, an einer Kreuzung Gas geben, die ein anderer Fahrer bei Rot überfährt, oder jede Menge andere schreckliche Dinge, die Leuten jeden Tag passieren. Ich war so damit beschäftigt, meine Karriere zu verfolgen, dass ich irgendwo auf dem Weg vergessen habe zu leben. Dee hat mir etwas anderes gezeigt – etwas, das ich mehr will als je irgendwas zuvor, und das nehme ich mir jetzt. Ich möchte, dass ihr ein Teil davon seid. Was ich auf keinen Fall möchte, ist, euch mehr Stress zu bereiten. Ich möchte, dass ihr glücklich seid und euch nicht um mich sorgt.«

»Es fällt uns sehr schwer, uns nicht um dich zu sorgen«, sagt Dad leise.

»Das weiß ich, und ich verstehe es auch. Ich hasse es, dass ich euch das antun muss, aber es ist die Belohnung für alles, was wir gemeinsam durchgestanden haben. Dee ist die Belohnung. Sie ist mein Hauptgewinn.«

»Und das weißt du nach so kurzer Zeit so sicher?«, fragt Mom.

»Ich wusste es sofort. Der Tag, an dem ich sie getroffen habe, war anders als jeder Tag, den ich je mit einer anderen verbracht habe, und alles, worüber ich seitdem nachgedacht habe, war, sie wiederzutreffen. Bitte, freut euch für mich. Ich möchte nicht darüber nachdenken, auf wie viele Arten es schiefgehen könnte, sondern einfach den Moment genießen, den wir gerade haben, und das Beste daraus machen.« Ich greife auf Dees Worte zurück, weil ich hoffe, meine Eltern damit zu überzeugen.

Dad überbrückt die Distanz zwischen uns und umarmt mich so fest wie schon seit Jahren nicht mehr.

Mir brennen Tränen in den Augen.

»Wir freuen uns sehr für dich, Wyatt, und wir können es gar nicht erwarten, deine Dee kennenzulernen.«

»Danke, Dad. Ich weiß, ihr werdet sie sehr gernhaben.«

Als er mich loslässt, wende ich mich Mom zu. »Alles in Ordnung bei dir?«

»Ich denke, das wird schon. Ich kann nur den Gedanken nicht ertragen, dass du so weit von uns entfernt leben wirst.«

»Du hast auch die vier Jahre überstanden, in denen ich in North Carolina war«, erinnere ich sie.

»Das war die Hölle, ich hab die ganze Zeit auf den Telefonanruf gewartet ...«

»Der nie gekommen ist. Es ging mir gut. Es geht mir gut. Es wird mir gut gehen. Wir müssen einfach darauf vertrauen, und wenn es eines Tags so weit ist, dass das nicht mehr der Fall ist, werden wir uns damit auseinandersetzen. Und in der Zwischenzeit möchte ich nicht, dass ihr in ständiger Sorge lebt.«

»Tut mir leid.« Sie wischt sich weitere Tränen ab. »Ich möchte auf keinen Fall einen Schatten auf dein Glück werfen. Es ist nur einfach ... Ich brauche noch Zeit, um mich an den Gedanken zu gewöhnen.«

»Nimm dir so viel Zeit, wie du brauchst. Dee kommt nächsten Sonntag für eine Woche her, bevor wir nach Miami aufbrechen. Ich hoffe, dass wir vier Zeit miteinander verbringen können, während sie hier ist. Ich verspreche, dass ihr euch besser fühlen werdet, nachdem ihr sie kennengelernt habt.«

Zumindest hoffe ich das.

KAPITEL 17

Dee

Die Woche, in der Wyatt nicht da ist, zieht sich quälend lange hin. Jede Minute fühlt sich wie ein ganzes Jahr an, außer den Stunden, in denen ich mit ihm rede, gewöhnlich spätnachts nach meiner Schicht im Restaurant. Ich bin so müde, dass ich fast halluziniere, aber ich würde unsere gemeinsame Zeit auf FaceTime für nichts auf der Welt gegen Schlaf eintauschen. Bislang habe ich mir sechs infrage kommende Häuser angeschaut und die Auswahl auf zwei eingegrenzt, die ich beide liebe. Ich möchte, dass er sie sieht, bevor ich irgendwelche Entscheidungen treffe, doch die Vorstellung, mit ihm in einem davon zu leben, macht mich sehr glücklich.

Ich war jeden Tag bei meinen Eltern, habe mit ihnen bisher allerdings nicht über Wyatt oder unsere Pläne gesprochen. Ich habe ihnen noch nicht einmal gesagt, dass ich am Sonntag nach Phoenix fliege. Aber nachher, bevor ich im Restaurant arbeiten muss, fahre ich hin und hole das nach.

Endlich ist es Freitag, und ich habe vormittags einen Termin mit meiner Tante und meinem Onkel. Auf dem Weg zum Giordino's gönne ich mir einen Abstecher zu Juanita, um mir meine dringend benötigte Dosis Koffein zu besorgen.

»*¿Dónde está tu chico sexy?*«

Lächelnd antworte ich: »Mein sexy Mann ist in Phoenix, wo er lebt. Im Moment jedenfalls noch, denn schon nächste Woche zieht er hierher.«

»Das ist großartig. Es ist so schön, dass du nach dem, was dieser Idiot Marcus angerichtet hat, wieder lächeln kannst.«

»Davon weißt du also auch, ja?«

»*Alle* wissen davon. Und PS, ich kenne sogar die *puta*, die er geheiratet hat, und sie kann Dee Giordino nicht das Wasser reichen.«

»Ach, danke, aber das liegt für mich komplett in der Vergangenheit. Ich bin in Wyatt verliebt, und wir schmieden Pläne. Alles ist gut.«

»Du verdienst es, *cariño*.« Sie gibt mir meinen *cortadito*. »Hab auch von deinem neuen Job gehört. Glückwunsch.«

»Danke.« Ich bezahle mit einem Zehner und deute auf den Kaffee. »Der hier trägt entscheidend zu meinem Erfolg im Job bei.«

»Ich bin stets für dich da.«

»Das ist lieb von dir, *amiga*.«

Ich fahre mitten in der Rushhour zum Restaurant, überglücklich und müde, und kann es gar nicht erwarten, Wyatt endlich wiederzusehen. Unsere Trennung war pure Folter, was mir nur beweist, wie richtig es war, mich voll auf ihn einzulassen. Wenn ich mich schon nach wenigen Tagen ohne ihn so fühle, dann weiß ich, dass ich das Richtige tue. Mir wird klar, sollte das Schlimmste passieren, werde ich diesen schrecklichen Schmerz jeden Tag für den Rest meines Lebens spüren.

»Nein, in die Richtung denkst du nicht«, weise ich mich laut zurecht, als ob das dazu führen würde, dass ich meinen Rat auch beherzige. »Hör sofort damit auf.«

Ich kann nicht zulassen, dass sich mein Verstand mit diesem entsetzlichen Szenario befasst, nicht nachdem ich Wyatt versprochen habe, dass ich mit allem klarkommen werde, was auch geschieht. Das ist ein Versprechen, das zu halten ich fest vorhabe.

Im Restaurant warten mein Onkel und meine Tante im Büro auf mich, und wir stoßen mit Mimosas an, um meinen Start im Job würdig zu begehen. Sie sind einfach zu süß.

»Auf unsere neue Geschäftsführerin an ihrem ersten Tag einer, so hoffen wir wenigstens, langen und glücklichen Karriere«, erklärt Vincent.

»Darauf trinke ich«, verkündet Vivian.

»Ich auch«, füge ich hinzu.

Wir heben die Gläser und nippen daran.

»Und jetzt auf euch beide, die ihr zusammen dieses unglaublich wunderbare Restaurant aufgebaut habt. Ich fühle mich total geehrt, dass ihr mich dafür ausgewählt habt, es in Zukunft zu führen. Ich verspreche, mir die allergrößte Mühe zu geben, mich des Vertrauens würdig zu erweisen, das ihr in mich gesetzt habt.«

»Wir könnten nicht glücklicher darüber sein, dass du zugesagt hast«, erwidert Vivian.

Wir verbringen die nächsten drei Stunden damit, den normalen Wochenablauf durchzusprechen – von der Bestellung der Lebensmittel und Spirituosen über die Handhabung der Tischwäsche bis hin zum Einkauf der verschiedenen Verbrauchsmaterialien.

»Als ich vor ungefähr drei Monaten das erste Mal ernsthaft darüber nachgedacht habe, kürzerzutreten, hab ich damit begonnen, alles aufzuschreiben.« Vincent reicht mir ein Notizbuch. »Da steht drin, was ich jeden Tag so tue, zusammen mit Erklärungen, wann und warum ich es so mache, außerdem eine detaillierte Aufstellung, was wir gewöhnlich bei welchem Lieferanten ordern und in welchen Stückzahlen, sodass auch Reserven für größere Veranstaltungen, Hochzeiten und so weiter berücksichtigt sind.«

»Es ist eine Menge«, warnt mich Viv. »Wir erwarten nicht, dass du auf Anhieb alles weißt und den totalen Durchblick hast, sondern haben uns gedacht, es ist am besten, wenn du uns die nächsten paar Monate genau auf die Finger schaust, bis du das Gefühl hast, dass du bereit bist, es allein zu versuchen.«

»Dafür bin ich echt dankbar.« Ich fühle mich bereits jetzt ein bisschen überwältigt, bin jedoch weiter entschlossen, mein Bestes zu geben. Ich werde schon dahintersteigen, nur wird es nicht von heute auf morgen passieren.

Da ich heute Abend arbeiten muss, schicken sie mich mit Lunch nach Hause, damit ich mich vorher ausruhen kann.

Ich esse hausgemachte Minestrone und einen Caesar Salad, während ich Onkel Vincents Notizen studiere, als Wyatt anruft. Sein Name steht auf dem Display meines Handys, und kaum habe ich ihn gesehen, beginnt mein Herz zu rasen.

»Hi.«

»Hey, Babe. Ich wollte mich nur kurz zwischen zwei Operationen melden. Wie war die Einweisung?«

»Toll, wenn auch überwältigend. Ich muss eine Menge lernen.«

»Du wirst den Laden in null Komma nichts ganz allein schmeißen. Daran hege ich keinen Zweifel.«

»Da bin ich aber froh.«

»Du hast schon so viel Erfahrung. Das wird dir nützlich sein, wenn du diese neue Rolle übernimmst.«

»Ja, ganz bestimmt. Wie war deine Operation?«

»Gut. Es war eine Routine-Angioplastie. Der Patient sollte sich komplett erholen. Als Nächstes steht dann die Implantation eines Kardioverter-Defibrillators an.«

»Es ist wirklich sexy, wenn du mit Fachbegriffen wie ›Angioplastie‹ und ›Kardioverter-Defibrillator‹ um dich wirfst.«

Als er lacht, muss ich lächeln. »Das merke ich mir für das nächste Mal, wenn wir uns treffen.«

»Wie lange dauert es noch?«

»Ungefähr achtundvierzig Stunden.«

»Das fühlt sich wie eine Ewigkeit an.«

»Ich zähle die Minuten. Vermutlich werde ich am Sonntag zwei Stunden zu früh am Flughafen sein.«

»Ich kann es gar nicht erwarten, dich zu sehen.«

»Und ich kann es nicht erwarten, dich zu küssen und zu halten und ...«

»Stopp.«

»Ich möchte nicht aufhören. Und ich hab auch schon eine Idee. Lass uns heute Abend nach der Arbeit telefonieren, dann kann ich dir erzählen, was genau passieren wird, wenn du am Sonntag nach Phoenix kommst.«

Ich schlucke. »Ich glaub nicht, dass es durch Darüber-Reden irgendwie besser wird.«

»Lass es uns ausprobieren.« Er stöhnt. »Ich muss los. Rufst du mich an, wenn du zu Hause bist?«

»Mach ich. Viel Glück für die nächste Operation.«

»Danke. Ich wünsche dir einen schönen Abend im Restaurant. Und sprich nicht mit fremden Männern, die dich sexy finden.«

Belustigt erwidere ich: »Ich werd mir Mühe geben.«

»Ich liebe dich.«

»Ich liebe dich auch.«

»Mhm, ich halte es kaum bis Sonntag aus.«

Die Verbindung wird getrennt, bevor ich antworten kann, dass es mir genauso geht. Aber das weiß er. Ich fühle mich wie ein Teenager in den Klauen der ersten Liebe. Ich bin praktisch zu nichts zu gebrauchen, so sehr sehne ich mich danach, mit ihm zusammen zu sein. Das ist alles so groß und überwältigend, dass ich mir kaum noch vorstellen kann, wie ich je glauben konnte, ich sei in Marcus verliebt. Also, natürlich habe ich ihn geliebt. Wirklich. Doch das war mit dem hier in keiner Weise vergleichbar.

Diese Erkenntnis bewirkt, dass ich meiner Schwester eine Textnachricht schreibe und sie bitte, mich anzurufen, wenn sie kurz Zeit hat.

Fünf Minuten später klingelt mein Handy. »Du erwischst mich bei einem kurzen Snack zwischen zwei Patienten. Was ist los?«

»Ich hab da mal eine ziemlich persönliche Frage.«

»Okay … Immer raus damit, nur nicht schüchtern.«

»Das hier dreht sich um Scott.«

»Äh, okay. Was ist mit ihm?«

»Als das zwischen dir und Austin angefangen hat, ist es dir da komisch vorgekommen, dass du je geglaubt hast, du würdest Scott lieben?«

»Mit Austin war es von Anfang an völlig anders, aber ich habe Scott tatsächlich geliebt. Bis er mich betrogen hat und es mit der Liebe vorbei war.«

»Wenn du ›völlig anders‹ sagst, was meinst du damit?«

»Die Verbundenheit zwischen mir und Austin reicht viel tiefer als alles, was ich von Scott kannte. Es ist schwierig zu erklären. Es ist einfach *mehr*.«

»Ja«, erwidere ich leise. »Genau so empfinde ich das auch.«

»Wie kommst du plötzlich darauf … Oder eher, *wer* hat dich darauf gebracht? Obwohl ich mir das vermutlich zusammenreimen kann.«

»Es ist auch mit Wyatt komplett anders, und darum habe ich mich gefragt, was das mit Marcus eigentlich für mich war. Ich habe ihn geliebt, ja, trotzdem lässt es sich überhaupt nicht mit dem hier vergleichen.«

»Das liegt daran, dass Marcus deine Beginner-Liebe war. Wyatt hingegen ist deine Für-immer-Liebe.«

»Ich finde es echt schön, dass man sich bei dir darauf verlassen kann, dass du es einfach perfekt zusammenfasst.«

264

»Äh, Dee … Nach allem, was ich höre, ist Marcus fest entschlossen, dich zurückzugewinnen.«

»Das wird nicht passieren. Wie kriegen wir es hin, dass ihm das klar wird?«

»Ich könnte dafür sorgen, dass seine Schwester das von dir und Wyatt erfährt.«

»Wie würdest du das anstellen?«

»Ich könnte ein Bild von euch beiden auf Facebook posten, mit einer Bildunterschrift wie beispielsweise ›Ein Hoch auf eine neue Liebe‹.«

»Die Idee finde ich wirklich gut. Das würde alle Bemühungen zur Versöhnung im Keim ersticken. Ich kann den Gedanken nicht ertragen, dass er auf der Lauer liegt und mich zu erwischen versucht, um es mit mir auszudiskutieren. Was gibt es da noch groß zu reden?«

»Absolut nichts. Hast du irgendein geeignetes Foto von dir und Wyatt?«

»Ja, sicher.«

»Dann schick es mir doch bitte.«

»Sollte ich ihn nicht erst fragen, ob es ihn stört, wenn wir das auf Facebook bekannt geben?«

»Er zieht her, um mit dir zusammenzuleben, Dee. Das wird ihm nichts ausmachen. Und außerdem werde ich ihn nicht markieren, damit es nicht automatisch auch gleich bei seinen Freunden und seiner Familie landet. Es werden vor allem unsere Freunde und Bekannten erfahren.«

»Das ist genial. Danke.«

»Gern geschehen. Ich bin einfach froh, dass du wieder lächeln kannst.«

»Das fühlt sich auch richtig schön an. Beinahe zu schön, um wahr zu sein.«

»Das ist es nicht. Es ist so wahr, wie es nur geht. Er ist verrückt nach dir. Das können alle erkennen.«

»Ich bin genauso verrückt nach ihm. Diese Woche ohne ihn ist schiere Folter.«

»Ich kann mich noch gut daran erinnern, wie es für mich war, nachdem ich Austin kennengelernt hatte und er nach Baltimore zurückmusste. Es waren zwar bloß ein paar Tage, trotzdem war es furchtbar.«

»Das beschreibt es sehr gut, auch wenn ich mich ein bisschen fühle, als würde ich hemmungslos übertreiben. Es ist nur so, dass ich es kaum ertragen kann, ihn nicht bei mir zu haben.«

»Das verstehe ich. Du wirst bald genug mit ihm zusammen sein, dann könnt ihr anfangen zu leben.«

»Ich kann es gar nicht erwarten. Wie hältst du dich im Moment, solange Austin im Trainingslager ist?«

»Ganz gut. Das Team hat diese Woche drei Spiele in Fort Myers, und ich vermisse ihn, wenn er über Nacht weg ist. Jetzt bin ich natürlich verwöhnt, weil ich ihn den ganzen Winter über durchgehend zu Hause hatte.«

»Ich würde ja anbieten, dir Gesellschaft zu leisten, aber ich muss heute und morgen Abend arbeiten, bevor ich am Sonntagvormittag nach Phoenix fliege.«

»Mach dir meinetwegen keine Sorgen. Es ist alles in Ordnung. Austin ist morgen am späten Abend wieder zurück. Everly und ich versuchen, dich im Restaurant zu besuchen.«

»Ich freu mich schon darauf.«

»Und schick mir das Bild.«

»Ja. Danke noch mal, Mari.«

»Jederzeit gerne. Hab dich lieb.«

»Ich dich auch.«

Wie immer sorgt meine ältere Schwester dafür, dass ich mich besser fühle. So ist es schon immer mit uns gewesen. Während andere Schwestern sich zanken, dass die Fetzen fliegen, haben wir uns immer super verstanden.

Ich finde meine Lieblingsaufnahme von Wyatt und mir, ein Selfie, das ich auf dem Boot gemacht habe, und schicke es Maria. Er hat kein T-Shirt an, sodass man seine großartige Brust und das wunderschöne Tattoo bewundern kann, und ich trage ein süßes Bikinitop. Jeder, der dieses Bild sieht, wird keinen Zweifel daran haben, dass wir glücklich und bis über beide Ohren verliebt sind.

Es gefällt mir nicht, wenn ich daran denke, dass es jemandem wehtun könnte, besonders Marcus, denn das möchte ich nicht, selbst nach dem nicht, was er mir angetan hat. Trotzdem muss er wissen, dass keine Hoffnung auf eine wie auch immer geartete Aussöhnung besteht. Maria hat recht – ein Post auf ihrer Facebook-Seite wird das erreichen.

Ich hab keinen Grund, über die Vergangenheit nachzugrübeln, wenn meine Gegenwart und meine Zukunft so verheißungsvoll sind.

Um drei fahre ich rasch bei meinen Eltern vorbei, bevor ich zu meiner Schicht ins Restaurant muss. Ich finde sie im Wohnzimmer, wo sie nebeneinander in ihren Relaxsesseln sitzen und Händchen halten, während sie fernsehen. Sie sind so süß, und alles, was ich mir auf der Welt wünsche, ist, eines Tages in ihrem Alter zu sein und immer noch mit Wyatt vor dem Fernseher Händchen zu halten.

»Hey, Süße«, begrüßt mich Dad. »Ich habe gerade mit Vincent gesprochen, und er sagt, es sei heute Vormittag großartig mit dir gelaufen.«

»Schön, dass er das findet.« Ich küsse sie beide und setze mich aufs Sofa.

Dad macht die Nachrichten aus.

»Und wie war es für dich?«, fragt er.

»Richtig gut. Ich hab noch eine Menge zu lernen, aber dafür habe ich ja auch Zeit. Es ist jedenfalls total aufregend.

Wie geht es dir denn, Mommy?« Ich habe mir mit beiden heute bereits geschrieben, trotzdem frage ich.

»Alles gut. Es gibt keinen Grund zur Sorge. Übernächste Woche hab ich einen Check-up.«

»Es tut mir leid, dass alles so schwierig ist.«

»So ist es nun mal. Ich versuche mich auf all die positiven Dinge in meinem Leben zu konzentrieren, wie beispielsweise das glückliche Strahlen in den Augen meiner jüngsten Tochter, die eine neue Liebe gefunden hat.«

Ich kann nicht verhindern, dass das Lächeln auf meinem Gesicht breiter wird. »Das habe ich allerdings. Er ist wunderbar.«

»Mir kommt er auch wie ein ganz besonderer junger Mann vor«, bestätigt Dad.

»Das ist er. Am Sonntag fliege ich nach Phoenix, um seine Eltern kennenzulernen und dann mit ihm zusammen hierher zurückzufahren. Ich werde ungefähr eine Woche weg sein. Carmen springt jederzeit gerne ein, falls ihr was braucht, und Maria hat gesagt, sie kann ein paar Extraschichten einlegen, vor allem da Austin mit der Mannschaft unterwegs ist.«

»Zerbrich dir unseretwegen nicht den Kopf, Süße«, erklärt Mommy. »Hab ganz viel Spaß mit deinem Wyatt. Du verdienst eine Pause. Du hast so hart gearbeitet und dich monatelang aufopferungsvoll um uns gekümmert. Wir schaffen das.«

»Versprochen?«

»Ja, großes Ehrenwort«, erwidert sie lächelnd.

»Wir haben ebenfalls über einiges geredet«, verkündet Dad, »und wir wollen die Firma verkaufen.«

Sie ist Anwältin und er Buchhalter. Ihre Firma bietet einer stattlichen Anzahl ortsansässiger Geschäfte Beistand in juristischen Fragen und bei der Buchführung. Sie waren immer bekennende Workaholics, daher ist das eine überraschende Entwicklung. »Okay«, sage ich lang gezogen.

»Es ist höchste Zeit«, stellt er mit einem Seufzen fest. »Duncan und Gloria haben den Laden seit der Krankheit deiner Mutter bewundernswert am Laufen gehalten. Wir haben mit ihnen ausgehandelt, dass sie uns über die nächsten zehn Jahre nach und nach ausbezahlen, sodass wir in der Zeit ein garantiertes Einkommen haben. Und danach werden wir von unseren Rücklagen und dem, was wir in unsere betriebliche Altersversorgung eingezahlt haben, angenehm leben können.«

Ich bin überrascht, wie weit sie das bereits geplant haben, denn ich höre das erste Mal davon. »Das klingt nach einer guten Idee.« All diese Veränderungen sind ein bisschen schwierig zu verarbeiten. »Glaubt ihr nicht, dass es euch fehlen wird?«

Dad lächelt. »Wenn du mich das vor sechs Monaten gefragt hättest, hätte ich dir gesagt, dass es ausgeschlossen sei, so lange nicht zu arbeiten. Aber jetzt …« Er wirft einen Blick zu Mommy, die ihn voller Liebe und Zuneigung anschaut. »Jetzt könnte mir der Laden nicht gleichgültiger sein, was mir verrät, dass es der richtige Zeitpunkt für diesen Schritt ist. Da Vincent und Vivian ja etwas Ähnliches planen, hoffen wir, gemeinsam einige Reisen unternehmen zu können.«

»Das klingt toll. Ich freue mich so für euch. Ihr habt euer ganzes Leben lang hart gearbeitet. Jetzt ist es höchste Zeit für ein bisschen Spaß.«

»Das stimmt. Sobald deine Mutter die Freigabe von den Ärzten hat, sind wir hier weg.«

Ich hoffe nur, dass sie nicht zu lange warten müssen. Ich breche auf, damit ich rechtzeitig im Restaurant bin, was heute ganz besonders wichtig ist, denn es ist einer der geschäftigsten Abende der Woche. Da ist es nicht ungewöhnlich, wenn ich am Ende dreihundert Dollar Trinkgeld in der Tasche hab.

Am Samstagabend bediene ich auf der kubanischen Seite des Hauses, worum ich gebeten hatte, damit ich mir ein Bild davon machen kann, was mit Abuela und Mr Muñoz los ist. Während

269

ich vor dem großen Ansturm die letzten Vorbereitungen treffe, stellt sich Abuela neben mich, um mir dabei zur Hand zu gehen, Besteck in Servietten zu rollen.

»Danke für die Hilfe.«

»Kein Problem.«

Sie war wie gewöhnlich am Samstag beim Friseur, und ihr champagnerfarbenes Kleid steht ihr besonders gut. Ich schaue sie mir genauer an und bemerke, dass sie Lidschatten aufgetragen hat, der zur Farbe ihres Kleides passt.

»Du siehst hübsch aus, Abuela.«

»Oh, danke, Süße. Ich tue, was ich kann, mit dem, was mir noch geblieben ist.«

Ich muss jedes Mal lächeln, wenn ich mit ihr rede. »Dir ist noch jede Menge geblieben.«

Wir arbeiten eine ganze Weile in zufriedenem Schweigen weiter, bevor mir auffällt, dass zufriedenes Schweigen eigentlich gar nicht zu Abuela passt.

»Was ist heute eigentlich mit dir los?«

Sie blickt mich an, wirkt überrascht von der Frage. »Nichts ist los.«

»Doch. Du bist ganz still.«

»All dieses Gerede von Veränderungen wirft mich aus der Bahn«, räumt sie nach einer längeren Pause ein, in der ich mir nicht sicher bin, ob sie mir verraten wird, was sie so beschäftigt. »Vincent hat mir erklärt, ich solle mir etwas überlegen, was ich schon immer tun wollte, aber unter dem Vorwand, arbeiten zu müssen, aufgeschoben habe. Und ich hab einfach keine Ahnung, was ich tun würde, wenn ich nicht das Restaurant hätte.«

»Vielleicht solltest du Mr Muñoz' Einladung annehmen. Obwohl der arme Kerl vermutlich vor Schreck tot umfällt, wenn du plötzlich Ja sagst.«

Ihr Gesicht läuft auf ganz bezaubernde Art und Weise rot an. »Psst.«

»Abuela.« Ich warte, bis sie mich anschaut. »Magst du ihn?«

Sie zuckt die Achseln. »Er scheint schon nett zu sein. Und er ist auf jeden Fall hartnäckig.«

»Wie lange fragt er dich jetzt schon, ob du mit ihm essen möchtest?«

»Ich weiß nicht. Vielleicht vier Jahre? Er hat ungefähr ein Jahr nach dem Tod seiner Frau damit angefangen.«

»Hast du in der ganzen Zeit je gehört, dass er mit einer anderen ausgegangen ist?«

Sie denkt kurz nach, bevor sie den Kopf schüttelt. »Ich glaub nicht.«

»Abuela … Er wartet darauf, dass du Ja sagst. Seit Jahren.«

»Sei nicht albern. Das tut er nicht.«

»Doch. Er wartet darauf, dass du seine Einladung annimmst, und er wird nicht aufhören, dich darum zu bitten, bis du es tust. Was hast du denn zu verlieren, wenn du die Einladung zum Abendessen mit einem netten Mann annimmst, der dich gernhat?«

»Das kann ich hier nicht tun. Alle würden darüber reden. Es wäre total peinlich.«

Ich starre sie ungläubig an. »Ist das der Grund, warum du bislang abgelehnt hast?«

Ihre Bewegungen, mit denen sie das Besteck einrollt, beschleunigen sich, und ihre angespannte Haltung verrät sie.

»Wenn du Ja sagst, werde ich persönlich dafür sorgen, dass niemand auch nur ein Wort darüber verliert. Versprochen.«

»Viel Glück dabei in dieser Familie.«

»Ich werde einen Schutzwall um dich bilden. Vertrau mir, Abuela. Niemand wird darüber sprechen.«

»Trotzdem werden sie es wissen.«

»Dass zwei Erwachsene zusammen eine Mahlzeit einnehmen? Was kümmert es dich, wenn sie das wissen?«

»Ich ertrage es nicht, im Mittelpunkt der Aufmerksamkeit und des Klatsches zu stehen. Das kann ich einfach nicht.«

»Ich werde allen einschärfen, dass das Thema absolut tabu ist. Ich kümmere mich darum, Abuela. Oder ich bitte Mr Muñoz, irgendwo anders mit dir essen zu gehen.«

»Irgendwo anders«, entgegnet sie in verächtlichem Tonfall. »Es gibt nichts anderes.«

Der Fluch, Besitzer eines familiengeführten Restaurants zu sein, das weit über die Stadtgrenzen hinaus für seine exzellente Küche berühmt ist, hat uns alle in Restaurant-Snobs verwandelt.

»Nimm seine Einladung an, Abuela. Bitte sag Ja.«

Ehe sie zu einer Antwort ansetzen kann, treffen die ersten Gäste ein und warten an dem Pult im Eingangsbereich, hinter dem Abuela gewöhnlich steht und die Neuankömmlinge begrüßt. Sie beeilt sich, ihren gewohnten Platz einzunehmen.

Es wird geschäftiger, aber ich hab ein Auge auf sie und halte gleichzeitig nach Mr Muñoz Ausschau, der so pünktlich wie jede Woche zur gewohnten Zeit eintrifft. Er spricht kurz mit Abuela, und sie führt ihn zu seinem Tisch – immer C32, von wo er den Eingang und damit auch das Empfangspult im Blick hat. Und er bittet sie wieder, mit ihm zu essen. Quer durch den Raum beobachte ich, wie er auf den Stuhl gegenüber von seinem zeigt. Der hoffnungsvolle Ausdruck auf seinem Gesicht rührt mich tief. *Bitte sag Ja, Abuela.* Ich bin nicht sicher, ob ich das nur denke oder sogar laut ausspreche, doch ich lasse die beiden nicht aus den Augen und halte die Luft an, während sie die Entscheidung trifft. Dann zieht sie den Stuhl heraus und setzt sich.

Ich muss mich sehr beherrschen, um keinen Freudenschrei auszustoßen, als sie die Serviette auf ihrem Schoß ausbreitet, die wir vorhin zusammen aufgerollt haben.

Die Verblüffung in seiner Miene ist unbezahlbar.

Vivian tritt von hinten zu mir. »Was ist los?«

Ich deute mit dem Kinn zu C32. »Schau mal.«

Sie schnappt nach Luft, als sie ihre seit vielen Jahren verwitwete Mutter mit einem Mann am Tisch sitzen sieht.

»Du darfst auf keinen Fall was zu ihr sagen. Ich hab ihr versprochen, dass niemand das an die große Glocke hängt. Okay?«

»Ich … Äh, ja, okay.«

»Warnst du bitte die andern vor? Ich hatte das Gefühl, als wollte sie seine Einladung wirklich dringend annehmen, doch auf keinen Fall damit aufgezogen werden. Darum habe ich ihr fest versprochen, dass das nicht passieren wird.«

»Ich geb's weiter.«

»Stört es dich?«

»Oh, Süße, natürlich nicht. Sie ist schon so lange allein. Nach dem Tod meines Vaters habe ich jahrelang gehofft, dass sie jemand anders findet, aber sie war wild entschlossen, ihm treu zu bleiben. Was, glaubst du, hat sie schließlich umgestimmt?«

»Wahrscheinlich Vincent, der ihr und Nona erklärt hat, dass sie etwas anderes als die Arbeit finden müssen, um sich zu beschäftigen. Und als ich ihr versprochen habe, nicht zuzulassen, dass irgendjemand darüber tratscht, schien ihr das zu helfen, sich einen Ruck zu geben.«

»Das ist wunderbar, Dee. Gut gemacht.«

»Ich geh besser rüber und nehme ihre Bestellung auf, bevor sie anfängt, sich über die Qualität des Service zu beschweren.«

Vivian lacht. »Gute Idee.«

»Du sagst allen, dass sie es unter keinen Umständen in irgendeiner Weise ansprechen sollen?«

»Ja, ich kümmere mich drum, und ich übernehme ihren Platz am Eingang.«

»Danke, Tante Viv.« Ich durchquere den Raum zu C32. Abuela und Mr Muñoz sind in eine angeregte Unterhaltung vertieft, die jäh abbricht, als ich mich dem Tisch nähere. »Hallo, herzlich willkommen im Giordino's. Ich bin Dee und bediene Sie heute. Darf ich Ihnen schon mal einen Cocktail bringen?«

Ich kenne ihre Getränkewünsche auswendig, spiele jedoch trotzdem meine Rolle.

Mr Muñoz deutet zu Abuela. »Marlene, was hätten Sie gerne?« Seine Augen funkeln so glücklich, dass mir ganz leicht ums Herz wird.

»Ich hätte gern einen Wodka Collins bitte, mit Absolut und zwei Kirschen.«

»Kommt sofort. Und für Sie?« Er bestellt immer Maker's Mark Bourbon mit Wasser.

»Ich nehme das Gleiche«, erklärt er und schenkt Abuela ein Lächeln. »Das klingt wunderbar.«

Sie errötet zart.

Geht es noch niedlicher? Ich begebe mich zur Bar und lasse mir ihre Drinks geben, und als ich zu den beiden zurückkehre, hat er seine Arme auf dem Tisch verschränkt und sich vorgebeugt, hängt förmlich an Abuelas Lippen. Nachdem ich die Gläser vor sie gestellt habe, nenne ich ihnen die Tagesgerichte und nehme ihre Bestellung auf. Sie möchte *ropa vieja* und er *picadillo*.

»Ich bringe gleich erst mal Salat und Brot.« Als ich mich umdrehe, geleitet Vivian gerade eine weitere Gästegruppe zu einem Tisch in der Nähe, ohne auch nur in die Richtung ihrer Mutter zu gucken.

Perfekt.

In den nächsten paar Stunden genießen Abuela und Mr Muñoz ihr Essen inklusive Dessert und einer Flasche Champagner, die Vincent ihnen als Gruß des Hauses schickt.

Abuela kichert und lächelt und scheint sich bestens zu amüsieren. Es macht mich total glücklich, das zu sehen. Sie sitzen immer noch an ihrem Tisch, als wir schließen wollen.

»Werden wir sie hinauskomplimentieren müssen?«, will Vivian wissen.

»Möglicherweise.«

Aber bevor es so weit kommt, erhebt sich Mr Muñoz und hilft Abuela beim Aufstehen.

Ich nähere mich, um sie zu verabschieden.

Er reicht mir seine Kreditkarte.

»Vincent lässt ausrichten, dass das aufs Haus geht.«

»Das ist sehr nett von ihm. Bitte richten Sie ihm unseren Dank aus.«

»Gerne.«

Er steckt die Karte zurück in sein Portemonnaie und zieht einen Hundertdollarschein heraus, den er mir in die Hand drückt. »Marlene hat erwähnt, dass Sie nach Phoenix fliegen, um Ihrem neuen Freund beim Umzug nach Miami zu helfen. Laden Sie ihn zum Essen ein.«

»Ganz lieben Dank, Mr Muñoz. Soll ich Ihnen beiden ein Taxi rufen?«

»Nein, danke, ich hab bereits ein Uber bestellt und bringe Marlene sicher nach Hause.«

Ich gebe Abuela einen Kuss auf die Wange und flüstere ihr ins Ohr: »Tu nichts, was ich nicht auch tun würde.«

Sie verschluckt sich und muss husten, gibt mir einen Klaps auf den Arm, aber als sie mit ihrer Hand auf Mr Muñoz' Ellenbeuge das Restaurant verlässt, wirkt sie glücklicher, als ich sie je erlebt habe, als hätte sie endlich etwas getan, was sie schon längst hatte tun wollen.

Wegen des Erfolgs von Abuelas »Verabredung« schwebe ich, als ich heimkomme, immer noch wie auf Wolken und gehe rasch unter die Dusche. Ich stelle eine Waschmaschinenladung an und packe meine Sachen für den Flug nach Phoenix, bevor ich es mir gemütlich mache und Wyatt anrufe.

Er meldet sich sofort. »Hallo, meine Schöne. Wie war dein Abend?«

»Großartig. Du wirst nicht glauben, was passiert ist.« Ich erzähle ihm alles über Abuela und Mr Muñoz und dass sie letzten Endes seine Einladung angenommen hat. »Sie war so glücklich. Es war das Süßeste, was ich je gesehen habe.«

»Es war gut, dass du ihr einen Schubs gegeben hast.«

»Ich weiß, wie es ist, wenn alle ihre Nase in deine Angelegenheiten stecken, und wie unangenehm das sein kann. Wenn alles, was dazu nötig war, sie umzustimmen, das Versprechen war, dass niemand sie deswegen aufzieht, war es das absolut wert. Ich freue mich total für die beiden. Er ist so ein netter Mann. Vincent hat ihnen das Essen spendiert, aber Mr Muñoz hat mir hundert Dollar Trinkgeld gegeben, damit ich dich einladen kann.«

»Das ist echt lieb von ihm. Ich werde persönlich dafür sorgen, dass du richtig gutes Southwest-Essen bekommst, während du hier bist.«

»Wie viele Stunden sind es noch?«

»Ungefähr siebzehn.«

»Das halte ich nicht aus.«

»Hey, nicht auf den letzten Metern schlappmachen. Wir haben es fast geschafft. Und das Gute daran ist, dass wir den Großteil der Zeit verschlafen werden.«

»Ich bin so aufgeregt. Wie soll ich da einschlafen?«

»Du musst gut ausgeruht sein, wenn du herkommst.«

Seine Worte senden einen Schauer der Sehnsucht durch mich, der sich zu einem Knoten des Verlangens zwischen meinen Beinen zusammenballt. Ich habe mich körperlich noch nie so nach jemandem gesehnt. Nicht so wie jetzt. »Ich kann es kaum erwarten.«

»Ich auch nicht, Süße.«

KAPITEL 18

Wyatt

Ich bin tatsächlich zwei Stunden zu früh am Flughafen. Unter meiner Familie, den Freunden und Kollegen hat sich herumgesprochen, dass ich nach Miami ziehe. Auf meinem Telefon sind die ganze Woche über Nachrichten eingegangen, die ich noch nicht beantwortet habe. Ich warte darauf, dass Dee ankommt, damit ich ein neues Selfie von uns beiden aufnehmen kann, das ich dann allen schicke, die wissen möchten, was es in Miami gibt, das Phoenix nicht zu bieten hat.

Insgesamt nehmen die Leute die Neuigkeit wohl ganz gut auf. Selbst meine Mutter hat sich nach dem Essen am Montag diese Woche zurückgehalten und mich nur ein Mal angerufen statt der üblichen drei oder vier Male. Ich vermute, dass mein Vater ihr geraten hat, gute Miene zum bösen Spiel zu machen, nachdem er verstanden hat, wie wichtig es mir ist, mit Dee zusammenzuleben.

Ich kann mich nicht erinnern, wann ich zum letzten Mal so aufgeregt war wie jetzt, wo wir bald wieder vereint sind. Glücklicherweise ist ihr Flug pünktlich, denn eine Verspätung hätten wir beide wohl nicht verkraftet.

Das Warten bringt mich fast um, bis endlich die Ankunft des Fliegers aus Miami angekündigt wird. Eine weitere halbe Stunde vergeht, ohne dass Dee auftaucht. Reine Folter.

Als sie endlich auf mich zukommt, fühle ich mich, als könnte ich keine weitere Sekunde ohne sie aushalten, und ich weiß, sie hatte recht. Es wäre eine verdammte Schande, dieses Hochgefühl zu versäumen, das mich ergreift, als ich ihr hübsches, lächelndes Gesicht sehe. Sie tritt in meine ausgestreckten Arme, als käme sie nach Hause, und in gewisser Weise tun wir das beide.

Sie umarmt mich genauso fest wie ich sie. »Ich bin so glücklich, wieder bei dir zu sein.«

»Geht mir genauso. Ich hab schon gedacht, dass ich spontan explodiere, während ich darauf gewartet habe, dass du endlich da bist.«

»Oh, bitte nicht. Ich brauche dich in einem Stück.«

Ich lasse sie nur lange genug los, um mir ihren Rucksack über die Schulter zu hängen und ihren Koffer zu nehmen, ehe ich meinen freien Arm wieder um sie lege und mit ihr hinausgehe. Wir verlassen die klimatisierte Halle des Flughafens und treten in den heißen, sonnigen Tag in der Wüste. »Wie hat dir der Anblick aus der Luft gefallen?«

»Es ist ganz anders als Miami.«

»Es wirkt ein bisschen wie ein verdorrtes Miami, das dringend einen Rasensprenger braucht.«

Sie lacht über meine Worte. »Es ist einfach ein komplett anderes Klima. Ich bin schon gespannt darauf, mehr von der Gegend zu sehen.«

»Ich wünschte, wir hätten Zeit für einen Ausflug nach Sedona oder zum Grand Canyon. Wir holen das ein andermal nach, wenn wir zu Besuch hier sind. Sedona ist wunderschön.«

»Ich kann es gar nicht erwarten, alles zu erkunden.«

Bei meinem SUV angekommen, verstaue ich ihr Gepäck im Kofferraum und halte Dee die Beifahrertür auf.

»Der ist echt nett«, sagt sie über den Wagen.

»Danke.« Weil ich es keine Sekunde länger ertrage, beuge ich mich ins Auto vor, um sie zu küssen.

Sie legt ihre Hände an mein Gesicht und öffnet ihre Lippen für mich. Und sofort verliere ich mich in ihr. »Merk dir, wo wir waren«, bitte ich sie, als ich den Kuss schließlich beende, um zur Fahrerseite zu gehen. Als ich hinter dem Lenkrad sitze, ziehe ich sie wieder an mich, und wir machen da weiter, wo wir aufgehört haben.

»Bitte sag mir, dass wir für heute keine Pläne haben.«

»Ich habe genau einen Plan, der für dich viele, viele Stunden in meinem Bett vorsieht.«

»O ja, und am besten sofort.«

»Jawohl, Ma'am.« Ich fahre uns so schnell, wie ich es wage, nach Hause und gebe ihr auf dem Weg eine kurze Tour durch Phoenix.

»Ich liebe die Kakteen! Wir müssen ein paar besorgen, um sie für unser neues Haus nach Miami mitzunehmen.«

»Das tun wir. Wo wir gerade vom neuen Haus sprechen, hast du da schon was erreicht?«

»Die Maklerin hat uns Besichtigungstermine für beide am Dienstag in einer Woche besorgt. Sie meinte, sie seien schon einige Zeit auf dem Markt, daher sei es vermutlich nicht riskant, zu warten. Sie wird aber der betreffenden Immobilienagentur Bescheid sagen, dass man uns benachrichtigen soll, wenn andere Gebote eingehen.«

»Wenn dir eins besser gefällt als das andere, kannst du ruhig ein Angebot abgeben.«

»Mir wäre es lieber, du schaust sie dir erst an.«

»Solange du dort mit mir zusammenlebst, könnte ich in einem Zelt wohnen und wäre glücklich.«

»Das ist verrückt. Du kannst nicht einfach ein Haus kaufen, ohne es je gesehen zu haben.«

»Doch, kann ich. *Carpe diem.* Ist das nicht unser Motto? Daher noch mal: Wenn dir eins besser gefällt als das andere, gib ein Angebot ab.«

»Bist du dir sicher? Also tausend Prozent sicher, dass du ein Haus kaufen willst, ohne es dir angesehen zu haben?«

»Ich bin mir zehn Millionen Prozent sicher. Leg los, Babe.«

»O Gott.« Sie zieht ihr Smartphone heraus und ruft einen Eintrag auf der Immobilienwebsite auf, den sie mir während der Rotphase der nächsten Ampel hinhält. »Das ist das, das mir am besten gefällt.« Sie zeigt mir einen Rundgang durch das Haus, das sie schon einmal online besichtigt hat. »Die Küche ist einfach toll, mit zwei Backöfen, einem Gasherd und einer extrem hochwertigen Ausstattung. Schön ist auch, dass da zwei große Schlafzimmer mit angeschlossenen Bädern sind, sodass deine Eltern ihren eigenen Bereich haben, falls sie zu Besuch kommen.«

»Das wäre perfekt, weil ich ihnen vorgeschlagen habe, darüber nachzudenken, den Winter in Miami zu verbringen.«

»Das sollten sie auf jeden Fall. Es gibt vier weitere Zimmer und zwei Bäder oben, einen Medienraum und ein Büro, das wir uns teilen können.«

»Ich kann mir niemanden vorstellen, mit dem ich mir lieber ein Büro teilen würde als mit dir. Zeig mir noch mal den Pool.«

Sie sucht das Bild eines umzäunten Pools raus, der inmitten einer üppigen, eingewachsenen Gartenlandschaft mit Palmen liegt.

»Das ist super. Der Pool ist großartig. Schreib der Maklerin eine Nachricht, dass wir es nehmen.«

Sie lacht wieder, diesmal höher, ein Zeichen dafür, dass sie sich freut, aber nervös ist. Es ist schön, dass ich solche Sachen über sie weiß. »Wollen wir das wirklich tun?«

»Ja, auf alle Fälle. Kaufen wir es, Dee. Lass uns zusammen ein Zuhause schaffen.«

Ihre Augen funkeln, als sie mir an der nächsten Ampel den veranschlagten Preis zeigt. »Was willst du bieten?«

»Den vollen Preis, damit sie gleich annehmen.«

»Niemand bietet den vollen Preis, Wyatt. Das machen wir ganz bestimmt nicht.«

Sie zieht hunderttausend Dollar ab und schickt das Angebot per Textnachricht an die Maklerin, bevor sie das Handy auf ihren Schoß fallen lässt, als wäre es plötzlich brennend heiß.

»Dir wird nicht schlecht, oder?«

Lächelnd schaut sie mich an, und ihre Augen strahlen vor Freude. »Ich glaube nicht, doch ich behalte mir das Recht vor, meine Meinung später noch zu ändern.«

»Es ist alles in Ordnung, Süße. Mein Haus hier bringt mir sicher eine hübsche Summe ein, und außerdem habe ich mein Geld gut angelegt. Mach dir keine Sorgen.«

»Außerdem habe ich ja meinen neuen Job.«

»Stimmt.«

»Ich weiß, es ist nichts, verglichen mit dem, was du vermutlich verdienst …«

Ich beuge mich vor, um ihr den Mund mit den Lippen zu verschließen. »Es ist nicht nichts. Es ist fantastisch, und du wirst die beste Restaurantmanagerin in der Geschichte der Restaurantmanager.«

Sie verdreht die Augen. »Wenn du meinst.«

»Allerdings. Deine Tante und dein Onkel hätten dir das niemals angeboten, wenn sie nicht genauso sicher wären wie ich, dass du das großartig hinkriegst. Sie haben sich das gründlich überlegt.«

»Das haben sie bestimmt.«

»Sie haben die Beste gefragt. Ohne Zweifel.«

»Wie ich dir schon mehrfach gesagt habe, bist du wirklich gut für mein Ego.«

»Wenn du wüsstest, wie häufig ich in dieser letzten Woche an dich gedacht habe, würde dein Ego nicht mehr in dieses Auto passen.«

»Ach wirklich? Über wie oft sprechen wir denn?«

»Soll ich eine Zahl nennen?«

»Eine Zahl wäre großartig.«

Sie ist gerade eine Viertelstunde hier, und schon ist alles besser. Die Sonne scheint heller, der Himmel ist blauer, und mir ist ganz leicht ums Herz. »Vielleicht tausendmal?«

»Mhm.«

»Was? Ist das zu niedrig?«

Sie lacht. »Natürlich nicht. Hast du an mich gedacht, während du operiert hast?«

»Ja.«

»Ist das sicher?«

»Für wen?«

»Die Patienten!«

Ich breche in Gelächter aus. »Einige dieser OPs führe ich so häufig durch, dass ich das im Schlaf könnte, selbst wenn sie natürlich alle auf die eine oder andere Weise unterschiedlich sind. Es ist absolut sicher, wenn ich dabei in Gedanken bei meinem Lieblingsmenschen bin.«

»Ich bin dein Lieblingsmensch?«

»Zur Hölle, ja, und das warst du schon vor dem letzten Wochenende. Ich habe noch nie in meinem Leben häufiger an einen anderen gedacht als an dich, seit wir uns kennengelernt haben. Auf dem Flug nach Miami habe ich mir immer wieder gesagt, dass ich mich unbedingt von dir fernhalten muss, denn wenn ich dich wiedersehen würde …«

»Was?«, fragt sie und klingt dabei atemlos.

»Ich hatte Angst, dass ich nicht die Willenskraft aufbringen würde, das zu tun, was am besten für dich ist, und wie sich herausgestellt hat, war das berechtigt.«

»Nein, war es nicht. Was am besten für mich ist, ist mehr Zeit mit dir, so viel, wie ich kriegen kann, so lange, wie es möglich ist.«

»Und du wunderst dich, dass du mein Lieblingsmensch bist.«

»Du bist auch meiner.«

»Das musst du nicht sagen. Du hast ziemlich viele Menschen in deinem Leben.«

»Aber dich gibt es nur einmal, und ich hab die ganze letzte Woche ununterbrochen an dich gedacht. Ich hab schon befürchtet, es würde nie Sonntag werden.«

Ich trete das Gaspedal weiter durch, weil ich es gar nicht erwarten kann, sie endlich bei mir zu Hause zu haben, damit wir den Rest des Tages im Bett verbringen können.

»Hat es einen Grund, dass es plötzlich so schnell gehen muss?«

»Ja.«

»Möchtest du ihn mir verraten?«

»Ich würde ihn dir lieber demonstrieren.«

KAPITEL 19

Dee

Ich habe noch nie etwas empfunden, was dem auch nur nahekommt, was mit mir passiert, wenn ich mit ihm zusammen bin. Während der langen Woche der Trennung hatte ich kurz Zweifel, ob ich das Richtige tue, wenn ich mich kopfüber in das mit uns hineinstürze, ohne alles sorgfältig abzuwägen, wie ich es bei wichtigen Entscheidungen sonst immer tue. Das Gefühl der Dringlichkeit angesichts seines Zustands ist dafür verantwortlich, dass ich die gebührende Sorgfalt außer Acht lasse, die mir mein in Buchhaltung geschulter Vater eigentlich beigebracht hat.

Die gebührende Sorgfalt bezieht sich auf das Sammeln von Informationen und das Vergewissern, dass meine Entscheidung vernünftig und praktikabel ist und dass sie zu meinem übrigen Leben passt.

Dad und ich haben eine Kosten-Nutzen-Analyse gemacht, bevor ich nach New York ans College gegangen bin, und dann noch eine, bevor ich entschieden habe, nach meinem Abschluss dortzubleiben. Wir haben eine Liste von meinen Ausgaben erstellt und darauf basierend das Gehalt berechnet, das ich brauchte, um mir das Leben dort leisten zu können. Er hat immer gesagt, dass ich den Verstand eines Buchhalters hätte, so wie ich alles bis ins kleinste Detail analysiere.

Das ist auch der Grund, weshalb mein Verhalten jetzt so ungewöhnlich ist. Ich schere mich nicht um die gebührende Sorgfalt. Nach dem ersten Mal habe ich keine zusätzliche Minute mehr online nach Informationen über Wyatt gesucht.

Es interessiert mich nicht, mit wem er sich früher verabredet hat oder wer seine Freunde bei Facebook sind.

Mich interessiert nur, mit ihm zusammen zu sein.

Nichts anderes ist wichtig, außer meinem neuen Job und meiner Familie, aber selbst sie treten hinter ihn zurück.

Von Rechts wegen müsste ich vor Angst durchdrehen. Ich sollte alles hinterfragen. Ich sollte in Panik verfallen.

Doch nichts davon ist der Fall. Ich bin zu sehr damit beschäftigt, mich zum ersten Mal in meinem Leben voll und ganz lebendig zu fühlen, um mir wegen so was wie der gebührenden Sorgfalt den Kopf zu zerbrechen.

Während ich durchs Fenster auf die Wüstenlandschaft schaue, weiß ich einfach nur, dass ich ihn will.

Mein Magen ist voller Schmetterlinge, und eine überbordende Vorfreude, die mich an meine Kindheit und das Gefühl am Weihnachtsmorgen erinnert, erfüllt mich. Es ist genau so, nur besser. So viel besser.

Als er zu seiner Wohnanlage abbiegt, hält es mich kaum noch auf meinem Sitz.

Während er meine Reisetasche auslädt, warte ich in der sengenden Sonne auf ihn, die sich so viel heißer anfühlt als in Florida, obwohl die herrschende Temperatur vergleichbar ist. Er nimmt meine Hand und geht mit mir die Stufen zur blau gestrichenen Haustür eines weißen Reihenhauses hoch.

»Nur als Vorwarnung: Meine Mom und meine Schwester haben mir geholfen, die Möbel auszusuchen, und alles, was irgendwie nett wirkt, ist ihnen zu verdanken.«

»Gut zu wissen, bevor ich dich für deine hübsche Einrichtung über den grünen Klee lobe.«

»Ich verdiene da ganz bestimmt kein Lob.«

Das Mobiliar ist vorwiegend in neutralen Farben gehalten, aber was mir sofort ins Auge fällt, sind die Gemälde an den Wänden. »Dein Kunstgeschmack ist wirklich beeindruckend.«

»Die Bilder sind von einem ortsansässigen Künstler, der sich auf Wüstenlandschaften spezialisiert hat.«

»Sie sind wunderschön.«

»Freut mich, dass sie dir gefallen. Wir suchen uns die schönsten aus und nehmen sie mit nach Miami.«

»Ich möchte auch deine eigenen Bilder sehen.«

»Ich zeig dir alles.« Er stellt meine Reisetasche am Fuß der Treppe ab und legt den Arm um mich. Er schaut mir in die Augen, lächelt und sagt: »Hi.«

»Hi.«

»Willkommen bei mir zu Hause.«

Ich schlinge ihm die Arme um den Hals und stelle mich auf die Zehenspitzen, um ihm einen Kuss zu geben. »Danke, dass ich hier sein darf.«

»Ist doch selbstverständlich. Kann ich dir irgendwas anbieten? Ich habe den Eistee besorgt, den du so magst.«

»Das ist total lieb von dir. Den trinke ich auf jeden Fall später.« Ich blicke zu den Stufen. »Was ist dort oben?«

»Die Schlafzimmer.«

»Zeig sie mir bitte.«

»Liebend gern.« Er lässt den Arm um meine Schultern liegen, bückt sich nach meiner Reisetasche und nimmt sie mit seiner freien Hand, bevor wir die Treppe hochgehen. »Rechts.«

Wir kommen an zwei Gästezimmern und einem Badezimmer vorbei, bevor wir das große Schlafzimmer betreten, zu dem ein eigenes Bad gehört.

»Du hast es hier echt nicht schlecht, Herr Doktor.«

»Mir hat es auch gut gefallen, bis ich das Haus in Miami gesehen habe, und jetzt kann ich es gar nicht mehr erwarten, dort mit dir einzuziehen.«

»Ich tue mich immer noch schwer damit, zu glauben, dass das hier wirklich passiert. Du ziehst nach Miami, und wir kaufen uns zusammen ein Haus. Kann mich mal jemand kneifen? Das kann nur ein Traum sein.«

Seine Hand streicht über meinen Rücken, dann kneift er mich zärtlich in den Po. »Das ist kein Traum, obwohl es sich so anfühlt. Wie kann etwas so Wunderbares echt sein? Aber es ist echt, und du hast recht gehabt: Es wäre ehrlich furchtbar, all dies zu versäumen, daher danke, dass du dafür gesorgt hast, dass ich mich in dich verliebt habe. Das ist eindeutig das Beste, was ich je getan habe.«

»Ich genieße es, recht zu haben.«

»Gut zu wissen. Das werde ich mir für die Zukunft merken.«

»Ja, bitte.« Ich liebe es, wie ich bin, wie ich mich fühle, wenn ich mit ihm zusammen bin. Ich sage einfach, was mir in den Sinn kommt, ohne lange darüber nachzugrübeln, ob ich das tatsächlich aussprechen sollte. Es gibt keine Selbstzensur, keine Sorgen, dass er etwas falsch verstehen könnte. Das ist so befreiend. »Darf ich dir was anvertrauen?«

Er stellt meine Reisetasche neben seine Kommode. »Alles.«

»Als ich mit Marcus zusammen war, habe ich mir oft Sorgen darüber gemacht, was ich zu ihm gesagt habe und wie er es wohl aufnehmen würde. Das muss ich bei dir nicht tun, und das ist eine Riesenerleichterung. Ich dachte, das wüsstest du vielleicht gerne.«

»Das freut mich, und ich empfinde ganz genauso. Mit dir zusammen zu sein ist so natürlich wie Atmen.«

»Mir wird klar, dass es so sein sollte.«

»Es ist perfekt«, flüstert er, unmittelbar bevor er mich küsst.

Während ich in seinen Armen liege, verblasst die Welt um mich herum, bis es nur noch ihn und mich in seinem Schlafzimmer gibt. Die Nachmittagssonne strömt durch die Fenster und taucht das große Doppelbett in ihr warmes, rosiges Licht. Dies hier, mit ihm, genau jetzt, das ist der absolut beste Moment meines Lebens bislang. Während wir einander fast andächtig ausziehen, hab ich das Gefühl, dass wir ihn trotzdem noch häufig übertreffen werden.

Wyatt lässt mich aufs Bett sinken und schiebt sich über mich, alles, ohne den Kuss zu unterbrechen, der jeden anderen Kuss, den ich je hatte, selbst mit ihm, verblassen lässt. Seine Zunge umspielt meine. Ich sehne mich danach, ihm näher zu kommen. Ich möchte alles, und ich möchte es jetzt gleich. Dieses Gefühl der Dringlichkeit verstärkt unser Verlangen, bis es intensiver ist als je zuvor.

»Langsam«, flüstert er, als er seinen Mund von meinem löst und sich meinem Hals zuwendet.

Seine Lippen auf meiner empfindsamen Haut senden Schauer über meinen Rücken und schrauben die Sehnsucht in beinahe unerträgliche Höhen.

Er umfängt meine Brüste und reizt die Spitzen mit Zunge und Daumen. »So verflucht sexy«, flüstert er.

Ich habe meine Hände in sein Haar geschoben, brauche etwas, woran ich mich festhalten kann, während er sich darauf konzentriert, mich überall zu küssen. Wie kann das mit ihm so vollkommen anders sein, als es mit dem Mann war, den ich so lange geliebt habe? Beinahe ist es verwirrend für mich, dass ich bei Wyatt das Gefühl habe, endlich zu verstehen, was es heißt, jemanden wirklich zu lieben.

Seine Hände, Lippen und seine Zunge bringen mich an den Rand des Höhepunkts, bevor er sich zurückzieht und von vorn beginnt. Das macht er mehrere Male, lässt mich zitternd und bebend zurück, ehe er endlich in mich kommt und einen Orgasmus auslöst, der wie ein außer Kontrolle geratener Flächenbrand durch mich rast.

Ich glaube, ich schreie, was mir außer bei ihm vorher nie passiert ist.

Es ist nur gut, dass sein Haus das letzte in der Reihe ist, was der erste Gedanke ist, den mein leicht benommener Verstand nach diesem atemberaubenden Höhepunkt formt. Doch dann merke ich, dass Wyatt weiter hart ist. Verdammt, mit seinem Durchhaltevermögen wird er mich irgendwann noch umbringen. Herzprobleme? Was für Herzprobleme?

Ich streiche ihm mit beiden Händen über den Rücken und umfasse seinen muskulösen Hintern. Ich drücke zu, und Wyatt stöhnt. »Dreh dich um.«

»Hm?«

Ich versetze seiner Schulter einen sanften Stoß.

Er fasst unter mich, legt seine Hände auf meinen Po und rollt sich geschickt mit mir herum, sodass unsere Positionen vertauscht sind, und das alles, ohne mich zu verlassen.

Ich setze mich auf und schiebe mir das Haar aus dem Gesicht. »Ich bin beeindruckt.«

Sein Blick, der auf meinem Busen ruht, wird glühend heiß. »Das hat dir gefallen?«

Ich nicke und lasse mein Becken kreisen, was ihm ein weiteres tiefes Stöhnen entlockt.

»Himmel, das ist so gut. Es ist so verdammt gut.« Seine Finger fassen mich an den Hüften, während ich mich auf ihm bewege.

Da seine Augen geschlossen sind, überrasche ich ihn, indem ich mich vorbeuge, um ihn ganz leicht in die Brustwarze zu beißen.

Er kommt mit einem Schrei und dringt dabei noch tiefer in mich ein.

Ich sinke auf seine Brust, und er schlingt die Arme um mich.

»Ich liebe dich so unglaublich, Dee Giordino.«

»Und ich liebe dich so unglaublich, Wyatt Blake.«

»Das macht mich glücklicher als alles andere.«

»Mich auch.« Wir drehen uns auf die Seite, sodass wir einander anschauen können. Der Ventilator an der Decke sorgt für einen kühlen Luftzug, unter dem ich erschauere.

Wyatt zieht eine Decke über uns und schmiegt sich an mich, einen Arm um meine Taille gelegt und ein Bein zwischen meinen Oberschenkeln. »Hast du's bequem?«

»Total. Es ist gut möglich, dass ich dieses Bett nie wieder verlassen möchte.«

Er fährt mir mit den Fingern durchs Haar. »Dagegen hätte ich keine Einwände.«

Plötzlich bin ich sehr müde, schließlich bin ich um fünf aufgestanden, um rechtzeitig für den Flug um sieben Uhr am Flughafen zu sein. Mir fallen immer wieder die Augen zu, dabei möchte ich ganz bestimmt nicht schlafen, nachdem ich die Minuten gezählt habe, bis ich ihn wiedersehe. Ich hebe die Lider und merke, dass er mich beobachtet. »Sorry. Ich bin mit einem Mal so müde.«

»Schlaf ruhig. Wir haben alle Zeit der Welt.«

Ich hoffe nur, dass das stimmt.

KAPITEL 20

Dee

Unsere Zeit in Phoenix ist einfach wundervoll. Einzig eine Sache trübt mein Glück – der kühle Empfang, den mir Wyatts Eltern bereiten, als wir am Mittwochabend bei ihnen zum Essen eingeladen sind. Während er die letzten Dinge bei seinem Job abwickelt, habe ich den Tag über alles an Kleidungsstücken und persönlichen Gegenständen zusammengepackt, was er mit nach Miami nehmen möchte.

Wir sind müde, weil wir viel zu wenig geschlafen haben, und aufgeregt, weil wir bald schon unser gemeinsames Leben in Miami beginnen werden, aber Minuten nachdem er mir seine Eltern vorgestellt hat, ist mir nach Heulen zumute. Seine Eltern sind höflich, doch sie machen keinen Hehl daraus, dass sie Wyatts Pläne nicht billigen und mir meine Rolle dabei übel nehmen.

Es ist nichts, was sie aussprechen oder offen zeigen. Es ist mehr das Gefühl, das sie mir vermitteln.

Sie stellen keine Fragen zu mir oder meinem Leben und machen auch keine Anstalten, mich besser kennenzulernen. Genau genommen sprechen sie hauptsächlich mit Wyatt und tun so, als wäre ich gar nicht da. Wyatt zieht mich immer wieder ins Gespräch, trotzdem ist alles unbehaglich und steif.

Während wir vier zum Essen am Tisch sitzen, gebe ich mir Mühe, ein paar Bissen an dem Kloß in meiner Kehle vorbei runterzuwürgen. Ich hab solche Angst, dass seine Mutter beleidigt ist, wenn ich nichts esse, dass ich mich zwinge, zu kauen und zu schlucken.

Und es hilft auch nicht, dass die Klimaanlage auf die niedrigste Stufe gestellt ist, was dazu führt, dass ich zittere. Ich stamme aus Florida. Klimaanlagen machen mir normalerweise nichts aus, aber zusammen mit dem kühlen Empfang bewirkt es, dass mir eiskalt ist.

Nach dem Essen nimmt mich Wyatt mit nach oben, um mir sein Kinderzimmer zu zeigen. Ich bin so erleichtert, von seinen Eltern wegzukommen, dass ich ganz weiche Knie habe. Ich bin es nicht gewohnt, nicht gemocht zu werden, und das, praktisch bevor ich ein Wort gesagt habe.

Als wir in seinem Zimmer sind, nimmt er mich sofort in die Arme. »Es tut mir so leid. Bitte, glaub mir, dass das nichts mit dir zu tun hat, sondern ganz allein was mit mir.«

»Für mich hat es sich ziemlich verletzend angefühlt.«

»Ich weiß, Babe, und es tut mir unfassbar leid. Ich bin total sauer, dass sie sich so aufführen, doch du trägst daran keine Schuld. Sie sind verärgert, weil ich wegziehen will. Habe ich dir ja schon erzählt.«

»Ja, hast du, aber können wir trotzdem bald gehen?«

»Natürlich. Es tut mir leid, dass sie dir das Gefühl vermittelt haben, nicht willkommen zu sein. Eigentlich sind sie nicht so. Sobald sie dich mal besser kennen, werden sie dich genauso ins Herz schließen, wie ich es getan habe.«

Ich bin sicher, dass er das glauben möchte. Da sie sich jedoch überhaupt keine Mühe geben, mich auch nur ein bisschen kennenzulernen, bin ich da nicht wirklich optimistisch gestimmt. Zum ersten Mal, seit Wyatt und ich unseren kühnen Plan geschmiedet haben, regen sich ernsthafte Zweifel in mir. Seine

Eltern mögen mich nicht, weil er von hier wegzieht, um mit mir zusammenzuleben.

Als Wyatt mir die Schätze seiner Kindheit zeigt, bin ich so aufgewühlt, dass ich mich kaum darauf konzentrieren kann, was er sagt.

»Ich war ganz verrückt nach diesem Geschicklichkeitsspiel ›Rock 'em Sock 'em‹ mit den Boxrobotern. Ich habe das im Krankenhaus mit allen gespielt. Ein Pfleger namens Oscar hat mir gezeigt, wie man jedes Mal gewinnt, und danach konnte mich keiner mehr schlagen.«

»Was wird mit all den Sachen passieren, die du hier immer noch hast?«

»Ich denke, so was wie die Roboter werde ich für meine zukünftigen Nichten und Neffen aufheben.«

»Was ist mit deinen eigenen Kindern?«

Er stellt die Roboter zurück an ihren Platz im Regal, dreht sich zu mir um und schaut mich mit bestürzter Miene an. »Was für Kinder?«

Plötzlich ist mir wieder total kalt, dieses Mal allerdings aus völlig anderen Gründen.

»Na die, die wir zusammen bekommen werden.«

»Ich … äh, ich werde keine Kinder haben, Dee. Wie auch, wo ich doch weiß, dass sie aller Wahrscheinlichkeit nach ohne mich aufwachsen müssen?«

Ich muss mich übergeben. Das ist der einzige Gedanke in meinem Kopf, als sich mein Magen hebt. Ich laufe über den Flur ins Badezimmer, schaffe es gerade noch, die Tür zu schließen und den Schlüssel umzudrehen, bevor ich mich über die Toilettenschüssel beuge.

Wyatt

Verdammt. Dieser Abend ist ein totales Desaster. Dee aus dem Zimmer rennen zu sehen und zu hören, wie sie sich im Badezimmer übergibt, bricht mir das Herz. Wird das alles kaputtmachen? Das darf nicht passieren. Ich werde es nicht zulassen. Ich gehe ihr nach und klopfe an die Badezimmertür. »Lass mich rein, Liebling.«

»Nein.«

»Bitte?«

Nach einigen Minuten klickt das Schloss, und die Tür öffnet sich. Als ich eintrete, empfängt mich eine Wolke Lufterfrischer, den sie versprüht hat, um den Geruch von Erbrochenem zu überdecken. Sie ist leichenblass, und ihre Augen sind groß und voller Tränen, was mir ein Gefühl gibt, als ob mir jemand das Herz aus der Brust gerissen hätte.

»Dee, Süße …«

Sie weicht einen Schritt vor mir zurück, nicht dass es dafür in dem kleinen Bad viel Platz gäbe. »Bitte nicht. Ich würde jetzt gerne nach Hause fahren, wenn das möglich ist.«

»Zu meiner Wohnung oder nach Miami?« Ich kriege kaum Luft, während ich auf ihre Antwort warte.

»Zu dir. Fürs Erste.«

Fürs Erste. Haben diese zwei Wörter je mehr Gewicht gehabt?

Im Handtuchschrank finde ich einen Waschlappen, befeuchte ihn mit kaltem Wasser und wische ihr die Tränen aus dem Gesicht. »Bitte weine nicht. Das kann ich nicht ertragen.«

»Es tut mir leid.« Sie gibt sich Mühe, sich zusammenzureißen, streicht sich mit den Fingern durchs Haar und zwickt sich etwas Farbe in die Wangen. »Würdest du deinen Eltern bitte sagen, dass es mir nicht gut geht, damit wir aufbrechen können?«

»Ja, sicher, und entschuldige dich nicht dafür, dass du aufgebracht bist.«

Auf dem Weg nach unten plagt mich die Angst, dass sich mit Dee alles an nur einem furchtbar schiefgelaufenen Abend verändert hat. Ich habe mich nie in so einer Situation befunden, in der mir das Glück einer anderen Person mehr bedeutet als mein eigenes. Ich bin sauer auf meine Eltern, aber anscheinend sind sie auch sauer auf mich, was die Verabschiedung steif und unbehaglich macht.

»Schaust du noch mal vorbei, bevor du abreist?«, fragt Dad.

»Ich denke nicht. Wir müssen noch eine Menge für die Umzugsleute vorbereiten.«

»Also, wann sehen wir dich wieder?«

»In ein paar Monaten komme ich euch besuchen, und ihr seid uns in Miami stets willkommen. Unser Haus hat ein Gästezimmer, das immer für euch bereit sein wird.« Wobei … wie kann ich es Dee nach diesem Abend antun, meine Eltern in unserem Haus zu Besuch zu haben, wo sie kaum mit ihr geredet haben? Ich werde das ansprechen müssen, wenn sie nicht dabei ist, damit sie ihr nicht noch mehr wehtun.

»Danke für das Essen, Mr und Mrs Blake«, erklärt sie in einem distanzierten Tonfall, der ewig weit von ihrer üblichen Herzlichkeit entfernt ist, sodass die Worte genauso gut von einer Fremden stammen könnten. »Es war sehr nett, Sie kennenzulernen.«

»Ebenfalls«, erwidert Dad.

Mom bleibt stumm.

Am liebsten würde ich schreien: *Begreift ihr denn nicht, dass mir diese Frau alles bedeutet? Dass sie die Liebe meines Lebens ist, ebendes Lebens, um das ihr so lange gebangt habt?* Ich werde das und noch mehr sagen, wenn ich sie morgen anrufe. Aber fürs Erste muss ich Dee von hier wegbringen und mich mit dem anderen Problem, das sich eben aufgetan hat, befassen.

Ich umarme meine Eltern, bevor ich Dee zur Tür hinaus folge. »Wir telefonieren.«

Dee ist bereits im Auto, als ich einsteige und zu ihr hinüberschaue. Zu meinem Entsetzen sehe ich, dass ihr Tränen über die Wangen rinnen.

»Es tut mir so leid, dass das so schiefgelaufen ist.«

»Schon in Ordnung.«

Ich hatte zuvor noch nie eine Freundin, doch eine Sache, die ich mit Sicherheit weiß, ist: Wenn eine Frau weint und antwortet, alles sei in Ordnung, dann ist es das definitiv nicht. Ich starte den SUV, fahre aus der Einfahrt und lenke den Wagen durch die Straßen, auf denen ich zum ersten Mal gefahren bin, nachdem die Transplantation mir eine ganz neue Welt eröffnet hatte. Autofahren zu lernen und meinen Führerschein zu machen stand ganz weit oben auf meiner Liste.

Ich möchte ihr davon erzählen, aber ich bin mir nicht sicher, ob ich irgendetwas sagen sollte, bis wir das Thema Kinder weiter diskutiert haben. Ich denke zurück an jedes unserer Gespräche, und nein, wir haben nie darüber geredet, was, wie ich nun erkenne, sehr gedankenlos von mir war. Ich hätte ihr erklären sollen, dass ich nicht vorhabe, jemals Kinder zu haben, allerdings bin ich irgendwie davon ausgegangen, dass ihr das klar sei.

Das war offensichtlich ein großer Fehler, einer, bei dem ich nicht sicher bin, dass er wieder aus der Welt geschafft werden kann.

Auf unserer zwanzigminütigen Fahrt zu mir schweigt sie, dabei reden wir sonst ohne Pause über alles Mögliche. Wir haben sonst nie Probleme, ein Thema zu finden, und daher belastet mich die Stille zwischen uns.

Ich darf das mit ihr nicht ruinieren. Nachdem ich ihre Liebe kennengelernt habe, kann ich Dee einfach nicht wieder verlieren.

Bei mir angekommen, begibt sie sich direkt ins Bad, um zu duschen, und zieht sich eine Schlafanzughose und ein langärmliges T-Shirt von mir an. Es ist das erste Mal, seit sie hier ist, dass sie im Bett etwas anhat, und es macht mich traurig. Ich liebe es, nackt mit ihr zu schlafen.

Ich lasse ihr eine halbe Stunde, bevor ich nach ihr sehe. Ich bringe ihr ein Glas von dem Eistee, den sie so liebt, und stelle ihn auf den Nachttisch auf der Seite meines Betts, die ihre geworden ist. Dann setze ich mich auf die Bettkante und greife nach ihrer eiskalten Hand. »Können wir darüber reden?«

»Über welchen Teil? Darüber, dass deine Eltern mich vom ersten Moment an nicht mochten, oder darüber, dass du keine Kinder willst und bis jetzt damit gewartet hast, es mir zu sagen?«

»Es ist nicht so, dass ich keine Kinder will, Dee. Wenn für mich alles normal wäre, würde ich einen ganzen Haufen Kinder haben wollen, besonders wenn du ihre Mutter wärst. Aber wie soll ich ihnen oder dir das antun, angesichts der Ungewissheit, was die Zukunft für mich bereithält? Willst du wirklich plötzlich als alleinerziehende Mutter mit unseren Kindern dastehen, wenn mein Herz auf einmal meint, dass es nicht mehr schlagen will?«

»Vor etwa zwei Wochen hätte ich wissen wollen, wie du darüber denkst. Ich habe den Fehler gemacht, zu glauben, wenn du sagst, du lässt dich vorbehaltlos auf uns ein, meinst du auch, vorbehaltlos.«

»Das tue ich doch. Ich liebe dich. Ich möchte alles mit dir, nur möchte ich meine unsichere Zukunft nicht Kindern zumuten.«

Zu meiner großen Bestürzung fängt Dee so heftig an zu weinen, dass ihr ganzer Körper bebt. Ich greife nach ihr, aber sie hebt abwehrend die Hände. »Dee, Süße ...«

»Lass das. Bitte lass es einfach.«

Ich habe mich noch nie so hilflos gefühlt. »Ich halte es nicht aus, dass du meinetwegen traurig bist.«

»Ich bin ja selbst schuld.« Sie benutzt das Taschentuch, das ich ihr reiche, um sich die Tränen abzuwischen und die Nase zu putzen. »Ich hab mich ohne die gebotene Vorsicht einfach reingestürzt. Ich hätte dich nach deiner Einstellung zu Kindern fragen sollen, bevor ich mich auf eine Beziehung mit dir eingelassen hab. Und ich hätte dir sagen sollen, dass ich mich schon mein ganzes

Leben lang darauf freue, Mutter zu sein. Als ich dir von meiner Fehlgeburt erzählt habe, hätte ich erwähnen müssen, wie wichtig es mir ist, es irgendwann noch einmal zu versuchen.«

Das trifft mich tief, und eine alles verdrängende Verzweiflung füllt mich aus, wie ich sie seit der Zeit, in der ich jeden Moment hätte sterben können, nicht mehr empfunden habe. »Ich möchte nicht, dass du je meinetwegen sauer bist, aber kannst du nicht verstehen, zumindest ein bisschen, warum ich so denke? Wie wäre dein Leben verlaufen, wenn dein Dad gestorben wäre, als du ein kleines Kind warst?«

»Es wäre total anders gewesen. Trotzdem hätte ich gewusst, wie sehr er mich geliebt hat, weil meine Mom mir das jeden Tag gesagt hätte. Und ich hätte ein Leben gehabt, weil er es mir geschenkt hätte.«

»Sein Tod hätte dich sehr traurig gemacht, besonders wenn du dich nicht mal an ihn hättest erinnern können.«

»Ja, doch das hätte mich nicht davon abgehalten, ein sehr schönes Leben zu haben.« Sie nimmt ein zweites Taschentuch von mir an und wischt sich wieder übers Gesicht. »Als du gesagt hast, dass du jeden Aspekt der Liebe erleben willst, dachte ich, dass sich das auch auf Kinder bezieht.«

»Es tut mir leid, dass ich das nicht klar genug zum Ausdruck gebracht habe.«

»Ja, mir auch.«

Ich fühle mich, als würde mir jetzt selbst übel werden. »Was bedeutet das für uns?« Ich habe fürchterliche Angst, diese Frage zu stellen.

»Das weiß ich nicht. Wir waren impulsiv. Alles ist so schnell passiert. Vielleicht haben wir einen Fehler begangen.«

»Das hier war kein Fehler.« Ich war nie wegen irgendwas so verzweifelt wie wegen dem hier. Das muss sich unbedingt klären lassen. »Ich möchte dich nicht verlieren, Dee. Ich liebe dich zu sehr. Du bist das Beste, was mir je passiert ist.«

Ihr Kinn zittert, und neue Tränen laufen ihr über die Wangen. »Ich liebe dich auch. Das tue ich wirklich, aber ...«

Ich halte die Luft an, während ich darauf warte, dass sie ihren Gedanken zu Ende bringt.

»Du erwartest von mir, dass ich einen Traum für einen anderen opfere, und ich weiß einfach nicht, ob ich das kann, Wyatt. Selbst für dich.« Sie nimmt einen tiefen Atemzug und lässt ihn wieder entweichen. »Und deine Eltern regen sich so darüber auf, dass du umziehst. Vielleicht sollten wir ihnen das nicht antun.«

»Ich werde nicht den Rest meines Lebens für sie leben. Ich möchte für mich selbst und für dich leben.«

»Und ich möchte Kinder.«

Nur vier kleine Wörter, doch sie haben eine ungeheure Schlagkraft. »Ich habe keine Lebensversicherung, Dee. Ich kann auch keine abschließen, was bedeutet, dass ich dich ohne jegliche Form von finanziellem Polster zurücklassen würde, außer dem Haus und dem Geld, das ich gespart habe, von dem ein großer Teil für das Haus draufgehen wird. Mein Notgroschen ist zwar eine hübsche Summe, aber er reicht nicht, um in einer teuren Stadt wie Miami allein eine Familie durchzubringen.«

»Ich habe jetzt eine gute Arbeit. Ich kann das schaffen, wenn ich muss. Vielleicht würden wir nicht in einem teuren Haus leben, doch den Kindern würde es an nichts Wichtigem fehlen. Dafür würde ich sorgen, und meine Familie würde mich unterstützen. Ich wäre nicht allein.«

Mein Magen verknotet sich, in mir ringen Angst und Bedauern miteinander, aber darunter glimmt ein kleiner Funke, der sich wie Hoffnung anfühlt. »Der Gedanke, Kinder zu bekommen, die mich nie kennen werden, ist so ... so beängstigend. Kannst du das wenigstens ein bisschen verstehen?«

»Natürlich kann ich das, aber das führt zurück zu dem, worüber wir am Anfang von alldem hier geredet haben, darüber, nicht in Furcht vor der Zukunft zu leben, über die wir ohnehin keine Kontrolle haben. Ich habe keine Ahnung, ob du jung oder als alter Mann sterben wirst, doch das weiß ich genauso wenig über mich.«

»Du wirst nie ein alter Mann sein.«

Zum ersten Mal seit über einer Stunde kommt ein kleines Lächeln zum Vorschein. »Ich weiß nicht, ob ich den morgigen Tag überleben werde, nicht mehr als du.«

»Bitte, sag so was nicht. Du wirst ein langes, zufriedenes Leben führen.«

»Und du vielleicht auch. Das meine ich ja. Wir wissen nicht, was passieren wird, also warum sollten wir das Leben nicht in vollen Zügen genießen, solange wir es können?«

»Das sind einige sehr gute Argumente. Könnte ich etwas Zeit haben, um in Ruhe darüber nachzudenken?«

»Wie viel Zeit? Du ziehst in zwei Tagen nach Miami. Wenn wir bei diesem Thema auf ein Problem gestoßen sind, dann solltest du vielleicht …« Ihre Stimme bricht. »Vielleicht solltest du überhaupt nicht umziehen.«

Ich atme tief ein und lasse den Atem in einem langen Seufzer raus. »Das war der Grund, weshalb ich Regeln hatte, an die ich mich immer strikt gehalten habe. Ich wollte nicht, dass mich jemand so anschaut, wie du es gerade tust, als ob ich dich zutiefst enttäuscht hätte.«

»Es ist nicht deine Schuld. Wir waren das beide. Wir haben uns in diese Sache gestürzt, ohne eine Sekunde nachzudenken, ob wir gerade das Richtige tun.«

»Nichts in meinem ganzen Leben hat sich je so richtig angefühlt wie das hier und wie du in meinen Armen.« Als ich dieses Mal nach ihr greife, kommt sie zu mir.

Während sie sich an mich schmiegt, verspüre ich unendliche Erleichterung, weil ich sie wieder halte, auch wenn ich weiß, dass sich unsere Probleme nicht in Luft aufgelöst haben.

KAPITEL 21

Dee

In dieser Nacht kann ich kaum schlafen. Nach den letzten paar Stunden und der großen Angst, dass sich zwischen Wyatt und mir alles geändert hat, und zwar nicht zum Besseren, bin ich völlig fertig. Er wälzt sich ebenfalls von der einen auf die andere Seite und hat dunkle Ringe unter den Augen, als er sich mit einem Kuss von mir verabschiedet, bevor er zu seinem letzten Arbeitstag in Phoenix aufbricht.

»Soll ich … äh, weiterpacken?« Was gestern noch wie in Stein gemeißelt schien, ist nun völlig im Ungewissen.

»Ja. Ich meine, ich hab ja den Job hier gekündigt. Im Miami-Dade erwartet man mich übernächste Woche. Wir haben ein Gebot für ein Haus in Miami abgegeben. Dieses Reihenhaus wird am Wochenende auf den Markt kommen. Es ist alles in Bewegung gesetzt.«

Alles sonst ist in Bewegung außer unserer Beziehung, die gestern Abend mit voller Wucht gegen ein Hindernis gekracht ist.

»Wir reden nachher«, sagt er und gibt mir noch einen Kuss. »Wir werden eine Lösung finden, versprochen. Ich wünschte, ich müsste jetzt nicht zur Arbeit, aber ich habe heute eine Operation nach der anderen.«

»Ich weiß.«

»Ich liebe dich, Dee. Egal, was du denkst oder fühlst, bitte vergiss das nicht.«

»Ich liebe dich auch.«

»Solange wir das haben, wird sich der Rest ergeben. Daran glaube ich fest, und du solltest das auch tun.«

Ich weiß, dass er mich wirklich nicht verlassen möchte, doch er löst sich von mir, um zur Arbeit zu fahren. Als ich höre, wie sich unten die Tür schließt, greife ich nach meinem Handy, um meine Schwester anzurufen. Sie ist inzwischen in der Sozialklinik, aber sie wird den Anruf annehmen, wenn es passt.

Der Anruf landet auf der Mailbox, und ich hinterlasse ihr eine Nachricht, in der ich sie bitte, mich so schnell wie möglich zurückzurufen.

Ich nehme das Telefon mit, als ich unter die Dusche gehe, und dann nach unten, um mir Kaffee zu machen. Ich fühle mich grässlich, beinah so schlimm wie damals, als ich herausgefunden habe, dass Marcus eine andere geheiratet hatte. Das üble Gefühl tief in meinem Magen, die schmerzenden Augen, die zu viele Tränen vergossen haben, und die durchdringende Hoffnungslosigkeit erinnern mich viel zu sehr an jene schreckliche Zeit in meinem Leben.

Ich wollte mich nie wieder so fühlen, doch hier bin ich. Obwohl wir noch gar nicht lange zusammen sind, weiß ich bereits, dass Wyatt für mich viel besser ist, als Marcus je gewesen ist, aber ich stelle fest, dass sich der Schmerz gleich anfühlt, egal, wer ihn verursacht. Maria ruft mich eine Stunde später zurück, als ich gerade in Wyatts Schlafzimmer bin und den Rest seiner Kleidung in Kisten räume.

»Hey«, sagt sie, als ich mich melde. »Wie ist die Lage?«

»Großartig bis gestern Abend.«

»Was ist passiert?«

»Hast du eine Minute?«

»Ich habe sogar dreißig Minuten. Bei uns ist Mittagspause.«

»Oh, gut. Ich brauche die ganze halbe Stunde, fürchte ich. Gestern Abend waren wir bei seinen Eltern zum Essen eingeladen, und die Stimmung war eisig. Sie waren mir gegenüber total abweisend. Er behauptet, das hätte nichts mit mir zu tun, sie seien sauer, dass er wegziehen will. Trotzdem war es für mich echt schlimm.«

»Ja, das kann ich mir gut vorstellen.«

»Ich hab mich die ganze Zeit so unbehaglich gefühlt. Als ob sie mir die Schuld an seiner Entscheidung für den Umzug geben. Ich weiß nicht. Es war einfach nur schrecklich.«

»Tut mir leid.«

»Mir auch, und das ist noch nicht mal das Schlimmste. Wyatt hat mich mit nach oben in sein Kinderzimmer genommen und mir Sachen gezeigt, die er für seine zukünftigen Nichten und Neffen aufhebt. Als ich ihn gefragt hab, was mit seinen eigenen Kindern sei, hat er mich komisch angeschaut und gesagt, dass er keine eigenen Kinder haben will und dachte, ich wüsste das.«

»Oh, Mist«, rutscht es Maria raus. »Was hast du geantwortet?«

»Ich war so schockiert, das zu hören, dass ich gar nicht wusste, was ich tun sollte. Mir ist schlecht geworden, und ich bin ins Badezimmer gelaufen und musste mich übergeben.«

»Ach, Dee.«

»Ich weiß. Es war furchtbar. Später, als wir bei ihm zu Hause waren, hat er mir erklärt, dass er keine Kinder in die Welt setzen möchte, die er am Ende nicht aufwachsen sehen kann. Er findet, dass das weder ihnen noch mir gegenüber fair sei.«

»Das kann ich in gewisser Weise sogar nachvollziehen. Du nicht?«

»Natürlich kann ich das, und ich mache mir jede Menge Vorwürfe, weil ich das nicht vorher mit ihm geklärt habe. Ich hab fälschlicherweise angenommen, dass er sich tatsächlich vorbehaltlos auf das mit uns einlässt. Er hat mir dann gesagt, dass er wegen seines Gesundheitszustandes keine Lebensversicherung abschließen kann, daher wäre er nicht imstande, mich mit einem finanziellen Polster auszustatten, falls das Schlimmste passiert.«

»Das sind alles sehr stichhaltige Gründe, Dee. Kinder großzuziehen ist teuer, und wenn du es ganz allein schaffen müsstest, wäre das ziemlich schwer.«

»Ich weiß.«

»Nein, tust du nicht. Keiner von uns kann sich das vorstellen. Wir denken, wir wissen es, dabei ist es vielleicht viel schlimmer, als es von außen erscheint. Er beschützt dich. Das musst du verstehen.«

»Aber muss ich eine Wahl treffen zwischen ihm und Kindern? Weil ich keine Ahnung habe, wie ich diese Wahl treffen soll. Ich habe mir meine Zukunft immer mit Kindern vorgestellt.«

»Das weiß ich.«

»Ich liebe ihn, Maria«, flüstere ich. »Sicher, es ist unglaublich schnell gegangen, und ihr fragt euch vermutlich, ob ich den Verstand verloren habe, doch ich liebe ihn wirklich.«

»Wir fragen uns überhaupt nicht, ob du den Verstand verloren hast. Das verspreche ich dir. Wir machen uns Sorgen, dass du verletzt wirst – vielleicht nicht jetzt, aber im Laufe der nächsten Jahre, wenn das Schlimmste passiert. Allerdings kann jeder, der Augen im Kopf hat, sehen, dass ihr beide verrückt nacheinander seid.«

Eine Träne läuft mir über die Wange, und ich wische sie weg. »Das sind wir. Er ist das Beste, was mir je passiert ist, und er sagt, für ihn sei das umgekehrt genauso.«

»Du musst dich fragen, ob du glücklich sein könntest, wenn du weißt, er ist irgendwo dort draußen ohne dich. Ich hasse den Gedanken, dass du deinen Kinderwunsch aufgeben könntest, aber es ist gut möglich, dass dir nichts anderes übrig bleiben wird.«

»Es fühlt sich echt schlimm an. Als ob mich jemand in den Magen geboxt hätte.«

»Das kenne ich, und es ist furchtbar. Es tut mir leid, dass das, was so eine glückliche Zeit für euch beide sein sollte, plötzlich derart schwierig wird.«

»Dad würde mir sagen, der Grund ist, dass ich nicht die gebührende Sorgfalt habe walten lassen.«

Maria lacht. »Ja, das stimmt, doch du weißt ja die wichtigen Sachen über Wyatt. Du weißt, dass er ein guter Mensch ist und dass er ganz wild nach dir ist. Ich hab mich so gefreut, zu sehen, wie er dich anschaut und wie du strahlst, wenn du mit ihm zusammen bist. Ich habe es vermisst, dich glücklich zu erleben, seit das mit Marcus schiefgegangen ist.«

»Ich war so aufgeregt wegen allem mit ihm, und jetzt …«

»Jetzt ist die Realität über euch hereingebrochen, und das passiert jedem irgendwann einmal.«

»Ist das bei dir und Austin auch so gewesen?«

»In den letzten paar Wochen irgendwie schon, denn jetzt muss er ja arbeiten, nachdem er monatelang zu Hause war. Ich hatte mich daran gewöhnt, dass er die ganze Zeit bei uns ist, und jetzt ist er tagelang weg. Wir haben so ein Glück, dass seine Eltern da sind und mir mit Everly helfen, aber er fehlt mir trotzdem entsetzlich, wenn er nicht hier ist.«

»Es ist gut zu wissen, dass die Realität irgendwann jeden einholt, selbst ein perfektes Paar wie euch beide.«

»Wir sind kein perfektes Paar«, widerspricht sie lachend. »Wir streiten uns, weil er zum Beispiel seine Sachen im ganzen Haus verteilt oder weil der Abfluss der Dusche immer mit meinen Haaren verstopft ist. Es macht ihn verrückt, dass ich so ordnungsliebend bin, keiner von uns möchte einkaufen gehen, und wir sind uns nie einig, was wir im Fernsehen gucken wollen. Er mag Horrorfilme … Ich meine, ernsthaft? Und von seiner Vorliebe für Heavy Metal will ich gar nicht erst anfangen.«

Es verblüfft mich, dass sie sich manchmal nicht einig sind. Alles wirkt immer so harmonisch bei ihnen. »Ich hatte ja keine Ahnung.«

»Nichts ist jemals perfekt, Dee, aber Austin ist für mich so dicht an ›perfekt‹ dran, wie ich es mir nie zu finden erhofft hätte. Und wenn Wyatt dein Austin ist, dann sei vorsichtig damit, irgendwelche roten Linien zu ziehen und ein Ultimatum zu stellen, das letzten Endes bloß dazu führt, dass du ohne ihn dastehst und unglücklich bist. Seine Situation ist einzigartig, und ich glaube, es ist klug von ihm, dass er für den schlimmstmöglichen Ausgang plant. Ich kann es ihm nur hoch anrechnen, dass er sich damit auseinandersetzt, welche finanziellen Auswirkungen es für dich haben würde, wenn er nicht mehr da ist und du eure Kinder allein großziehen musst. Das ist nichts, was man auf die leichte Schulter nehmen kann, und du solltest dankbar dafür sein, dass ihm genug an dir liegt, dass er sich darüber den Kopf zerbricht.«

»Ich bin dankbar, dass er für mich sorgen möchte, und ich wäre todunglücklich ohne ihn, vor allem nachdem wir jetzt diese Zeit zusammen hatten.«

»Dann finde einen Weg, dass es funktioniert, selbst wenn du nicht alles kriegst, was du möchtest.«

»Keine Kinder zu haben ist eine große Sache für mich, Mari. Ich bin nicht sicher, ob ich das kann.«

»Dann könnt ihr euch vielleicht auf einen Kompromiss einigen und ein Kind haben.«

»Ich möchte eigentlich nicht, dass mein Kind allein und ohne Geschwister aufwächst.«

»Er oder sie wäre ja nicht allein. Dein Kind hätte Everly und die anderen Kinder, die Austin und ich hoffentlich zusammen bekommen, und die von Carmen und eines Tages auch die von Nico und Milo. Es wäre umgeben von Ersatzgeschwistern, so wie Carmen uns hatte.«

»Stimmt.« Ich seufze tief. »Danke. Es hat mir geholfen, mit dir darüber zu sprechen.«

»Atme immer weiter, und rede mit ihm. Ich bin mir sicher, ihr findet einen Kompromiss. Ich hab ja schon gesagt, dass ich dich nie wieder so verletzt sehen möchte, wie du nach Marcus warst, und ich hab das Gefühl, wenn es mit Wyatt nicht funktioniert, wäre das für dich schlimmer.«

»Auf jeden Fall. Er ist die Liebe meines Lebens. Das weiß ich.«

»Dann tu, was immer notwendig ist, damit es funktioniert.«

»Ja, okay.«

»Ich bin für dich da, falls ich irgendwie helfen kann.«

»Das hast du bereits. Mehr, als du vermutlich ahnst.«

»Halt mich auf dem Laufenden, okay?«

»Ja, sicher. Wir haben vor, morgen Nachmittag hier aufzubrechen, nachdem die Umzugsfirma fertig ist.«

»Ich kann's gar nicht erwarten, euch beide wieder hier in der Stadt zu haben. Schick mir nachher eine Textnachricht, und lass mich wissen, wie's dir geht, okay?«

»In Ordnung. Hab dich lieb.«

»Ich dich auch. Halt die Ohren steif.«

»Ich geb mir Mühe.«

Ich beende den Anruf und fühle mich tausendmal besser als vorher. So ist das immer. Egal, was mich beschäftigt, mit Maria darüber zu reden macht es besser.

Noch lange nachdem wir aufgelegt haben, sitze ich auf Wyatts Bett und denke über jede Minute nach, die wir zusammen verbracht haben, seit wir uns bei Carmens Hochzeitsprobe getroffen haben. Ich denke an unsere erste gemeinsame Nacht, in der ich bei ihm etwas Neues und ganz Besonderes gefunden habe.

Ich erinnere mich daran, wie er mir danach immer weiter Textnachrichten geschickt hat, obwohl wir beide genau wussten, dass das mit uns nirgendwohin führen konnte, auch nach der gemeinsamen Nacht. Die meisten wären wohl einfach weitergezogen, nachdem sie »die Milch umsonst bekommen« hatten, wie meine Nona das auszudrücken pflegt. Nicht so Wyatt. Er hat mich von Anfang an gerngehabt, und der Sex hat das bloß verstärkt.

Ich habe meine üblichen Verhaltensmuster komplett über Bord geworfen und diesen One-Night-Stand mit ihm gehabt, und das habe ich nur deshalb getan, weil ich schon damals wusste, dass ich ihm bedingungslos vertrauen konnte. Die Tatsache, dass er Jasons guter Freund ist, hat dabei sicherlich geholfen, aber es war mehr als das. Es bestand von Beginn an eine Verbundenheit, eine Seelenverwandtschaft zwischen uns, wie ich sie nie mit irgendjemand anders gehabt habe, und als ich ihn wiedergesehen habe, als er zurück nach Miami gekommen ist, wusste ich mit Sicherheit, dass das zwischen uns tragfähig ist.

Nichts hat sich je echter angefühlt als Wyatt, und ich möchte nicht zu dem Leben zurück, das ich gelebt habe, bevor er ein Teil davon geworden ist. Das im Kopf, lade ich mir die Instacart-App runter, eröffne einen Account und bestelle in einem nahen Supermarkt, was ich brauche, um ihm Essen zu kochen. Wenn er heute Abend nach Hause kommt, werden wir reden, und wir werden eine Lösung finden.

Ich bin nicht bereit, irgendein Szenario in Erwägung zu ziehen, bei dem er nicht an meiner Seite ist, denn da gehört er hin, und nirgendwo anders.

KAPITEL 22

Wyatt

Heute war einer der schrecklichsten Tage seit Jahren. Ich habe während eines Routineeingriffs einen Patienten verloren, weil der Typ plötzlich einen Herzstillstand hatte. Wir haben alles Menschenmögliche getan, um ihn zurückzuholen, aber vergeblich. Ich musste seiner Frau die Nachricht überbringen, dass die Operation schiefgelaufen und ihr Ehemann gestorben ist. Ihr herzzerreißendes Schluchzen wird mich noch lange bis in meine Träume verfolgen.

Ich weiß, dass es nicht mein Fehler war, doch da der Eingriff ein so furchtbares Ende genommen hat, würde es mich nicht überraschen, wenn das Ganze vor Gericht landet. Glücklicherweise bin ich gut versichert.

Das Herz ist in mehr als einer Hinsicht ein launisches und unberechenbares Organ. Meins schmerzt schon den ganzen Tag wegen der Katastrophe von gestern Abend. Nach zehn Stunden ohne Dee bin ich bereit, sechs Kinder mit ihr zu bekommen, wenn es das ist, was nötig ist, damit sie glücklich ist und bei mir bleibt, wo sie hingehört. Ich hatte einen sehr langen Tag Zeit, um darüber nachzudenken, wie der Rest meines Lebens ohne sie aussehen würde, und das will ich auf keinen Fall. Wir werden das hinkriegen, egal, was passieren muss, ob ich das nun so geplant hatte oder nicht.

Selbst wenn das Kinder bedeutet.

Bei der Vorstellung, mit Dee Babys zu haben, zieht sich mein Herz zusammen. Es ist fast so, als wären die ganzen Emotionen in mir zu groß, um in den vorhandenen Platz zu passen. Es ist ein Gefühl, wie ich es noch nie zuvor gehabt habe, und ich bin offiziell süchtig danach, in Dee verliebt zu sein.

Beinahe habe ich es geschafft, meinen letzten Arbeitstag endlich hinter mich zu bringen, als meine Kollegen mich mit einer Abschiedsparty überraschen, die diesem endlosen Tag eine weitere Stunde hinzufügt. Aber ich mache gute Miene zum bösen Spiel, weil ich jahrelang mit ihnen zusammengearbeitet habe, und nehme ihre guten Wünsche für mich und meine neue Freundin und unser Leben in Miami entgegen. Einige von ihnen wissen, was ich schon alles durchgemacht habe, und sie freuen sich unglaublich für mich.

Ich hoffe nur, dass es nicht schon aus ist und sie noch da ist, wenn ich heimkomme. Die Ungewissheit zehrt an meinen Nerven.

Als ich endlich auf dem Nachhauseweg bin, eine Stunde später als sonst, rufe ich über die Freisprechanlage meinen Dad an. Ich hab lange darüber nachgedacht, was ich sagen und mit wem von beiden ich sprechen will, und habe mich für ihn entschieden, weil es in solchen Situationen mit ihm meist einfacher ist. Nicht dass ich mich schon je in einer Situation wie dieser befunden hätte …

»Hallo«, meldet sich Dad. »Ich hab nicht damit gerechnet, heute von dir zu hören.«

»Ja, also. Wegen gestern Abend …«

»Was ist damit?«

»Wo soll ich anfangen? Wie wäre es damit, wie unglaublich unhöflich ihr zu der Frau gewesen seid, die ich liebe?«

»Wann waren wir denn unhöflich?«

»Als ihr sie komplett ignoriert und euren Ärger auf mich an ihr ausgelassen habt.«

»Das haben wir überhaupt nicht getan.«

»Doch, Dad. Ihr habt dafür gesorgt, dass sie sich schlecht fühlt, was wiederum dazu führt, dass ich mich schlecht fühle. Ich weiß, ihr wollt nicht, dass ich wegziehe, aber freut es euch nicht das geringste bisschen, dass ich zum ersten Mal in meinem Leben wirklich verliebt bin?«

»Natürlich freuen wir uns für dich, auch wenn wir nicht begreifen, warum du unbedingt nach Miami ziehen musst. Warum kann sie nicht nach Phoenix kommen, wo deine Ärzte sind und wo du von deiner Familie und deinen Freunden unterstützt werden kannst?«

»In Miami gibt es ebenfalls Ärzte, und wie ich euch bereits erklärt habe, kann sie nicht herziehen, weil ihre Mutter Brustkrebs hat und man ihr außerdem gerade angeboten hat, das Familienunternehmen zu führen. Und ich werde ganz sicher nicht allein dort sein. Ich habe Dee, ihre Familie, Jason.«

Darauf scheint mein Vater nichts erwidern zu können.

»Ich weiß, dass es nicht das ist, was ihr wollt, und ich verstehe, warum ihr so empfindet. Aber du und Mom, ihr habt so hart dafür gekämpft, dass ich weiterleben kann. Und genau das möchte ich jetzt, also lasst mich einfach machen. Und ihr müsst auf jeden Fall netter zu Dee sein, oder wir kriegen ein Riesenproblem miteinander. Ich glaube nicht, dass ihr das wollt.«

»Natürlich will ich das nicht, und deine Mutter genauso wenig. Wir sind einfach sehr in Sorge, seit du uns erzählt hast, dass du wegziehst.«

»Es tut mir leid, dass euch das derart aus der Fassung bringt, doch das gibt euch nicht das Recht, Dee so zu behandeln, wie ihr es gestern Abend getan habt. Es war mir total peinlich. Ihr habt nicht das geringste Interesse an ihr gezeigt oder direkt mit ihr gesprochen. Kannst du dir vorstellen, wie unangenehm das für uns war?«

»Ich … Es tut mir leid.«

»Bei mir musst du dich nicht entschuldigen. Ich werde dir Dees Nummer schicken, damit ihr ihr schreiben und ihr sagen könnt, dass es euch leidtut, wie das gestern gelaufen ist, und dass ihr euch darauf freut, sie besser kennenzulernen, und alles andere, was euch einfällt, um es wiedergutzumachen. Okay?«

»Ja, natürlich. Das werden wir tun. Ich hoffe, du weißt … Es hatte überhaupt nichts mit ihr zu tun.«

»*Ich* weiß das! *Du* weißt das! Aber was zur Hölle glaubst du, wie es wohl für sie war, dass meine Eltern sie kaum angeschaut haben? Das war komplett unverzeihlich, Dad.«

»Ja, das stimmt. Wir bringen das mit ihr in Ordnung.«

»Bitte, und möglichst schnell. Ich bin so glücklich mit ihr. Glücklicher, als ich je gewesen bin. Und ich möchte, dass ihr euch für mich freut.«

»Das tun wir. Wir können ja sehen, wie wichtig sie dir ist.«

»Ich möchte, dass ihr Teil dieses Ganzen seid und nicht nur von außen hereinschaut. Wenn ihr mich allerdings vor die Wahl stellt, werde ich mich für sie entscheiden. Das mit ihr wünsche ich mir mehr als alles andere, was ich je gewollt habe.«

»Okay.«

»Und wirst du mit Mom reden?«

»Ja, natürlich.«

»Danke. Es tut mir echt leid, dass sie das so mitnimmt. Ich hoffe, sie versteht mit der Zeit, dass dieser Umzug genau wie Dee das Beste für mich ist.«

»Wir wollen, dass du glücklich bist. Trotzdem ist es nach all den Jahren schwierig für uns, aufzuhören, uns zu sorgen. Das kannst du wenigstens ansatzweise nachvollziehen, oder?«

»Ich bete, dass mir so was erspart bleibt. Außerdem habe ich keinen Zweifel daran, dass ich nicht mehr hier wäre, wenn ihr euch nicht unermüdlich für mich eingesetzt hättet. Aber wir haben gewonnen, Dad. *Ich* habe gewonnen. Ich habe diese Chance, wirklich zu leben, und die werde ich ergreifen.«

»Ich, äh …« Er schnieft, und mir wird klar, dass er weint. Ich werde nie das erste Mal vergessen, als er in meinem Beisein die Fassung verloren hat. Das war, als die Ärzte uns erklärt haben, wie ernst mein Zustand tatsächlich war. Ich wollte immer unbedingt alles wissen, und zu sehen, wie mein starker, sonst so unerschütterlicher Vater in Tränen ausbrach, war eine einschneidende Erfahrung. »Ich möchte das für dich, Sohn. Alles, was ich je für dich wollte, war, dass du alles hast. Wir sind so stolz auf dich, auf dein Durchhaltevermögen und deine Karriere.«

»Das bedeutet mir viel, doch ›alles‹ habe ich erst bei Dee gefunden. Es ist, als hätte jemand eine Geheimtür geöffnet und mir gezeigt, wie viel mehr das Leben noch bereithält, und das will ich jetzt.«

Sogar Dinge, von denen ich immer geglaubt hatte, sie nie zu wollen. Wie Kinder.

Mein Vater verspricht mir, Dee zu schreiben, und ich verabschiede mich mit dem Gefühl von ihm, dass er verstanden hat, worum es mir geht. Hoffentlich kann er meine Mutter mit an Bord holen, denn ich wünsche mir, dass sie beide Teil dieser Zukunft sind, die ich mit Dee plane.

Als ich an einer roten Ampel stehe, schicke ich ihm Dees Nummer. Ich fahre schneller, als ich sollte, weil ich so dringend zu ihr nach Hause möchte. Ich hoffe einfach nur, sie ist noch da.

KAPITEL 23

Marcus

Der Entzug ist furchtbar. Alles, was wir tun, ist reden, den ganzen lieben langen Tag reden, reden, reden – über unsere Probleme, unsere Gefühle, unsere Sucht. Ich habe es so satt, Leuten zuzuhören, die mir völlig egal sind, wie sie endlos über irgendwelchen Mist schwafeln, der total unerheblich ist.

Vor allem weil ich mir darüber im Klaren bin, dass mir in Bezug auf Dee die Zeit davonrennt. Es ist jetzt über ein Jahr her, dass ich alles gegen die Wand gefahren habe, und das ist für jemanden wie Dee mehr als genug dafür, sich ein neues Leben aufzubauen, in dem ich keine Rolle mehr spiele.

In den letzten beiden Tagen hat sich in mir eine Verzweiflung breitgemacht, wie ich sie nicht mehr verspürt habe, seit ich in dem Hotelzimmer aufgewacht bin und gemerkt habe, dass ich die falsche Frau geheiratet hatte. Ich muss hier raus. Und zwar sofort.

Nach einer weiteren Gruppentherapie-Sitzung kehre ich in mein Zimmer zurück und hole mein Portemonnaie unter der Matratze hervor. Ich stecke es mir in die Hosentasche und begebe mich ins vordere Büro, für meine täglich zugeteilten fünf Minuten Handyzeit.

Ich unterschreibe für das Telefon und setze mich in die Lobby, um meine Nachrichten zu checken. Es gibt eine von meiner Schwester, eine weitere von meiner Mutter und zwei von Freunden, die sich erkundigen, wie es mir geht, und mich wissen lassen, dass sie an mich denken und so weiter. Ich weiß diese Unterstützung zu schätzen, aber die Einzige, die mir wirklich wichtig ist, ist die eine, von der ich viel zu lange nichts gehört habe.

Ich warte auf meine Chance, und die bietet sich dann auch in Form eines Paketboten. Er bringt zwei große Kartons, wodurch die Rezeptionistin abgelenkt ist, sodass ich unbemerkt zum Haupteingang hinausschlüpfen kann.

Nachdem ich den Parkplatz vor dem Gebäude überquert habe, laufe ich die Hauptstraße entlang, bleibe nur kurz stehen, um mir ein Uber zu rufen, um damit zu meiner Schwester zu fahren. Ich muss mit jemandem reden, und Bianca ist meine erste Wahl.

Im Uber zittere ich fast vor Anspannung. Meine Verzweiflung ist so groß, dass es schwierig für mich ist, zu atmen oder zu schlucken oder irgendetwas anderes zu tun, als aus dem Fenster zu starren, vor dem die vertraute Stadt vorüberzieht. Wo ist Dee? Zu Hause bei ihren Eltern oder wieder in New York?

Plötzlich erinnere ich mich daran, dass wir früher die Handys so eingestellt hatten, dass wir immer sehen konnten, wo der andere war. Was, wenn sie das niemals ausgeschaltet hat?

Ich finde sie unter meinen Kontakten und tippe auf den Button, warte atemlos, dass ich erfahre, wo sie ist.

Was zur Hölle macht sie in Scottsdale, Arizona?

Weil die Viertelstunde, die es dauert, bis ich bei Bianca bin, zu lang ist, rufe ich meine Schwester an.

»Marcus? Wie geht es dir?«

»Warum ist Dee in Arizona?« Die lange Stille, die auf meine Frage folgt, bringt mein Herz zum Hämmern. Es besteht eine ziemlich gute Möglichkeit, dass ich gleich einen Herzinfarkt erleide. »Bianca! Was macht sie da?«

»Sie hat einen anderen kennengelernt.«

»Nein, hat sie nicht. Es gibt niemand anderen für sie als mich.«

»Marcus, hör mir zu …«

Ich bekomme Kopfschmerzen, und mein Mund ist plötzlich ganz trocken. »Ich will das nicht hören, und woher weißt du das überhaupt?«

»Maria hat es auf Facebook gepostet.«

Ich schalte den Anruf laut und tippe auf meinem Handy herum, bis ich meine Facebook-App finde. Ich suche nach Maria und klicke auf ihren Namen. Tatsächlich ist der erste Post ein Bild von Dee mit einem dunkelhaarigen Typen, auf dem beide wie Idioten grinsen.

Ich freue mich so für meine Schwester Dee und ihre neue Liebe Dr. Wyatt! Ihr beide seid so süß zusammen! Niemand verdient es mehr, glücklich zu sein, als ihr beide. XOXO.

Jetzt habe ich einen Herzinfarkt. Sie hat einen neuen Mann in ihrem Leben. Der Typ ist Arzt, und obwohl ich nicht auf Männer stehe, kann ich erkennen, dass er ziemlich attraktiv ist. Aber mehr als alles andere trifft mich der glückliche Ausdruck auf Dees Gesicht.

Mich hat sie nie so angesehen.

»Marcus.«

Ich hatte ganz vergessen, dass ich Bianca am Telefon habe.

»Bist du noch da?«

»Ja, ich bin hier.«

»Hast du den Post gelesen?«

»Ja.«

»Was kann ich für dich tun?«

»Ich bin auf dem Weg zu dir.«

»Marcus! Was machst du? Du kannst nicht einfach aus dem Entzug abhauen.«

»Bin ich aber gerade.«

»Und ich bin nicht zu Hause, Tara allerdings schon. Sie ist für eine Weile bei mir untergekommen. Ich selbst bin zu einem Junggesellinnenabschied auf den Keys.«

Na toll ... Biancas beste Freundin seit ewigen Zeiten war bereits als Teenager total in mich verknallt, wovon ich nicht das Geringste hatte, weil meine Schwester mich kastriert hätte, wenn ich sie auch nur angeschaut hätte.

Tara ist das Letzte, was ich jetzt brauche, doch da ich mich schlecht in meiner Wohnung verstecken kann, bis ich mir meinen nächsten Schritt überlegt habe, gebe ich dem Fahrer keine neuen Anweisungen. Ich bin so offensichtlich neben der Spur, dass Tara vermutlich vor allem Mitleid mit mir haben wird, wenn sie mich seit Jahren zum ersten Mal wiedersieht.

Außerdem hat sie ihre Schwäche für mich bestimmt ebenfalls überwunden. Das tut ja offenbar jeder.

»Willst du, dass ich heimkomme, Marcus?«, erkundigt sich Bianca.

»Nein. Bitte nicht.«

»Ich mach mir Sorgen um dich.«

»Es geht mir gut.« Ich sage, was sie hören muss, weil ich ihr nicht den Spaß verderben will.

Sie verspricht, sich später noch mal bei mir zu melden, ehe wir auflegen.

Ich bin mir sicher, sie schreibt allen, die wir kennen, Textnachrichten, um sie darüber zu informieren, dass ich aus dem Entzug abgehauen und nicht gut beisammen bin. Früher mal war es mir wichtig, dass nicht alle Welt über meine Probleme Bescheid weiß. Doch das ist lange her.

Ich starre das Bild von Dee und ihrem neuen Liebsten Wyatt an. Ich hasse den Typen auf den ersten Blick. Welches Recht hat er, sie so anzusehen? Am liebsten würde ich Dee anrufen und ihr sagen, dass sie einen großen Fehler macht, aber das kann ich nicht, weil ich immer noch genug Verstand habe, um mir darüber im Klaren zu sein, dass nicht sie den größten Fehler gemacht hat.

Und dann schluchze ich laut auf, sodass der Fahrer in den Rückspiegel schaut und sich vermutlich um seine Sicherheit sorgt.

Wenn einem aufgeht, dass das eigene Leben eine totale Katastrophe ist, ist es schrecklich, wenn man genau weiß, dass man sich das Trümmerfeld um einen herum ganz allein selbst zuzuschreiben hat.

»Alles in Ordnung, Mann?«, fragt der Fahrer.

»Ja, sorry. Ich hab eine schlechte Nachricht erhalten.«

»Tut mir leid.«

»Danke.«

Die schlechte Nachricht ist, dass die Liebe meines Lebens, der ich das Herz gebrochen habe, indem ich eine Frau geheiratet habe, die mir nichts bedeutet, sich in einen anderen verliebt hat. Ich hatte bisher das Glück, dass ich von echter Qual verschont geblieben bin, doch das ist das einzige Wort, das mir einfällt, um das entsetzliche Gefühl zu beschreiben, das seine Klauen tief in mich geschlagen hat. Ich werde es vielleicht nie wieder loswerden. Das ist die Art Schmerz, die man nicht hinter sich lässt. Er wird mir bleiben.

Meine Trauer schnürt mir die Kehle zu, während ich weiter das Foto von Dee und Wyatt anstarre, das sich in mein Gehirn gebrannt hat.

Dee hat einen anderen gefunden. Dee hat sich in einen anderen verliebt. Sie wird niemals zu mir zurückkommen. Es gibt nichts, was ich tun oder sagen kann, um die Sache mit ihr wieder ins Lot zu bringen, und plötzlich erscheint mir der Entzug völlig sinnlos. Es war alles nur für sie. Alles war nur für sie.

Wie kaputt ist das alles eigentlich, wenn ich selbst in diesem Nebel aus Schmerz und Verzweiflung erkennen kann, dass dies der absolute Tiefpunkt meines Lebens ist? Zu wissen, dass es keine Hoffnung mehr auf eine Versöhnung mit Dee gibt, ist wie ein Hieb in den Magen, der mir den Atem raubt.

Solange sie irgendwo da draußen war, konnte ich hoffen. Aber jetzt, da ich weiß, dass sie über mich hinweg und mit einem anderen glücklich ist …

Ich bin am Boden zerstört.

Der Uber-Fahrer lässt mich vor Biancas Wohnanlage aussteigen, doch mir fehlt die Energie dafür, die zwei Treppen zu ihrer Wohnung hochzugehen. Ich lass mich auf die Bank vor dem Gebäude fallen, die keinerlei Schutz vor der sengenden Sonne bietet, die vom wolkenlosen Himmel strahlt. Es ist mir egal, dass ich mir wahrscheinlich einen Mördersonnenbrand hole. Das ist nicht mehr wichtig.

Überhaupt nichts ist jetzt noch wichtig.

Ich habe keine Ahnung, wie lange ich hier sitze, als jemand meinen Namen sagt. Ich steige auf aus den tiefsten Tiefen der Verzweiflung und erblicke Tara, die mich mit verwirrter Miene ansieht. Sie hat eine braune Tüte in der Hand, und ihr hellblondes Haar ist zu einem Knoten hochgebunden.

»Marcus, was machst du denn hier?«, fragt sie.

»Ich, äh … Ich kann nirgendwo anders hin.«

»Weiß Bianca, dass du hier bist?«

»Ja.«

»Willst du mit rein?«

Nein, will ich nicht. Nicht wirklich, aber was soll ich sonst tun? Hier in der Sonne sitzen, bis ich auch noch Verbrennungen dritten Grades zu meinen Problemen zählen kann? »Ja, warum nicht?«

Sie streckt mir eine Hand entgegen. »Komm mit.«

Ich starre ihre Hand einige Zeit an, bevor ich meine hebe, um sie zu nehmen, und ich hoffe, dass ich nicht eine Reihe von Problemen durch eine andere ersetze, indem ich ausgerechnet Tara erlaube, mir zu helfen.

KAPITEL 24

Dee

Wyatt hat mir eine Textnachricht geschickt, dass es bei ihm länger dauert, was mir etwas mehr Zeit dafür verschafft, mich darum zu kümmern, dass für den Abend alles perfekt ist, den ich für uns geplant habe. Nona hat mir das Rezept für ihren berühmten Meeresfrüchte-Auflauf geschickt, den ich aus Rücksicht auf Wyatts Vorsicht bei Cholesterin statt der üblichen Unmengen Butter mit ein bisschen Olivenöl zubereitet habe.

Ich habe gerade noch genug Zeit, um mich zu fragen, ob er am Ende außer Lachs vielleicht gar kein Seafood mag, oder vielleicht hat er auch eine Fischallergie. Ich frage mich außerdem, ob ich in Arizona überhaupt Meeresfrüchte hätte kaufen sollen, denn das liegt ja bekanntermaßen ein gutes Stück von der Küste entfernt. Ich mache mich so verrückt mit meinen Sorgen, dass ich kurz vor einer Panikattacke stehe, als ich seinen Schlüssel im Schloss höre.

Er betritt das Wohnzimmer und bleibt jäh stehen beim Anblick des schön gedeckten Tisches mit den brennenden Kerzen und von mir in meinem schwarzen Kleid und den High Heels, die ich für den Fall eingepackt hatte, dass wir irgendwohin gehen, wo elegantere Kleidung erwartet wird.

Ich hab mir mit meinem Make-up und meiner Frisur viel Mühe gegeben, und die Haare fallen mir in langen Korkenzieherlocken auf die Schultern.

Er lässt seine Tasche und die Schlüssel gleich an der Tür fallen und kommt zu mir, legt die Arme um mich und hält mich so fest wie ich ihn. »Ich bin so froh, dass du noch hier bist.«

»Wo sonst sollte ich sein, solange dir mein Herz gehört? Ohne das – ohne *dich* – kann ich hier nicht weg.«

Er löst sich von mir und schaut mich lange an, bevor er mich voller Verlangen und Verzweiflung küsst. Seine Zunge streichelt meine, und meine Knie werden weich vor Sehnsucht nach ihm.

Er hat mich so fest an sich gezogen, dass mir nichts anderes übrig bleibt, als mich seinem verzweifelten Verlangen hinzugeben, zu kapitulieren vor dem Wunsch, mich ein Leben lang so zu fühlen.

»Dee …« Seine Lippen streifen ganz leicht meine. »Ich liebe dich, ich begehre dich, ich will, dass es mit uns klappt, aber mehr als alles möchte ich, dass du glücklich bist. Und wenn dazu Babys gehören, dann kriegen wir meinetwegen Babys. Wir werden einen Weg finden. Solange ich dich nur habe, habe ich, was ich brauche.«

Die Erleichterung darüber, wieder in seinen Armen zu liegen und seine Stimme zu hören, mit der er solche Sachen sagt, überwältigt mich fast. Aber ich habe gelernt, vorsichtig zu sein, wenn sich Probleme so leicht lösen lassen. »Wir sollten reden.«

Er umarmt mich fester. »Lass uns erst noch eine Minute so stehen bleiben.«

Wir halten einander in dem weichen Licht der Kerzen, die ich auf den Tisch gestellt habe.

Als er schließlich die Arme sinken lässt, erklärt er: »Du siehst wunderschön aus, und irgendetwas riecht hier köstlich.«

»Ich habe uns was gekocht.«

»Wie hast du das denn geschafft, schließlich haben wir praktisch keine Lebensmittel mehr im Haus?«

»Ich hab mir einfach alles liefern lassen.«

»Ah, das ist gewieft.«

»Hast du Hunger?«

»Ich bin wie immer halb verhungert, doch zuerst müssen wir uns unterhalten. Ich muss mir einiges von der Seele reden.«

»Ich stelle nur rasch den Ofen aus, dann gehöre ich ganz dir.«

Bevor ich mich umdrehen kann, küsst er mich erneut, dieses Mal voller Zärtlichkeit. »Ich möchte, dass du mir für immer gehörst.«

Ich lege eine Hand an sein attraktives Gesicht. »Das tue ich, mit Haut und Haar. Ich hatte einen sehr langen Tag über Zeit, darüber nachzudenken, ob ich zu meinem Leben vor dir zurückkehren möchte, und mir ist sehr schnell klar geworden, dass das nicht geht. Es geht nur nach vorn mit dir.«

»Genau. Stell den Ofen aus, und lass uns reden.«

Nachdem ich dafür gesorgt habe, dass der Auflauf nicht verkohlt, gieße ich ein Glas Chardonnay für mich ein und eins mit Mineralwasser für Wyatt und nehme beide mit ins Wohnzimmer, wo ich mich neben ihn aufs Sofa setze.

Er schaut auf sein Handy, legt es aber weg, als ich neben ihm Platz nehme.

»Alles in Ordnung?«

»Ich hab heute einen Patienten während einer Routineoperation verloren. Das ist keine besonders schöne Art und Weise, meine Zeit hier zu beenden.«

»Oh, das tut mir so leid, Wyatt. Das muss schrecklich sein.«

»Den Angehörigen beizubringen, dass ein Routineeingriff zum Tod eines Patienten geführt hat, ist das Schlimmste an meinem Job, vor allem wenn es keine offensichtliche Erklärung gibt. Manchmal passieren einfach Dinge, die wir nicht kontrollieren können.«

»Hast du keine Angst, verklagt zu werden?«

»Immer, aber wir haben ziemlich wasserdicht formulierte Aufklärungsformulare, die sämtliche möglichen Folgen und unerwünschten Nebenwirkungen auflisten und auf jegliches Risiko bei Herzoperationen hinweisen. Und ich sage den Patienten immer, dass ich zwar alles tue, was in meiner Macht steht, ihnen jedoch nichts versprechen kann. Dennoch ist es einfach schrecklich, wenn es passiert, und es würde mich nicht überraschen, wenn sie mit einer Klage kommen.«

»Das ist schlimm.«

»Es passiert. Daher haben wir ja auch eine Haftpflichtversicherung, die bei Behandlungsfehlern greift. Das ist das erste Mal in meiner Karriere, dass ich einen Patienten beim Einsetzen eines Stents verloren habe, allerdings habe ich das schon zweimal ganz ähnlich bei Kollegen erlebt, und es war genau so wie heute. Alles war in bester Ordnung, bis es plötzlich ganz furchtbar schiefgelaufen ist.«

»Es tut mir leid, dass das ausgerechnet heute passieren musste, wo du doch eigentlich das Ende einer erfolgreichen Zeit hier begehen wolltest und den Beginn eines neuen Lebensabschnitts.«

»Danke. Es war jedenfalls ein Rückschlag am letzten Tag, das stimmt. Aber meine Kollegen hatten am Ende der Schicht eine Abschiedsparty für mich organisiert. Insofern war es trotz allem irgendwie ein schöner Ausklang.«

»Ich bin sicher, du wirst ihnen fehlen.«

»Jetzt aber genug von mir. Also, was hast du auf dem Herzen? Und danach erkläre ich dir, was ich mir überlegt habe.«

Ich nage an meiner Unterlippe und versuche die richtigen Worte zu finden. »Eben hast du gesagt, dass ich so viele Babys haben darf, wie ich möchte, doch gestern Abend noch warst du entschieden dagegen, überhaupt auch nur eins zu bekommen. Ich mach mir Sorgen, dass du meinetwegen nachgibst, obwohl du insgeheim weiter anders darüber denkst.«

»Ich habe einfach Probleme, mich mit dieser neuen Lebenseinstellung, dass alles möglich ist, die du mir beigebracht hast, zurechtzufinden. So lange habe ich mich aus Angst vor dem, was passieren könnte, eingeschränkt. Du hast mir zu der Erkenntnis verholfen, dass man so nicht leben sollte, und während ich immer noch die gleichen Sorgen deswegen habe, dich ohne finanzielles Polster und dazu mit Kindern zurückzulassen, hatte ich ebenfalls einen langen Tag dafür, mir zu überlegen, wie mein Leben ohne dich aussähe.«

Er dreht sich zu mir und nimmt meine Hand. »Dabei habe ich eins verstanden: Du hast mich für alles andere ruiniert, außer mit dir zusammen zu sein. Ich habe weiterhin erhebliche Bedenken, Kinder in diese Welt zu setzen und sie vielleicht viel zu früh im Stich zu lassen, doch ich hab auch gehört, was du gestern Abend gesagt hast, darüber, dass sie überhaupt nur meinetwegen ein Leben haben werden, selbst wenn ich nicht da bin, um es mit ihnen zu teilen. Das ist nicht nichts.«

»Nein, ist es nicht. Und sie wären umgeben von einer großen, liebevollen Familie und Männern wie meinem Vater, meinen Onkeln, meinen Brüdern und Freunden wie Jason und Austin … Es wäre nicht das Gleiche, wie dich in ihrem Leben zu haben, aber wir würden es schaffen. Dafür würde ich sorgen. Und dann hätten ich und alle, die dich lieben, irgendwie noch jemanden, in dem du weiterlebst.«

»Das stimmt«, antwortet er mit einem kleinen Lächeln. »Ich fühle mich besser, wenn du mich daran erinnerst, dass du nicht allein wärst und sie auch nicht. Sie würden ja außerdem meine Familie haben, und wo wir gerade von ihnen reden, du solltest eine Textnachricht von meinen Eltern erhalten haben.«

»Echt?«

Er nickt und steht auf, um mir mein Handy aus der Küche zu holen. Er kommt damit zurück zum Sofa und reicht es mir.

Und richtig, da gibt es eine Textnachricht von einer mir unbekannten Nummer. Ich werfe ihm einen Blick zu, bevor ich sie lese.

Hi, Dee, hier ist Gary Blake, Wyatts Dad. Meine Frau und ich möchten uns in aller Form dafür entschuldigen, wie wir Sie gestern Abend behandelt haben. Eigentlich ist es nicht unsere Art, zu den Partnern unserer Kinder so unfreundlich zu sein, vor allem nicht, da wir ja wissen, wie wichtig Sie Wyatt sind. Wir sind nur traurig, dass er wegzieht, und machen uns Sorgen, was Sie sicherlich verstehen können. Nichts davon ist Ihre Schuld, und wir hoffen, Sie verzeihen uns diesen schrecklichen ersten Eindruck und geben uns eine zweite Chance. Wir sind froh, dass Wyatt und Sie einander gefunden haben und dass er das alles mit Ihnen erlebt. Er wirkt sehr glücklich, und wir sind fest entschlossen, uns für ihn und mit ihm zu freuen. Wie auch immer, es tut uns schrecklich leid, und wir hoffen, Sie bald wiederzusehen. Gary und Dawn

»Wow, du musst deinen Eltern ganz schön ins Gewissen geredet haben.«

Er lächelt. »Mein Dad und ich haben uns unterhalten.«

»Danke, dass du das mit ihnen geklärt hast. Ich finde es schlimm, wenn der Auftakt so unerfreulich ist.«

»Du kannst nichts dafür. Das waren ganz allein sie, und mein Dad klang aufrichtig zerknirscht deswegen. Ich kann nicht versprechen, dass es von jetzt an total glatt und ohne Holperer mit ihnen laufen wird, weil sie nun mal diese Neigung haben, sich auf fast schon ungesunde Art und Weise um mich zu sorgen, aber er hat versprochen, dass sie sich Mühe geben werden, dich besser kennenzulernen und mit uns an einem Strang zu ziehen.«

»Mehr kann ich nicht verlangen, und ich verstehe es vollkommen, dass sie dich am liebsten in Watte packen würden, nach allem, was sie mit dir erlebt haben.«

»›In Watte packen‹ ist vermutlich zu milde ausgedrückt. Ich möchte dich noch mal daran erinnern, dass meine Mutter mir eine Textnachricht nach Miami geschickt hat, um sich zu vergewissern, dass ich auch wirklich meine Medikamente nehme.«

Obwohl er ernsthaft verärgert ist, kann ich nicht anders, als darüber zu lachen.

»Das ist nicht komisch!«

»Doch, ist es.«

Er schüttelt den Kopf. »Nicht einmal ein bisschen.«

Ich halte Daumen und Zeigefinger dicht übereinander. »Ein winziges bisschen.«

»Hauptsache, du kommst nicht auch noch auf die Idee, mich daran zu erinnern.«

»Na gut, ich verkneife mir das, solange es mir erlaubt ist, dich mit allem anderen zu nerven.«

»Immer drauflos, Babe.«

»Also ist alles gut?«

»Es ist fantastisch.«

»Ich möchte nur noch sagen, ich finde es großartig, dass wir hiermit wie zwei Erwachsene umgegangen sind, statt daraus einen Albtraum zu machen, der alles Gute zwischen uns ruiniert.«

»Ist dir das schon mal passiert?«

»Manchmal. Glaub mir, so ist es viel besser.« Ich blicke auf mein Handy. »Aber jetzt antworte ich ihnen besser, damit sie wissen, dass ich ihnen nichts nachtrage.«

Danke für Ihre Nachricht. Ich habe mich sehr darüber gefreut und hoffe, dass Sie uns bald schon in Miami besuchen kommen. Ich verspreche, alles in meiner Macht Stehende zu tun, um Wyatt glücklich zu machen, und gut auf ihn aufzupassen. Es bedeutet mir eine Menge, dass Sie sich gemeldet haben. Dafür noch mal danke. Dee

Ich zeige es ihm. »Ist das so gut?«

»Es ist super und fast ein bisschen zu nett.«

»Sie sind besorgte Eltern, Wyatt. Das kann man ihnen kaum vorwerfen. Uns könnte es eines Tages genauso gehen. Man weiß nie, was geschieht.« Mir kommt ein Gedanke, den ich vermutlich schon längst hätte haben sollen. Er ist so furchteinflößend, dass er mir eine Sekunde den Atem raubt. »Das mit deinem Herzen … was zu der Transplantation geführt hat … ist das erblich?«

»Nein. Es wurde festgestellt, dass es ein ganz seltener Geburtsfehler war, der zur Schädigung meines Herzens geführt hat. Meine Geschwister und meine Eltern wurden in der Folge gründlich untersucht, doch keiner von ihnen hat es, und es gibt auch keine genetischen Auffälligkeiten dabei.«

»Puh, jetzt bin ich echt erleichtert.«

»In der Tat. Wenn es erblich wäre, wäre es für mich ein Riesenhindernis, egal was sonst noch ist. Ich würde niemals einem Kind von mir das zumuten, was ich durchmachen musste. Aber wir lassen unsere Kinder trotzdem daraufhin checken. Wenn sie den Defekt haben, können wir korrigierend eingreifen, bevor es zu Schädigungen am Herzen kommt. Bei mir wurde es erst festgestellt, als es dafür schon zu spät war und der Schaden angerichtet.«

»Wäre dann eine Herzoperation nötig?«

»Ja, allerdings ein vergleichsweise einfacher Eingriff, der jede Menge Probleme im späteren Leben ausräumt.«

Ich muss schlucken, als ich mir vorstelle, dass mein Kind eine Herz-OP braucht.

»Jedenfalls ist es ein gutes Zeichen, dass niemand in meiner Familie was Ähnliches hatte, insofern brauchen wir uns deswegen bei unseren Kindern keine Sorgen zu machen, bis es so weit ist. Hoffentlich tritt dieser Fall nie ein.« Er hebt mein Kinn an, sodass er mich auf die Lippen küssen kann. »Alles gut?«

»Alles gut.«

»Kommen wir jetzt zu dem Essen, das du gezaubert hast. Es riecht köstlich, und ich bin halb verhungert.«

»Dann lass uns essen.«

* * *

Stunden später liege ich in Wyatts Armen und schaue ihm beim Schlafen zu, staune darüber, wie sehr sich mein Leben in ein paar wenigen Wochen geändert hat. Mein One-Night-Stand hat sich als die Liebe meines Lebens herausgestellt, und ich könnte nicht glücklicher darüber sein, dass wir von jetzt an zusammen sein werden. Solange es geht. Vielleicht wird es ganz kurz sein. Wenn das der Fall ist, werde ich für immer dankbar sein, dass ich ihn gekannt habe und von ihm geliebt wurde.

Jemandem das eigene Herz zu schenken ist nichts, was man leichtfertig tun sollte. Es ist eine große Sache, denn damit gibt man einem anderen Menschen die Macht, einem wehzutun. Diese Lektion habe ich auf die harte Tour gelernt, aber ich weiß bereits, dass ich mir bei Wyatt nie Sorgen machen muss, dass er eine andere als mich möchte. Er hat sich die Hörner hinreichend abgestoßen, und wir sind beide bereit für etwas Dauerhaftes.

»Was ist los?«, fragt er mit leiser, tiefer Stimme.

»Ich schau dich nur an.«

»Habe ich was in meinem Gesicht?«

»Ja, jede Menge, und alles sehr attraktiv.«

Die Hälfte seines Mundes, die nicht vom Kissen verdeckt ist, verzieht sich zu einem Lächeln. »Du musst schlafen. Wir haben morgen einen langen Tag vor uns.«

»Ich möchte nicht schlafen. Ich möchte dich anschauen.«

Seine Augen öffnen sich ganz, und er zieht mich fester an sich, unsere Körper finden mühelos zueinander, als würden wir das schon seit Jahren tun statt nur ein paar Wochen. »Du hast da eine Falte zwischen deinen Brauen. Genau hier.« Er beugt sich vor, um die Stelle zu küssen. »Wo stammt die her?«

»Ich bin mir nicht sicher.«

»Hast du Angst, Süße?«

»Wovor?«

»Vor all dem Unbekannten und dem, was passieren könnte.«

»Vielleicht ein bisschen, allerdings nichts, womit ich nicht klarkäme.«

»Ich hoffe wirklich, dass ich dir nie das Herz brechen werde. Wenn ich das dennoch tue, möchte ich, dass du weißt, die Liebe zu dir hat mein Leben unfassbar bereichert. Wir stehen erst ganz am Anfang, aber ich weiß, dass mich alles, was vorher war, zu dir geführt hat.«

»Ich liebe dich so sehr«, flüstere ich. »Ich wusste gar nicht, dass so was möglich ist, und dann warst du da bei der Hochzeit meiner Cousine, so attraktiv, dass ich meinen Augen kaum getraut habe. Du hast keine Ahnung, was es mir an dem Tag bedeutet hat, jemanden wie dich an meiner Seite zu haben, der mir Aufmerksamkeit schenkt. Du hast mich damit aus einem tiefen Loch geholt.«

»Und du hast mich bei der Hochzeit im Sturm erobert. Ich hab mich gefühlt wie ein schüchterner Teenager, der nicht weiß, was er sagen soll.«

»Ausgeschlossen.«

»Doch, ich schwöre es dir! Ich bin praktisch über meine eigenen Füße gestolpert in meinem Eifer, dich in ein Gespräch zu verwickeln und dazu zu bringen, mit mir zu tanzen.«

»Das hätte ich nie geahnt, wenn du es mir nicht verraten hättest. An jenem Tag ging es mir gar nicht gut, aber du hast alles besser gemacht.«

»Es freut mich, das zu hören.« Er fährt mir mit der Hand in kleinen beruhigenden Kreisen über den Rücken. »Habe ich etwa deinem Ex-Freund die Nacht zu verdanken, die wir zusammen verbracht haben?«

»Wie meinst du das?«

»Wenn er nicht rumerzählt hätte, wie leid es ihm tut, was er getan hat, und dass er dich zurückmöchte, glaubst du, du hättest dich nach der Hochzeit auf deinen allerersten One-Night-Stand eingelassen?«

Ich denke eine Minute darüber nach, bevor ich etwas sage. »Das hatte vielleicht ein ganz klein bisschen damit zu tun, dass ich wagemutiger war, doch ich kann dir versichern, es wäre nie passiert, wenn ich nichts für dich empfunden hätte.« Mit den Händen auf seiner Brust schaue ich ihm in die Augen. »Und wenn du mir nicht die ganzen Textnachrichten geschickt hättest, wäre auch der Rest hiervon nicht passiert. Jedes Mal, wenn ich nach unserer gemeinsamen Nacht von dir gehört habe, habe ich mich so gut gefühlt wie auf der Hochzeit. Deine Nachrichten waren in einer schwierigen Zeit mit meiner Mutter echte Lichtblicke für mich. Ich hab mich immer darauf gefreut.«

»Ich bin mir vorgekommen wie ein Teenager mit einem neuen Handy, der darauf wartet, dass seine Angebetete ihm antwortet. Ich habe dauernd nachgeschaut, bei jeder sich bietenden Gelegenheit. Eine der OP-Krankenschwestern hat mich eines Tages gefragt, ob ich eine Freundin hätte, und das hat mich ziemlich erschreckt.« Er setzt eine übertrieben geschockte Miene auf. »So habe ich sie angesehen.«

»Und was hast du gesagt?«, will ich wissen und lache.

»Ich habe ihr geantwortet, dass ich keine hätte, aber zum ersten Mal in meinem Leben glaubte, ich hätte gern eine. Sie hat gemeint: ›Ah, also haben Sie die Richtige getroffen, ja?‹ Ich hatte keine Ahnung, was ich darauf erwidern sollte. Es war das erste Mal, dass mir dämmerte, du könntest vielleicht wirklich meine Mrs Right sein, und danach konnte ich nur noch daran denken, so schnell wie möglich nach Miami zurückzukehren.

Und am nächsten Tag hat dann Jason angerufen, um mir von der freien Stelle im Miami-Dade zu erzählen. Er hat es als Scherz hingestellt, gemeint, wenn ich an einem Ortswechsel interessiert sei, könnten wir wieder zusammenarbeiten. Das habe ich als Wink des Schicksals gedeutet und ihn gebeten, mir den Link zur Bewerbung zu schicken, obwohl ich mir eingeredet habe, es sei besser, mich von dir fernzuhalten, weil es dir gegenüber einfach nicht fair wäre. Trotzdem konnte ich mich nicht dazu durchringen.«

»Das ist erstaunlich. Ich habe deinen Textnachrichten förmlich entgegengefiebert, aber ich hatte keine Ahnung, dass du so oft an mich gedacht hast.«

»Ich habe die ganze Zeit an dich gedacht. Ich habe nie häufiger an irgendjemanden gedacht als an dich.«

»Ich bin echt froh, dass du nach Miami zurückgekommen bist.«

»Ich auch.«

»All das Schlimme aus der Zeit, bevor ich dich getroffen hab, scheint mir ein ganzes Leben her zu sein, als ob es einem anderen passiert sei. Es ist mir komplett unwichtig.«

»Es ist nicht unwichtig, weil es Teil deiner Geschichte ist, aber ich bin trotzdem froh, dass ich dir helfen konnte, etwas hinter dir zu lassen, das dich so verletzt hat.«

»Du hast definitiv dabei geholfen. Ich dachte, ich wäre damit ziemlich gut klargekommen, bis zum Abend von Carmens Junggesellinnenabschied, und plötzlich war ich wieder zurück bei Tag eins.«

»Das muss schlimm für dich gewesen sein.«

»Absolut! Ich war zu einem frohen Ereignis nach Hause geflogen. Meine liebe Cousine, die durch den tragischen und viel zu frühen Tod ihres ersten Ehemanns so viel Leid erlebt hat, hat erneut geheiratet. Ich wollte mit ihr feiern, und dann ...«

Ich atme lang gezogen aus. »Das von ihm zu hören hat mir alle Energie ausgesaugt.«

»Hast du gedacht, dass du ihn wiedersehen oder mit ihm zusammen sein möchtest?«

»Himmel, nein. Niemals. Meine Liebe zu ihm ist in der Sekunde gestorben, in der ich gehört habe, dass er eine andere geheiratet hat. Der Schmerz jedoch … Es hat lange gedauert, bis der nachgelassen hat. Und das Schlimmste war, dass ich gedacht hatte, ich sei darüber hinweg, nur um dann feststellen zu müssen, dass das leider überhaupt nicht stimmte. Das war das gleiche Wochenende, an dem meine Eltern uns das mit der Krankheit meiner Mutter gebeichtet haben.«

»Das war eine Menge auf einmal.«

»Stimmt, aber ich sollte nicht mit dir über ihn reden.«

»Warum?«

Lächelnd antworte ich: »Ich weiß, das hier ist deine erste offizielle Beziehung, daher weißt du es vielleicht einfach nicht, doch man spricht mit dem neuen Mann in seinem Leben nicht über den Ex.«

»Du kannst mit mir über alles reden, sogar über ihn. Ich fühle mich von ihm nicht bedroht. Ich glaube auch nicht, dass ich dazu einen Anlass hätte.« Er wirft mir einen Bestätigung heischenden Blick zu. »Oder?«

»Du hast niemanden zu fürchten. Du bist eine Klasse für dich.«

Er küsst mich, und wie es alle Küsse mit ihm so an sich zu haben scheinen, führt eins rasch zum anderen, und dann liegt er auf mir, kommt in mich, macht mich wild, wie nur er es vermag. Zu Zeiten wie diesen finde ich es leicht, die Sorge um seine Gesundheit zu vergessen, die nun mal einfach Teil unseres gemeinsamen Lebens sein wird.

Ich möchte darüber nicht weiter nachdenken oder über irgendetwas anderes, das zwischen uns kommen könnte, nicht wo sich alles hieran so verdammt gut anfühlt.

KAPITEL 25

Wyatt

Die Leute vom Umzugsunternehmen sind schnell und effizient, und gegen Mittag ist alles eingepackt und im Laster verstaut. Wenn wir in unser Haus in Miami können, wird uns alles geliefert werden. Dee hat meine gesamte Küche eingepackt und nennt das unser Starter-Set. Ich bin kein großer Koch, aber sie meint, wir besorgen uns später, was wir sonst noch brauchen.

Es geht wirklich los.

Ich verlasse Phoenix, um mir mit Dee ein Leben in Miami aufzubauen.

Noch vor wenigen Wochen wäre mir nichts hiervon möglich erschienen, doch sie hat mir gezeigt, dass *alles* möglich ist. Ich muss nur daran glauben. Vielleicht sind wir beide naiv und unrealistisch in Bezug auf das, was mir – und uns – bevorsteht, aber ich kann einfach nicht die Energie dafür aufbringen, mir deswegen den Kopf zu zerbrechen. Nicht solange ich mich mit ihr in dieser Glücksblase befinde.

Meine Eltern haben uns überrascht, indem sie uns Mittagessen vorbeigebracht haben. Sie umarmen beide Dee, was hilft, den Schaden, den sie neulich Abend angerichtet haben, wiedergutzumachen. Dee ist einfach total herzlich und überhaupt nicht nachtragend. Sie behandelt sie trotz allem wie alte Freunde.

»Habt ihr euch von der Arbeit weggeschlichen, um uns mit Mittagessen zu versorgen?«, frage ich, während wir um die Kücheninsel herumstehen und ihren Salat essen.

»Ja, genau«, erwidert Dad. »Wir wollten euch noch mal sehen, bevor ihr aufbrecht.«

»Das ist nett.«

Mom wird rührselig, als sie in mein leeres Wohnzimmer blickt. »Wow, du ziehst wirklich weg.«

»Ja, genau, und ich freue mich schon so, dass ihr uns in Miami besuchen und Dees Familie kennenlernen wollt. Dann gehen wir natürlich auch in ihrem Restaurant essen, denn das Essen dort ist besser als alles, was ihr je irgendwo anders bekommen habt. Und das Haus, das Dee für uns gefunden hat, ist schlicht genial. Es hat ein zweites großes Schlafzimmer mit eigenem Bad, das euch gehört, wann immer ihr bei uns sein möchtet.«

»Das hört sich sehr schön an«, sagt Mom.

Ich kenne sie gut genug, um zu wissen, dass sie sich um meinetwillen und vielleicht auch für Dee Mühe gibt, aber weiter nicht glücklich darüber ist, dass ich Phoenix verlasse.

»Es hat einen Pool und liegt praktisch direkt neben einem Golfplatz, Dad.«

»Ich merke, wir sprechen eine Sprache.«

Sie bleiben noch eine halbe Stunde, bevor sie sich verabschieden – mit vielen Umarmungen für uns beide und dem Versprechen, nach Miami zu fliegen, sobald wir uns in unserem neuen Haus eingerichtet haben.

»Bitte melde dich häufig, sonst mache ich mir Sorgen«, sagt Mom, während sie mich ein weiteres Mal umarmt.

»Natürlich tu ich das. Versprochen.«

Dee und ich bringen sie raus und winken ihnen hinterher, als sie wegfahren.

»Es war echt nett von ihnen, vorbeizuschauen«, stellt Dee fest.

»Das stimmt. Ich bin froh, dass du noch die Mom und den Dad getroffen hast, die ich kenne, und nicht bloß diese befremdlichen Leute von neulich Abend.«

»Ja, ich auch.«

Wir haben noch einen ganz kurzen Termin mit dem Makler, der sich um den Verkauf meines Hauses kümmert, damit ich den Auftrag unterschreiben kann. Und dann ist es Zeit, loszufahren.

Um zwei laden wir unsere Koffer, Rucksäcke und andere Dinge, die wir auf dem Weg brauchen, inklusive der Tasche mit meinen Medikamenten, in den Audi.

Wir gehen ein letztes Mal durchs Haus, um uns zu vergewissern, dass wir nichts vergessen haben. Als ich die Haustür zum letzten Mal abschließe, drohen mich meine Gefühle zu überwältigen.

Hauptsächlich ist es Vorfreude auf das, was vor mir liegt, und die ist mir höchst willkommen. Seit ich die Elfjahresmarke überschritten habe, habe ich in diesem merkwürdigen Zustand gelebt, habe jeden Moment damit gerechnet, dass etwas Schreckliches passiert. Da gab es nicht viel Platz für Hoffnung oder Freude.

Dee hat das alles geändert. Sie hat mir eine andere Art und Weise gezeigt, wie man leben kann, eine *bessere* Art und Weise, und als ich die Treppe zu den Stellplätzen hinabsteige, schaue ich nicht zurück. Ich blicke nur nach vorn, zu Dee, die neben dem Auto auf mich wartet. Wie sie da im Sonnenschein steht, wirkt sie wie ein Engel, der mir geschickt worden ist, um mir zu zeigen, was Leben wirklich bedeutet.

Ich überrasche sie, indem ich zu ihr komme, statt zur Fahrerseite zu gehen. »Bevor wir aufbrechen, wollte ich mich einfach noch mal bei dir bedanken.«

»Wofür?«

»Dafür, dass du mir gezeigt hast, wie mein Leben besser wird.«

»Das hier gefällt dir besser?«

Ich nicke und küsse sie zärtlich. »So viel besser. Danke für alles, was du getan hast, um mir beim Umzug zu helfen. Das hätte ich ohne deine Hilfe niemals geschafft.«

»Wir sind ein gutes Team.«

»Ja, das sind wir.«

»Dann machen wir uns mal auf den Weg, oder?«

»Absolut.« Ich halte ihr die Beifahrertür auf, warte, bis sie sich gesetzt hat, und küsse sie erneut. »Lass uns nach Hause fahren.«

Marcus

Ich schlafe besser als seit Wochen und wache zwölf Stunden später auf, weil Sonnenlicht in das Schlafzimmer meiner Schwester strömt. Da Bianca nicht da ist, habe ich in ihrem Bett geschlafen, nachdem ich mit Tara ewig über alles gesprochen habe, was passiert ist, seit wir uns das letzte Mal gesehen haben.

Anders als Dr. Stern und die Leute im Entzug hat mir Tara zugehört, ohne mich zu unterbrechen. Sie hat mich reden lassen, bis ich keine Worte mehr hatte, und dann hat sie mich gefragt, was ich will.

»Ich weiß es nicht. Ich weiß es einfach nicht.«

»Vielleicht solltest du mal drüber schlafen und schauen, wie du dich am Morgen fühlst.«

Nachdem ich Marias Post über Dee gelesen und mit Tara alles besprochen hatte, war ich fix und fertig, daher habe ich ihre Einladung angenommen und bin über Nacht geblieben. Und ich habe geschlafen wie ein Toter.

Ich fühle mich heute etwas besser, aber ich bin mich selbst so leid, genau wie meine ellenlange Liste von Problemen. Ich habe mein Leben komplett gegen die Wand gefahren. Das ist die eine Sache, die ich sicher weiß.

In Biancas Bad nehme ich mir eine neue Zahnbürste und dusche.

Während ich mir meine Klamotten von gestern wieder anziehe, fange ich an zu überlegen, was ich als Nächstes tun soll.

Tara steht in der Küche am Herd. »Kaffee?«

»Gerne, danke.« Sie gießt mir etwas in einen Becher und stellt ihn zusammen mit Milch und Zucker vor mich. »Wie hast du geschlafen?«

»Ausnahmsweise mal gut.«

Während ich verfolge, wie sie in der Küche werkelt, habe ich denselben Gedanken wie gestern Nacht: Das niedliche junge Mädchen, das mir vernarrt hinterhergelaufen ist, ist zu einer wunderschönen Frau geworden. Ich habe sie seit Jahren nicht mehr gesehen, und die Veränderung ist bemerkenswert. »Tut mir leid, dass es gestern nur um mich gegangen ist. Ich habe dich nicht mal gefragt, was du in den letzten Jahren so getan hast.«

»Ich war drei Jahre mit dem Friedenskorps in Ecuador.«

»Oh, wow. Das ist ja Wahnsinn.«

»Es war super. Ich habe an einer Grundschule Englisch als Fremdsprache unterrichtet. Es war einfach klasse. Seit zwei Wochen bin ich zurück, und Ende des Monats ziehe ich in meine neue Wohnung. Bianca war so nett, mir bis dahin Unterschlupf zu gewähren.«

Während ich mich also bis zum totalen Vergessen betrunken und mein Leben ruiniert habe, hat Tara die Welt gerettet. »Das ist echt toll. Ich bin beeindruckt.«

Sie lächelt, und ihre Augen strahlen. »Danke. Es war schön, aber jetzt muss ich mir überlegen, was als Nächstes kommt. Ich hab mich auf ein paar Stellen beworben und warte jetzt auf die Antworten, was mich schier wahnsinnig macht. Ich möchte immer wissen, wie es weitergeht.«

Als sie Teller aus dem Schrank holt, rutscht ihr das T-Shirt hinten hoch und enthüllt zwei sexy Grübchen über ihrem Po. Nicht dass es mich irgendetwas angeht, dass sie sexy Grübchen hat oder wo. *Trink deinen Kaffee, Marcus, und starr nicht die Freundin deiner Schwester an.*

Tara stellt Rührei, Truthahnschinken und Buttertoast auf den Tresen.

»Vielen Dank für alles, Tara. Ich weiß das wirklich zu schätzen.«

»Kein Problem.« Nachdem sie mir Kaffee nachgeschenkt hat, setzt sie sich neben mich, und wir essen schweigend, bis sie ihre Gabel hinlegt und mich ansieht. »Was hast du jetzt vor?«

»Ich weiß es nicht. Ich weiß es einfach nicht.«

»Darf ich was vorschlagen?«

»Klar. Schließlich hast du dir gestern Nacht meinen ganzen Mist angehört. Deine Meinung interessiert mich.«

»Du musst zurück in den Entzug und zu Ende bringen, was du da angefangen hast.«

Das ist das Letzte, was ich will.

»Alles, was du mir gestern erzählt hast, hängt mit einer Sache zusammen. Du musst den Alkoholismus in den Griff kriegen, bevor du dir über irgendetwas anderes Gedanken machen kannst.«

Sie hat recht, das ist mir auch klar. Aber ich will trotzdem nicht zurück in die Klinik, selbst wenn ich weiß, dass es sein muss. Seit ich gestern abgehauen bin, haben sie sechsmal auf meinem Handy angerufen, doch ich bin nicht rangegangen und hab mir nicht mal die Nachrichten angehört, die sie oder

Dr. Stern hinterlassen haben, die mich ebenfalls dreimal zu erreichen versucht hat.

»Ich kann dich hinfahren, wenn du willst.«

Am liebsten würde ich »Nein, danke« sagen. Und dass ich nicht dorthin zurückkehre, aber sie sieht mich auf eine Art und Weise an, die klarmacht, dass sie das nicht dulden wird. »Das war dir gegenüber wirklich nicht fair.«

Sie schaut mich überrascht an. »Was genau?«

»Als wir noch jünger waren, hatte ich immer das Gefühl, du stehst auf mich, und dann hab ich dir letzte Nacht stundenlang von Dee erzählt und davon, wie sehr es mich stört, dass sie jetzt einen Neuen hat.«

»Ich hab auf dich gestanden.«

»Oh.«

»Tatsächlich so sehr, dass es nicht mehr lustig war«, erklärt sie und lacht. »Doch du warst immer mit Dee zusammen.«

»Tut mir leid, dass ich so ahnungslos war.«

»Ist schon in Ordnung. Ich bin darüber hinweg.«

Aus irgendeinem merkwürdigen Grund stimmt es mich traurig, dass sie über mich hinweg ist, was angesichts von allem anderen, womit ich mich beschäftigen muss, lachhaft ist.

»Es tut mir leid, dass du durch einen Facebook-Eintrag erfahren musstest, dass Dee mit ihrem Leben weitergemacht hat.«

»Was immerhin mehr ist, als sie von mir bekommen hat, als ich eine andere geheiratet habe.«

»Richtig. Da hast du dich nicht gerade mit Ruhm bekleckert.«

Sie ist süß, lustig, intelligent und clever. Wenn die Dinge anders lägen, würde ich hier den ganzen Tag sitzen und mit ihr über Gott und die Welt reden wollen.

»Ich weiß, dass du dich mit Selbstvorwürfen quälst, und obwohl das in Bezug auf dein Verhalten Dee gegenüber sicher angemessen ist, musst du das nicht für den Rest deines Lebens mit dir herumschleppen. Es ist passiert. Es ist vorbei, sie hat es hinter sich gelassen. Du wirst es ebenfalls hinter dir lassen. Das Leben geht weiter. Du musst daran arbeiten, dir zu verzeihen, was geschehen ist, während du mit deiner Krankheit zu kämpfen hattest.«

»Ich bin mir nicht sicher, ob ich mir jemals verzeihen kann, was ich ihr angetan habe.«

»Das musst du aber, Marcus.«

»Ich hab das Gefühl, dass ich sie sehen muss, um das zu schaffen.«

Tara schüttelt den Kopf. »Nein, musst du nicht. Das ist nicht das, was sie braucht. Sie hat es überwunden und damit abgeschlossen. Dich zu sehen wäre nicht gut für sie.«

Ich seufze tief, als mir endlich klar wird, dass es tatsächlich nichts gibt, was ich in Bezug auf Dee tun kann, außer sie in Ruhe zu lassen und ihr alles Gute zu wünschen. Mein Handy klingelt, und es ist wieder die Entzugsklinik. Diesmal gehe ich ran.

»Hallo?«

»Marcus, Dr. Stern hier. Wir haben versucht, Sie zu erreichen.«

»Ich weiß. Es tut mir leid, doch ich hatte ein paar Dinge zu erledigen.«

»Wir möchten gerne, dass Sie in die Klinik zurückkommen. Haben Sie jemanden, der Sie fahren kann?«

Ich schaue Tara an, als ich antworte: »Ja, hab ich.«

»Können wir dann heute wieder mit Ihnen rechnen?«

Ich atme tief ein und langsam wieder aus. »Ja, ich werde da sein.«

»Das freut mich.«

Nachdem ich das Telefonat beendet habe, lege ich das Handy auf den Tresen.

»Du tust das Richtige«, versichert mir Tara. »Erst musst du dich darum kümmern, wieder gesund zu werden, bevor du dich mit was anderem befassen kannst.«

»Das ist leichter gesagt als getan.« Ich werfe ihr einen Blick zu. »Wir brechen wahrscheinlich besser auf, bevor ich mir das wieder anders überlege.«

»Das werde ich nicht zulassen.« Sie nimmt unsere benutzten Teller und stellt sie in die Spüle. »Ich bin in einer Minute fertig.«

Nachdem sie in ihrem Zimmer verschwunden ist, zwinge ich mich, hier sitzen zu bleiben und zu warten, obwohl ich am liebsten weglaufen würde. Aus irgendeinem Grund habe ich das Gefühl, dass ich Tara enttäuschen würde, und ich möchte sie nicht enttäuschen oder irgendjemand anderen. Das habe ich schon zur Genüge gemacht.

Tara kommt in Leggins und einem engen Tanktop zurück, das sich an ihre vollen Brüste schmiegt. Sie ist wirklich eine schöne Frau. Und das Beste daran ist, dass sie innerlich genauso schön ist.

Während sie mich in ihrem silbernen Hyundai Sonata zurück zur Klinik fährt, schweigen wir beide.

Ich sehe zum Fenster hinaus, vor dem die Stadt vorüberzieht – Palmen, Geschäfte, bunte Blumen und Springbrunnen vor Apartmenthäusern. Es ist mir alles vertraut und doch so fremd. Wann hab ich zum letzten Mal bewusst auf meine Umgebung geachtet? Wann hatte ich das letzte Mal den Kopf frei genug, um an irgendetwas anderes zu denken als daran, mich zu betrinken, um den Schmerz zu betäuben, der so sehr ein Teil von mir geworden ist? Das ist lange her.

Tara hält vor dem Haupteingang der Entzugsklinik. »Entsperr mal dein Handy, und gib es mir.«

Das tue ich, auch wenn ich nicht genau weiß, was sie vorhat.

341

Sie tippt kurz darauf herum und reicht es mir dann zurück. »Ich habe meine Nummer eingespeichert. Wenn du besucht werden möchtest oder ein Carepaket brauchst oder einen Freund, mit dem du reden kannst, ruf mich an, oder schick mir eine Nachricht.«

»Vielen Dank, Tara. Du hast keine Ahnung, was du für mich getan hast, einfach indem du zugehört hast.«

»Ich bin froh, dass ich da war, als du einen Freund gebraucht hast.«

Ich betrachte den Haupteingang zweifelnd. »O Mann, ich weiß ja nicht ...«

»Nein, Marcus.« Sie legt mir eine Hand auf den Arm und blickt mich mit ihren warmen haselnussbraunen Augen an. »Du weißt es ganz genau.«

Plötzlich habe ich einen Kloß im Hals.

»Noch mal danke«, bringe ich heraus, bevor ich aussteige und das Gebäude betrete, ohne zurückzuschauen. Ich vermute, wenn ich das täte, würde ich feststellen, dass sie immer noch dort steht und aufpasst, dass ich auch wirklich reingehe, bevor sie wieder wegfährt.

Ich frage mich, ob ich Tara wohl wiedersehen werde.

Das hoffe ich sehr.

KAPITEL 26

Dee

Da wir erst spät loskommen, fahren wir am ersten Tag sechs Stunden nach Albuquerque und erreichen die Stadt gegen neun Uhr abends. Und ja, wir wissen, dass Albuquerque eigentlich nicht auf unserer Route liegt, aber es steht auf der Liste, die wir auf der Fahrt erstellt haben, von Orten, die wir gemeinsam anschauen wollen, daher machen wir einen Abstecher nach Norden. Wir haben noch nicht gegessen und landen in einem winzigen Lokal direkt neben unserem Hotel. In dem Laden gibt es das beste Essen, das ich je außerhalb vom Giordino's hatte. Hinterher gehen wir zurück in unser Hotel und fallen förmlich ins Bett, so erschöpft sind wir von dem langen Tag.

Am nächsten Morgen gönnen wir uns noch zwei Stunden, um Albuquerque zu erkunden. Wir wandern durch die Altstadt, und Wyatt kauft mir eine wunderschöne Schale in einer der Galerien, in denen wir stöbern, und zwei kleine Kakteen für unser neues Zuhause. Auf den von ihm vorgeschlagenen Besuch im Klapperschlangenmuseum verzichte ich allerdings lieber.

»Ich kann einfach nicht glauben, dass du nichts über Klapperschlangen lernen möchtest«, erklärt er und tut gekränkt.

»Nachher würde ich tagelang Albträume haben, insbesondere da wir ja durch Klapperschlangenland fahren.«

»Wenn du das so sehen möchtest.«

»Möchte ich.«

Da wir heute Abend in Austin sein wollen, halten wir uns nicht allzu lange auf und starten kurz vor zehn zu der elfstündigen Fahrt.

Wyatt wirkt müde, daher bestehe ich darauf, auf dem ersten Streckenabschnitt das Lenkrad zu übernehmen.

Wir haben die Fenster offen und singen bei der ungewöhnlichen Musikauswahl mit, die er mittels Bluetooth auf die Lautsprecher des Autos überträgt. Alles von Lil Wayne über Creedence Clearwater Revival und Eminem bis hin zu Tim McGraw und Selena. Er ist beeindruckt, als ich den Song von Selena auf Spanisch mitschmettere.

»Dein Musikgeschmack ist erstaunlich vielseitig«, erkläre ich.

»Ich mag Lieder, nicht bestimmte Genres. Wenn mir ein Song gefällt, füge ich ihn zu meiner Playlist hinzu. Es ist mir völlig egal, von wem er ist oder ob er jemandem in meinem Alter gefallen sollte. Mein Großvater ist ein riesiger Rat-Pack-Fan, und bei ihm liefen in meiner Kindheit Sinatra, Dean Martin und Sammy Davis Jr. in Dauerschleife, sodass ich die Texte auswendig konnte, als ich acht war.«

»Das ist süß.«

»Das hier ist sein Lieblingssong.« Er lässt »My Way« abspielen und singt mit.

Er hat eine tolle Stimme, was ich schon in Miami gemerkt habe, als wir die ganze Nacht aufgeblieben sind und Musik gehört haben. Seit wir Phoenix hinter uns gelassen haben, habe ich außerdem rausgefunden, dass er an jeder kitschigen Touristenfalle anhalten möchte, die wir passieren.

»Wenn du dir nicht ebenfalls die weltgrößte Lehmhütte ansehen willst, weiß ich nicht, ob diese Beziehung funktionieren kann.«

»Darauf lasse ich es ankommen.«

Wir lachen und scherzen und essen von der gesunden Proviantmischung, die er im Lebensmittelladen besorgt hat, auch wenn ich Schokolade und Chips gekauft hätte. Ich kann schon jetzt sagen, dass mir sein Einfluss ernährungstechnisch guttun wird.

Es macht Riesenspaß, mit ihm unterwegs zu sein, und ich genieße es wie keine andere Fahrt zuvor.

Viel später an dem Abend durchqueren wir gerade eine Geisterstadt, wie es sie in West Texas wie Sand am Meer gibt, als wir ein Schild für eine Bushaltestelle sehen, über das wir lachen müssen.

»Wer zur Hölle kommt hier raus, mitten ins Nirgendwo, um einen Bus zu erwischen?«, fragt Wyatt.

Er hat das Lenkrad übernommen, als wir vor ein paar Stunden nach Texas gekommen sind, und ich hab jetzt die Verantwortung für die Playlist.

Ich hab ein paar von meinen liebsten Salsa- und Hip-Hop-Songs hinzugefügt, um alles ein bisschen aufzupeppen, während wir meilenweit fahren, ohne einem anderen Auto zu begegnen.

»Ich könnte den Tempomat auf neunzig stellen, meine Füße auf das Armaturenbrett legen und ein Nickerchen machen, und nichts würde passieren«, meint er.

»Bloß gut, dass du das nicht tun wirst.«

»Aber ich könnte. Bist du jemals auf einer verlasseneren Straße unterwegs gewesen?«

»Ich glaub nicht.« Ich prüfe immer wieder mein Handy, um mich zu vergewissern, dass wir Empfang haben. Bislang ist es okay, doch es würde mich nicht überraschen, wenn hier irgendwo ein Funkloch wäre.

Wir fahren gefühlt ewig weiter, bevor wir die Scheinwerfer eines entgegenkommenden Autos bemerken.

»Guck mal!« Wyatt richtet sich auf dem Fahrersitz auf. »Da hat noch jemand die Zombie-Apokalypse überlebt.«

»Wow, was für eine Erleichterung. Vielleicht gelingt es uns, zusammen mit den anderen Überlebenden eine neue Gesellschaft aufzubauen.«

Während der andere Wagen auf uns zufährt, blendet uns nach der langen Dunkelheit das helle Licht der Scheinwerfer.

»Was zur Hölle macht der da?«, ruft Wyatt, als das andere Auto gar nicht langsamer wird.

Außerdem scheint es teilweise auf unserer Fahrbahn zu sein, wenigstens sieht es so aus. »Ich kann nicht sagen, ob das nur eine optische Täuschung ist oder was.«

Wyatt verlangsamt das Tempo und fährt so weit wie möglich auf der rechten Seite, doch das andere Fahrzeug streift uns dennoch beinahe. Wyatt bleibt keine andere Wahl, als das Lenkrad nach rechts rumzureißen, was dazu führt, dass wir aufs Bankett geraten und von der Straße abkommen.

Ich schreie, während ich mich am Griff oberhalb der Beifahrertür festhalte, bis unser Auto schließlich abrupt mehrere Meter neben der Straße stehen bleibt. Gott sei Dank ist der Airbag nicht aufgegangen.

Hinter uns hören wir einen lauten Knall, als der andere Wagen mit irgendwas kollidiert.

»Alles in Ordnung, Dee?«, erkundigt sich Wyatt mit besorgter Miene.

»Ich glaub schon. Und bei dir?«

»Der Sicherheitsgurt über meiner Brust hat sich nicht angenehm angefühlt, aber sonst ist alles okay. Allerdings sollte ich mal nach dem anderen Fahrer schauen.« Er legt den Rückwärtsgang ein und fährt zurück auf die Straße, wo das andere Auto steht. »Versuch 911 anzurufen, falls es hier ein Netz gibt.«

Während ich wähle, merke ich, dass meine Hände zittern. Gott sei Dank klappt es, und ich kann den Unfall melden, obwohl ich keine Ahnung habe, wo genau wir sind.

»Wir benutzen GPS, um den Standort zu ermitteln, Ma'am«, erklärt mir der Mann in der Rettungsleitstelle. »Bitte warten Sie.«

»Mein Freund ist Arzt. Er kümmert sich gleich um den anderen Fahrer.«

Wyatt parkt das Auto und schaltet den Warnblinker ein, bevor er aussteigt und zu dem anderen Auto läuft. Ein paar Minuten später ist er wieder zurück. »Ich hole nur rasch den Verbandskasten. Er hat eine Kopfwunde, die blutet. Er sagt, er sei kurz eingeschlafen, und es tut ihm alles ganz furchtbar leid.«

Als mir klar wird, wie dicht wir an einem entsetzlichen Unfall vorbeigeschrammt sind, erschauere ich, während ich dem Mann in der Leitstelle die neuen Informationen übermittle.

Fünfzehn Minuten später trifft ein Rettungshubschrauber ein, der auf der Straße landet.

Nachdem ich Bescheid gegeben habe, dass der Hubschrauber da ist, beende ich das Telefonat und steige aus dem Auto. In dem hellen Licht des Helikopterscheinwerfers kann ich Wyatt mit den Sanitätern reden sehen und frage mich, ob der andere Fahrer weiß, was für ein Riesenglück er hatte, dass direkt ein Arzt zur Stelle war.

Während die Sanitäter ihre Arbeit erledigen, kommt Wyatt mit dem Verbandskasten in der Hand zu unserem Auto zurück.

»Wird er wieder?«

»Ja, er hat wahrscheinlich eine Gehirnerschütterung und ein paar gebrochene Rippen, doch sonst scheint alles okay zu sein.« Er wirft den Verbandskasten ins Auto und legt dann die Arme um mich. »Das war ganz schön knapp.«

Ich klammere mich an ihn, während alles Adrenalin auf einmal aus mir herauszuströmen scheint. »Ja, aber wirklich. Es war echt sehr geistesgegenwärtig von dir, so schnell auszuweichen.«

»Alles, woran ich denken konnte, war, was ich nur anfangen sollte, wenn dir etwas zustößt.«

»Mir geht es gut. Dir geht es gut. Uns geht es gut.«

»Hör nicht auf, mich daran zu erinnern.« Er streicht mir das Haar aus dem Gesicht. »Du hast mich als deinen Freund bezeichnet.«

Lachend erwidere ich: »Na ja, das bist du schließlich.«

»Das ist das erste Mal für mich. Ich brauch eine Minute, um es auszukosten.«

»Ich sag es gerne jeden Tag wieder, wenn du das möchtest.«

»Ja, das wäre gut.«

So stehen wir da, halten einander in den Armen, bis der Helikopter abhebt und uns im Dunkeln zurücklässt.

»Komm«, erklärt er, »lass uns weiterfahren.« Er hält mir die Tür auf und schließt sie, nachdem ich auf dem Beifahrersitz Platz genommen habe.

Als er eingestiegen ist, sieht er mich an. »Bist du dir sicher, dass du dir nicht wehgetan hast?« Er reibt sich die Brust, während er das fragt.

»Mir geht's gut, aber was ist mit dir? Soll sich jemand mal deinen Brustkorb angucken?«

»Ich glaub nicht, dass das nötig ist. Der ist bloß vom Gurt ein bisschen gequetscht worden.«

»Ganz sicher?«

»Absolut. In der Beziehung riskiere ich nichts. Mach dir keine Sorgen.« Er wendet das Auto, sodass wir wieder Richtung Austin auf der Straße stehen, und wir fahren los, sind jedoch beide still, nachdem wir so knapp einer Katastrophe entkommen sind.

»Weißt du«, sage ich etwas später, »das hier war ein Zeichen.«

»Was meinst du damit?«

»Meine Nona glaubt fest daran, dass das Universum uns Zeichen schickt, wie dir, als Jason dich angerufen hat und dir von der freien Stelle in Miami erzählt hat. Und jetzt denk nur an das, was gerade passiert ist. Wir waren irgendwo im Nirgendwo unterwegs, ohne ein anderes Auto weit und breit, aber das eine, das uns schließlich doch begegnet, kracht um ein Haar frontal in uns rein. Einer von uns oder wir beide hätten sterben können. Wenn das nicht der Beweis dafür ist, dass wir das Richtige tun.«

»Ich bin sehr froh, dass wir das Richtige tun – und PS, ich wusste das bereits –, auch wenn ich mir nicht ganz sicher bin, dass ich nachvollziehen kann, weshalb das ein Zeichen sein soll.«

»Wir hätten hier sterben können, auf dieser einsamen Straße in West Texas, Wyatt. Wir werden alle eines Tages sterben. Du vielleicht früher als wir anderen, aber heute hätte genauso gut auch ich mein Leben verlieren können.«

»Sag das nicht. Ich ertrage den Gedanken nicht, dass dir irgendwas passiert.«

»Mir geht es bei dir genauso, doch es wird natürlich geschehen. Eines Tages. In der Zwischenzeit müssen wir jeden Augenblick des Glücks und der Freude in uns aufsaugen, den wir kriegen können, ohne auch nur eine Sekunde daran zu verschwenden, uns darüber den Kopf zu zerbrechen, wann alles vorbei sein könnte.«

»Bei dir klingt das so leicht, dabei hab ich es viele Jahre lang einfach nicht für möglich gehalten.«

»Das liegt daran, dass du mit dem schlimmsten Szenario gerechnet hast, statt den besten Fall zu leben. Du hast mich gebraucht, damit ich es dir zeige.«

Er überrascht mich, indem er mit dem Auto rechts ranfährt und wieder den Warnblinker einschaltet.

»Was tust du da?«, frage ich ihn.

Er streckt die Arme nach mir aus, hebt mein Kinn an und küsst mich. »Ich bin so unfassbar dankbar, dass ich dich gefunden habe und dass du mir zeigst, wie man lebt.«

Ich lege meine Hand an sein Gesicht und erwidere den Kuss so leidenschaftlich, dass er nach Luft schnappt. »Hast du es je in der Wüste getan?«

»Nicht in der von Texas.«

Darüber muss ich heftig lachen, obwohl ich ihn weiter küsse.

»So gerne ich diese Premiere auch feiern würde, ich hätte Angst, dass jemand uns rammt.«

»Da hast du absolut recht.«

Zögernd lösen wir uns voneinander, aber er nimmt meine Hand und lässt sie nicht wieder los.

Ich hoffe, er lässt sie nie wieder los.

EPILOG

Dee

Wir beziehen heute unser wunderschönes neues Haus, und die gesamte Familie ist gekommen, um uns zu helfen. Wyatt hat schon eine Woche im Miami-Dade gearbeitet und ist ganz begeistert von seinen neuen Kollegen und den Patienten. Er glaubt, dass er hier sehr glücklich sein wird, was mich enorm beruhigt. Ich möchte, dass er so glücklich ist wie ich, seit wir wieder in Miami sind.

Seit jener Nacht in der Wüste, als das Schicksal uns ein Zeichen gesandt hat, hat Wyatt nicht ein Mal irgendwelche Bedenken wegen der Zukunft geäußert. Wir sind zu sehr damit beschäftigt, in der Gegenwart zu leben, um irgendeine Sekunde unserer kostbaren Zeit mit Sorgen wegen etwas zu verschwenden, das wir gar nicht in der Hand haben.

Maria hat mir erzählt, Marcus mache Fortschritte bei seinem Entzug, und das sind wirklich gute Nachrichten. Trotz allem, was zwischen uns passiert ist, wünsche ich ihm nur das Beste.

Als meine Eltern eintreffen, um uns beim Einzug zu unterstützen, gibt mir meine Mutter einen Brief, der an ihre Adresse geschickt wurde. Ich hab sofort gesehen, dass er von Marcus ist, habe ihn aber bisher nicht geöffnet. Der Tag heute steht im

Zeichen des Neuanfangs, und ich möchte meine schmerzliche Vergangenheit da nicht reinholen. Ich werde das später lesen.

»Wo soll das hin?«, fragt Milo, der einen der vielen Kartons trägt, die mein Cousin Domenic aus New York hergeschickt hat.

»Bitte in die Küche damit.«

»Wird erledigt.«

Jason und Austin helfen Wyatt und Nico, das Sofa, das wir aus Phoenix mitgenommen haben, im Wohnzimmer an drei verschiedene Stellen zu rücken, bevor ich zufrieden bin.

»Gott sei Dank«, sagt Nico und wirft mir einen finsteren Blick zu.

»Was denn? Ich wollte es am perfekten Platz haben, solange ausreichend Helfer vor Ort sind.« Ich mach mir ein bisschen Sorgen, dass Wyatt sich überanstrengt, auch wenn ich ihm das nie verraten würde, weil ihn das bedrücken würde.

Wir stellen die Möbel aus seiner Wohnung in Phoenix auf, räumen die Sachen ein, die wir in der letzten Woche hier erstanden haben, und wir packen meine Kartons aus New York aus. Nona und Abuela haben das Kommando in der Küche übernommen, und ich überlasse die Arbeit dort gerne den Experten. Meine Mom und Tante Viv sind mit unserem Bett beschäftigt, während Onkel Vin und mein Vater Wyatts Schreibtisch in dem Raum aufgebaut haben, den wir als Arbeitszimmer vorgesehen haben.

Meine Mutter fühlt sich nach dem Ende der Antibiotika-Therapie viel besser. Sie hat darauf bestanden, heute mitzukommen, und ich bin froh, dass es ihr dafür gut genug geht.

Carmen und Maria sind mit mir im Badezimmer zugange und räumen die Handtücher aus Wyatts alter Wohnung und aus meinem Apartment in die Schränke.

»Es ist echt cool, dass deine Handtücher zu seinen passen«, bemerkt Maria, der aufgefallen ist, dass das Muster von meinen perfekt das Marineblau von seinen ergänzt.

»Ist es normal, so glücklich zu sein, dass man das Gefühl hat, man würde gleich platzen?«, frage ich sie.

»Komplett normal«, antwortet Maria. »So fühlt es sich mit Austin immer noch an. Als ob mein Herz gar nicht genug Platz dafür hätte.«

Ich finde es schön, wie sie das in Worte fasst. »Ja, genau so ist es.«

»Absolut«, meint Carmen. »Wenn ich mit Jason zusammen bin und sogar wenn ich das nicht bin. Daher wusste ich auch gleich am Anfang, dass er was Besonderes ist.«

»Wirst du irgendwann den Brief von Marcus lesen?«, erkundigt sich Maria.

Ich konnte nicht anders und habe ihnen davon erzählt. »Irgendwann. Ich bin sicher, es ist eine weitere Entschuldigung, was an und für sich nett ist, doch das liegt jetzt alles in der Vergangenheit.«

»Ich hab gehört, Biancas Freundin Tara hat ihn ein paarmal besucht.«

»An die erinnere ich mich noch! So ein nettes Mädchen.«

»Vermutlich verdient er ein nettes Mädchen, nachdem er mit der Schlampe verheiratet war«, räumt Maria widerstrebend ein.

Darüber lachen wir, und es verwundert mich, dass eine Unterhaltung, die vor so kurzer Zeit noch geschmerzt hätte, jetzt überhaupt nichts bei mir auslöst. Ich habe mein Happy End mit Wyatt gefunden, und ich möchte, dass auch Marcus seins kriegt. Trotz allem freue ich mich für ihn und hoffe, dass er es schafft, dauerhaft trocken zu bleiben.

Es ist ein langer Tag, aber da alle mit anfassen, kommen wir einen großen Schritt dabei voran, dieses Haus in ein Zuhause zu verwandeln.

Abends reicht Wyatt sein Handy herum und lädt alle ein, sich was beim Mexikaner zu bestellen. Draußen am Pool sitzen wir auf Terrassenmöbeln, die er gestern Abend noch zusammengebaut hat, nachdem sie in sechs verschiedenen Kartons geliefert worden waren, und lassen es uns schmecken.

Ich bin überglücklich, dass meine Familie bei mir zu Hause zu Gast ist. Sie scheinen Wyatt ins Herz geschlossen zu haben, und das macht den ersten Tag in unserem neuen Zuhause zu einem der besten meines Lebens.

»Wir sollten alle zusammen mal ein Wochenende irgendwohin fahren«, erklärt Carmen, die an ihrer zweiten Margarita nippt. Sie und Jason haben die Zutaten zusammen mit einem hippen Cocktailmixer als Einweihungsgeschenk mitgebracht.

»O ja«, ruft Maria. »Bevor Austins Saison beginnt.«

»Meine Saison hat bereits begonnen, Babe«, wirft der ein.

Sie haben Everly heute bei seinen Eltern gelassen, um uns helfen zu können.

»Ich weiß, aber das ist ja nicht die richtige Spielzeit, daher hast du vor dem offiziellen Start immer mal wieder ein Wochenende frei, oder?«

»Wir werden sehen, was sich einrichten lässt.«

»Und wohin soll es gehen?«, will Jason wissen.

»Key West«, antwortet Carmen. »Oder Islamorada. Beides wäre toll.«

»Ich bin dafür«, verkündet Wyatt. »Nach dem Umzug brauchen wir Urlaub.«

»Ich komme mit«, sagt Milo.

»Ich auch«, fügt Nico hinzu. »Und ich bringe Sofia und Mateo mit. Er spielt sicher gern mit Everly.«

Ich kann es kaum glauben, dass Nico das so beiläufig erwähnt, als ob es nichts Besonderes wäre, dass er Sofia und Mateo mitnimmt.

»Gerade als wir dachten, wir hätten uns durch die Einstellung einer Geschäftsführerin mehr Freiheit erkauft, plant sie schon Urlaub«, meint Vincent mit einem neckenden Lächeln für mich.

»Himmel, die Arbeit hatte ich ja völlig vergessen«, erwidere ich.

»Es ist heutzutage wirklich schwierig, gute Angestellte zu finden«, stellt Vivian fest, und wir müssen alle lachen.

»Ich verspreche euch, alles wird wie am Schnürchen laufen, selbst wenn ich mal für ein Wochenende wegfahre«, versichere ich meinen neuen Chefs.

»Deswegen machen wir uns keine Sorgen, Süße«, beruhigt mich Vincent. »Es wird ohnehin eine Weile dauern, bis wir uns daran gewöhnt haben, nicht im Dauereinsatz zu sein, daher sind wir sowieso da.«

»Aber ihr wollt doch diesen Herbst nach Italien, oder?«, erkundigt sich Carmen bei ihrem Vater.

Ihre und meine Eltern haben eine gemeinsame Reise für September gebucht, wobei alle hoffen, dass die Behandlung meiner Mutter dann abgeschlossen sein wird. Sie brauchen etwas, auf das sie sich freuen können, außer Marias und Austins Hochzeit im November natürlich, die garantiert ein echtes Highlight werden wird.

»Na klar. Zwei Wochen in der Toskana und dann eine Woche an der Amalfiküste und zum krönenden Abschluss eine Woche auf Sizilien.«

»Ich bin echt neidisch«, erklärt Wyatt. »Das klingt wunderbar.«

Genau da beschließe ich, dass ich ab morgen mit dem Sparen beginne, um mit ihm so schnell wie möglich nach Italien reisen zu können.

»Ich hab große Neuigkeiten.« Als Nona die Aufmerksamkeit von allen hat, lächelt sie breiter, als ich sie je zuvor habe lächeln sehen. »Ich beginne morgen Nachmittag mit meinem Flugunterricht.«

»Das ist super, Nona«, sagt Carmen. »Wir sind wirklich stolz auf dich.«

»Ich weiß ja nicht so recht.« Mein Dad wechselt einen Blick mit Vincent. »Bist du dir ganz sicher, Mama?«

»Ja, sehr sicher«, antwortet Nona. »Ich kann es gar nicht erwarten.«

»Lass sie in Ruhe, und freu dich für sie, Lorenzo«, mischt sich Abuela ein. »Sie will das schon so lange tun, wie ich sie kenne.«

»Wie kommt es eigentlich, dass du das weißt, ihre Söhne aber nicht?«, fragt Vincent.

»Weil sie es mir erzählt hat und euch nicht, weil sie nicht wollte, dass ihr euch aufregt.«

»Das ist alles deine Schuld«, teilt mein Vater Vincent mit. »Du hast damit angefangen, und jetzt nimmt unsere Mutter Flugstunden.«

Vincent lacht über den nicht ernst gemeinten Vorwurf seines Bruders. »Ich übernehme gern die Verantwortung, solange sie glücklich ist.«

»Danke, Vincent«, erwidert Nona. »Ich hab mich seit Jahren nicht mehr so auf irgendwas gefreut.«

»Das ist wirklich schön, Nona«, sagt Milo. »Es wird toll sein, dich fliegen zu sehen.«

Sie schenkt ihm ein liebevolles Lächeln, dem Enkel, der, wie wir alle immer im Scherz behaupten, ihr besonderer Liebling ist. »Danke, Süßer.«

»Wo wir gerade von Spaß reden, Abuela, wie geht es eigentlich Mr Muñoz?«, möchte Carmen wissen.

Abuela bedenkt sie mit einem vernichtenden Blick. »Kümmer du dich um deinen eigenen Kram.«

»Seit wann ist dein Kram nicht auch mein Kram?«, erkundigt sich Carmen mit Unschuldsmiene.

»Seit sie angefangen hat, mit Mr Muñoz auszugehen«, antworte ich, was jetzt mir einen finsteren Blick von Abuela einträgt.

»Was haben wir bei diesen Kindern eigentlich falsch gemacht?«, wendet die sich an unsere Eltern. »Sie sind so insolent.«

»Das ist ihre aktuelle Vokabel der Woche«, erklärt Nona.

Seit Carmens Eltern mit Abuela und ihrer Schwester zu einem Besuch in Kuba waren, der den beiden das Herz gebrochen hat, ist Abuela fest entschlossen, die offizielle Amtssprache bis in alle Einzelheiten zu meistern und nur noch Englisch zu sprechen. Sie hat sich damit abgefunden, dass sie nie in ihre »Heimat« zurückkehren wird.

»Es ist schon lustig, dass es insolent ist, wenn wir uns dafür interessieren, was sie so treibt, aber wenn sie wissen will, was bei uns los ist, ist das völlig in Ordnung«, stellt Maria fest, worüber alle lachen müssen.

»Rede über jemand anders.« Abuela winkt ab. »Hier gibt es nichts zu sehen.«

»Da, wo Rauch ist, ist auch Feuer«, wirft Jason ein.

»Und ich dachte, ich mag dich«, erwidert Abuela, woraufhin der Heiterkeit kein Einhalt mehr zu gebieten ist.

Die Familie verlässt uns gegen acht mit dem Versprechen, morgen nach dem Brunch zurückzukehren, um uns zu Ende auspacken zu helfen. Ich gehe rasch duschen, weil jeder Muskel in meinem Körper schmerzt.

Als ich aus der Dusche komme, finde ich eine Geschenktüte auf der Ablage, die Wyatt dort hingestellt haben muss. Ich spähe um die Ecke ins Schlafzimmer, kann ihn aber nirgends sehen. Da ist eine Karte in der Tüte, die ich zuerst aufklappe.

> Herzlichen Glückwunsch zu Eurem neuen Zuhause. Auf dass Ihr immer nur Glück und Freude darin erlebt und jede Menge wunderbare Erinnerungen schafft. Wir freuen uns unendlich für Dich und Wyatt, und wir wollten Dir dabei helfen, Deine erste Nacht in Eurem neuen Zuhause auch wirklich zu genießen. Du hast uns gefehlt, und wir sind begeistert, dass Du wieder hier bei uns lebst, wo Du hingehörst.
> Wir haben Euch beide sehr lieb.
> Car und Mari

Ich habe Tränen in den Augen, als ich das Seidenpapier aus der Geschenktüte nehme und ein sexy Seidennachthemd in dem blassesten Pink heraushole, das man sich nur vorstellen kann, außerdem eine Duftkerze und eine Flasche Champagner.

Die beiden sind wirklich unglaublich süß, und ich könnte nicht glücklicher darüber sein, dass ich wieder in ihrer Nähe lebe. Ich schlüpfe in das Nachthemd und nehme die Kerze und den Champagner mit ins Schlafzimmer, wo mich ein weiteres Geschenk erwartet, dieses aber in einer großen weißen Schachtel mit einer roten Schleife darum.

»Wyatt?«

Er betritt das Schlafzimmer und bleibt jäh stehen, als er mich neben dem Bett entdeckt. In seinen Augen brennt Verlangen. »Was haben wir denn da?«

Ich werfe mich in Pose. »Das alte Ding? Ach, nur ein Geschenk von meiner Schwester und meiner Cousine.«

Er kommt zu mir und schenkt mir das sexy Lächeln, das ich so liebe. »Habe ich schon mal erwähnt, dass ich deine Schwester und deine Cousine wirklich gernhab?«

»Ich auch. Sie haben uns außerdem diese Kerze und eine Flasche Champagner dagelassen.«

Er küsst mich. »Rühr dich nicht vom Fleck. Ich muss kurz unter die Dusche, dann suche ich uns ein Feuerzeug und Gläser.«

»Was ist in der Schachtel?«

Über die Schulter antwortet er mir: »Um das rauszufinden, wirst du sie wohl öffnen müssen.«

»Ich habe überhaupt nichts für dich.«

Er bleibt stehen und dreht sich zu mir um, schaut mich auf eine Art und Weise an, dass mir die Knie ganz weich werden. »Also bitte, Dee. Du hast mir *alles* gegeben.«

»Du mir genauso.«

»Wie gesagt, nicht vom Fleck rühren.«

»Ich möchte nirgendwo anders sein als hier bei dir.«

Nachdem er ins Badezimmer gegangen ist, um zu duschen, schiebe ich die Schachtel in die Mitte des Bettes und merke, dass sie leichter ist, als ich erwartet hatte. Ich krieche ins Bett und warte auf ihn, schaue mich in dem großen, wunderschönen Raum um. Ich kann nicht glauben, dass dies mein Zuhause ist, dass dies mein Leben ist, dass *er* mein Leben ist.

Da ich gerade allein im Zimmer bin, beschließe ich, Marcus' Brief zu lesen. Nicht dass es wichtig wäre, was er mir mitzuteilen hat, aber da er sich die Zeit genommen hat, ihn mir zu schreiben, ist es das Mindeste, was ich tun kann.

Dee,

es tut mir leid. Wenn ich das eine Million Mal sage, wird es dennoch nicht genug sein. Ich bereue zutiefst, was ich Dir und uns mit meinem gedankenlosen Verhalten angetan habe. Ich bin sicher, Du hast inzwischen gehört, dass ich auf Entzug bin und eine Behandlung erhalte für das, was sich in den letzten Jahren zu ernsthafter Alkoholsucht entwickelt hat. Und ja, das habe ich vor Dir verborgen. Ich wollte nicht, dass Du erfährst, wie kaputt ich tatsächlich war. Ich versuche das jetzt in Ordnung zu bringen und auch zu akzeptieren, dass ich das, was ich Dir, dem Menschen, der mir am meisten bedeutet hat, angetan habe, nicht ungeschehen machen kann.

Es tut mir alles unendlich leid – dass Du es von anderen hören musstest, dass ich mich nie persönlich bei Dir gemeldet habe. Ich war so entsetzt und hab mich so geschämt, dass ich mich einfach nicht dazu durchringen konnte, Dich zu kontaktieren. Ich war ein Feigling, Dee. Ich konnte es nicht ertragen, zu erfahren, wie tief ich Dich verletzt haben muss.

Ich hab gehört, Du hast jemand Neues getroffen. Du bist glücklich, und das ist alles, was ich mir je für Dich gewünscht habe. Ich hoffe, wenn wir einander eines Tages wieder begegnen, können wir Freunde sein oder wenigstens freundlich zueinander. Das ist vermutlich mehr, als ich verdiene, aber ich hoffe trotzdem darauf.

Bitte nimm meine tief empfundene Entschuldigung an. Du sollst wissen, dass ich Dich sehr liebe. Daran wird sich nie etwas ändern.

Marcus

Diese aufrichtig klingenden Worte rühren mich zutiefst, und ich bin erleichtert, von ihm persönlich zu hören, was er tatsächlich für mich empfindet und was passiert ist. Es ändert nichts, aber es ist trotzdem hilfreich. Ich lege den Brief in meine Nachttischschublade und konzentriere mich auf die Gegenwart, so wie es richtig ist.

Zehn Minuten später kommt Wyatt aus dem Badezimmer, ein Handtuch um die Hüften gewickelt. »Kleinen Moment noch, ich hole Gläser und ein Feuerzeug.«

»Okay, ich warte.«

Unmittelbar darauf ist er zurück, mit Sektgläsern und einem Feuerzeug, das wir gekauft haben, als wir im Baumarkt Batterien, Papierkörbe und andere Haushaltsgegenstände besorgt haben. Während er die Champagnerflasche öffnet, zünde ich die Kerze mit dem Aufdruck »Home Sweet Home« an, die sofort einen angenehm würzigen Duft verströmt.

Wyatt sitzt auf der Bettkante und reicht mir ein Glas. »Auf unser Zuhause und das Happy End.«

Ich berühre mit meinem Glas seins, mehr als bereit, mit ihm darauf anzustoßen.

Er überrascht mich, als er tatsächlich einen Schluck von dem Champagner trinkt.

»Brichst du eine weitere Regel?«

»Nur ein Schluck für die Höflichkeit.« Er stellt sein Glas auf den Tisch und nimmt mir meins ab, um es neben seinem zu platzieren. »Und jetzt pack dein Geschenk aus.«

Ich greife nach der Schachtel und ziehe sie zu mir. »Wann hast du das gemacht?«

»Neulich Abend, als ich ›länger arbeiten‹ musste.«

»Ah, also hast du schon angefangen, mich zu belügen.«

Sein Grinsen ist leicht verlegen und unwiderstehlich. »Jap.«

»Das ist nur dann erlaubt, wenn Geschenke damit verbunden sind.« Ich ziehe an der Schleife und öffne die Schachtel, in der sich mehr Seidenpapier befindet. Als ich das rausgenommen habe, fördere ich ein weiteres, viel kleineres Kästchen zutage, das in silbern schimmerndes Geschenkpapier eingepackt ist. Ich stelle mich total ungeschickt an, als ich versuche, es vom Papier zu befreien. Mir bleibt das Herz fast stehen, als ich ein dunkelblaues Samtkästchen in der Hand halte. »Wyatt …«

Er nimmt mir das Kästchen ab, kniet sich vors Bett und fasst nach meiner Hand.

Mein Herz schlägt so schnell, dass ich Angst habe, zu hyperventilieren. »Was … was tust du da?«

Wyatt küsst meinen Handrücken. »Ich war begeistert, als Jason mich gefragt hat, ob ich zu seiner Hochzeit komme und sein Trauzeuge werde. Er ist einer meiner allerbesten Freunde, und ich habe mich darauf gefreut, seinen großen Tag mit ihm zu teilen. Aber ich hatte keine Ahnung, dass das Wochenende in Miami mein Leben für immer verändern würde. Ich habe einen Tag und eine Nacht mit dir verbracht, und alles, woran ich denken konnte, war, dass ich mehr von dir brauche. Als Jason mir erzählt hat, es gebe eine freie Stelle an seinem Krankenhaus, und gefragt hat, ob ich mich nicht bewerben wolle, hat er das eigentlich nicht ernst gemeint. Wunschdenken, hat er gesagt. Er hätte nie damit gerechnet, dass ich zugreifen und ihn bitten würde, mir ein Vorstellungsgespräch zu organisieren, weil er da noch gar nicht wusste, dass ich mich in die Cousine seiner Frau verliebt hatte.«

»Wyatt …« Ich wische mir mit der freien Hand Tränen aus dem Gesicht.

»Du kannst dir nicht vorstellen, was du für mich getan hast, Dee, dass du mir Dinge gegeben hast, von denen ich nie zu träumen gewagt hatte. Bevor ich dich kennengelernt habe, habe ich nur ein halbes Leben geführt, und jetzt …« Seine Stimme stockt, und er benötigt eine Sekunde, um sich zu sammeln. »Jetzt hat mein Herz gar nicht genug Platz für all die Liebe, die ich für dich empfinde, und das Glück über das Leben, das wir uns hier zusammen aufbauen. Als ich gesagt habe, du hast mir alles gegeben, habe ich das genau so gemeint. Du hast mir gezeigt, dass die Dinge, die ich mir nicht erlaubt hatte, das Beste überhaupt sind, das, was das Leben lebenswert macht. Ich weiß, das ist alles total schnell passiert, aber wie du gesagt hast: Wir haben keine Zeit zu verschwenden. Ich weiß bereits, was ich will, und das ist, den Rest meines Lebens mit dir zu verbringen. Willst du mich heiraten, Dee?«

»Ja! O mein Gott, Wyatt! Ja, ja, ja, eine Million Mal ja.«

Lächelnd stemmt er sich hoch, küsst mich und umarmt mich so fest, dass ich kaum Luft bekomme. »Danke für alles. Ich kann es gar nicht erwarten, dass du meine Frau wirst.«

Ich lehne mich zurück, damit ich sein wunderschönes Gesicht sehen kann. »Du sagst, ich hätte dir so viel gegeben, doch für mich hast du das Gleiche getan. Wenn ich daran denke, wie es mir an jenem Freitagabend ging, als du wieder in Miami warst … Inzwischen kommt mir das vor, als läge es Jahre zurück, nach allem, was seither passiert ist.«

»Nichts davon wäre geschehen, wenn du nicht die mutigste, stärkste Frau wärst, die mir je begegnet ist. Du hast nicht mal mit der Wimper gezuckt, als du dir meine Situation gebeichtet habe. Du hast mich einfach bei der Hand genommen und verlangt, dass ich mein Leben nach Kräften auskoste, solange es nur irgendwie möglich ist.«

»Und du … Du hast meine inneren Wunden geheilt.«

Er schüttelt den Kopf. »Das hast du ganz allein getan. Das ist der Grund, weshalb du bereit warst, als wir uns begegnet sind.«

»Ich mag es, wie du mich siehst.«

»Ich *liebe* es, wie ich dich sehe.« Er grinst breit, streicht mir mit den Händen über den Rücken, fasst mich am Po und presst mich an sich. »Warte! Wir haben den Ring vergessen!«

Ich beginne zu lachen. Früher einmal wäre der Ring das Wichtigste gewesen, aber das ist nicht länger so. Nicht mit ihm.

Er findet das Samtkästchen und öffnet es. Darin befindet sich ein atemberaubender Diamantring, den er mir an den Ringfinger meiner linken Hand steckt, die er anschließend hochhält, um zu bewundern, wie es aussieht. »Was denkst du?«

Ich kann immer noch nicht glauben, dass wir verlobt sind oder wie wunderschön dieser Ring ist. »Ich liebe ihn, Wyatt. Beinahe so sehr, wie ich dich liebe.«

»Carmen und Jason haben mir geholfen, ihn auszuwählen.«

»Sie wusste davon und hat mir nichts gesagt?«

»Ich hab sie zur Geheimhaltung verpflichtet. Ich wollte, dass wir immer eine besondere Erinnerung an die erste Nacht in unserem neuen Haus haben.«

»Das werde ich nie vergessen.«

»Lass uns das sicherstellen, okay?«

Als er mich küsst, schlinge ich meine Arme und Beine um ihn, will ihn und unser gemeinsames Leben mehr, als ich je irgendetwas gewollt habe. Wie viel Zeit uns auch immer bleibt, von ihm geliebt zu werden macht mich zur glücklichsten Frau, die je auf Erden gelebt hat.

DANK DER AUTORIN

Danke, dass Sie »Bis du mich liebst« gelesen haben. Ich hoffe, Ihnen hat diese neue Fortsetzung meiner Miami-Nights-Reihe gefallen. Ich hatte jedenfalls jede Menge Spaß mit dieser Familie und ihren Geschichten. Ich habe vor, in dieser Serie noch weitere Bücher zu schreiben, daher sollten Sie sich in meine Newsletter-Liste unter MarieForce.com eintragen, damit Sie rechtzeitig von Neuerscheinungen erfahren. Außerdem können Sie bei Facebook nach der Miami-Nights-Lesergruppe facebook.com/groups/MiamiNightsSeries Ausschau halten, wo die Neuerscheinungen ebenfalls angekündigt werden. Und natürlich sollten Sie auch der Lesergruppe von »Bis du mich liebst« – facebook.com/groups/howmuchilove/ – beitreten, um sich auf Englisch mit anderen Leserinnen über Wyatts und Dees Geschichte auszutauschen – dort sind Spoiler übrigens ausdrücklich erlaubt.

Mich hat besonders berührt, was meine Beta-Leserin Dinorah mir in ihrer Nachricht über das Buch geschrieben hat: »Danke für diese wunderbare Reihe. Ich habe geweint, gelacht und Hoffnung empfunden, alles binnen weniger Stunden. Ich finde, das hier ist ein großartiges Buch, insbesondere angesichts dessen, was wir gerade mit dieser Pandemie durchmachen. Wir müssen uns daran erinnern, jeden Tag bestmöglich auszukosten und uns nicht zu sehr mit Sorgen darüber aufzureiben, was geschehen mag oder auch nicht. Wir können nicht in die Zukunft blicken. *Que será, será.*« Ich bin so froh, dass sie Dees und Wyatts Geschichte diese Botschaft entnommen hat, denn sie stimmt. Wie Dee sagt: Alles, was wir haben, ist das Jetzt. Wenn dieses letzte Jahr uns irgendetwas gelehrt hat, dann dass wir jeden Moment bestmöglich auskosten müssen.

Man braucht ein Dorf, um ein Buch zu schreiben und zu veröffentlichen, und ich bin unglaublich dankbar für meins. Ein Riesendank geht an Dan, Emily und Jake, weil ihr mich bei meiner Autorinnenkarriere immer unterstützt habt. Und natürlich auch an das Team, das mir jeden Tag zur Seite steht: Julie Cupp, Lisa Cafferty, Tia Kelly, Jean Mello, Andrea Buschel, Ashley Lopez und Nikki Haley sowie meine wunderbaren Lektorinnen Linda Ingmanson und Joyce Lamb. Kristina Brinton danke ich für die herrlichen Cover der amerikanischen Originalausgaben der Miami-Serie. Ich finde sie großartig.

Ich bin so vielen Leuten dankbar, die mir hinter den Kulissen zur Seite stehen: Mona Abramesco hat mir geholfen, den freien Tag von Dee und Wyatt auszugestalten, bis hin zu dem Angelausflug von der Black Point Marina aus. Sarah Hewitt, eine examinierte Krankenschwester und Hausärztin, hat mich beraten, damit mir bei den medizinischen Details von Wyatts Gesundheitszustand keine Fehler unterlaufen. Ich habe Unmengen zu den Erfahrungen von Herztransplantationspatienten recherchiert und dabei unfassbar viele inspirierende Geschichten gelesen. Jedenfalls werde ich, nachdem ich dieses Buch geschrieben habe, ein gesundes, normal schlagendes Herz niemals mehr für selbstverständlich halten.

Ich bedanke mich außerdem bei meinen allerersten Beta-Leserinnen Anne Woodall, Kara Conrad und Tracey Suppo, ebenso wie bei den Beta-Leserinnen der Miami-Reihe, Mona

Abramesco, Dinorah Shoben, Miriam Ayala, Emma Melero Juarez, Carmen Morejon, Stephanie Behill und Angelica Maya.

Und natürlich gilt mein Dank meinen Leserinnen, die mir überallhin folgen, wohin die Muse mich auch führt, selbst wenn es nach Südflorida geht. Danke, dass Sie mich auf diesem wunderschönen Trip begleitet haben. Mit Ihnen macht das alles so viel Spaß, und ich weiß jede Einzelne von Ihnen zu schätzen.

XOXO

Marie

Zeitfracht Medien GmbH
Ferdinand-Jühlke-Straße 7
99095 Erfurt, Deutschland
produktsicherheit@kolibri360.de

Druck:
CPI Druckdienstleistungen GmbH
im Auftrag der
Zeitfracht Medien GmbH
Ein Unternehmen der Zeitfracht - Gruppe
Ferdinand-Jühlke-Str. 7
99095 Erfurt